레이디 조커 1

LADY JOKER
by Kaoru Takamura

Copyright ⓒ 1997, 2010 by Kaoru Takamura
All rights reserved.
Original Japanese edition published in 1997 by THE MAINICHI NEWPAPERS Co., Ltd.
Second Japanese edition published in 2010 by SHINCHOSHA Publishing Co., Ltd.
Korean translation rights arranged with SHINCHOSHA Publishing Co., Ltd.
through Eric Yang Agency Co., Seoul.

Korean translation rights ⓒ 2018 by MUNHAKDONGNE Publishing Corp.

이 도서의 국립중앙도서관 출판예정도서목록(CIP)은
서지정보유통지원시스템 홈페이지(http://seoji.nl.go.kr)와
국가자료공동목록시스템(http://www.nl.go.kr/kolisnet)에서 이용하실 수 있습니다.
(CIP제어번호: CIP2018006638)

레이디·조커 1

다카무라 가오루 장편소설

이규원 옮김

LADY JOKER

문학동네

차 례

주요 등장인물

오카무라 세이지	전 히노데 맥주 사원
모노이 세이조	약국 주인. 오카무라 세이지의 동생
한다 슈헤이	시나가와 경찰서-가마타 경찰서 형사과 강력계. 모노이의 경마 친구
고 가쓰미	신용금고 직원. 모노이의 경마 친구
누노카와 준이치	트럭 운전사. 모노이의 경마 친구
마쓰도 요키치	애칭 요짱. 선반공. 모노이의 경마 친구
레이디	누노카와 준이치의 딸
시로야마 교스케	히노데 맥주 대표이사 겸 사장
구라타 세이고	동 맥주사업본부장 겸 부사장
시라이 세이치	동 사업개발본부장 겸 부사장
스기하라 다케오	동 맥주사업본부 부본부장 겸 이사. 시로야마 교스케의 처남
노자키 다카코	동 사장 비서
하타노 히로유키	치과의사
하타노 미쓰코	하타노 히로유키의 아내. 모노이 세이조의 딸
하타노 다카유키	하타노 히로유키의 아들
스기하라 요시코	하타노 다카유키의 여자친구. 스기하라 다케오의 딸
니시무라 신이치	광역폭력단 세이와회의 일원. 총회꾼
다마루 젠조	총회꾼 단체 오카다 경우회의 고문

기쿠치 다케시   투자고문회사 (주) GSC 대표. 전 도호 신문 오사카 사
회부 기자

구보 하루히사   도호 신문 도쿄 사회부 경시청 수사1과 담당 기자
네고로 후미아키   동 지원팀장
스가노 데쓰오   동 경시청 캡

간자키 히데쓰구   경시청 수사1과장
히라세 사토루   동 제1특수범 수사2계. 경부보
고다 유이치로   동 제3강력범 수사7계―오모리 경찰서 형사과 강력계.
경부보
안자이 노리아키   오모리 경찰서 형사과 지능계. 경부보
가노 유스케   도쿄 지검 특수부 검사. 고다 유이치로의 옛 처남

1947년—괴문서

의사록(보)

一, 지난 6월 10일, 당사 가나가와 공장으로 우송된 편지 한 통을 총무 담당자가 개봉해 일독한바, 논지가 불분명해 의도를 이해할 수는 없지만 당사의 명예에 관한 사실무근의 내용이 있다고 판명되어, 당 이사회에서 해당 편지에 대한 대응을 검토했으나, 특별히 대응할 필요가 없다는 결론을 내렸다.

一, 편지에 언급된 '공산당원'에 대해 가나가와 경찰서에 확인한바 해당되는 인물이 없다는 답변을 받았다고 구와타 총무부장이 보고했다.

一, 편지는 구와타 부장이 맡아서 폐기토록 한다.

이상
1947년 8월 1일
도쿄 본사 시나가와 임시사옥 회의실에서
(기록 하마다)

히노데 맥주 주식회사 가나가와 공장 사원 여러분께

소생 오카무라 세이지는 지난 2월 말일을 기해 히노데 가나가와 공장을 퇴사한 마흔 명 가운데 하나입니다. 병상에 누워 운신도 뜻대로 못하는 몸이지만 오늘은 마침 이런저런 생각이 들어 몇 자 적습니다.

먼저, 이미 회사를 떠난 자가 이렇게 글을 올리게 된 경위와 의도부터 말씀드려야겠지요.

일전에 저는 어떤 이에게서 히노데 노조 가나가와 지부가 질병 요양을 이유로 저에게 퇴사를 권고한 것은 허울일 뿐이고, 내막에 경찰의 언질이 있었다는 말을 들었습니다. 그 언질인즉슨 '오카무라가 작년 12월 15일 옛 동료 한 명과 있는 모습이 도쿄 시바의 모처에서 목격되었는데, 그런 자는 빨리 내보내는 것이 좋겠다'는 내용이었다고 합니다. 이 말을 해준 것은 맹장염으로 외과 병실에 입원한 고노 에이지라는 사람이었는데, 자칭 공산당원이지만 그 진위는 저도 알 수 없습니다.

생각해보면 제가 지금 병치레를 하는 건 사실이니, 설령 권고가 없었다 해도 조만간 퇴사해야 했을 것입니다. 따라서 '작년 12월 15일'의 일이 애초에 제 인생에 미칠 영향은 없는 셈이지만, 여기서 언급된 '옛 동료 한 명'이 누구였는지 생각해보면 깊은 당혹과 전율이 느껴집니다. '옛 동료 한 명', 즉 노구치 쇼이치는 1942년 가나가와 공장을 퇴사했는데, 같은 퇴사라도 노구치의 경우는 이루 말할 수 없는 실의와 분노에 찬 것이었으며, 약간의 내막도 존재함을 저는 알고 있습니다.

이렇게 다분히 추상적인 말을 늘어놓는 것은 제가 노구치의 흉중을 충분히 알고 있었다고는 말할 수 없기 때문이지만, 오늘 문득 그 사람과 제가 어떤 면에서 많은 것을 공유하고 있다는 생각이 들었습니다. 우선 인간이라는 것, 그리고 정치적 인간이 아니라는 것, 또하나는 절대적으로 가난하다는 것입니다. 실은 이런 말씀을 드리고 싶어 펜을 쥐게 되었습니다. 노구치가 쓰라고 시킨 것이 아닙니다. 그저 이 세상에 태어난 뜻을 여전히 이해하지 못하는 한 인간이 장차 편안한 마음으로 죽고 싶어서 쓰는 것입니다.

먼저 제가 어디서 태어나 어떻게 자라 지금에 이르렀는지부터 간단히 쓰겠습니다. 요즘 들어 고향에 대한 기억이 온몸을 뒤흔들듯 솟아나는데, 떠오르는 단어는 마음과 달리 빈약하고 담담하기만 합니다. 광란을 두려워하는 이성이 미연에 막아버리는 탓인지도 모릅니다.

저는 1915년 아오모리 현 헤라이무라에서 태어났습니다. 생가는 다모다이 지구에서 밭 다섯 마지기를 소작하고, 그외 지주에게서 위탁받은 암말 한 마리를 사육하며 생계를 꾸렸습니다. 그것만으로는 여덟 식구 입에 풀칠하기 힘들어 부모가 숯막 일을 거들기도 했지만, 해당 지구인 기타가와메의 목탄생산조합에 가입하지는 못했습니다. 저희 집은 숯구이용 잡목을 살 돈도, 벌채꾼을 고용할 여유도 없었기 때문입니다.

잘 아시다시피 도호쿠 지방은 대략 삼 년을 주기로 흉년이 드는데 특히 1931년, 1934년, 1935년에 대흉작이 이어져, 저희 네 남매 중 형은 취학을 못했고, 둘째인 저는 취학 전 하치노헤 시에 있는 해산물 도매상인 오카무라 상회에 양자로 들어갔으며, 누이동생은 가와다이 소학교를 반도 다니지 못하고 열네 살 나이에 가와사키에 있는 후지 방적에 취직했습니다. 그리고 왼쪽 눈이 온전하지 못한 남동생은 열두 살에 하치노헤 시에 있는 가네모토 주물공장에 들어가 일을 배웠습니다. 사실 저희 집에는 애초에 무논이 없었으니 흉년이든 풍년이든 살림살이가 특별히 달라질 일도 없었습니다.

형은 1937년 징집되어 제108사단에 편성되었고, 1939년 5월 중국 산서성에서 전사했습니다. 영장이 나왔을 무렵 저희 집 암말이 이 년 내리 사산한 탓에 살림이 더욱 쪼들렸는데, 형은 떠나기 전 자기가 제대해서 돌아올 때까지 그 암말을 포기하지 말아달라고 가족에게 신신당부했답니다. 이렇게 전언처럼 말할 수밖에 없는 것은 제가 그때 이미 다른 집에 양자로 가 있었기 때문입니다.

저는 어릴 적부터 체구가 빈약하고 그다지 활달한 성격도 아니었지만, 오카무라가에서는 대를 이을 양자라며 귀한 대접을 해주었습니다. 그러나 인생이란 뜻대로 풀리지 않는 것인지, 양어머니 오카무라 아야코가 1929년 졸지에 타계하고 양아버지 아이치로가 재혼하자 곧장 친아들이 태어나 제 처지가 곤란해졌습니다. 하지만 덕분에 망설임 없이 좋아하는 학업에 전념할 수 있었고, 하치노헤 중학교에서 제2고등학교, 그다음엔 도호쿠 데이코쿠 대학 이학부로 진학했으며, 센다이에서 대학을 다니는 동안 고향집의 빈궁은 더욱 먼 세상의 이야기가 되었습니다.

이렇게 글로 적으니 저의 반생은 오히려 혜택을 누린 것처럼 보이겠지만 그렇지 않다고 할 수 있는 이유가 두 가지 있습니다. 하나는 제 몸이 가난을 기억하고 있어서 상인 집안의 생활양식이 끝내 몸에 배지 않았다는 것. 또하나는 헤라이무라에서도 하치노헤 시에서도 제 눈에는 똑같이 재넘이가 부는 추운 지방의 풍경만 보였다는 것입니다. 소집영장을 받고 잠시 들러본 1942년의 하치노헤는 다카다테 공항 건설 현장으로 향하는 사람들이 개미떼처럼 마베치 강의 가교를 건너고, 강변에는 니치도 화학과 니혼 사철공장이 밤낮없이 시커먼 연기를 꾸역꾸역 피워올리고, 사메 항구와 미나토 강의 조선소는 돌관 작업을 하는 마치 소리로 요란하고, 도처에 어수선한 분위기가 가득했지만, 그런 하치노혜든 바다 내음이 풍기던 왕년의 한적한 하치노혜든 처음부터 제 것은 아니었습니다. 고향의 기억은 그후 제 몸에서 멀어져버렸지만 고향집의 냄새와 소리만은 지금도 남아 제 내장을 쥐어짜고 있습니다. 이렇게 글을 쓰면서도 목에는 퀴퀴한 말 냄새가 가득합니다. 흙방 볏짚에 뒤섞인 말 똥오줌 냄새 말입니다.

덧붙이자면 제 고향에서는 사람과 말이 한 지붕 아래 먹고 자며, 대개 다다미도 없이 흙바닥에 볏짚이나 멍석을 깔고 지냅니다. 이런 집을 '구즈야'라고 합니다.

혜라이무라는 도와타 산악지대에서 비롯한 무수한 습지들이 띄엄띄엄 모여 물줄기를 이루는 곳이므로 무논도 없지는 않습니다. 화창한 날이면 핫코다 능선이 건너다보이는 완만한 산지에는 목초가 풍부해, 오쿠로모리 일대의 목초지는 메이지 시대부터 육군 군마 보충부로 쓰였습니다. 제 고향집도 조부 대에 고노혜의 말 경매에서 군마로 조달된 말을 몇 차례 사들인 적이 있다고 합니다. 말 산지뿐 아니라 낙농조합도 있어서, 쇼와 초기에는 조합 직영 우유처리소가 있었던 기억이 납니다. 게다가 아오모리 현에서 가장 큰 목탄 산지였기에 모토하치노혜 역에 화물 전용 플랫폼이 있고 그 옆으로 목탄 창고들이 길게 늘어서 있었습니다. 저는 지금도 종종 꿈속에서 목탄 가마를 나르는 화차 소리를 듣고 오한을 느끼며 눈을 뜹니다.

저는 소리와 냄새에 예민합니다. 의사는 신경쇠약이라고 하지만 고향집의 소리와 냄새를 피해 어디로 달아날 수 있겠습니까. 숨을 쉬면 재넘이가 품은 냉기가 꺼슬꺼슬한 줄풀에 들러붙듯이 흙방에 들어찬 온갖 냄새가 코털에 들러붙고, 숨을 참으면 온몸의 털구멍으로 죄 스며듭니다. 냄새들은 저마다 휘잉휘잉, 찰싹찰싹, 꾸룩꾸룩 온갖 소리를 내며 몸안에서 소용돌이를 틀다가 이윽고 텅 빈 위장으로 떨어지고 나서야 잠잠해집니다.

바람이 후려치는 판자벽 밖에 쏟아지는 것이 우박인지 진눈깨비인지 사람이고 말이고 모두 숨죽여 귀를 세우고, 부모는 입을 꾹 다문 채 묵묵히 목탄 가마니를 짜고, 아이들은 매일처럼 논둑길로 뛰어나가 이삭도 패지 못하고 푸릇하게 서 있는 벼 포기의 물큰한 풀 비린내를 맡으며 전쟁놀이를 하고, 늙은 암말은 흙방 구석에서 고개를 수그리고 있고, 조부모는 연기에 검게 그은 얼굴로 이로리*에서 스러져가는 잉걸불을 지켜봅니다. 그렇게 수천 번의 밤을 보냅니다. 그것은 미래라는 관념을 모르는 마소와도 같은 생활입니다.

이렇게 이 몸을 흔드는 소리와 냄새를 언어로 정확히 표현하고 싶은 마음이 간절하지만, 말을 아무리 보태고 또 보태봐도, 아무것도 낳지 못하고 아무것도 바뀌지 않는 고향집의 시간 앞에서는 늘 패퇴하고 맙니다. 저는 남부 지방의 산덩이처럼 흔들림 없는 절대 정적과 불모의 시간을 상대하고 있습니다.

현재로 건너뜁시다. '옛 동료 한 명' 노구치 쇼이치와 저 둘 다 인간이라는 이야기를 했지요. 노구치와 저의 어떤 점이 비슷한지 실증적으로 설명할 방법은 없지만, 둘 다 히노데에서 일했다는 사실을 감안한다면 우선 저에게 가나가와 공장이 어떤 의미였는지 쓰는 편이 좋겠습니다. 그리하면 저절로 '작년 12월 15일'의 이야기로 연결될 테니까요.

현재 저는 시쳇말로 머리끝에서 발끝까지 '노동자'라고 할 수 있을 겁니다. 그것을 인정하는 데 인색하지는 않지만, 저는 원래 세상물정에 어둡고 항상 공부나 연구밖에 모르는 편협한 인간이었습니다. 전쟁중에는 보국진충의 의욕이 모자란 비국민 취급을 받았고, 군대에 징집된

---

* 주로 농가에서 마루나 봉당 가운데를 사각형으로 파내고 만든 화덕.

뒤에는 '2을*은 총알받이나 해라'라는 소리를 들었고, 남태평양에서는 많은 동포처럼 천신만고 끝에 가까스로 목숨을 건져 고국에 돌아왔습니다. 민주주의의 기본 인권이 무엇인지 따위에는 별 흥미도 없고, 하루하루 연명하기 급급한 마당에 당장 입에 풀칠할 보수만 받으면 그만인 부류였던 것입니다.

그래서 작년부터 각지에서 일어난 노동쟁의도 방관했고, 지난 2·1 총파업 때도 결국 전국 6백만 노동자의 일원이 되지 못했습니다. 여기서 강조하고 싶은 것은 제가 어떠한 정치적 신조도 사회적 주장도 가지지 않은 평범한 일개 시민이었다는 것, 그래서 어쩌면 싸워 마땅했을 억압적인 현실에 무지했다는 것, 저도 모르는 사이 반동주의에 가담한 이들 중 하나였을지도 모른다는 것입니다. 단, 후자의 회한은 노구치 쇼이치에게는 해당되지 않습니다.

히노데 맥주가 다른 회사와 달리 전쟁 전부터 비교적 사원을 중시하고, 연구실은 물론 제조 현장과 사원식당까지 밝고 자유로운 분위기라는 것은 저도 잘 알고 있습니다. 도호쿠 데이코쿠 대학의 은사 요네자와 겐지로 선생이 해군 연료창, 내무성 위생국, 육군 군의학교, 니혼 질소비료, 합동주정, 히노데 맥주 등의 일자리를 소개해주었을 때 별로 망설이지 않고 히노데를 택한 것은, 본사 인사부와 제조부의 첫인상이 좋고 효모연구소 설비도 훌륭하며 근로시간에도 여유가 있어 이 정도 회사라면 평생 일해도 좋겠다고 생각해서였습니다. 제가 입사한 1937년에는 맥주 양조업이 중요 산업으로 지정되어 있어 당연히 나름대로 책임감도 느꼈습니다.

입사 후 영장을 받고 출정하기까지 오 년은, 저희는 물론이고 일본의

---

* 징병검사에서 현역병 판정을 받은 사람 중 신체조건 등이 가장 떨어지는 등급.

모든 산업이 전시하에 특별한 인내와 노력을 강요받던 시대였습니다. 입사 이 년차에 맥주 생산량이 최고치에 달했다가 그뒤 국가의 통제로 차차 내리막길을 걷게 되었는데, 징용이나 출정으로 사원이 줄어드는 상황에서도 후방의 근로질서를 유지할 뿐 아니라 기어코 맛있는 맥주를 생산하겠다는 회사의 방침이 지켜졌던 것은 사원들에게 매우 바람직한 일이었습니다. 원료 통제로 현실적으로는 만족스러운 품질을 바라기 힘들었지만, 시내 맥주홀이나 식당에서 배급품으로 나온 히노데 맥주를 맛있게 마시는 사람을 볼 때마다 여기서 일하기 잘했구나 하는 생각이 들었습니다. 히노데는 사원에게 그런 자긍심을 주는 회사였습니다.

제가 징집된 것이 1942년이니 그후 더욱 악화된 국내 사정은 잘 알지 못합니다. 통제 품목으로 지정되어 제품에서 히노데 상표가 사라진 것도 가나가와 공장이 공습당한 것도 모른 채, 남태평양 섬에서 가끔 가나가와 공장의 살균 가마나 발효탱크 꿈을 꾸고는 하루빨리 돌아가고 싶다는 마음만으로 현실을 잊을 수 있었으니, 오히려 행복한 편이었는지도 모릅니다.

1945년 11월 요코하마 항으로 귀국했을 때, 저는 잿더미가 된 시내 풍경에 눈을 의심하며 가장 먼저 공장으로 달려갔습니다. 독신인데다 간토 지방에 연고가 없는 몸이라 실은 달리 갈 데도 없었습니다. 호도가야 고지대에 서 있는 그리운 공장이 눈에 들어왔을 때의 심정은 차마 뭐라고 표현할 수 없습니다. 전장에서 보낸 삼 년이 지옥이었음을 그제야 비로소 피부로 느꼈다고 할까, 살아 있다는 실감을 이성이 미처 따라잡지 못했다고 할까, 안도감보다 모종의 허탈감에 가까운, 온몸이 가루가 된 느낌에 제자리에 쓰러질 뻔했습니다.

이렇게 말하면 그래봐야 오 년 일한 게 다가 아니냐고 생각하시겠지만, 전장에서 막 돌아온 젊은이가 이 나라에서 믿고 기댈 곳이 히노데밖에 없다고 느낀 것도 이상할 것은 없습니다. 본래는 가족이나 고향에 의지해야 마땅하겠지만, 양자로 살아온 저에게는 아무것도 없었던 것입니다. 아니, 그때는 저뿐 아니라 히노데에서 징용당한 모든 사원이 공장을 유일하게 의지할 곳으로 여겼으리라 단언할 수 있습니다. 회사란 그런 것입니다. 만약 노구치 쇼이치도 공장을 그만두지 않았다면 그랬을 겁니다. 설령 실제로는 단 이 년밖에 다니지 않았다 해도 말입니다.

호도가야 고지대를 올려다보며 저는 울었습니다. 멀쩡한 것 같던 공장 건물은 가까이 가보니 지붕이 불타 무너져 있고, 설비도 거의 파괴되고, 창고와 연구동은 벽돌 더미에 불과했으며, 사원 아파트는 흔적도 없이 식당 일부만 겨우 남은 상태였습니다. 그래도 저는 낙담하는 대신 무심결에 공장을 향해 합장했습니다. 그 정도로 기뻤습니다. 식당 입구 책상에는 공책이 놓여 있고, 복귀자는 날짜와 이름, 연락처를 적어놓고 대기하라는 안내문이 붙어 있었습니다. 벌써 백 명 정도의 이름이 적혀 있었는데, 개중에는 아는 동료의 이름도 여럿 있었습니다. 복귀자에게 지급하는 일시금, 신발과 옷감, 전구 등의 배급품, 무료 진료와 생활상담, 찾는 사람 등에 대한 전달사항도 적혀 있었던 것 같습니다. 그때 그 책상 앞에서 가족을 다시 만난 기분을 느끼고, 내가 정말 돌아왔구나 싶은 마음에 다리가 후들거린 것은 저만이 아니었을 겁니다.

그로부터 한동안 공장 대지 3분의 1이 밭으로 바뀌고 잠잘 곳을 잃은 사원들이 가건물에 기거하는 가운데, 회사측이 신속하게 공장 재건 계획을 발표하고, 번번이 늦긴 했지만 아직 아무것도 생산 못하는 상황에서 기본급까지 지급했으니, 다른 회사와 비교할 필요도 없이 히노데 사원들이 혜택을 받은 것은 틀림없는 사실입니다. 물론 이렇게 터무니없는 인플레이션에 이삼백 엔으로 먹고 살 수 있을까 하는 생각이 전혀 없었다면 거짓말이겠지만, 맥주 산업이 전국 특약점이나 일반 소매점의 생계와도 연관되어 있음을 냉정하게 생각해보면 아마 배부른 소리였을 테지요.

그리고 사측의 노력에 부응하고자 사원들도 힘을 아끼지 않았습니다. 기술자는 하루빨리 조업이 재개되도록 망가진 설비를 수리하고, 영업사원들은 특약점에 부지런히 얼굴을 내밀고, 미력하게나마 저도 센다이 공장에서 보존 효모를 받아와 배양하는 일에 최선을 다했습니다. 1946년 가설 공장에서 제조라인이 일부나마 가동되기 시작한 것은 지금 돌아보면 매우 놀라운 일입니다. 겨우 일 년 전인데도 재건에 힘을 쏟은 그 반년간 무엇을 먹고 무엇을 입고 무엇을 생각했는지 잘 기억나지 않는 것은 그만큼 무언가에 쐰 듯이 정신없이 일했기 때문이겠지요. 사실 그렇게 일이라도 하지 않으면 몸에 구멍이 난 듯한 공허함을 메울 길이 없었을 테고, 걷기도 두려울 만큼 심한 탈력과 무력감에 짓눌려 실성하거나 죽어버렸을 거라고 생각합니다.

그리고 생산이 재개된 직후인 5월, 가나가와, 교토, 센다이, 오카야마 네 개 공장을 병합한 히노데 맥주노동조합이 결성되었고, 공장장 외 본사 임원까지 참석한 가운데 첫 노사간담회가 시종 우호적인 분위기에서 열렸습니다. 국철 정리해고 등은 극단적인 사례라 해도, 일방적으로 해고를 통고하는 경영자에게 파업으로 맞서는 것만이 노동자의 사회적 무기로 여겨지던 다른 분야에서 보면, 그래도 맥주는 여전히 주세 징수를 위한 국책산업이고 과점 및 전매에 가까운 품목이니 여유가 있겠다 생각할 수도 있을 테지요. 그러나 여기서 그런 얘기를 할 생각은 없습니다.

굳이 언급하자면, 동일 업종 타사에서도 거의 같은 시기 노동조합이 결성되었는데 히노데를 포함해 2월 1일 총파업 전까지 실질적인 투쟁을 한 곳이 왜 전혀 없었는가 하는 문제일 겁니다. 아마 투쟁할 필요가 없었다기보다 오히려 사측이 GHQ*의 지시에 따라 민주적 기업경영체제를 갖추기 위해 형식적으로나마 노조를 결성하도록 부추긴 탓이겠지요. 사원들 사이에도 '히노데가 살아야 사원이 산다'는 의식이 팽배했고요. 거의 제2의 산업보국회**였다고 할 수 있을 겁니다.

자, 슬슬 본론에 다가가고 있군요. 가나가와 공장은 항간의 노동쟁의를 멀찍이 바라보면서 지난봄 이래 조업을 일부 재개하고 활황을 보이고 있었습니다. 그러나 저를 비롯한 현장 사람들의 눈에만 그렇게 보였던 모양입니다. 실상 통제가 여전한데다 내수가 바로 회복할 기미도 없는 마당에 맥주를 생산하면 얼마나 생산할 수 있겠습니까. 어린아이라도 알 수 있는 문제였습니다. 매월 발표되는 당월 생산량 수치를 보면 조만간 설비와 인원 과잉이 문제시될 것이 분명했습니다. 하지만 현장에서는 비수기인 10월부터 이듬해 3월까지만 잘 넘기면 어떻게든 될거라 생각했고, 작년 9월에는 회사와 노조 사이에도 그런 이야기가 오갔다는 말이 들렸습니다. 그런데 익히 아시는 바와 같이 11월이 되자 갑자기 퇴사자 임시 모집이 시작된 겁니다. 해고도 아니고 경영합리화도 아닌 '퇴직 권고'라니, 웃음이 나올 일이지요.

인건비 과잉으로 회사가 무너져 가나가와 공장 전 직원 이백칠십 명이 거리에 나앉을지, 인원을 정리해서 나머지 사원만이라도 구할지, 둘 중 하나를 택하라는 논리의 시비를 따져봐야 무슨 소용이겠습니까. 일개 사원인 저는 사측과 노조가 경영 현실을 살펴보고 진지한 대화를 거

---

* General Headquarters, 연합군 최고사령부. 1952년 4월 28일까지 패전 일본을 통치했다.
** 1940년 일본에서 전시체제를 위해 전국적으로 노동조합을 해체하고 단위 노조를 정부 주도로 통합한 조직. 패전 직후 해체되었다.

듭한 끝에 합의했다는 말을 믿었을 뿐입니다. 그것이 히노데 맥주 오십 년 역사의 전통이었습니다. 히노데 맥주에 쟁의는 있을 수 없는 것입니다.

노조 주도로 '퇴직 권고'가 실시되고 수시로 개인 면담이 이어졌습니다. 집안 사정이나 건강 문제, 혹은 그냥 계속 다니기가 불편해졌다는 등의 이유로, 올해 2월 말까지 총 마흔 명이 금일봉을 받고 묵묵히 회사를 떠난 것은 주지의 사실입니다. 일부에서 분노의 목소리가 나오기도 했지만 얼마 가지 않아 2차, 3차 인원 정리가 있을 거라는 소문이 도니 어차피 막다른 길이라면 조금이라도 조건이 좋을 때 결단을 내리자고 생각한 경우가 태반이었겠지요. 저도 남태평양에서 말라리아를 앓아 체력이 약해진데다 신경쇠약 진단을 받은 적도 있으니 회사에 폐가 될 수 있겠다 싶어 퇴사를 결심했습니다. 그러나 이렇게 온건한 인원 정리와 달리, 같은 히노데 사원임에도 우리와 동등한 대우를 받지 못하고 해고된 사람이 여럿 있었다는 사실을 저는 지금껏 모르고 있었습니다.

자칭 공산당원의 말로는, 작년 10월 교토 공장에서 사원 세 명이 노조 방침에 반해 산별회의*가 주도하는 통일 투쟁에 참가하고, 3·1 물가 체계** 타파 등을 요구하는 집회를 선동했으며, 그것이 사원 약관에 위배된다는 이유로 연말에 해고되었다는 것입니다. 제가 당시 교토 공장에서 무슨 쟁의가 있었다는 소식을 듣지 못한 것은 그 세 명의 행위가 극히 소소했거나 미수로 끝났기 때문이리라고 짐작합니다만, 그래도 그런 식의 해고가 이루어졌는데 어째서 사원들은 아무것도 모르고 노조

---

* 전후 일본의 노동조합 운동에서는 우파 및 중간파의 '총동맹'과 좌파 주도의 '산별회의'가 대립 구도를 형성했다.
** 인플레가 극심하던 종전 직후인 1946년 실시된 물가 통제령. 물가는 기준 연도인 1934~1936년의 10배, 임금은 5배로 정한 탓에 서민들의 살림은 궁핍을 면키 어려웠다.

역시 미동조차 하지 않았던 걸까요?

그렇게 생각하니 히노데 사원의 긍지나 단결은 다 무엇이었나 싶어 새삼 제 손을 보았습니다. '히노데가 살아야 사원도 산다'는 생각은 결국 회사의 톱니바퀴로 돌아간다는 데서 기쁨을 느껴라, 작은 차이를 배제하고 회사라는 우산 아래 번영을 꿈꾸며 개인의 빈곤을 잊어버려라, 라는 뜻이었을까요? 왜 이런 말을 하느냐면, 지금 이 나라 국민 하나하나가 여전히 가난하다는 사실은 변함이 없기 때문입니다. 그리고 저는 어쩔 수 없이 노구치 쇼이치를 떠올렸습니다.

잠깐 설명하자면, 저와 노구치는 공장에서 그리 친한 편이 아니었습니다. 제가 기억하기로 1940년 봄, 가나가와 공장 차량부에 정비공으로 입사한 당시의 노구치는 마치 비수를 품은 듯 눈매가 서늘했습니다. 아는 차량부 동료에게 "자네 부서에 만만찮은 놈이 들어왔더군"이라고 말하자 그는 "쓸데없는 소리 말게. 그러다 호된 꼴 당해" 하며 목소리를 낮추더군요. 도호쿠 출신인 저는 부락* 사람을 본 것이 그때가 처음이었습니다.

차량부 차고가 제가 일하던 연구동 바로 뒤쪽이어서 노구치와는 자주 마주쳤습니다. 항상 연구동 뒤 소각로에서 감자를 구워 먹기에 이곳 쓰레기에는 약품도 섞여 있으니 위험하다고 일러주자 그는 "내장 소독도 되고 좋네요" 하며 가만히 웃었습니다. 무슨 말을 해도 고집스레 들으려 하지 않아 대하기 쉽진 않았지만 속은 따뜻한 남자 같았습니다.

노구치는 자기 이야기를 거의 하지 않았지만, 전해듣기로는 사이타마 현 시골에서 태어나 그 마을에서 유일하게 심상고등소학교를 나왔고, 도쿄로 올라와 아라카와에 있는 철공소에서 일을 배우던 중 가나가

---

* 部落, 일본의 피차별 천민집단.

와 공장의 고 사사하라 유키오 전 공장장을 우연히 만나 히노데에 들어오지 않겠느냐는 권유를 받았다고 합니다. 또다른 이야기는, 노구치의 고향 마을 근처에 히노데 맥주공장을 새로 건설하며 논밭을 수용하게 되었는데, 그로 인해 경작지를 잃은 현지 소작민들을 달래려고 고용했다는 내용이었습니다. 부지에 공장을 완공하면 마을 출신을 몇 명 고용하기로 히노데 맥주가 약속하고, 시범적으로 노구치 외 세 명을 공장 각지에 입사시켰다는 것입니다.

참고로 그 부지 매입 계획이 1941년으로 연기된 것은 저도 알고 있었는데, 자칭 공산당원의 말로는 1943년 히노데 맥주가 그 계획을 백지화하고 다른 지방에서 부지를 매입하기로 결정했다는 것입니다. 그리고 앞서 말한 쟁의 선동을 이유로 교토 공장에서 해고된 그 세 명이, 예의 노구치와 함께 1940년에 입사한 자들이었습니다.

1942년 봄 고 사사하라 공장장이 갑자기 일신상의 이유로 공장을 떠난다고 발표한 날 오후, 평소 말이 없던 노구치가 찾아와 "나를 채용한 게 상부에서 문제가 됐다"는 요지의 이야기를 했습니다. 닷새 뒤에는 제 연구동으로 불쑥 찾아와 사직서를 내고 고향으로 돌아가기로 했다, 짐도 다 싸두었다고 말했습니다. 변함없이 고집스러운 표정이었지만 뭔가 작정한 듯한 눈빛으로, "히노데 맥주를 마시고 싶네요. 언제 또 마실 수 있을지 모르니까"라고 말하며 가만히 웃었습니다.

제가 공장으로 데려가 저장탱크에서 한 잔 따라서 건네주자 그는 그 맥주를 맛있게 마시고는 작별인사를 하고 떠났습니다. 전날 그에게 소집영장이 나왔다는 얘기를 들은 것은 며칠이 지나서였습니다.

왜 징집 직전 사직서를 냈는지, 아마 제가 모르는 속사정이 있었겠지만, 저는 노구치도 많은 고민 끝에 뭔가 생각한 바가 있어 그렇게 결정했고, 그럼에도 떠나기 전 히노데 맥주를 마시고 싶다고 청할 만큼 회사에 애착이 있었다고 생각합니다. 그 역시 저희와 마찬가지로 히노데라는 회사에서 짧은 기간이나마 번영을 꿈꾸었던 사람일 따름입니다. 아아, 실은 그때 저도 입대 직전 송별회에서 마셨던 맥주맛을 떠올렸더랬습니다.

그럼 문제의 '작년 12월 15일' 이야기를 하지요. 그날 저는 도쿄의 병원에 있었습니다. 전철을 타고 하마마쓰초 역에 내리면서 누군가와 맞닥뜨렸지요. 어디서 본 얼굴이다 싶었는데 상대방이 먼저 "오카무라 씨" 하며 알은체를 했습니다. 노구치 쇼이치였습니다. 듣자하니 그날 도쿄에서 중요한 집회가 있어 급히 상경한 참이었습니다.

사 년 만에 만난 노구치는 사지가 멀쩡했지만 안색은 꽤 창백했습니다. 시대에 따라 사람들의 행동거지와 표정이 바뀌고 일본인의 목소리도 훨씬 야단스러워진 듯 느껴지지만, 노구치는 전과 별다를 바 없이 목석처럼 조용히 벤치에 앉아 있었습니다. 아니, 시대를 미처 따라잡지 못했다고 할지, 당혹스러워한다고 할지, 혹은 막 귀국한 병사처럼 볼이 살짝 상기된 것이, 절반은 흥분하고 절반은 넋을 놓은 듯 보인다고 할지.

그는 2월에 귀국해 지역에서 알선해준 홋카이도의 미쓰비시 비바이 광업에서 일하고 있다고 했습니다. "도쿄도 꽤 춥네요. 요즘 탄광 식사가 그럭저럭 잘 나와서 체력은 조금 나아졌지만 아무래도 머리가 잘 돌아가질 않아요. 전국대회가 있어서 제가 지부 대표로 올라왔습니다. 동료들이 한 푼 두 푼 여비를 모아준 덕분에 겨우 왔어요"라고 말하며 그는 낮게 웃었습니다. 전국대회라 함은 부락해방전국위원회 제1회 대회를 가리키는 것인데, 제가 여기서 하고자 하는 이야기는 그 대회가 아니라 노구치에 대해서입니다. 기본 인권이니 민주주의니 하는 게 아니라, 삶의 의미란 무엇인가 하는 이야기입니다.

그는 외투깃을 세우고 아이처럼 자라목을 하고서 플랫폼 벤치에 앉아, 조금 멍한 미소를 띤 채 작은 목소리로 가만가만 이야기했습니다.

"나는 천한 역사 속에 살고 있어요. 소집영장을 받고 차라리 도망가 버릴까 망설일 때 절감했습니다. 친형제들은 남들처럼 군대에 가지 않으면 체면이 서지 않는다고 했지만, 나는 도저히 그럴 수 없다, 다른 일은 뭐든 하겠지만 천황의 병사만은 절대로 될 수 없다고 했어요. 그랬더니 어머니는 정 이런다면 헌병을 부르겠다 하고, 아버지는 동네 사람들 앞에서 죽음으로 사죄하겠다 하고, 친척들은 죽창을 들고 소리소리지르며 달려오더군요. 그 모습을 보고 대체 우리는 얼마나 비천한 족속인가 생각했습니다. 이런 시절에 높으신 분들을 위해 총칼을 들지 않으면 인간도 아니라고 말하는 건 그저 더 모진 따돌림이 무서워서가 아닌지요. 다들 겁에 질린 개처럼 미친듯이 짖어대며 물어뜯기 바쁩니다. 허구한 날 일하고 먹고 자는 것밖에 모르는 생활 속에서 굶주린 기억이 골수에 사무치니 천해질 수밖에요. 냉정하게 생각하질 못하니 천할 수밖에. 그렇게 보면 이 나라 전체가 천하다고 생각합니다. 내가 도망치면 부모 형제가 따돌림을 당하고 굶어죽을 테니 결국 전장에 나가기는 했지만, 천하다 천하다 해도 가난한 놈이 가난한 나라를 침략하는 것만큼 천한 게 없어요. 그걸 잘 아는 내가 먼저 죽이지 않으면 죽는다는 이유로 살육을 저질렀으니, 인간이란 참으로 가련한 존재가 아닙니까. 오카무라 씨 생각은 다를지 몰라도, 전쟁터에서 살아 돌아온 우리는 모두천한 죄업을 지고 살아가도록 하늘의 명을 받은 자들이라고 봅니다.

그러나 지금은 천한 역사 속에 살면서 처음으로 희미한 빛이 비쳐드는 시대를 지켜보는 기분입니다. 솔직히 말해 희미하게나마 희망이 솟는 것을 막을 수 없어요. 안개처럼 희미한 빛이지만, 이런 느낌은 난생처음입니다. 새로운 시대는 넋 놓고 기다리는 게 아니라 우리가 만들어나가는 것이라고 생각하면 요시다 시게루* 따위는 아무것도 아닙니다.

해방위 간부가 뭐라 뭐라 말해도, 나는 민주주의 혁명이니 하는 것들보다 그저 지금 이 자리에 이렇게 살아 있다는 것이 온몸이 욱신거릴 만큼 기쁘고 또 무서워요. ―이렇게 오카무라 씨와 대화하고 있다는 사실이 기쁩니다. 설령 헛것을 보는 것일지라도, 내 몸에 묻은 진흙이 깨끗이 씻겨나가는 것처럼 개운한 느낌입니다. 수백 년을 추위에 웅크려 있던 벼가 어느 날 쑥쑥 자라기 시작한다면 지금이 바로 그때일 겁니다. 개인적으로는 이삭이 패면 고개를 숙이는 벼보다 이삭이 패도 꼿꼿하게 서 있는 보리가 되고 싶지만요."

노구치는 시종 더듬거리며 그런 이야기를 하다가 기다리던 지인이 오자 자리를 떴는데, 마지막으로 "아, 그때 그 히노데 맥주 정말 맛있었어요"라는 말을 남겼습니다. "그 호박색은 그저 보고만 있어도 황홀했고, 톡톡 터지는 탄산가스는 음악 같았어요. 생각해보면 아름다운 것, 맛있는 것, 편안한 것이 인간을 비천함에서 구원해주는 것 같습니다. 그 맥주에서 나는 그걸 배웠습니다. 미안하지만 히노데라는 회사에서 배운 건 아니고요."

말은 그렇게 했지만, 저는 그가 히노데에서 잠시나마 꿈을 꾸던 사원 중 하나였다는 사실을 의심하지 않습니다.

그런데 노구치가 말한 '희미한 빛이 비쳐드는 시대'는 정말로 오고 있을까요? 제 눈에만 보이지 않는 것인지, 아니면 저 혼자 뒤처져서 우두커니 서 있는 것인지. 상기된 얼굴로 몸을 떨면서 새로운 시대를 말하던 노구치는 과연 어디서 그런 생명력을 얻었을까요? 나는 이렇게 먹먹한 구멍을 껴안은 채 넋을 놓고 있는데, 그는 어디서 이른바 비천한 역사를 제 몸으로 감당해내려는 힘을 얻고, 그렇게 삶의 희열을 펄펄

* 당시 일본의 총리.

끓이며 걸음을 내디딜 수 있었을까요?

어쩌면 '희미한 빛이 비쳐드는 시대'란 한때의 망상이었을 뿐, 지금
은 벌써 꿈에서 깨어났을까요? 아니면 그때도 그저 희망을 말하며 자위
했을 뿐일까요? 어느 쪽이 맞는지 저는 알 수 없습니다.

그러나 생각해보건대 노구치 쇼이치라는 남자도 한 사람의 일본인이
며, 지금 제 병실을 청소하는 저 아주머니도, 복도에서 뭐라고 악을 쓰
는 아이도, 창밖을 지나는, 여급으로 보이는 저 여인도, 병실에 누워 있
는 저도 모두 같은 일본인이며, 묵묵히 일하는 한 마리 개미이며, 이런
저마다의 걸음걸음이 모여 나라의 모습을 이루는 것이겠지요. '빛이 비
쳐든다'고 말하는 이가 있는가 하면 회사를 떠나서도 여전히 같은 말을
되뇌는 이가 있고, 민주주의자로 변신한 극우 정치인의 망령이 있는가
하면 민주혁명을 부르짖으며 모종의 내부 투쟁에 바쁜 민주주의자도
있고, 발밑을 내려다보면 악귀에 씐 암매상과 도둑이 있고, 눈빛이 매
서운 실업자와 부랑자가 있고, 목청 요란한 노동자가 있고, 어마어마한
물자를 숨겨둔 기업가가 있고, 시골로 눈길을 돌리면 쌀이며 감자를 쟁
여둔 농민이 있고, 몰락의 발소리를 듣는 지주가 있고, 애초에 잃을 것
조차 없는 빈농도 있습니다. 개미들의 행동을 죄 합친 듯한 이 모든 일
본의 모습은, 일면 활기차지만 어딘가 의기소침하기도 한, 여전히 혼란
스러운 모습입니다.

그리 멀지 않은 훗날 일본인은 예전처럼 맥주를 즐기게 되겠지만, 그
때 저는 어디서 무엇을 보고 있을지, 노구치 쇼이치의 까맣게 갈라진
손톱은 어떻게 되었을지, 헤라이무라는 어떤 모습일지, 지금은 그 무엇
도 상상할 수 없습니다. 그때 히노데 라거 맥주 상표를 바라보며 제가
무슨 생각을 할지, 지난 2월 퇴사한 마흔 명은 무슨 생각을 할지, 노구
치 쇼이치와 교토 공장에서 해고된 부락 출신자들은 또 무슨 생각을 할

지, 그것은 하늘만이 알 것입니다.

1947년 6월

오카무라 세이지 올림

1장

1990년—남자들

1

  이십 일 만에 찾은 후추 경마장에는 비가 내렸다. 오후부터 빗발이 굵어지더니 9레이스가 시작될 즈음에는 골 부근에 나가 있던 우산 무리도 여기저기 흩어졌다. 이런 날 스탠드로 밀려든 십수만 명의 입김은 쥐어짜면 뚝뚝 물이 들을 것처럼 축축하다.

  2층 스탠드에 들어찬 낮은 웅성거림 아래로 간혹 망가진 송풍관에서 바람 새는 소리 같은 헐떡임이 들린다. 여자아이 하나가 벤치에 윗몸을 꼬고 앉아 목을 비틀어 쭉 내밀고 좌우로 흔들며 목소리를 쥐어짜고 있다. 마침내 여자아이의 목에서 바람 섞인 탁음이 거세게 새어나오더니, 곧 "우, 아" 하는 모호한 모음만으로 이뤄진 말이 내뱉어졌다. 아이는 '출발'이라고 말한 것이었다.

  여자아이 오른쪽에서 보호자로 보이는 남자가 고개를 들었다. 남자는 묵직해 뵈는 눈꺼풀을 맥없이 껌뻑이다가 "조용히 해" 하고 짧게 말했지만, 아이는 입술을 일그러뜨린 채 고개를 위아래로 크게 끄덕이며 뜻이 통했다는 기쁨을 표하고는 탁한 교성을 질렀다.

여자아이의 허리춤에서는 끈이 한 가닥 나와 벤치에 묶여 있다. 벌써 열두 살이 넘었지만 목과 몸을 잘 가누지 못해 이렇게 묶어두지 않으면 벤치에서 굴러떨어진다. 아이는 그날따라 한층 퀴퀴한 냄새를 풍겨서 몸을 비틀 때마다 악취가 주위로 퍼져나갔다. 그러나 보호자 남자는 아무 냄새도 맡지 못하는 양, 목을 꺼떡이며 웅얼거리는 아이 옆에서 다시 고개를 숙이고 눈을 붙이려 했다.

그나저나 우산을 어디 두었더라. 모노이 세이조는 문득 그런 생각이 나 신문에서 눈을 들고 벤치 아래쪽을 살폈다. 그는 돋보기를 미처 벗지 못해 희뿌옇게 보이는 콘크리트 바닥에서 옆자리 여자아이의 운동화에 깔려 있는 제 우산을 주워들었다. 우산에는 젖은 신문지 한 장이 들러붙어 있었다. 지면에 실린 '그윽한 향기 백년, 히노데 라거'라는 광고 문구를 힐끔 보고는 손으로 툭 쳐서 떨어뜨렸다.

옆에서 여자아이가 발을 구르며 '출발, 출발' 하며 목을 쥐어짜고 있다. 3세마 혼합 9레이스가 시작되었다. 기분 탓이라 생각하면서도 아이가 풍기는 비린내를 완전히 무시하지는 못한 채 모노이는 베팅을 하지 않은 이번 레이스의 출발 장면을 지켜보았다. 무심코 고개를 틀어 오른쪽 얼굴을 코스로 향했다. 어린 시절 사고를 당한 왼쪽 눈은 성장하면서 점점 시력을 잃었고, 육십대 중반을 지난 지금은 완전히 캄캄하다.

날씨 탓에 코스는 벌써 어둑어둑했고, 맞은편 정면에서 출발한 말들은 파도가 날뛰는 바다를 기수와 함께 헤엄쳐나가는 것처럼 보였다. 11월의 잔디는 아직 푸른 기운이 남아 있지만 비 때문인지 하늘 때문인지 경마장과 마찬가지로 칙칙했고, 말들이 달리는 잔디코스 바로 앞의 더트코스는 진흙 거품이 이는 검은 띠 같았다. 스탠드 정면의 대형 스크린에 나오는 실황 화면에 그 더트의 표면이 비쳤다.

　모노이가 더트를 바라본 것은 마권을 몇 장 사볼까 생각중이던 다음 레이스가 그 더트코스에서 진행되고 있기 때문이었다. 늘 그렇지만 말들의 발굽 무게를 상상하면 까닭 없이 근지러움이 일고 내장 한구석이 경련하듯 꿈틀댄다. 둔부를 후려맞으며 모가지에 정맥을 돋우고 진흙을 박차는 말들을 모노이는 새삼 경이롭게 바라보았다. 대지의 불안정과 *끈끈함*을 느끼며 제 사지의 중량을 실어 한 발 한 발 내디딜 때마다 말들은 아마도 은밀한 흥분을 느끼리라고 그는 생각했다. 그렇게 느끼게끔 타고났으니 달리는 것이지, 단순히 채찍이 무서워 달리는 생물은 있을 수 없다.

　그런 생각을 하는 동안 1400 잔디코스에서 선행마와 선입마가 한덩어리가 되어 결승 주로로 들어서는가 싶더니, 가장 인기 있는 인터미라주가 뒤에서 치고 나오자 스탠드는 한순간 무섭게 달아올랐다. 그러나 선행마가 도망치듯 결승선으로 들어가는 순간 노호의 봉우리는 한숨으로 바뀌었고, 그 한숨도 이내 스탠드 지붕을 때리는 빗소리에 삼켜져 꼬리를 감추고 말았다.

　모노이는 무릎 위에 펴놓은 신문의 10레이스 지면을 접고, 2층 정면으로 보이는 전광게시판에서 재미 삼아 9레이스 결과를 확인했다. 지난달 14일 신마경주에서 승리한 에바스마일이 2.5마신 차로 4착이다. 역시 그렇군, 아직 3세마니까, 그는 혼잣말을 했다. 특별히 좋아하는 말은 아니다. 다만 그 신마경주 다음날 스물두 살 외손자가 수도고속도로에서 교통사고로 죽었기에 언뜻 기억이 되살아났을 뿐이다. 그때 또 굵은 빗방울이 주로를 난타해 모노이는 다시 그쪽에 집중했다. 저멀리 보이는 더트코스에서 빗물 웅덩이가 면적을 넓혀갔다. 다음 레이스는 진흙탕을 달려야 할 모양이다.

패독paddock에서 출주마 상태를 직접 살피기 전에는 10레이스에 베팅하기 어렵다. 낯익은 말들이 더트에 모여 있지만 불량 주로에서 좋은 성적을 낸 말은 없다. 체중이 눈에 띄게 달라진 말도 없다. 고만고만한 마력끼리의 승부라면 더더욱 레이스 직전 말 상태를 살펴봐야 결과를 짐작할 수 있다. 더 생각할 것 없이 그렇게 결론을 내렸지만, 완전히 확신할 수는 없는 일이었다. 답은 말밖에 모른다.

그러나 패독으로 나가볼까 하던 차, 결승선 앞 스크린에 11레이스 출주마의 계량 결과가 뜨고 말았다. 모노이는 아직 11레이스에 베팅할지 결정하지 못했지만 일단 신문지 공백에 마체중을 적어두려고 자리에 일 분쯤 더 앉아 있었다. 그러다 잠시 잊고 있던 오른쪽 옆자리로 고개를 돌려보니 건들건들 몸을 흔들던 여자아이가 갑자기 고개를 휙 돌려 모노이 쪽으로 기울였다. 아이는 약간 사팔눈으로 그를 쳐다보며 "아우, 아우" 웅얼거렸다.

'바람'이라고 말한 건가? 주로를 보니 잔디를 뒤덮은 비의 막이 어느새 비스듬한 각도로 몰아치고 있었다. 마치 검은색 커튼을 걷어내는 듯했다.

"오, 그래. 바람이 부는구나."

모노이는 여자아이의 말에 적당히 응해주고 육 년 넘게 어울려온 그 작은 머리를 손으로 살짝 짚었다. 다시 비린내가 피어올랐다. 암말 오줌내, 라는 생각이 절로 떠올랐다.

까닭 모를 초조함에 모노이는 여자아이 머리 너머의 보호자 남자를 향해 "어이, 누노카와. 다음 레이스 베팅할 거야?" 하고 물었다.

이름이 불린 남자는 내내 숙이고 있던 고개를 들더니, 아침부터 거의 들춰보지 않은 제 몫의 신문에 눈길을 주었다가 고개를 저었다. "불량주로에 1600인걸. 일없어."

"인터에리모가 나와. 승급 후 첫 출전이야."

"에리모는 너무 강해서 재미없어. 모노이 씨 취향이지. 난 별로야."

누노카와는 하루 한 번은 꼭 보여주는 엷은 미소로 마다했다. 이 남자는 대개 메인 레이스에만 베팅하고, 그것도 아주 무난하게 1, 2번 인기마를 축으로 잡고 피아노 치는* 성향이라 크게 따진 못하지만 크게 잃지도 않는다. 특정 필마에 집착하는 경향도 없고, 신문의 출주마 분석란조차 제대로 읽지 않는다. 항상 같은 결승선 앞 2층석으로 일요일마다 딸을 데려와 앉혀놓는 것은 자기 취미를 위해서가 아니라 딸이 말을 좋아해서다. 애 보기를 겸해 딸을 벤치에 앉혀놓고 나면 나머지는 앉아서 졸거나 멍하니 시간을 보냈다.

누노카와는 아직 젊다. 잘해야 서른을 넘었을까. 다른 부분은 볼 것도 없이 매끈한 피부가 그렇게 말해준다. 육 년 전 6척이 가볍게 넘는 몸을 구부정하게 구부리고 벤치에 앉아 있는 이 남자를 처음 보았을 때 모노이는 얄팍한 지식으로도 로댕의 조각 작품을 금방 떠올릴 수 있었다. 소싯적 자위대의 나라시노 주둔지였던 제1공정단에 있었다고 말했을 때도 하긴 저만한 체격이면, 하고 바로 납득했다. 눈빛이 조금 어두웠으나 여느 사람들처럼 모노이도 저렇게 젊은 나이에 장애아 아비 노릇을 하기가 오죽 힘들까 짐작했고, 그의 어눌하고 주변머리 없는 말투와 종종 언짢은 듯 찡그리는 솔직한 표정에서 일종의 호감이나 친근감을 느껴왔다. 그러나 자신도 한쪽 눈이 멀고 말솜씨가 부족해 역시 주변머리 없는 축에 속한다는 것 말고 특별히 구체적인 공통점은 없었다. 누노카와는 장애아 딸을 건사하기 위해 몇 년째 대형 운수회사의 노선

* '축'이란 1착 예상마를 뜻한다. '피아노 치다'란 삼복승식에서 예를 들어 5번마를 축으로 잡을 경우 6번마, 7번마 하는 식으로 마번을 나란히 정하는 것을 뜻하는 은어다.

트럭을 몰고 있다. 10톤 트럭을 일주일에 꼬박 육 일씩 운전하며 도쿄
와 간사이를 쉴새없이 왕복하는 생활이다.

"에리모가 더트를 달린다니까."

스스로에게 변명하듯 말하고 모노이는 패독으로 나가려고 일어났다.
계단을 내려가 마권판매소가 늘어선 1층 통로까지 갔을 때 좀전에 확인
했던 우산을 놓고 온 걸 알았지만 걸음을 돌릴 일은 아니었다. 일상의
건망증이 통증 없는 치주질환처럼 날로 진행되고 있지만, 어느 날 이가
툭 빠지기까진 아직 시간이 있다.

패독이 눈앞에 보일 무렵, 쓰레기가 쌓인 통로 기둥 밑동에 기대앉은
또다른 남자가 눈에 들어와 모노이는 서두르던 걸음을 멈췄다. 남자는
이십대 중반의 젊은 몸을 어색하게 구부린 채 책상다리를 하고 양손에
펼쳐든 신문을 얼굴에 바짝 갖다댄 자세였다. 항상 이곳에서 마주치고,
거의 항상 이런 자세로 신문을 들여다보고 있는 남자다.

"요짱." 모노이가 부르자 남자는 고개를 들어 눈인사를 하고 다시 신
문으로 눈길을 떨어뜨렸다.

남자의 이름은 마쓰도 요키치. 모노이의 집 근처 작은 공장에서 일하
고 있다. 손자 장례식 날에는 어디서 소식을 들었는지 사무용 봉투에
조의금 3,000엔을 담아 들고 왔다. 누노카와처럼 일요일마다 거르지 않
고 경마장을 찾는 단골이지만, 그와 달리 전날 토요일에 나오는 경마
전문지와 석간신문을 서너 종 사다가 3평짜리 단칸 셋방에서 밤새 출마
표와 씨름하며 아침을 맞았다. 그러고는 또 레이스 직전까지 코앞 10센
티미터에서 신문을 노려보며 결과를 예상하다가 끝내 뭐가 뭔지 모르
는 상태가 되어 관자놀이에 푸른 심줄을 돋운다. 매번 그 반복이다.

모노이는 푹 숙인 그의 머리에 대고 짧게 물었다.

"다음 레이스 베팅할 거야?"

"오늘은 11레이스 하나만. 돈도 없고."

"어느 말에 걸 건데?"

"다이애나로 할까. 모르겠네."

마쓰도는 거뭇하게 때가 낀 손톱으로 신경질적으로 신문을 고쳐 접고는 끄트머리가 뭉툭해진 빨간 색연필로 뭐라고 적어넣었다. 그리고 "다이애나라"라고 혼잣말을 하고는 "3이 들어올까, 4가 들어올까" 하고 웅얼거렸다.

그때까지 옆에 나란히 앉아 있던 남자가 갑자기 벌떡 일어나 어딘가로 걸어갔다. 서른 안팎에 별 특징 없는 외모지만 모노이는 그의 화려한 세로줄무늬 재킷과 보라색 와이셔츠, 구겨 신은 흰색 로퍼에 저도 모르게 눈길이 갔다. 그러자 마쓰도도 함께 눈길을 돌리며 "아는 사람이야"라고 말했다.

"누군데?"

"우리 공장에 오는 신용금고 직원."

"그래?"

"재일조선인. 일요일마다 저렇게 빼입고 나와."

뜬금없이 그렇게 말한 마쓰도가 이를 살짝 드러내고 소리 없이 웃으며 어깨를 흔들었다.

말이 툭툭 끊겨서 제대로 알아듣지 못했지만 모노이는 가는귀먹은 탓으로 돌리고 되묻는 수고를 아꼈다. 아무래도 손자뻘이라서인지, 사고방식부터 젓가락 쥐는 법까지 모든 면이 어딘지 모를 위화감을 준다. 15일에 죽은 손자도 그랬다. 여하튼 모노이 눈에는 방금 자리를 뜬 남자도 그런 젊은이로 보였는데, 그런 인상이 어디서 연유하는지는 알 수 없었다.

"다이애나가 복병일지도 모르지." 모노이가 화제를 돌렸다. 마쓰도는 "중급 복병. 대박은 아냐" 하며 진지한 낯으로 정정했지만 얼굴은 이미 신문에 파묻혀 있었다. 그 옆얼굴을 향해 모노이는 "내일쯤 집으로 와. 같이 초밥이나 먹으러 가지" 하고는 자리를 떴다.

도중에 한눈을 판 탓에 패독 주변에는 이미 우산이 빼곡했다. 빗속으로 나서서 사람들 사이로 패독 안을 들여다보려 했지만 도저히 불가능해서 포기하고, 마권판매소 주변에 몇 개 있는 모니터 화면으로 말을 살펴보기로 했다. 그새 제법 젖어버린 몸으로 모노이는 스탠드 건물로 돌아가 북적이는 통로 모니터 아래 섰다. 한 마리씩 비춰주는 화면 속에서 기수를 태운 4번 마가 걷고 있었다. 줄곧 900만 등급*을 뛰던 6세 추입마였는데, 최근 눈에 띄게 막판 뒷심이 약해진 것을 스스로도 아는지 걸음이 무거워 보였다. 이어서 5번 마. 4세마치고는 조숙하고 총명한 표정에다 채근하는 고삐에 뭐라고 반항하고 싶은 양 이빨을 씩 드러낸다. 이어서 6번 마.

빗줄기는 영 약해질 낌새가 없고 마필들 위로 쏟아져내리는 빗방울이 알알이 보일 정도였다. 온몸이 털로 덮여 비에 젖으면 자기 체중만으로도 부담을 느끼는 말들의 무거운 기분이 전염되었는지, 모노이는 레이스에 대한 집중력을 조금씩 잃어갔다.

이쯤에서 기분전환이 필요하겠군. 이런 때는 마음을 다잡고 처음 정한 말에 5,000엔쯤 베팅해서 따는 것이 바람직하다. 잃으면 다시 다음 레이스에 집중하면 그만이고. 모노이는 원래 마권 자체에 집착이 적은 편이었고, 오히려 그래서 삼십 년 넘게 이 분야에 흥미를 잃지 않고 지출을 계속할 수 있었는지도 몰랐다. "다음은 에리모야"라고 혼잣말을 한 그는 원래 생각과 달리 본마장에서 워밍업하는 말들을 보기 위해 혼

---

* 경주마는 기존에 받은 우승 상금을 기준으로 등급이 나뉜다.

잡한 통로를 빠져나갔다. 우천으로 마장 앞 광장에 나가지 못한 사람들이 벌써 스탠드 출구에 진을 친 탓에 목을 길게 빼어 가까스로 시야를 확보해야 했다. 패독에서 이동해온 말들이 정렬하기를 기다리며, 멀리서밖에 볼 수 없는 말들의, 어딘가 살아 있는 생물 같지 않은 사지의 움직임을 바라보기를 십 분여, 그는 결국 저력의 승부라 판단하고 시계를 보았다.

출주까지 십오 분밖에 남지 않았다. 지인이 사달라고 부탁한 마권도 몇 장 있어서 모노이는 마권판매소로 걸음을 서둘렀다. 기둥에 기대 있던 마쓰도 요키치는 어디 갔는지 보이지 않았다. 판매소 창구 앞에는 사람들이 머리밖에 보이지 않는 상태로 밀치락달치락하며 줄지어 서 있었다. 모노이는 이리저리 떠밀리며 십 분쯤 기다리면서 습관처럼 '좋아, 에리모다!' 하며 조금씩 기합을 넣다가, 창구에 다다르자 1,000엔권 다섯 장을 기세 좋게 찔러넣으며 "단승, 2번!" 하고 소리쳤다. 마권이 나오자 재빨리 다시 1,000엔짜리 세 장을 찔러넣으며 "1, 2, 1, 5, 2, 5!" 하고 소리쳤다. 이건 지인이 부탁한 몫이었다. 구입한 마권을 들고 통로로 나오자 머리 위에서 출주 이 분 전을 알리는 벨이 울렸고, 수십 개의 창구가 일제히 닫히는 소리가 울려퍼졌다.

게이트인 팡파르를 들으며 서둘러 2층석으로 향하는데, 마침 누노카와가 한쪽 팔에 딸을 끼고 다른 한 손에는 접이식 휠체어를 들고서 계단을 뛰어내려왔다. 누노카와는 "바지를 갈아입혀야겠어"라고 중얼거리며 옆구리에 낀 여자아이를 턱짓으로 가리켰다.

모노이는 시선만 내려서 아이의 파란색 바지 샅 부분에 번진 얼룩을 보았다. 그 순간 다시 암말의 엉덩이가 떠올라 내심 당황스러웠다.

"처음인가?"

"그런 것 같아. —글쎄, 모르겠네."

"제수씨는?"

"장 보러 갔어. 지금쯤 돌아왔을 거야."

어색하게 목소리를 낮춰 대화하는 두 남자 옆에서 여자아이는 "아, 아, 아—"라고 웅얼거리며 손발을 휘젓고 고개를 움직여댔다. 기분이 언짢아 보였다. 누노카와는 잠시 정신이 어디로 달아난 것처럼 멍하니 그 모습을 내려다보다가 이어 몹시 초조한 표정을 지으며 관자놀이에 힘줄을 돋웠다. 그러나 그 표정도 이내 풀어버리고 "이제 레이디네"라는 한마디를 무뚝뚝하게 내뱉었다.

달거리를 했으니 아이는 오늘부로 '레이디'가 된 것이었다. 모노이는 말하기 나름이라고 내심 감탄하며 얼른 맞장구를 쳐주려 했지만 적당한 말을 찾지 못했다.

"11레이스 마권을 사둘까?" 모노이의 말에, 누노카와는 냉큼 "이름에 레이디가 붙은 마필로, 단승 만 엔" 하고 대답했다. 모노이는 또 얼른 대답하지 못하고 당황했다.

"이름에 레이디가 붙은 마필이 둘이야."

"그럼 마필당 5,000엔씩으로 해줘."

"아예 복승으로 베팅하지?"

"그럴 필요까진 없고."

누노카와는 딸을 껴안은 손으로 지갑에서 만 엔짜리를 뽑아 내밀었다. 그리고 지난 육 년 이래 처음으로 작별인사도 없이, 딸과 휠체어를 옆구리에 끼고는 그대로 통로의 무리로 섞여들어 시야에서 사라졌다.

모노이는 얼른 계단을 올라 통로까지 가득찬 인파를 헤집고 들어가서 목을 쭉 뺐다. 그리고 고개를 절반쯤 마장 쪽으로 돌렸다. 건너편 정면에서 출발한 10레이스 8두가 비 내리는 바다로 날뛰듯 달려나갔다.

더트의 검은 띠가 쭉 뻗어 있었다. 횡으로 나란히 달리던 말들이 모래산이 허물어지듯 차츰 앞뒤로 어긋나더니 거의 모가지 하나만큼 차이를 두고 경쟁하며 순식간에 3코너로 접어들었다. 물안개 너머로 기수들의 알록달록한 모자가 겹쳐지고 흔들린다. 검은색 헬멧, 2번 에리모는 출발이 조금 늦은 느낌이다. 세 무리쯤으로 나뉜 말들이 결승선 앞 스크린을 통과했다. 말굽들의 땅울림이 다가온다. 에리모는 아직 꽁무니 쪽이다.

앞선 2두와 코 하나 혹은 머리 하나 차이로 나머지 6두가 4코너를 돌아 결승선 앞 직선주로 500미터로 들어섰다. 스탠드 어디선가 환성이 솟아올라 거대한 파도를 이루면서 부풀어올랐다. 이윽고 8두가 혼전을 벌이고, 아웃코스에서 인터에리모가 앞으로 치고 나오기 시작했다. 에리모가 쭉쭉 뻗어나온다. 따라잡나? 따라잡나? 모노이의 목도 점점 길어진다. 그러는 사이 선두의 기타산라인이 결승선으로 내빼고, 반 마신 차로 센토스퀴즈가 뒤이었으며, 다시 반마신 차로 에리모가 들어왔다. 십수만 명의 환성과 노호가 들끓고 빗맞은 마권들이 일제히 흩뿌려지면서 10레이스가 끝났다.

연복은 1−5로 끝났다. 지인의 부탁으로 구입한 한 장이 적중했지만 배당판을 보니 딴 돈이라봐야 커피 한 잔 값이었다. 에리모가 선두를 잡진 못했지만 지금 보여준 뒷심이라면 앞으로 계속 걸어볼 가치가 충분하겠다 싶었다. 평소라면 에리모가 앞으로 치고 나올 즈음부터 "잘한다!"라는 외침이 목에서 터져나왔을 텐데, 역시 손자의 죽음 때문에 기분이 가라앉은 듯했다. 이십 일 만에 군중에 파묻혀봐도 몸과 머리는 아직 제 컨디션을 찾지 못했다.

모노이는 11레이스를 앞두고 패독으로 나가기를 포기하고 순식간에 사람들이 흩어지는 스탠드에서 담배에 불을 붙였다. 누노카와 부녀가 앉았던 맨 앞자리는 여전히 비어 있었다. 잊고 갔던 제 우산이 덩그마니 놓여 있고, 누군가 버린 신문이 비를 맞고 있었다. 우산을 집어드니 이번에는 빗맞은 마권 한 장이 들러붙어 있었다. 손으로 쳐서 떨어뜨리는데 문득 '그윽한 향기 백년, 히노데 라거'라는 광고 문구가 떠올랐다.

그걸 어디서 봤더라? 생각해봤지만 잘 기억나지 않았다. 그윽한 향기 백년. 히노데 라거. 텔레비전 광고에서는 메이지 시대인지 다이쇼 시대인지 모를 고색창연한 맥주홀 사진을 배경으로 비엔나왈츠가 흐르고, 금박 글씨로 '그윽한 향기 백년'이라는 문구가 떴다. 여름에는 스미다 강 불꽃놀이를 배경으로 '일본의 여름, 히노데 라거'라고 떴다.

손자의 장례식 이후 건망증이 심해진 머릿속 혈관에 가끔 작은 이물질이 들어와 부글거리는 느낌이 들었는데, 바로 이것이었다. 손자 다카유키는 사고가 나기 직전 히노데 입사 2차 면접까지 마치고 내년 봄 채용 통지만 앞두고 있었다. 장례식에서 딸 내외에게 전해들은 소식이었다.

외동딸은 세타가야에 사는 젊은 치과의사와 결혼했는데, 시집을 보냈다기보다 딸이 알아서 뛰쳐나간 것에 가까웠다. 아들을 낳았다며 핏덩이를 보여주러 찾아온 때를 제외하면 딸 내외는 모노이의 집을 한 번도 찾지 않았다. 모노이가 손자를 만난 것은 어릴 적 몇 번 우에노 동물원이나 도요시마 유원지에 데려갔을 때뿐이고, 그뒤로는 게이오 유치원에 들어갔네 아자부 중학교에 들어갔네 도쿄대에 합격했네 하며 딸이 전화할 때마다 금일봉을 보내는 것이 전부였다. 이제 곧 졸업하겠구나 싶었지만 그후의 진로는 모노이의 관심 밖이었다. 히노데 맥주에 대해서도 '큰 회사'라는 이미지 정도가 전부였던데다, 하물며 그는 맥주도 거의 마시지 않았다.

그래, 히노데였구나. 다카유키가 살아 있었다면 내년 봄 히노데에 입사하겠지. 그렇게 생각해봤지만 몇 년 동안 목소리도 듣지 못한 손자의 얼굴과 마찬가지로 특별히 떠오르는 것은 없었다. 전쟁 전 히노데에서 일했다는 친척도 있지만 그는 자신이 태어나기도 전에 다른 집 양자로 들어간 사람이었다.

어쨌든 손아랫사람의 죽음은 참으로 쓸쓸한 일이었다. 손자가 죽은 뒤로는 왠지 계속 정신이 사납고 자꾸 옛날 일이 떠오르거나 이제 와서는 번민할 건더기도 남지 않은 여생을 생각하게 되어서, 넋 놓고 있다가 문득 정신 차리는 일이 많아졌다. 오 년 전 아내를 여의었을 때는 지금보다는 젊어서인지 이렇지 않았는데—

담배 한 대를 다 피운 뒤 모노이는 부탁받은 11레이스 마권을 사러 갔다가 또 한바탕 인파에 시달렸다. 오늘은 날이 아니다 싶어 자기 몫은 베팅하지 않고 대신 남의 마권을 구입한 뒤, 얼른 스탠드로 돌아가 11레이스를 달릴 암말 14두의 워밍업을 지켜보았다. 지난 삼십여 년간 메인레이스를 보지 않고 귀가한 적은 한 번도 없다. 오늘도 그 습관이 만든 신체 리듬에 따를 요량이었다. 출마표를 노려보면서 모노이는 종종 저마다의 페이스로 본마장을 오락가락하는 말들의 네 다리로 시선을 던졌다. 휴양에서 복귀한 아야노로만은 어떨까? 요쌍이 베팅한 스위트다이애나는 200미터쯤 질주하며 온몸을 부르르 떠는 것이 제법 컨디션이 좋아 보인다. 오늘 성적이 괜찮을지도 모르겠다. 누노카와가 처음으로 홧김에 베팅한 '레이디' 중 한 마리가 턱을 쳐들고 달리는 것을 확인했지만, 나머지 한 마리는 미처 보지 못했다.

이제 곧 게이트인이겠구나 생각하며 코스 건너편을 올려다보는데 또다른 지인이 나타나 "안녕하세요" 하고 짧게 인사를 건넸다. 남자는 한손에 우롱차 캔을 들고 이미 사람으로 가득찬 벤치 옆 통로에 쭈그리고 앉았다. 모노이에게 대신 마권을 사달라고 부탁한 사람이다.

남자의 이름은 한다. 시나가와 경찰서인지 어딘지의 형사였다. 정해진 휴일이 없는데다 업무도 밤낮이 따로 없는지 요즘은 경마장에 거의 얼굴을 비치지 않았다. 대신 모노이가 운영하는 약국에 밤늦게 드링크제를 사러 왔다가 그 참에 마권 구입을 부탁하곤 했는데, 집이 어디인지는 모노이도 알지 못했다. 누노카와와 마찬가지로 벌써 육칠 년 알고 지내는 사이였다.

"일은 끝났나?" 모노이가 묻자 한다는 마지막 워밍업을 하는 마필 쪽으로 고개를 뽑으며 "마침 근처에 볼일이 있어서" 하고 짧게 대답했다. 키가 훤칠하고 어깨가 떡 벌어진 덩치에 더스터코트와 정장 구두 차림은 일요일의 스탠드에 그다지 어울리지 않았지만 본인은 전혀 개의치 않는 눈치다. 일하다 무슨 좋은 일이라도 있었는지 넓은 어깨가 살짝 들려 있다. 한다도 한참 젊은 축이었다.

모노이는 아까 적중한 10레이스 1-5 마권 한 장과 곧 시작될 11레이스 연복 마권 세 장을 건네주었다. 물안개 낀 마장으로 연신 눈길을 던지는 한다는 "고맙수" 하며 손만 쓱 내밀어 받아들었다. 그러고 보니 한다가 베팅한 마필도 스위트다이애나였다.

"여기 항상 있던 애아빠는?" 무슨 생각이 들었는지 한다가 누노카와 부녀가 반시간쯤 전까지 앉아 있던 맨 앞자리를 턱짓으로 가리켰다.

"자위대 출신이랑 딸내미? 그 딸내미가 오늘로 레이디가 되었다네. 아까 집에 갔어."

"레이디?"

"달거리를 했나봐."

"허."

형사 머리로는 얼른 이해가 되지 않는지, 한다는 얼빠진 목소리로 대답하고 들고 있던 우롱차를 한 모금 마셨다. 히노데의 금색 봉황 상표가 인쇄된 캔이었다. 다 마신 캔을 던져버릴 때쯤 한다의 시선은 이미 마장 쪽으로 일직선을 그렸다.

맞은편 정면 게이트에 말들이 모이기 시작했다. 모노이도 점퍼 옷깃을 그러모으고 목을 뺐다. 비는 여전히 그칠 줄 몰랐고, 불다 그치다를 거듭하는 바람에 흩날리며 광대한 마장 위에 거무튀튀한 소용돌이를 그렸다.

게이트가 열리기를 기다리는 몇 초 사이, 스탠드에 버려진 마권들이 비바람에 날아올라 허공을 뒤덮는 흰 반점으로 변했다. 모노이는 한층 목을 빼어 그 광경을 올려다보았다.

머릿속에서 푸르스름한 잔디코스가 한순간 함박눈에 흐려진 목초지로 바뀌는가 싶더니, 고향 하치노헤의 철로를 따라 목탄이며 목재를 실은 화물열차가 지축을 울리며 지나갔다. 선로 옆으로 가없이 펼쳐진 목초지와 사철砂鐵처럼 새카만 해안선, 열차가 사라진 뒤에는 다시 함박눈만 남는다. 철로 끝으로 희미하게 보이는 항구에는 매연을 피워올리는 주물공장의 양철지붕이 보인다. 조선소와 철공소가 보인다. 어시장의 커다란 지붕이 보인다. 오징어잡이 어선들이 보인다. 그 너머 바다 한복판에는 다롄 항로를 오가는 화물선이 정박해 있다. 그리고 한껏 집중한 시선 한구석에서 대략 반세기 전의 설경이 다시 잔디코스로 바뀌더니, 14두의 말이 빗발 속을 질주했다.

"달려라, 달려!"

한다가 모노이의 무릎을 때리며 펄쩍 튀어올랐다. 4코너를 통과한 무리의 꽁무니에서 말 하나가 앞으로 치고 나왔다. 아야노로만인가? 모노이도 엉거주춤 일어섰다. 스위트다이애나가 내뺀다. 아야노로만이 쫓는다. "달려라—!" 한다가 소리친다. 모노이도 뭐라고 외친다. 그 순간은 모노이도 한다도 스탠드를 가득 메운 십수만 군중의 일부였다.

2

하타노 히로유키는 귀를 기울였다. 전화가 울리고 있다. 평소 같으면 치료중에는 알아차리지도 못했을 소리가 요즘 자꾸 귓구멍을 파고든다. 접수처 직원이 찰싹찰싹 슬리퍼 소리를 낸다. 이어서 남자의 헛기침 소리.

근관 형성을 위해 리머로 갈아내고 있는 하악 대구치는 둘로 갈라진 근첨부마다 만곡이 심했다. 리머 날이 근관벽에 걸리는 감촉이 손끝을 징징 울렸다. 걸리는 곳이 여기인가? 날 모양이 다른 K파일로 바꿔들고 근관에 넣어 돌출 부분을 찾으며 극세 드릴을 위아래로 움직였다. 돌출 부분이 깎여나가자 파일 움직임이 조금 매끄러워졌다.

다시 전화가 울렸다. 접수처 직원이 수화기를 들자 벨소리가 뚝 그치고 대신 전화를 받는 직원의 낮은 목소리가 들린다. 지난달 스물두 살 아들이 급사해 일주일 휴진했다가 진료를 재개한 지 오늘로 이 주째인데, 오백 명이 넘는 환자의 진료 스케줄이 여전히 밀려 있는 탓에 하루 종일 예약 전화가 울려댄다.

엄지와 검지 끝으로 집은 작은 파일을 위아래로 움직이며 드릴 날을 밀고 나간다. 근첨부의 치수 절단 위치까지 이제 0.1밀리미터쯤 남았다고 손끝으로 느낀 순간, 파일 끝에서 파삭 하고 메마른 소리가 났다. 입을 벌리고 있던 환자가 끙, 하고 희미한 신음을 흘렸다.

드릴 끝이 근첨부의 시멘트질을 깨뜨렸거나 근관벽을 뚫어버렸다. 하타노는 알 수 있었다. 그때 무덤덤하게 뢴트겐사진을 집어들고 머리 위 할로겐등에 비춰본 것은 그저 순간의 당혹스러움을 감추기 위한 연기였다. 어디에 몇 밀리미터 구멍을 낼지 이미 시술 전 꼼꼼히 검토했고, 절삭기구의 스토퍼도 조절했으며, 근관 위치도 파악해둔 터였다.

"아파요—" 여자 환자가 낯을 찡그리며 투정하듯 말했다.

"조금만 참으세요."

하타노는 딱딱하지도 살갑지도 않은 투로 짧게 말하고 환자의 입을 다시 벌렸다. 마흔일곱 살이 되었지만 이십 년간 테니스로 단련해 전혀 무너지지 않은 체형과 마찬가지로 환자를 대하는 태도 역시 개업 당시와 조금도 달라지지 않았다. 말하자면 온화한 무심함이라고 할까. 얼굴 절반을 가린 마스크 위로 보이는 눈은 환자의 얼굴도 거의 보지 않고 진료차트와 구강 사이를 기민하게 왕복할 뿐이다. 얼마 전 외아들을 잃은 비극도 마스크 위로 보이는 얼굴에서는 전혀 느껴지지 않았다.

하타노는 환자의 구강에 시선을 집중했다. 발수할 대구치에는 에어터빈으로 깨끗하게 갈아낸 수실 구멍이 뚫려 있었다. 이십 년을 치과의사로 일한 만큼 절삭 기술에는 자신 있었고, 실제로 구멍 크기에는 문제가 없었다. 그렇다면 리머를 넣을 근관구와 천공의 각도가 조금 어긋났거나, 아니면 단순한 계산 실수일 것이다. 그렇게 생각하며 손 쪽의 기구대를 곁눈질하니 방금 사용한 No.40 파일이 놓여 있었다. 처음 길이를 조정하며 수직으로 고정해두었을 스토퍼가 비스듬히 어긋나 있었다.

그 순간 스스로가 흠칫했는지 어땠는지 의식하기도 전에, 하타노는 얼른 시선을 돌렸다. 누가 보진 않았을까 했지만 맞은편의 조수는 환자 입에 흡입관을 넣은 채 딴 데를 보고 있었다. 또다른 조수는 기구 소독을 멈추고 제 손톱을 살피는 중이었다. 하타노는 고정장치가 어긋난 파일을 쓰레기통에 던져버리고 새로 하나 꺼내들었다.

근관구는 다시 내면 된다. 시멘트질이 깨졌다면 조금 아프겠지만 염증이 생기지 않는 한 내버려두는 수밖에 없다. 근관벽에 구멍이 났어도 메울 때 주의하면 그만이다. 예전 같으면 곧장 고개를 쳐들었을 자책감은 어디로 가버렸을까. 스스로도 제 심보에 의아해하며 하타노는 다시 파일링을 시작하며 손끝의 감촉에 집중했다.

대기실에서 어린아이가 울고 있었다. 또다시 남자의 헛기침 소리. 전화벨 소리.

겨우 No.40 시술을 끝낸 다음 좀더 큰 No.30 파일로 근관구를 넓히기 시작하는데, 접수처 직원이 칸막이 너머로 이쪽을 들여다보더니 뭔가 불만스러울 때 짓는 표정으로 "전화요" 하고 말했다.

"누구?"

"니시무라라는 분이에요."

"번호 받아놔."

"기다리시겠다는데요."

"됐고, 그냥 번호나 받아놔."

접수처 직원 얼굴이 사라졌다. 하타노는 리머로 바꿔들고 치수 절단을 시작했다. 리머를 빼내 검붉은 근관 내용물이 들러붙은 날을 거즈로 닦고 다시 비틀어넣었다가 빼낸다.

정확히 기계적으로 움직이는 손가락과 별개로, 하타노는 아들이 죽은 뒤로 제 머릿속을 가득 채운 채 꼼짝도 하지 않는 안개에 다시 정신이 팔려 있음을 깨달았다. 이제는 무엇이 실의이고 무엇이 의심인지 경계조차 분명치 않은 한덩어리의 안개가 급기야 아주 작은 진동에도 폭발할 듯한 느낌이었다. 한데 니시무라가 누구지?

탈지면을 얇게 감은 리머를 FC에 적셔서 근관 청소와 살균을 마쳤다. 조수에게 "반죽"이라고 말하고 가봉용 구타페르카를 근관구에 넣고 이어서 "시멘트" 하고 일렀지만, 시멘트는 얼른 넘어오지 않았다. 반죽해놓으라고 했거늘. 손을 내민 채 삼 초쯤 기다려서야 ZOE시멘트가 얹힌 유리판을 건네받은 하타노는 그것을 수실에 채우고 눌러준 다음 그 손으로 할로겐 조명을 껐다.

"당분간 상태를 보겠습니다. 임시로 때운 상태니까 음식물 씹을 때 조심하세요. 많이 아프면 전화 주시고요." 환자에게 설명하면서 하타노는 벌써 수돗물에 손을 씻고 있었다. 머릿속에는 근관 형성을 새로 한 탓에 이 분 정도 더 걸렸다는 생각뿐이었다. 손을 씻고 차트를 쓰는데 접수처 직원이 다시 칸막이 너머로 얼굴을 내밀어 눈이 마주쳤다.

"선생님, 전화요."

"이리로 돌려줘."

이십 초 안에 차트 기록을 마치고 자리에서 일어서니 벌써 다음 환자가 진찰대에 와 있었다. 칸막이 너머 대기실이 환자로 꽉 차 있는 광경을 보면서 하타노는 탈의실 겸 휴게실로 쓰는 작은 방에 들어가 문을 닫았다.

"하타노 선생님? 니시무라라고 합니다." 수화기에서 남자 목소리가 흘러나왔다.

"어디시죠?"

"해동 사람입니다."

그때 하타노의 고막에 걸린 것은 '해동'이라는 단어보다 '사람입니다'라는 말의 살짝 나른한 울림이었다. 제법 관록이 느껴지는 야쿠자의 음색. 그러나 꼭 그렇게 단언할 수는 없다고 금방 생각을 고쳤다. 네 살때까지 살았던 고베의 서민가에서는 집 근처 파출소의 순경도 이렇게 무겁고 늘어지는 말투를 쓰곤 했다.

"무슨 일인가요?"

"얼마 전 히노데 맥주 인사부에 편지 한 통이 도착했어요. 보낸 이는 해동 도쿄도 연맹으로 되어 있는데, 해당 연맹에서는 그런 편지를 보낸 일이 없다는군요."

누구지? 어디서 이런 이야기를 들었지? 지금 날 협박하는 건가? 하타노는 뻑뻑한 머리를 굴리며 이야기를 들었다. 통화 상대가 무슨 말을 하려는지는 알았지만, 아들이 급사한 이래 주변의 모든 것이 현실감을 잃은 탓에 마치 라디오에서 흘러나오는 소리를 듣고 있는 기분이었다. 사실 얼마 전 부락해방동맹을 사칭해 히노데 맥주에 편지를 보낸 것은 자신이었으나, 이제는 그런 편지를 썼다는 실감조차 남아 있지 않았다.

"용건이 뭡니까?"

"선생님. 신용훼손 업무방해죄라는 게 있습니다."

"용건을 말하세요."

"히노데에는 우리 도연맹에서도 전에 몇 번 개선 요구서를 보낸 적 있고, 그곳이 어떤 회사인지 잘 압니다만, 일면식도 없는 선생에게 우리가 이름을 빌려줘야 할 까닭은 없지요. 어때요, 잠깐 뵐 수 있습니까?"

"그 일이라면 문서로 사과하겠습니다."

"오해하시면 곤란합니다. 우리는 선생에게 도움을 드리고 싶을 뿐입니다. 같은 고통을 지고 사는 사람끼리 힘을 모아야 하지 않겠습니까."

"큰 소리 내지 않겠다, 유인물을 뿌리지 않겠다, 이 두 가지만 약속하면 만날 수 있습니다. 진료중이니 오늘밤 9시에 집으로 와주세요."

"그럼 이따 뵙죠."

수화기를 내려놓은 하타노는 "해동이 다 뭐야"라고 혼잣말을 하고, 제 목에서 그런 말이 흘러나온 것도 의식하지 못한 채 온몸에 꽂히는 둔통에 몸서리쳤다. 그러나 곧 제 몸이 그렇게 반응했다는 것도 의식의 바깥으로 몰아냈다. 그저 평소 습관대로 거울에 비친 흰 가운에 피나 약제 얼룩이 묻지 않았는지 확인하고 목깃을 매만질 뿐이었다.

법률용어로는 유형위조라고 하던가. 관계없는 단체의 명의를 도용해 히노데 맥주에 질의서를 보낸 건 사실이니 뿌린 씨앗은 직접 거둬야 한다. 그 때문에 얼마쯤 돈을 내놓게 되더라도 어쩔 수 없다. 거울 앞에서 사무적인 결론을 내는 사이 하타노의 의식은 지난 삼 주간 그랬던 것처럼 탈색돼버린 세계를 떠돌았고, 확실한 것은 머릿속에 똬리를 튼 안개의 따끔거리는 이물감뿐이었다.

사실 하타노가 이 사적인 통화를 위해 진료를 멈춘 시간은 겨우 이 분 정도였다. 진료실로 돌아와 기계적으로 손을 씻었고 환자 얼굴은 보지도 않은 채 "기다리시게 해서 죄송합니다"라고 양해를 구하고 얼른 차트를 훑어보았다. 휘갈긴 글씨로 'fistel'이라고 쓰여 있었다. 감염 근관의 누공 세정. 오늘이 두번째다.

"통증은 어땠습니까?" 그렇게 물으며 하타노는 열린 구강을 들여다보고 가봉한 충전재를 떼어내기 시작했다. 통화 내용은 이미 머릿속을 떠났지만, 대신 병원 시체안치소에 누워 있던 아들의 머리가 뇌리에 들러붙어 떠나지 않았다. 말이 머리지, 엉망으로 뭉개진 고깃덩어리였지만.

오후 8시가 넘어 마지막 환자가 돌아가자 하타노는 직접 문단속을 하고 같은 건물 5층에 있는 집으로 돌아갔다. 장례식이 끝나고 아내는 오이소에 있는 별장으로 가버렸다. 갈아입을 옷을 가지러 가끔 들어오지만 도둑처럼 제 옷가지만 챙겨갈 뿐 청소도 해놓지 않는다. 홀아비살림이라 손댈 엄두가 나지 않을 만큼 잔뜩 어질러진 집안은 캄캄했다. 하타노는 신문 더미에 이어 쿠션인지 뭔지 모를 것을 밟으며 들어가 더듬더듬 가까스로 스탠드를 찾아서 켰다. 습관대로 손을 씻으면서도 세면대 거울은 보지 않았다. 거실로 나와 위스키 한 병과 잔을 들고 소파 깊숙이 몸을 묻으면 그다음은 기나긴 밤이 흐를 뿐이다.

지난 삼 주간 그래왔듯이 머릿속에 들러붙은 아들의 얼굴이 농양처럼 부풀다 꺼지다 하며 혈관을 압박했다. 뭐라고 말을 하고 싶어한다기보다는 날이 갈수록 낯선 표정을 지으며 잠자코 자신을 바라보기만 하는 얼굴. 종종 저게 누구일까 의아해질 정도로 망망한 느낌을 풍기는 얼굴을 마주보면서, 하타노는 그 얼굴이 자신에게 친숙했던 나날의 기억을 되살려보려다가 실패하곤 했다. 사고가 난 뒤로 늘 이러길 반복했다.

삼 주 전 10월 15일, 밤 11시가 지나서 전화를 걸어온 경찰은 어수선한 소음을 배경으로 아들의 교통사고 소식을 빠른 말투로 알렸고, 이쪽이 호흡을 가늘 새도 없이 심정지라는 한마디가 뒤를 이었다. 아내와 함께 미타에 있는 사이세이카이 중앙병원으로 달려가니 구급대원이 즉사였다고 알려주었고, 아울러 "부인께는 시신을 보여드리지 않는 것이 좋겠습니다" 하고 귀엣말을 했다. 아들은 수도고속도로 1호 하네다 선 하마사키바시 IC 합류지점 부근에서 시속 100킬로미터로 측벽을 들이받았다고 했다. 대파한 차량 앞유리에 충돌한 상태였다는 아들의 머리는 검붉은 고깃덩이로밖에 보이지 않았고, 검은 머리칼이 없었다면 사람의 머리라고 알아보기도 힘들 지경이었다. 그런 상황에서 그것이 아들 다카유키라는 사실을 인정하고 받아들이기란 부모로서 도저히 불가능한 일이었다.

부모 입장에서 그가 가장 먼저 품은 의문은, 아들이 왜 그날 야심한 시각에 시속 100킬로미터로 하네다 선을 달리고 있었는가였다. 삼 년 전 속도위반을 하면 압수하겠다는 다짐을 두고 사준 소형 골프가 마음에 드는 듯 잘 타고 다녔지만, 주말마다 멀리 드라이브를 나갈 정도의 애호가는 아니었다. 당시 아들은 졸업논문을 쓰느라 약학부 연구실에서 먹고 자다시피 했으므로 골프는 초여름부터 아파트 주차장에 그대로 세워져 있었고, 히노데 맥주 입사시험을 위해 몇 번 집에 왔을 때도 한 번쯤 시동을 걸어보는 것이 다였다.

하타노가 아들을 마지막으로 본 것은 사고가 나기 일주일도 더 전인 10월 4일 목요일, 히노데 1차 면접을 앞두고 집에 온 날이었다. 그때 아들은 평소와 다른 기미가 없었고, 가족이 모인 저녁 식탁에서 면접 결과를 묻자 "대학교보다 활기가 느껴져요"라며 이런저런 이야기를 해주었고, 히노데에 들어가면 최근 성장세를 보이는 의약사업부 연구소에서 면역 연구를 계속하고 싶다며 밝은 얼굴로 말했다. 부모 눈에는 학업, 건강, 외모 등 모든 면에서 평균 이상이고 별 고생 모르고 자랐으니 일반 기업에 취직하기보다 대학원에 남는 편이 더 맞지 않을까 하는 것이 하타노의 생각이었지만, 장성한 아들의 뜻을 굳이 꺾을 이유도 없었다. 히노데 맥주 한 곳에만 지원서를 낸 것도 나름의 이유가 있을 거라 생각하고 그 이상 캐묻지 않았다.

그뒤 하타노는 8일에서 10일까지 구강외과학회 참석을 위해 교토 출장을 갔고, 아내 말에 따르면 아들은 10일 히노데 맥주 2차 면접을 마치고 귀가한 후 실험이 있으니 연구실로 돌아가겠다고 말하고는 집을 나섰다는 것이다.

그때도 특별히 이상한 낌새는 없었다고 아내는 말했지만, 16일 장례식 경야*에 온 제약화학과 학우의 입에서 뜻밖의 이야기가 나왔다. 10일 저녁 연구실에 가겠다고 집을 나선 아들이 그날 연구실에 전화해서 감기라고 말하고는 11일부터 수업에 불참했다는 것이다. 수도고속도로에서의 사고도 사고지만, 아들의 낯선 얼굴을 알게 된 것 같아 하타노는 당혹스러웠다. 그리고 17일 장례식을 마치고 돌아와 사고 이후 뜯지 않고 방치해둔 우편물 더미에서 히노데 맥주에서 온 편지를 발견했다.

13일자 소인이 찍혀 15일 월요일에 배달된 그 편지는 이상하리만큼 얄팍했다. 뜯어보니 한 장의 종이에 '채용하지 않기로 결정되었습니다' 운운하는 글이 적혀 있었다. 도쿄대 졸업 예정자에 지도교수의 간곡한

---

* 고인의 유해를 지키며 밤을 새우는 것.

추천장이 있고 성적도 우수하며 사상적 편향이 전혀 없는 이과생에게 채용 불가란 상식적으로 있을 수 없는 일이었다. 이튿날 추천장을 써준 지도교수를 만나보니 그 역시 곤혹스러운 표정으로, 12일 금요일 히노데측에서 채용이 힘들겠다며 직접 정중하게 전화를 해왔다고 했다. 그쪽에서 말하길 필기시험은 만점에 가깝고 1차 면접도 문제가 없었지만, 2차 면접 도중 몸 상태가 좋지 않다며 퇴실해서 끝내 돌아오지 않았다는 것이었다.

아들은 정말로 몸 상태가 나빴던 걸까? 퇴실해서 돌아오지 않았다는 것은 사실일까? 만약 거짓말이었다면 그렇게 해서까지 도중에 퇴실한 이유가 있을 텐데, 대체 무엇 때문이었을까? 원인은 아들일까, 히노데 쪽일까? 부모 입장에서 온갖 가능성을 생각해보았지만 상식적으로는 아들에게 원인이 있었다고 생각하는 수밖에 없었다. 즉 10월 4일 1차 면접에서 10월 10일 2차 면접 사이, 아들의 신상에 뭔가 중대한 이변이 있었을 거라고.

하타노는 아들의 학우들에게 일일이 전화하고, 집 통화기록과 용돈을 넣어주던 통장내역을 확인하고, 책상이며 서랍을 뒤져 사적인 편지와 공책, 소지품 등을 샅샅이 살펴보았다. 금전 지출을 보면 6월에 바다낚시용 릴을 하나 샀고, 7월에 연구실 회식비로 5,000엔을 냈으며, 8월과 9월에는 복사비로 약 8,000엔을 쓴 영수증과 2만 6,000엔어치의 책을 구입한 영수증 등이 남아 있었다. 10월 10일 전에는 실험이나 수업에 결석한 적이 없었고, 편지라고는 글쓰기를 즐기는 고등학교 동창이 보낸 연하장 몇 통이 전부였다. 공책들은 전부 강의록으로, 낙서 한 줄 없었다. 혹시나 해서 아들이 쓰던 PC통신 기록도 조사해보았지만 연구실 컴퓨터에 접속한 것 외에 다른 계정은 없었다.

그러면 이제 무엇이 남는가? 하타노는 일단 여자 문제도 생각해보았다. 부모한테는 아무 말도 않았지만 고마바 캠퍼스에서 교양학부 수업을 듣던 시절 몇몇 여학생을 사귄 것 같았고, 그중 한 명과는 올여름까지 관계를 이어갔다는 이야기를 한 친구가 알려주었다. 그러나 남녀 교제를 했다 해도 연구실에 틀어박혀 사는 이과생의 생활로는 한계가 있었을 테고, 아들의 성격을 고려하면 중대한 취업 면접에 지장을 줄 만큼 심각한 일이 있었다고는 보기 어려웠다. 게다가 여름까지 교제했다는 여학생이 정말로 연인이라고 할 만한 사이였는지도 확실치 않았다. 장례식 조문객 방명록을 뒤져봤지만 그럴듯한 여자 이름은 없었다.

이렇게 아들의 신변에 무슨 일이 있었다는 의심을 거두지 않고 가족, 학교, 친구, 낚시 동료 등 갖가지 가능성을 하나하나 제외해갔더니, 스물두 살 대학생이 속해 있던 작은 사회에서 맨 마지막까지 남은 것은 히노데 맥주였다. 아들이 어떤 적극적인 동기를 갖고 입사를 희망했지만 2차 면접 도중 면접장을 나가버렸다는 회사. 추천장을 써준 교수를 볼 면목이 없어 연구실에도 얼굴을 내밀지 못하고 11일부터 결석해야 했던, 그 모든 행위의 원점에 있는 회사의 이름이 뇌리에 들러붙어 꼼짝하지 않았다. 그러나 일본 상위 20위에 드는 1조 엔대 기업에 대체 무슨 문제가 있을 수 있을까? 신규 졸업자 채용과정에서 수험자가 면접을 중도에 포기하게 만들 만한 요인이 사측에 있을 수 있단 말인가?

그때 불쑥 뱃속에서 터져나온 목소리가 말했다. ─그래. 기업 쪽에서 댈 이유라면 하나밖에 없다, 라고.

하타노가 태어나 네 살 때까지 살았던 본적지는 고베 시내 피차별부락이 모인 지역이었으며, 그의 아버지도 그곳 출신이었다. 이제는 그런 이야기를 뒷공론하는 세상이 아니며, 신입사원 심사에서 부모의 출신지까지 고려하는 일은 있을 수 없다는 것은 잘 알았다. 하지만 일단 생각이 미치자 하타노의 머리는 그 한 점만 맴돌기 시작했다. 벌써 사십 년 넘게 연이 없었던 그 세계는 제 발로 찾아온 것이 아니라 그가 스스로 불러낸 것이었다. 하지만 그는 실감 없는 기억을 더듬으면서, 구체적인 아픔이 없더라도 이것은 '차별이다'라고 생각했다. 실체 없는 언어뿐인 관념일지라도 계속 품고 있다보면 점차 데워져서 악취를 풍기기 시작하고, 그 냄새가 관념을 더욱 팽창시키며, 다시 한층 심한 악취가 피어오른다.

하타노가 히노데 맥주 앞으로 편지를 처음 쓴 것은 그때였다. 문득 만년필을 쥐기 무섭게 마치 무언가에 쓴 것처럼, '제 아들 하타노 다카유키에 대한 귀사의 신입사원 심사 경위에 납득이 가지 않는 부분이 있어, 아들을 잃은 아비로서 고뇌하고 있습니다'라고 써내려갔다.

열흘 뒤 히노데 인사부에서 채용심사는 엄정히 이루어졌다는 취지의 사무적인 답장이 왔고, 하타노는 이때도 워드프로세서로 작성한 종이 한 장의 얄팍함에 깊이 분노했다. 차별의 악취가 또다른 악취를 자극하며 점점 증식해가는 가운데 곧장 두번째 편지를 썼다. 이번에는 제 이름을 밝히지 않고 부락해방동맹 도쿄도 연맹을 사칭해, 지난번과 다른 편지지와 봉투에 워드프로세서로 작성했다. 내용은 적당히 꾸몄다. 그리고 시나가와 우체국 관내의 우체통에 편지를 넣은 것이 11월 2일—

아니, 잠깐. 편지를 우체통에 넣은 것은 2일이다. 그게 히노데에 도착한 것이 3일. 그러나 3일은 공휴일이라 기업체가 휴무였다. 4일은 일요일. 그렇다면 인사부 담당자가 편지를 개봉한 것은 월요일인 5일, 즉 오늘이라는 말이 된다. 아침에 편지를 뜯어 바로 내용을 파악한 후 해동에 문의했고, 이어서 오늘 저녁 니시무라 아무개가 전화를 건 거라면, 이 얼마나 신속한 반응인가. 이것이야말로 히노데 맥주가 피우는 악취가 아니고 무엇이겠는가. 말끔하게 씌운 새하얀 레진 아래서 남몰래 썩어가는 치아 같은, 혐기성 세균에 분해되어 악취를 풍기며 검붉게 녹아가는 치수 같은, 이것이 바로 1조 엔대 기업의 몸통 깊숙이 숨은 부패가 아니고 무엇이겠는가.

하타노는 불수의근의 경련에 기대어 웃었다. 몇 잔 더 마시다보니 시계가 밤 9시를 가리켰다. 인터폰이 울려서 그는 소파에서 일어나 천천히 현관으로 걸음을 옮겨 문을 열었다. 남자 두 명이 서 있었다.

"오후에 전화했던 니시무라입니다."

문가에서 그렇게 말한 것은 피부가 가무잡잡한 쉰 전후의 남자였다. 이목구비가 밋밋하고 중심에서 살짝 오른쪽으로 비껴난 뺨 위에 직경 10밀리미터 정도의 까만 사마귀가 있었다. 옷차림보다 그 사마귀가 하타노의 눈에 먼저 들어와 강한 인상을 남겼다. 다른 한 사람은 풍채가 빈약하고 음울한 눈빛을 띤 사십대였다. 둘 다 첫눈에도 싸구려 기성복임을 알 수 있는 양복 차림에 강한 포마드 냄새를 풍겼으며, 지나치게 짧은 바짓단 밑으로는 각각 아르마니와 구찌의 고급 신사화를 신었다. 그러나 이런 이상한 구색이 무엇을 의미하는지 하타노는 알 길이 없었다.

"오래 시간을 뺏진 않을 겁니다."

니시무라라는 남자가 말했다. 하타노는 말할 때 눈이 거의 움직이지 않는 그의 특이한 무표정에 정신이 팔려 이건 또 무슨 인종일까 멍하니 생각했지만 역시 알 길이 없었다. 두 남자는 어지러운 실내를 둘러보지도 않고 소파에 앉더니 테이블 위에 각자 명함을 내놓고 손가락 하나로 하타노 쪽으로 밀었다. 둘 다 '부락해방동맹 도쿄도연합회 집행위원'이라고 쓰여 있었다.

"생업으로는 어떤 일을?" 하타노가 묻자 니시무라는 입끝을 살짝 올리며 "역시 빠르시군요" 하며 다른 명함을 한 장 더 내밀었다. '(주)룩 대표이사'라고 쓰여 있었다.

"무슨 회사입니까?"

"여성화를 제조하고 도매도 합니다. 선생은 고베 출생이니 잘 아시겠군요. 제화의 본고장 아닙니까."

하타노는 니시무라의 무릎에 얹힌 잘빠진 손가락을 보았다. 이어 어릴 적 고베의 가내공장에서 보았던 직공들의 손과 니시무라가 현관에 벗어놓은 아르마니를 떠올리며 '아니다'라고 생각했다. 그러나 정말로 신발을 만드는 사람은 아닐지라도 요즘 들어 제 피부에 희미하게 되살아나는 어떤 느낌과 통하는 데가 있었고, 피차별부락민이라는 출신 성분을 고집하는 것 자체가 목적이 되어버린 지 오래인 자칭 활동가들의 편협함도 느껴졌다. 그렇게 간파하자 니시무라의 정체에 대한 하타노의 호기심은 이내 사그라졌다.

"하실 말씀은?"

"얼마 전 아드님을 여의고 몹시 상심이 크실 테죠. 그 부분은 저희도 충분히 짐작하고 있습니다."

"용건을 간단히 말해주면 좋겠습니다. 내가 그쪽에 폐를 끼쳤다면 그 대가를 치르지요."

잠시 뜸을 두고 니시무라는 "사자 가죽을 뒤집어써도 여우는 여우입니다"라고 말하고는, "사모님께서는 잘 지내시는 것 같더군요" 하고 엉뚱한 소리를 했다.

"용건이나 빨리 말하시죠."

"요즘 병상이 백 개 미만인 병원은 어디나 경영이 어렵다던데, 지역 주민의 신뢰가 두터운 개인병원은 오히려 안정적인 것 같더군요. 가마쿠라에 있는 외가의 병원도 잘되고요."

"어머니는 관계없어요. 용건이나 말하시죠."

"일단 사자 가죽부터 벗어놓고 이야기하지요. 선생은 사십칠 년 전 어머니와 함께 고베를 뜨신 이유를 잊어서는 안 됩니다. 그렇다고 계급 투쟁에 나서라는 말씀은 아닙니다만."

그가 꺼낸 이야기는 이름도 없는 남녀의 사연이었다. 전쟁중 가마쿠라의 부유한 의사 집안 차녀였던 어머니가 멀리 고베의 시립중앙병원 의사로 부임했다가, 그곳에서 만난 한 환자와 연인이 되었다는 오래전 일이 낯선 남자의 입에서 불쑥 튀어나왔다. 그 위화감에 하타노의 놀라움은 되레 수그러졌다.

어머니가 반한 남자는 고베 제강에 징용되었던 임시공으로, 일본판 발렌티노 같은 호남이었지만 피차별부락이 집중된 지역 출신인데다 전시라는 사정이 있어서 둘은 혼인신고도 못한 상태로 하타노를 낳았다. 종전하고 겨우 호적에 올렸지만 남자는 당시 몰아치던 민주주의 운동의 열기 속에서 열렬한 부락민 해방 운동가가 되었다. 귀하게 자란 어머니는 무지는 죄라는 말의 표본 같은 사람이라, 연일 해방위 집회에 참석하고 전단을 붙이고 다니는 일에 신물을 냈다. 결국 결혼한 지 오년도 되지 않아 한 손에는 트렁크를, 다른 팔에는 어린 아들을 안고서 콩나물시루 같은 도카이도 선 야간열차를 타고 도망치듯 가마쿠라로 돌아왔다. 그 완행열차의 혼잡함은 지금도 하타노의 기억에 희미하게 남아 있다.

"고베 시절은 잘 생각나지 않아요." 하타노가 짤막하게 대답했다.

"선생은 잊어도 세상은 온갖 묵은 상처를 찾아내기 마련이죠. 이번 히노데 건도 결국 그거잖습니까. 선생한테는 안됐지만 세상에는 아직 그런 일들이 일어나고 있습니다."

니시무라는 품에서 종이 다발 같은 것을 꺼내 가볍게 흔들어 보였다. B5 크기로 이삼십 매쯤 됨직한 두께였는데, 남자의 손에서 하타노 쪽으로 바로 넘어오지는 않았다.

"선생의 처가 쪽 성이 오카무라지요? 왕래가 있습니까?"

"거의 없어요."

"오카무라 세이지라는 이름, 기억하십니까?"

"모르겠어요."

"사모님의 삼촌에 해당하는 사람인데요."

"처가 쪽 성은 모노이예요."

"모노이 세이지가 오카무라 집안에 양자로 들어간 겁니다. 오카무라라는 이름 정도는 들어본 적이 있을 텐데요."

"없어요. 모노이 집안과는 거의 왕래가 없었으니까."

"기이한 우연이란 말이 딱 맞는데, 오카무라 세이지도 한때 히노데 연구소에서 일했던 모양입니다. 도호쿠 데이코쿠 대학을 졸업한 우수한 인재였다 하고요. 1937년 히노데에 입사해서 1947년 퇴사했는데, 그 직후 히노데로 보낸 편지가 남아 있어요. 이게 바로 그겁니다."

"히노데로 보낸 편지를 왜 댁이 들고 있는 거요?"

"출처는 뭐, 사십삼 년 전 히노데측이 분실했다고 해둡시다. 중요한 건 내용인데―" 니시무라는 손에 든 종이 다발을 천천히 흔들어 보였다. "뭐라고 할까, 오카무라 씨 본인에게야 다른 뜻이 없었겠지만, 회사 측에서 보면 그냥 내버려둘 수 없는 내용이었어요. 보기에 따라서는 중상모략이나 공갈로 받아들일 수도 있으니까."

이름도 들어보지 못한 처가 쪽 친척이다. 반세기 전 히노데에 근무했고, 히노데에 협박장을 보냈다고 한다. 위스키로 나른해진 하타노의 머릿속에서 새로운 이물질이 부글부글 떠올랐다.

"오카무라 씨는 편지에서 네 명의 회사 동료를 언급했어요. 모두 피차별부락 출신입니다. 한 명은 권고사직이고 세 명은 부당해고였는데, 그 세 명에 대해 당시 해방위가 조사를 거쳐 히노데에 항의했다는 기록이 남아 있으니 오카무라 씨가 아주 근거 없는 얘기를 쓴 건 아닙니다.

요는 히노데는 얼결에 아픈 곳을 찔린 이때의 경험을 교훈 삼아 그뒤로 유독 이런 문제에 민감해졌다는 겁니다."

하타노는 눈앞에서 쉬지 않고 움직이는 남자의 입을 멍하니 바라보았다. 거기서 나오는 말들이 시시각각 의미를 잃은 채 흩어져버리고, 지난 닷새간 혼자서 발효해온 부락에 대한 기억도 점차 희미해지는 느낌이었다. 이 나라의 역사를 만들어온 차별이라는 긴 터널의 출구에서, 여전히 일부 남은 장벽을 방패 삼아 영향력을 행사하려는 사람들. 그들이 진정으로 원하는 것은 무엇일까? 가령 장벽이 철거된다면 그들 중 대부분은 또 터널 밖에 만연한 무지와 무관심을 규탄하며 새로이 장벽을 쌓고 자신들의 존재이유를 사수하려 들지 않을까? 평등이니 차별이니 하는 것도 이렇게 서로를 보완하며 일부 사람들에게 존재이유를 제공하는 장치에 불과하지 않을까? 뒤집어서 보자면 그런 평등이나 차별과 무관했던 스물두 살의 아들은 그들이 말하는 세계 어느 곳에도 속하지 않는다—

하타노는 잔에 위스키를 따라 연거푸 혼자 들이켰다. 니시무라의 자못 심드렁한 말투는 사실 전형적인 비난이나 공감과는 다르게 들렸지만, 그것은 또 그것대로 자신이나 아들과 더더욱 관계없는 잡음으로 느껴져서 술의 힘으로 겨우 듣고 있을 뿐이었다.

그러는 동안에도 니시무라의 입은 쉬지 않았다.

"그런데, 히노데는 지금 외부적으로 미묘한 현안을 하나 안고 있습니다. 오늘자 니케이 신문 보셨나요?"

니시무라 옆에 앉은 남자가 양복 품에서 복사지 두 장을 꺼내 테이블에 놓았다. 둘 다 경제면 1단 기사로, 하나는 '주니치 상업은행, 결제승인 은행으로', 또하나는 '고쿠라 운수, 경영진 교체'라는 제목이었다.

"고쿠라 운수의 이름은 들어보셨겠죠. 대형 운수회사입니다. 주니치 상업은행은 고쿠라 그룹의 주거래은행이고요. 이 둘은 비가 오면 우산가게가 돈을 버는 격으로 연결되어 있고, 나아가 히노데와도 이어지는데—"

하타노는 지루함을 달랠 겸 기사를 대충 훑어보았다. 니혼 은행*의 심사 결과 주니치 상업은행의 경영 내용에 불명료한 점이 여럿 발견되었으며, 융자 잔고 8,500억 중 2,800억 엔이 담보 부족이다. 게다가 우회융자나 부동산융자 총량 규제를 회피하려는 분산융자 의혹도 있어 대장성**에서 계속 심사중이라고 한다. 한편 고쿠라 운수 관련 기사는 주식 운용에서 500억 엔의 손실이 발생해 당기 적자 결산을 낼 가능성이 높아졌으며, 그 책임으로 현 경영진이 물러난다는 내용이었다. 거기까지 읽고 하타노는 복사지를 내려놓았다.

"먼저 주니치 쪽부터 보자면, 이 은행은 예금 총액이 1조 엔에 달하는 상당한 규모입니다. 우리 정보로는 융자 총액의 절반, 즉 5,000억 엔은 떼일 것으로 보이는데, 더 심각한 문제는 대주주인 시중은행이 주니치 상업은행의 100개 지점을 호시탐탐 노리고 있다는 점입니다. 해가 바뀌면 곧 흡수합병 발표가 있을 겁니다. 그러도록 대형 시중은행과 대장성이 입을 맞췄으니까."

"그게 나와 무슨 상관입니까."

"일단 들어보시지요. 고쿠라 운수의 경우 기사화된 주식투자 실패는 표면적인 이유이고, 실은 어느 작전 세력이 시장에 나온 고쿠라 주식의 태반을 매점해서 고쿠라와 주거래은행인 주니치 상은에 저들이 매점한 주식을 사들이라고 요구하고 있습니다. 요는 고쿠라도 주니치도 무슨

---

* 일본의 중앙은행.
** 일본의 중앙 행정기관. 2001년 폐지되고 재무성이 설치되었다.

약점을 잡힌 탓에 그 요구를 거절할 수 없다는 겁니다. 한 예로, 주니치가 고쿠라 개발이라는 고쿠라 운수의 자회사에 토지 구입 명목으로 120억을 융자했어요. 그중 30억 정도가 나가타초*로 사라졌다는 식입니다. 또한 고쿠라를 몰아붙이는 작전 세력에 자금을 대준 대부업자는, 주니치 상은에 촉수를 뻗치고 있는 모 대형 시중은행의 계열사라는 구도지요."

"본론을 말해주면 좋겠습니다."

"이게 본론이에요. 새해가 되면 주니치를 흡수한 모 시중은행이 고쿠라 구제에 나설 겁니다. 그러면 현재 고쿠라의 대주주인 히노데 유통에서도 고쿠라로 임원을 파견할 거고요. 이미 그렇게 시나리오가 짜여 있습니다. 히노데 유통은 물론 히노데의 자회사죠. 그리고 모 시중은행은 히노데의 메인뱅크. 어떻습니까? 이게 기업 사회라는 겁니다."

"난 그냥 치과의사예요."

"간단히 말해서, 고쿠라 건은 누가 한마디 찌르기만 하면 수사 당국이 내사에 들어가게 된다는 얘기입니다. 오사카의 기자 하나가 벌써 캐고 다닌다는 소문도 있어요. 경제사범으로 입건하기는 어렵고 정치인이 얽혀 있으니 어떻게 풀릴지는 모르지만. 참, 그 기자도 이 편지에 등장합니다. 아까 말했죠? 히노데에서 부당해고된 셋 중 하나가 그 사람이에요. 편지에 이름은 나오지 않지만."

"그런 일이 나나 내 아들과 무슨 관계죠?"

"그런 일이라고 하셨습니까? 히노데의 현 경영진은 지정교 제도**도 취하지 않고 외국인이나 장애인을 적극 채용하니 겉으로는 열린 기업

---

* 국회의사당과 수상 관저를 비롯한 주요 정치기관이 모여 있는 도쿄의 지역. 흔히 '정계'를 뜻하는 말로 쓰인다.
** 기업이 새로 채용하는 인재를 특정 대학 출신으로 한정하는 것.

처럼 보이지요. 그러나 그것과 아드님 문제는 별개입니다. 마침 고쿠라 문제로 예민해져 있는 시기에 이런 편지가 날아들었으니—"

니시무라는 두터운 편지 다발을 다시 하타노 눈앞에서 흔들어 보였다. 그러나 하타노에게 그것은 여전히 이름도 처음 들어보는 타인의 편지였고, 운수회사니 은행이니 하는 얘기는 더욱 아득하기만 했다.

"나는 오카무라라는 사람을 모른다고 했잖아요."

"그런 말은 오카무라 세이지에게 하세요. 이 편지를 보고 골머리를 앓지 않을 인사 담당자는 없을 겁니다."

"그 편지에 관해 히노데 담당자가 아들에게 뭐라고 했다는 겁니까?"

"그에 대한 대답은 이렇습니다. 히노데가 아드님을 어떻게 대했든 이 편지가 히노데에 보내졌다는 사실은 틀림없으니, 아무리 사십삼 년 전 일이라 해도 히노데에서 모른다고 잡아뗄 수는 없어요. 내 말뜻 아시겠습니까?"

"모르겠어요."

하타노가 고개를 가로젓자 니시무라는 비로소 입술을 일그러뜨리며 희미한 웃음을 지었다. 그러나 눈은 여전히 움직이지 않았다. "선생처럼 아쉬울 것 없이 자란 사람은 죽었다 깨어나도 기업에 대적할 수 없습니다. 히노데에 보낸 편지 두 통도 그래요. 그렇게 이도저도 아닌 편지를 보내려면 변호사부터 고용하셔야죠."

"댁은 내가 처음 보낸 편지를 어디서—"

"그건 말 못합니다."

"두번째 편지는 히노데 담당자가 댁에게 전화해서 알려준 겁니까?"

"뭐, 그건 적당히 짐작하십쇼. 여하튼 기업은 스스로를 방어할 권리가 있으니까요. 예의 오카무라 세이지의 친척이라면 촌수가 아무리 멀어도 이런 시기에 채용하지 않죠. 만에 하나지만 선생의 아드님이 오카무라 세이지의 뒤를 이을지 모르니까요. 기업은 그런 리스크를 감수하려 들지 않습니다. 편지를 읽어보면 아시겠지만, 오카무라 씨는 명백히 히노데라는 회사를 비판하고 있거든요. 더구나 설령 우연일지라도, 한창 소용돌이에 휘말린 고쿠라 운수를 조사하는 기자까지 언급했고요. 두말할 것 없이 퇴짜죠."

"댁은 히노데에서 보낸 사람입니까?"

"천만에요. 선생의 분노가 엉뚱한 방향으로 흐르지 않게 일러드릴 뿐입니다. 앞으로 또 해동을 사칭해도 곤란하고 말이죠."

"올바른 방향이 있다면 그거나 일러주시지."

"아까 말씀드렸다시피, 2차 면접을 중도에 포기한 이유가 무엇이건 간에, 히노데 쪽에는 이미 아드님을 채용할 수 없는 연유가 있었다는 겁니다. 그래서 이 편지는."

니시무라는 비로소 편지 다발을 테이블에 내려놓고 하타노 쪽으로 밀어주었다.

"복사본이지만, 드리지요. 지금 히노데는 이런 유의 편지에 민감하게 반응할 수밖에 없습니다. 좋을 대로 처리하세요. 단, 출처는 절대 밝히지 말아주십쇼." 말을 맺기 무섭게 두 남자는 소파에서 일어섰다.

"얼마입니까?"

하타노가 묻자 니시무라의 눈에서 기다렸다는 듯 어두운 칼날이 번득였다.

"원하신다면 이 자리에서 1,000만 엔이든 2,000만 엔이든 수표를 받아볼까요? 유감이지만 우리는 일반인을 상대로는 장사하지 않습니다. 그보다, 선생은 부자이니 주식투자도 하시겠죠. 혹시 히노데 주식을 보유중이라면 하루빨리 팔아치우세요. 장담컨대 가까운 시일 내에 폭락할 겁니다."

니시무라는 마지막에 베테랑 야쿠자의 면모를 드러내며 그렇게 말하고 함께 온 남자와 사라졌다.

하타노는 테이블에 놓인 두터운 편지 다발을 한참 바라보았다. 종이 자체는 새것이지만 복사를 여러 번 거듭한 것처럼 보였고, 더구나 원본 편지를 연필로 썼는지 희미하거나 뭉개진 글자가 많아서 눈을 바짝 붙이지 않으면 읽기 힘들 정도였다. 앞머리는 '히노데 맥주 주식회사 가나가와 공장 사원 여러분께'라고 되어 있었다.

마음을 잡고 종이를 팔랑팔랑 들춰보았다. 가늘고 꼼꼼한 글자로 가득 메워진 편지지가 한 장, 두 장, 열 장, 스무 장, 서른한 장. 맨 마지막 장에는 1947년 6월이라는 날짜와 오카무라 세이지라는 이름이 적혀 있었다.

오카무라 세이지. 듣도 보도 못한 남자의 이름을 잠시 반추하다가 하타노는 일단 편지를 내려놓고 수화기를 들었다. 오이소 별장의 번호를 돌리자 신호음이 열 번쯤 가고 나서야 겨우 연결되었다. 어차피 전화할 상대는 뻔하다는 듯 아내의 무뚝뚝한 목소리가 "네" 하고 답했다.

"당신, 오카무라 세이지라는 사람 알아?"

"누구?"

"오카무라 세이지. 장인어른의 형제뻘인 사람이야."

"아버지 성은 모노이야. 이상한 소리 하지 마."

전화가 그대로 뚝 끊겼지만 하타노는 별로 동요하지 않았다. 그는 수화기를 내려놓고 서재에서 옥편을 꺼내와 진료차트 뭉치를 다루듯 편지를 한 장 한 장 펼쳐보기 시작했다. 읽기 까다로운 옛 한자는 옥편을 찾아서 꼼꼼하게 음을 달았다.

편지를 쓴 이는 '소생 오카무라 세이지는—'으로 말문을 열고 우선 퇴직자가 예전 회사에 편지를 띄우게 된 사정을 말했다. 전쟁 전 모종의 사정으로 자신처럼 히노데를 퇴사한 노구치 아무개라는 사람이 있는데, 그와의 관계 때문에 경찰과 회사의 감시를 받았다는 내용이었다. 해방위 활동가를 아버지로 둔 하타노는 그것만으로도 이어질 이야기를 예상할 수 있었다.

이어서 오카무라는 자신의 출신에 대해 읊고, 아오모리 현 하치노헤 시 근교에 있는 고향 마을의 풍경이며 쇼와 시대 초기의 생활상, 가족 구성과 남매들의 소식을 밝혔다. 그에 따르면 오카무라는 네 남매 중 차남으로 위로 형 하나, 아래로 여동생과 남동생이 하나씩 있었다. 맏형은 전사했다고 하니 열두 살에 하치노헤 주물공장에 견습공으로 들어갔다는, 왼쪽 눈이 불편한 동생이 하타노의 장인 모노이 세이조일 터였다. 읽으면서 하타노는 삼 주 전 아들의 장례식에서 만난 장인의 얼굴을 떠올려보았지만, 그전까지 왕래가 거의 없었던데다 식장에선 내내 넋을 놓고 있었던 탓에 이목구비가 흐릿한 형체만 생각날 뿐이었다.

아무튼 오카무라인지 뭔지 하는 사람은 유복한 상인 집안에 양자로 들어가 순조롭게 도호쿠 데이코쿠 대학을 졸업하고, 히노데 가나가와 공장 연구소에 취직했으며, 남들처럼 소집영장을 받고 전장에 나갔다가 귀국했다. 종전 직후의 힘겨운 생활을 이야기하며 오카무라는 자신을 조심스레 '노동자'라고 일컬었다. 스스로를 노동자라고 생각하는 게 어떤 것인지 하타노는 잘 알 수 없었지만, 편지에서 말하는 시대에는 '노동자'가 자본가와 대치하는 위치로 규정되었다는 것 정도는 알고 있었다. 그러나 오카무라는 오히려 편지 속 시대에서 십수 년이 지난 1950년대 중반 이후 노사협조 시대에 적합한 회사인간의 선구 격에 가까웠고, 하타노가 생각하는 '노동자'와는 크게 달랐다. 1947년 2월 1일 총파업은 하타노도 어렴풋이 기억하는데, 그 기억 속의 아버지는 머리에 흰 띠를 두르고 연일 해방위 집회나 호별 방문을 나가며 딴사람처럼 사납게 고함을 지르곤 했다.

한편 오카무라는 전쟁 전 가나가와 공장에서 노구치라는 피차별부락 출신을 만나 놀라울 만큼 순수한 교유를 했다. 그는 노구치를 통해 비로소 이 사회에 차별이 존재한다는 사실을 알게 된 듯했다. 하지만 그 감정은 어디까지나 당혹스러움의 영역을 벗어나지 않았고, 종전 후 히노데 교토 공장에서 피차별부락 출신 세 명이 해고된 사건에 의문을 제기하는 구절도 회사에 대한 비판과는 한참 거리가 먼 투였다. 심지어 오카무라는 마지막까지 노구치 외 세 명을 자기와 같은 '히노데 사원'으로 생각하며, 1946년 말 도쿄에서 재회한 노구치에게서 풍기는 생명의 광채에 감동받은 듯 썼다. 인간이 살아가는 모습 자체에 감동하는 그의 시선은 운동가의 그것과는 다르다고 하타노는 장담할 수 있었다.

그래, 분명히 다르다— 하타노는 중얼거렸다. 1946년 말, 아마 하타노의 아버지도 시바 어딘가에서 개최되는 해방위 전국대회에 참석하기 위해 오카무라가 노구치와 재회했다는 도쿄 하마마쓰초 역에 내렸을 것이다. 하타노는 지금에야 그 옛일을 집요하게 떠올려보았다. 사회주의 교재를 치덕치덕 바른 듯한 얼굴을 붉게 상기시키고 콧날을 벌름거리며 의기양양하게 하마마쓰초 역 플랫폼을 걸어가는 남자에게서는 이미 어머니가 결혼 전 반했다는 미남의 모습은 찾아볼 수 없다. 아마 그의 눈에는 오카무라처럼 고개를 숙이고 성찰하는 인간의 모습 따위 전혀 들어오지 않았을 것이다. 노구치 아무개도 오카무라와 헤어져 전국대회 집회 현장에 나타날 때는 오카무라가 모르는 활동가의 얼굴로 변해 있었을 것이다. 그래, 오카무라 세이지는 동시대의 어느 누구와도 달랐다—

요컨대 이 오카무라 아무개는 어느 날 갑자기 권고사직으로 히노데를 떠났지만, 옛 일터에 대한 미련을 깨끗이 떨쳐버리지 못한 한 명의 퇴직자에 불과하다. 나아가 고향집의 가난, 회사, 전쟁, 질병 모두 개인의 문제로 돌릴 뿐, 결코 사회나 역사 속에 자신을 옮겨두고 바라보지 않는다. 그렇기 때문에 편지를 읽는 자에게 뻔히 보이는 비극의 구조가 정작 편지를 쓴 당사자의 눈에는 희미하기만 하다. 하루하루 생존하기에 급급했던 동시대의 1억 일본인에 비해서도 그는 시대의 변화에 뒤처진 풋내나는 교양인일 뿐이다. 하타노는 그렇게 편지를 쓴 이의 초상을 어렴풋하게나마 그려본 뒤, 자신의 시선이 다분히 아버지나 노구치 아무개 같은 운동가 쪽에 가깝다는 사실을 알아채고 흠칫 놀랐다. 한 번도 해보지 못한 생각이었다. 이 몸에 피차별부락민과 사회주의자의 피가 흐르고, 아내에게는 저 유순한 오카무라 아무개의 피가 흐르고 있었다니. 이 얼마나 어처구니없는 일인가!

아니, 잠깐. 그럼 죽은 아들에게도 오카무라의 피가 조금은 흐르고 있었다는 말인가. 히노데 맥주 면접장에서 아들은 난생처음 차별을 경험하고 당황했던 것일까? 사회적 견해가 전혀 정립되지 못한 상태에서 타인이 가한 힘에 떠밀려 갈피를 잡지 못하고 혼자 하릴없이 고뇌하던 나머지, 시속 100킬로미터로 차를 몰다가 사고를 낸 것일까?

아니, 잠깐. 이 예민하고 무력한 오카무라 세이지와 닮은 것은 오히려 내가 아닐까? 일찍이 고베의 그런 지역에 태어났으면서도 역사적, 사회적 견해라곤 가져본 적 없고, 아들을 잃고 나서야 비로소 '차별이다'라고 깨달았지만 그런 모순과 계속 거리를 두면서, 스스로도 의도를 알 수 없는 비난조의 편지를 기업에 보낸 모습은 오카무라의 짓거리를 쏙 빼닮지 않았나—

하타노는 일단 편지 다발을 뒤집어서 내려놓았다. 다시금 머릿속을 깨끗이 비우고 요 몇 시간 사이 새롭게 들어온 정보를 하나하나 되짚어보았다.

우선 사십삼 년 전 히노데에 배달된 편지가 복사를 거듭하며 누군가의 손에 남아 있다는 사실. 회사가 유출할 리 없는 편지가 이렇게 통째로 나도는 것은 어떤 부정이나 범죄행위를 암시한다고 볼 수밖에 없었다.

다음은 편지에 언급된 노구치 아무개와 부당 해고자 세 명의 존재가 지금도 실질적으로 의미가 있느냐의 여부다. 자칭 해동 관계자라는 니시무라의 말대로 셋 중 하나가 현재 히노데에서 눈엣가시처럼 여기는 인물이라면, 편지 내용은 아직 유효하다고 볼 수 있었다.

나아가 히노데가 정말로 이 편지 때문에 아들의 채용을 거부했느냐의 여부. 니시무라는 사십삼 년 전의 편지를 들이대며 히노데를 협박하라고 암암리에 조언했지만, 히노데가 정확히 아들에게 무슨 짓을 했는지는 여전히 오리무중이었다.

또하나, 니시무라는 도대체 어디서 그가 히노데에 두 통의 편지를 보냈다는 사실과 아들이 2차 면접을 중도에 포기했다는 이야기를 들었을까? 도연합 간부 명함을 내밀었지만 해동 차원의 주장은 전혀 언급하지 않았다. 그런 관계자는 있을 수 없다. 그런 단체를 사칭해 영향력을 행사하려는 자들이 왕왕 있지만, 니시무라는 그런 부류도 아니다. 그럼 대체 뭐하는 자들인가? 정체는 무엇이고, 무슨 이유로 나를 찾아왔을까?

하타노는 오 분 정도 궁리했지만 끝내 어떤 결론에도 다다르지 못했다. 원래 대학과 학회, 치과의사회, 테니스밖에 모르는 하타노는 무슨 일이든 검토하는 데 오 분이면 충분했지만, 일단 생각이 막혀버리자 도무지 진척이 없었다. 그는 하릴없이 발길을 돌리듯 다시 편지 다발을 바라보며, 오카무라 세이지는 그후 어떻게 되었을까 새삼 생각해보았다. 죽은 아들에게도 그 피를 나눠주었을지 모르는 한 남자의 그후—

하타노는 튕겨오르듯이 벌떡 일어나 전화번호부를 뒤졌다. 이십 년 넘게 먼저 걸어본 적 없는 번호를 찾아내고, 수화기를 들고 다이얼을 돌리기 시작한 뒤에야 힐끔 시계를 보았다. 자정 삼 분 전이었다. 시간이 이렇게 됐나 싶어 주저할 즈음에는 벌써 신호가 가기 시작했고, 그 소리도 이내 끊겼다.

"네, 모노이입니다." 갈라진 목소리가 들렸다. 뒤로는 텔레비전 소리가 들렸다. "늦은 시간에 죄송합니다. 저, 하타노입니다." 그렇게 입을 열자 수화기 너머 목소리가 "오, 그래" 하고 답했다.

명색이 가족이지만 장례식 전까지는 거의 왕래가 없던 이의 얼굴을 황급히 떠올리는지 잠시 뜸을 두고 나서, 모노이 세이조는 "이제 좀 추슬렀나?" 하고 물었다.

"네, 덕분입니다. 아직 안 주무셨군요."

"음. 뭐, 나이들면 텔레비전 켜놓고 졸기 마련이지."

"한밤중에 엉뚱한 질문입니다만, 오카무라 세이지라는 분이 장인어른의 형님이십니까?"

"헤라이무라 오카무라 상회의 오카무라 세이지라면 내 형이 맞네."

이번에는 하타노의 말문이 막혔다. "실은 치과의사회 간담회에서 나이든 선생들이 전쟁 당시 이야기를 해서요. 전우 중 오카무라 세이지라는 사람이 있었다는데, 아무래도 모노이 집안 사람 같은 눈치라—"

"음. 그런데 그 오카무라가 왜?"

"집사람한테 물어보니 그런 사람은 모른다고 해서요."

"아, 딸한테는 얘기한 적 없네. 내가 태어나기도 전에 다른 집안 양자로 들어갔으니 거의 남이나 마찬가지거든. 하치노헤에서 몇 번 만나긴 했지만, 그것도 벌써 오십 년은 지난 이야기지."

"그랬군요. 그 선생이 요즘 오카무라는 어떻게 지내는지 궁금하다고 하셔서."

"아마 1952년인가 1953년인가, 세상을 떠났다고 해. 헤라이무라 고향집에 사는 누이동생 내외에게서 들었네."

"그렇습니까…… 아들을 잃고 보니 만난 적도 없는 먼 친척 이야기까지 왠지 마음이 쓰이는군요. 그런데 아버님, 요즘도 경마를 하십니까?"

"음. 말을 보고 있으면 안 좋은 일을 잊을 수 있어서. 부끄러운 소리네만."

"기회가 되면 마권 사는 요령 좀 가르쳐주십시오. 야심한 시각에 죄송했습니다. 그럼 감기 조심하시고요."

"음. 자네도 감기 조심하게."

상투적인 인사말을 나누고 전화를 끊자 하타노는 한순간 기묘한 느낌에 사로잡혔다. 오카무라 세이지와 한배에서 난 모노이 세이조의, 한밤중에 어울리는 나직한 목소리가 흡사 오카무라 본인의 목소리 같아서였다.

하타노는 서른한 매의 편지 다발을 들고 거실에서 아들 방으로 향했다. 초여름까지 아들이 쓰던 네 평짜리 방은 살풍경할 만큼 잘 정돈되어 있었다. 책장에는 단조로운 색깔의 전문서적과 낚시잡지 몇 권뿐, 연예인 사진 한 장 붙어 있지 않았다. 며칠 전 하타노가 서랍을 뒤졌을 때도 누드잡지 한 권 나오지 않았다. 너무나 성실하고, 느긋하고, 세상 물정에 어둡고, 그러면서도 부모에게조차 말 못할 뭔가를 숨기고 있었던 스물두 살 우등생의 방이었다.

하타노는 아들의 컴퓨터가 놓인 책상에 앉아 서랍에서 워크맨과 포장도 뜯지 않은 카세트테이프 하나를 꺼냈다. 요즘은 학회에서도 잘 사용하지 않는 그것들을 앞에 두고 전원이 켜지는지, 테이프가 매끄럽게 돌아가는지 확인했다. 그리고 편지 다발을 책상에 놓고 넘기기 수월하도록 한 장 한 장 구석을 접어서 비스듬하게 겹쳐두었다. 커튼 너머의 소음에 귀기울여보니 남쪽으로 300미터 떨어진 곳을 달리는 오다큐 선은 이미 막차가 끊겼고, 역 앞 번화가의 소음도 사라진 지 오래였다. 종종 세이조 대로 쪽에서 자동차 배기음이 들려왔지만 워크맨의 작은 마이크가 감지할 음량은 아니라고 속 편하게 추측했다.

이윽고 하타노는 편지 맨 앞장을 보았다. '히노데 맥주 주식회사 가나가와 공장 사원 여러분께.' 이 첫 문장 앞에 한마디 덧붙일까 잠시 망설였지만, 누군가에게 설명할 필요가 있는 일은 아니라고 생각을 고쳤다. 하타노는 워크맨 녹음 버튼을 누르고 이 초쯤 기다렸다가, "히노데 맥주 주식회사 가나가와 공장 사원 여러분께" 하고 편지를 읽기 시작했다. 아니, 읽는다기보다 오카무라 세이지를 대신해 이야기를 시작한 기분이었다.

"소생 오카무라 세이지는 지난 2월 말일을 기해 히노데 가나가와 공장을 퇴사한 마흔 명 가운데 하나입니다. 병상에 누워 운신도 뜻대로 못하는 몸이지만 오늘은 마침 이런저런 생각이 들어—"

오카무라는 말주변이 없고 떠듬떠듬한 말투로만 이야기하는 남자였을 것이다. 그 남자가 사십삼 년 뒤 이 세상에 소생하는 것이니, 조금 망설이는 듯한 음색으로 천천히, 아주 천천히 하타노는 편지를 읽었다.

"'옛 동료 한 명', 즉 노구치 쇼이치는 1942년 가나가와 공장을 퇴사했는데, 같은 퇴사라도 노구치의 경우는 이루 말할 수 없는 실의와 분노에 찬 것이었으며, 약간의 내막도 존재함을 저는 알고 있습니다."

하타노는 억양을 일절 넣지 않고 독경하듯 쉼없이 읽어나가면서 육십 분짜리 테이프 양면을 거의 꽉 채우고, 끝으로 날짜와 이름을 읽었다. 그리고 갈색 이중 봉투에 테이프를 넣어 봉하고 우표를 붙였다. 시나가와 구 기타시나가와 4번가에 있는 히노데 본사 인사부의 주소를 워드프로세서로 쳐서 라벨지에 출력해 붙이고, 발송자 이름과 주소는 비워두었다.

　모든 작업을 마친 하타노는 서른한 매의 복사지를 통째로 쓰레기통에 던져넣었다. 그리고 소파로 돌아가 아들이 남긴 유민*의 CD를 들으며 3시까지 술을 마셨다.

　이튿날 6일 새벽, 세 시간쯤 자고 일어난 하타노는 자가용 벤츠를 운전해 히가시오이 시나가와 우체국으로 가서 지난번과 같은 우체통에 봉투를 넣었다. 그리고 오전 8시 반 병원 문을 열고 평소처럼 9시에 진료를 시작하자, 점심 무렵에는 테이프 건이 벌써 자기가 아닌 다른 누군가의 소행처럼 느껴졌다. 그러다가도 문득 정신을 차리면 어제처럼 아들의 피투성이 얼굴이 머릿속에 똬리를 틀고 있었다.

3

　산노에 있는 집에서 기타시나가와의 히노데 본사까지는 곧장 가면 이십 분이 채 걸리지 않았지만, 시로야마 교스케는 상무 시절부터 그 두 배쯤 되는 시간을 들여 매일 다른 길로 빙 돌아서 가라고 운전사에게 일러두었다. 첫번째는 집에서 채 읽지 못한 신문을 훑어볼 시간을 확보하기 위해서였고, 또하나는 평소 지나갈 일 없는 골목이나 가게의 풍경, 간판, 통근하는 사람들 등을 관찰하기 위해서였다.

　히노데 맥주에 입사한 지 삼십일 년. 그중 3분의 2를 영업 일선에서 보낸 그의 이런 기질은 신임 사장으로 취임한 6월 이후에도 기본적으로 달라지지 않았다. 아니, 능력이건 성격이건 변할 수 없다는 것을 시로

────────────

* 일본 가수 마쓰토야 유미의 애칭.

야마는 알고 있었다.

맥주는 다른 주류와 달리 시대의 감성과 시민의 생활감각을 민감하게 반영한다. 그렇기 때문에 신상품 출시 때마다 대대적인 마케팅을 펼친다. 시로야마는 조직의 정점에 선 지금도 시류에 대한 나름의 직감을 잃고 싶지 않다는 영업맨 기질과, 이제는 특정 상품의 성패를 놓고 자신의 직감 따위를 발언할 위치가 아니라는 자각을 동시에 지니고 있었으며, 그 사이에 애매하게 끼여 있는 기분을 느끼기도 했다. 당기 수치뿐 아니라 기업 전체를 살피고 책임져야 하는 지금도 여전히 영업 현장의 시각을 버리지 못하는 자신의 그릇을 자각함으로써 그는 남의 의견에 곧잘 귀기울이며 신중하게 처신할 수 있었고, 그것이 어떤 의미에서는 그를 무난한 경영자로 만들어주고 있음이 분명했다.

출근길 배회가 알려지면 다른 임원은 물론이고 평사원도 은근한 압박을 느낄까봐 아무한테도 말하지 않았다. 11월 12일 월요일, 그날 아침도 시로야마는 평소처럼 니케이 신문 기업 인사란을 십여 분간 훑어본 뒤, 야시오 파크타운을 느릿하게 달리는 회사 차량의 차창 너머로 아파트단지의 아침 풍경을 바라보다가 창유리를 살짝 내리고 바닷바람 냄새를 맡았다. 아직 십오 분쯤 남았으니 오늘은 제무스 언덕 쪽으로 갈까요? 자신에게 묻는 운전사에게 그러자고 대답하고, 해안도로로 들어선 뒤에도 내내 차창 밖을 바라보았다. 급속도로 변화하는 도쿄에서는 보름만 걸러도 어딘가에 새로운 간판과 가게가 들어서 있었다.

그러나 그사이에도 시로야마의 머리는 한시도 멈추지 않았다. 하루의 할일을 머릿속에 죽 늘어놓고, 급한 안건을 확인하고, 동계 마케팅 전쟁이 한창일 이번 기말 결산의 수치를 걱정하고, 이미 나온 차기 지표를 돌이켜보고, 가동이 시급한 중장기 과제 몇 가지를 떠올리고, 이어 이사회에서 총의를 모으기 위한 사전 교섭 순서나 돌파구를 궁리했다. 그날은 일단 다음달 결산을 앞둔 11월 수치와 10월차 중간 재무제표의 수치가 머릿속의 태반을 점령한 가운데 다양한 현안이 잇따라 비집고 들어왔다.

봄에 발매한 신상품 '히노데 슈프림'이 첫해 목표량인 3천만 상자를 10월에 이미 달성할 정도로 대히트해서 조금은 마음이 놓였지만, 그래도 현안은 많았다. 국내 맥주 총수요는 최근 몇 년간 순조롭게 성장해왔으나 사반세기 동안 시장의 절반을 점유해온 히노데 라거 맥주의 완만한 퇴조 경향은 어쩔 수 없는 시대의 흐름이었다. 작년에는 마침내 점유율 50퍼센트를 밑도는 역사적인 패배를 경험하고 경영진이 교체됐다. 그러나 동종업계 타사의 잇따른 신상품 개발 공세에 끌려가는 형국으로, 이 년 전부터는 라거에 편중된 상품 구성을 재검토하고 다양화 전략으로 전환했으나, 마지막까지 버티던 히노데가 이렇게 인내심을 내던져버리면서 결국 각사는 점유율 확보를 위한 신상품 난개발과 광고비 증대라는 악순환적 소모전의 늪으로 빠져들었다. 이런 상황은 당분간 나아지기 어려울 것이다.

원래 거대한 장치산업인 맥주사업은 이윤이 극단적으로 박한데다 높은 주세 때문에 해외와의 경쟁도 어렵다. 어느 회사나 다각화를 꾀하고 있지만, 의약사업이 순조로운 히노데만 해도 맥주사업이 총매출에서 차지하는 비율이 여전히 96퍼센트를 넘기 때문에 쉬운 일이 아니었다. 게다가 미일구조협의에서 계열화된 유통구조에 외압을 행사할 것이 확실하므로, 지금처럼 해외 브랜드 수입과 라이선스 생산으로 어물쩍 넘어갈 수 있는 시기가 얼마 남지 않았다는 것도 주지의 사실이었다. 따라서 공격 일변도인 해외 제조사와의 새로운 업무 제휴 방법에 얼마간 전망을 세워두는 것이 시로야마의 임기 중 최대 과제였다.

실제로 히노데와 십 년 전부터 총대리점 계약을 맺어온 세계 최대급 맥주 제조사 라임라이트가 합병회사 설립 의향을 내밀히 타진해오고 있었다. 이 예민한 안건에 최대한 신중하게 대처하지 않으면 히노데의 팽창과 시장 과점을 눈엣가시로 여기는 공정거래위원회의 공격으로 자칫 자사에 불리한 조건을 수용할 수밖에 없는 상황이 닥칠 수도 있었다. 가령 합병이 성사되어도 높은 주세로 정작 중요한 국내 제품이 잡아먹힐 우려가 있었다. 전국 600개 특약점을 개방하는 문제도 장기적으로는 아무래도 악수일 터였다. 그렇다고 소극적으로 임하다가 타사로 기회가 넘어가버리면 죄 허사가 된다. 라임라이트 건은 극비이므로, 공정거래위원회의 움직임을 지켜보면서 국세청과의 사전 교섭 시기를 결정해야 할 터였다.

한편 국내 현안으로는, 최우선 과제인 캔맥주 비율 향상을 위해 나고야에 신공장 건설을 추진중인데 지가가 폭등해 부지 매입이 좀처럼 진전되지 않는 문제가 있었다. 그밖에도 작년 '주류판매업면허등취급요령'이 일부 개정되어 면허가 완화되면서 앞으로 주류 할인점의 세력이 커질 거라는 문제. 이것은 백년 맥주 역사와 함께 쌓아온 각사 특약점망의 붕괴로 이어질 터이므로 판로 재편이 시급했다.

또한 물류 쪽으로는 히노데 유통과 고쿠라 그룹의 관계를 어떻게 정리할지가 문제였다. 개인적으로는 일단 고쿠라 주식 매집 건에 관해 은행의 진의를 확인하고 싶지만, 이사회의 의견은 어떻게 모아질까.

"이제 들어갈까요?" 운전사가 물었다.

"네, 그럽시다." 시로야마가 대답했다.

늘 정확하게 시간을 지키는 운전사는 기타시나가와 4번가 하쓰야마 거리 남쪽의 본사 앞에 차를 세웠다. 삼 년 전 완공한 신사옥은 40층 건물 전체를 견고한 화강암으로 마감해 건축잡지로부터 1920년대 뉴욕의 졸부 취향이라는 혹평을 받았다. 1, 2층은 최고급 음향설비를 갖춘 히노데 오페라홀이고, 꼭대기층은 외식사업부가 직영하는 히노데 스카이 비어레스토랑이었다. 나머지 37개 층에 본사의 각 사업부와 자회사 중 12개사가 입주해 있었다.

오전 8시 15분, 시로야마는 혼자 현관으로 들어섰다. 그는 사장 취임과 동시에 비서가 임원을 마중나오는 관행을 폐지했고 가방도 몸소 들고 다녔다. 쓸데없는 시간과 경비를 아끼는 합리화를 윗선부터 시작하자며 이사회에 자문해서 양해를 얻은 부분이었다. 그밖에 전국 15개 지사 40개 지점 12개 공장의 팔천 명 사원 모두 사내에서 직함 대신 이름에 '씨'를 붙여 부르기로 결정했다. 특별히 튀어 보이려고 내놓은 정책이 아니라 그저 합리화와 조직 활성화를 위한 것이었지만, 일부 임원들이 이를 시로야마 체제를 향한 적극적인 포진의 시작으로 본다는 것을 그는 알고 있었다. 그러나 그 정도 뒷이야기는 못 들은 척해야 한다. 그러지 않으면 아무것도 진척되지 않는다.

로비에서 엘리베이터를 타고 30층 사장실로 가는 길에 시로야마는 사원과 마주칠 때마다 열 번도 넘게 기계적으로 "안녕하세요"를 반복했다. 오래전부터 전 사원의 평균값 같다는 평을 들어온 시로야마의 인상은 머리칼이 희끗해진 지금도 변함없어서, 사내 어디 있든 전혀 눈에 띄지 않았다. 상무 시절에는 사내에서 마주친 사원들이 "저 사람 누구지?" 하고 소곤거리는 모습을 본 적도 한두 번이 아니었고, 영업을 나가던 젊은 시절에는 단골 거래처에서 좀처럼 얼굴을 기억해주지 않아서 애를 먹었다.

히노데의 '얼굴'이 된 지금 '저 사람 누구지?'라는 소리는 더이상 들리지 않았지만, 게이단렌*이나 상공회의소에서는 여전히 마찬가지였

---

* 일본경제단체연합회의 약칭. 도쿄 증권거래소 제1부 상장기업을 중심으로 구성되어 있다.

다. 요컨대 무명의 영업머신이 악착같이 일해서 어느새 최고경영자 자리까지 올라서는 시대가 된 것이다. 다이쇼 낭만주의*의 세례를 받지 않은 쇼와 두 자릿수 태생** 경영자가 등장하는 시대를 시로야마 교스케가 선도하고 있는 셈이다. 그는 사진과 함께 경제잡지의 권두를 장식하는 유명 기업인도 아니고, 경영 철학의 모범 사례도 아니었다. 자신은 그저 히노데 주주와 사원의 이익을 책임지고, 명성은 없어도 주도면밀한 실무 능력과 무난한 통솔력으로 기업을 이끄는 영업머신임을 시로야마는 자인했다. 더불어 자신은 그 이상의 존재가 될 수 없다는 것도.

사장실에 들어선 시로야마는 대기실 책상에서 여자 비서가 일어서자 역시 "안녕하세요" 하며 인사를 건네고 안쪽 집무실 문을 열었다.

곧장 뒤따라온 비서가 "스케줄을 확인하시겠습니까?" 하고 물었다. 비서는 시로야마가 책상에 가방을 내려놓고 자리에 앉기를 기다렸다가 손 쪽으로 일람표를 내밀었다. 노자키 다카코라는 이 비서는 비서실에서 일한 지 벌써 이십 년이 넘은 고참이었다. 어떤 일을 어떻게 해야 효율적인지 몸에 밴 타입이라, 시로야마가 먼저 무슨 요구를 하는 일은 거의 없었다. 특별한 미인은 아니지만 낮고 차분한 음성이 듣기 좋았다.

"9시 조찬회에 참석하실 건가요? 미일경제인회의로 차량이 9시 40분에 출발합니다. 늦으시면 안 됩니다. 지금 원고를 보시겠습니까?"

"차에서 보지요."

"그럼 제가 서류 일체를 준비해 현관에서 대기하겠습니다. 2시 반 아사히 신문 취재는 사진 촬영을 포함해 이십 분간입니다. 질문사항은—" 노자키 여사는 항목별로 정리된 별지를 내밀었다가 지금 설명해

---

* 다이쇼 시대는 1912~1926년. 민주주의와 자유주의가 활발했다.
** 1935년 이후에 태어난 사람.

봐야 시로야마의 머릿속에 들어가지 않으리란 것을 알아채고서 "직전에 제가 확인해드리겠습니다" 하고 주도면밀하게 덧붙였다.

"오늘은 3시 사내 순회가 없습니다. 사업개발본부에서 나고야 신공장 건설 준비실 브리핑을 여니 참석해주세요. 참석 임원은 거기 적혀 있습니다. 그리고 4시 15분 자민당 사카다 선생이 전화할 예정이니 기억해두셔야 합니다."

워드프로세서로 입력한 일람표에는 'S씨. 사례 전화'라고만 적혀 있다. 파티* 참석에 대한 얘기일 것이다.

"네, 알았어요." 시로야마는 대답했다.

"그리고 5시부터 히노데 문화상 시상식이 있습니다."

손치에 얇은 책자가 놓였다. 십 년 전 설립된 히노데 문화재단의 사업으로 미술과 음악 부문으로 나뉘어 있다. 깜빡 잊고 있던 것을 내심 부끄러워하며 시로야마는 이번에도 "네"라고 짧게 대답했다.

"수상자의 작품과 이력은 그 책자에 실려 있습니다."

"차에서 훑어보지요."

"4시 반 현관에 차량을 대기해두겠습니다. 그리고 귀가는 7시—"

그렇게 하루 스케줄을 확인하는 데 삼 분. 이어서 홍보 행사나 광고, 지사와 공장 업무의 중요사항을 확인하는 데 삼 분.

마지막으로 노자키 여사는 매주 월요일에 도착하는 맥주사업본부, 의약사업본부, 사업개발본부 등의 업무보고서와 경리부에서 올라온 10월차 중간재무제표 다발, 식품 신문과 식품산업 신문 등 업계지 스크랩 파일을 책상에 올려놓고, 이어서 주전자와 컵을 시로야마에게 가져다준

---

* 정치자금을 목적으로 유료로 개최되는 연회. 참석자가 회비 명목으로 후원금을 내는 형식이다.

후, 8시 30분쯤 일찌감치 모습을 감추었다.

시로야마는 시계를 보았다. 업무가 시작되는 9시까지 반시간이 채 남지 않았다. 매일 아침의 이 반시간을 활용하는 것이 시로야마의 소소한 긍지였다. 각 보고서와 중간재무제표까지 네 종류의 서류를 펼쳐 책상에 늘어놓고 한꺼번에 훑어보았다. 숫자를 매일 들여다봐야 감이 무뎌지지 않았다. 회계 부분을 세세히 추궁할 생각은 없고 경영회의에서 제 입으로 수치를 언급할 일도 없지만, 회사가 매일 순탄한 길을 걷고 있는지, 걸음에 이상은 없는지, 여러 가지 판단과 결단을 내리는 데 이런 광범위한 숫자는 도움이 됐다.

그럼 먼저 '히노데 슈프림'의 지난주 실적을 볼까. 52만 상자. 성탄절 수요를 고려하면 매주 70만의 판매 페이스를 회복할 전망, 보고서에는 그렇게 적혀 있었다. 기말까지 수주한 것이 총 3500만 상자 이상. 이로써 7000만 상자라는 차기 목표는 무난해진 셈이다. 그러나 상품 구성의 8할을 차지하는 라거의 총합이 전기보다 떨어진다면, 이번 회기 매출은 역시 전년도 대비 마이너스를 아슬아슬 오가게 됐다.

다음으로 각 지사의 실적, 각 공장의 생산량과 재고량을 훑어본다.

이어서 타사 경쟁 상품의 동향. 업계 2위 마이니치 맥주가 이달 동계 전략으로 발매한 '겨울 드라이'의 양호한 성적을 사업본부에서 분석했다. '상품개발 면에서 특기할 점은 발상의 전환. 판매 면에서는 음식점을 대상으로 한 판촉 강화, 간토 지방 집중 판촉, 리베이트 인상 등등'이라고 적혀 있다. '겨울 드라이'의 낮은 도수에 대한 언급은 없었다. 시로야마는 그 점을 체크하고 상품개발 보고 쪽으로 시선을 옮겼다. 그러고 보니 차기 개발 콘셉트가 저알코올화로 웰빙 붐을 선점한다는 것이었는데, 그건 어떻게 진행되고 있지?

페이지를 넘기려는데 문득 책상 위 인터컴에서 노자키 여사의 목소리가 들렸다. "시라이 부사장과 인사부 쓰카모토 부장이 오셨습니다."

시로야마는 시계를 보았다. 8시 35분. "들어오시라고 해요"라고 대답하고는, 어차피 잠시 후 조찬회에서 만날 텐데 무슨 일인가 생각하며 책상에 펼쳐놓은 서류를 가지런히 정리하는데 문이 열렸다.

"아침부터 죄송합니다." 양해를 구하며 들어온 시라이 세이치 부사장의 음색은 평소처럼 건조하고 딱딱했다. 그 뒤로 공손하게 어깨를 움츠리고 들어온 인사부장은 시라이와 대조적으로, "조금 심려를 끼쳐드릴지도 모를 일이 생겨서요" 하고 격식 차린 투로 말하며 머리를 깊이 숙였다.

비밀 이야기인가? 시로야마는 혹 오래 걸리진 않을까 생각하며 "네, 이리 앉으세요" 하고 두 사람에게 의자를 권했다. 어차피 시간은 이십오 분밖에 없었다.

"무슨 일입니까?" 그렇게 묻자 시라이가 "괴문서도 아니고, 괴테이프가 왔습니다"라고 거침없이 대답했다.

쓰카모토의 설명에 따르면 10월 입사시험 2차 면접에서 도쿄대생 하나가 몸이 아프다며 중도에 퇴실하더니 그길로 귀가해버려서 채용하지 않기로 결정했는데, 그 학생의 부친이 인사부 앞으로 심사과정에 의문을 제기하는 편지를 두 번이나 보냈다는 것이다. 부친은 세타가야에서 개인병원을 운영하는 치과의사로 효고 현 피차별부락 출신이라고 했다. 히노데의 심사과정에 모종의 차별이 있었다고 믿는 모양인데, 첫번째 편지에는 인사부에서 답장을 보냈으나 두번째 편지에서는 그가 해동을 사칭하는 바람에 그대로 방치했다. 그러자 이번에는 영문을 알 수 없는 카세트테이프 하나가 배송되었다는 것이다.

사실 시로야마는 '해동'이라는 말을 새기는 데 삼 초 정도 걸렸다. 이어서 이야기의 요지를 이해하는 데 일 분 정도 걸리고, 곧 무슨 착오가 아닐까 하는 의심이 솟았다. 그리고 마지막으로, 가령 그것이 사실이라 해도 왜 이런 사안이 자신한테까지 올라왔는가 하는 조심스러운 의문에 다다랐다.

"이것이 테이프 내용을 옮긴 글입니다." 쓰카모토가 내민 A4용지 다발의 첫 장에는 대뜸 '히노데 맥주 주식회사 가나가와 공장 사원 여러분께'라고 적혀 있었다. 시로야마는 보고하는 상대방을 생각해 수십 장의 종이를 대강 넘겨보다가, 마지막 장에서 '1947년 6월'이라는 날짜를 발견하고 흠칫 놀라 황급히 다시 첫 장부터 훑어보았다.

"가나가와 공장에 알아본 바로는, 여기 나오는 오카무라 세이지는 1947년 히노데를 퇴사한 실존 인물이라고 합니다." 쓰카모토의 목소리가 이어졌다. 그사이 시로야마의 눈은 종이 위 문장에서 재빨리 몇 단어를 걸러냈다. '하치노헤'와 '헤라이'라는 도호쿠 지명. '부락 사람' '조합' '쟁의' '2·1 총파업' '해고' 같은 말들. 그리고 '부락해방전국위원회 제2회 대회'. 그래, 예전에는 이런 명칭이었지 싶었지만 그뿐이었다. 테이프 내용을 옮겼다는 글의 마지막 몇 줄을 다시 읽어봐도 발송자의 의도를 도통 파악할 수 없었다.

"이것뿐입니까?"

"그렇습니다. 발송인의 의도가 뭐든 아무래도 입사 심사와 관계있는 것 같고 회사 이미지와 연결되는 문제이기도 해서, 경찰에 신고할지 그냥 무시할지 저희 인사부가 독자적으로 판단하기 힘들겠다고 생각했습니다. 그래서 이렇게 보고드리는 겁니다." 쓰카모토는 어색한 듯 손을 비비며 말했다.

"이 오카무라 아무개가 가나가와 공장에 보냈다는 편지의 원본은 남아 있습니까?"

"아무래도 1947년 일이니 공장에서도 지금은 알아볼 길이 없다고 합니다. 그러니 정말로 이런 편지가 있었는지도 좀―"

"문제의 면접자 부친이 두번째 편지에서 해동을 사칭했다고 했나요? 그럼, 이 테이프의 발송인은 자기 신분을 밝혔습니까?"

"아뇨. 다만 우편물 태그 스티커나 소인이 똑같고, 알아보니 이 오카무라 세이지는 면접 도중 퇴실해버린 문제의 학생과 먼 친척뻘 된답니다."

"허어."

시로야마는 모호하게 맞장구를 쳤지만 한편으로는 이 사태에서 언뜻언뜻 비치는 회사 내부 상황이 신경쓰이기 시작했다. 원래 이런 문제를 맡아 처리해야 할 총무부는 뭘 하고 있단 말인가. 더군다나 총무부가 됐든 인사부가 됐든 시라이는 담당 임원이 아니지 않은가. 그렇게 생각하며 눈길을 주자, 그는 뭐가 문제냐는 듯 시치미를 뗀 얼굴이었다.

"상황은 잘 알겠습니다." 시로야마가 쓰카모토를 보며 말했다. "일단 이 건이 새어나가지 않도록 하는 게 좋겠습니다. 부서 사람들 입단속을 부탁합니다."

"네, 그렇게 하겠습니다."

쓰카모토는 재수없는 날이라고 투덜거리는 듯한 표정으로 먼저 자리에서 일어나 고개 숙여 인사하고 방을 나갔다. 시로야마가 입사한 1959년 이미 인사부 책상에 앉아 있던 쓰카모토는 부장을 달기 전까지는 마주칠 일도 거의 없었다. 회사에 뼈를 묻고 골수까지 빼놓을 기세로 책상에 앉아 회사의 수많은 기둥 가운데 하나를 충실히 지탱해온 그의 기운 없는 모습에서 시로야마는 희미한 불안을 느꼈다.

한편 시라이 세이치는 명실공히 임원에 어울리는 타입으로, '찰떡 호흡'이라는 말이 나올 만큼 의견 대립이 거의 없던 히노데 경영진의 보수적 전통에 종지부를 찍고 히노데를 개혁해온 남자였다. 외모는 시로야마 못지않게 평범했지만, 앞일을 내다보는 혜안과 실행력에서는 서른다섯 명의 이사진 중에서도 그를 능가할 이가 없었다. 히노데가 점유율 60퍼센트를 유지하던 십 년 전 이미 맥주사업의 어두운 장래와 비효율성, 외국 제품보다 낮은 경쟁력을 주장했고, 그에 대한 대비책으로 다각화라는 장기 계획을 세워 히노데 지반 개량의 기초를 닦아왔다. 그 결과 지금은 사업개발본부장이자 이사 겸 부사장으로 히노데 경영진의 일익을 담당하고 있다. 기업 활동을 단순한 이윤 추구나 추상적인 이념이 아닌 시스템의 총체로 보고 거시적으로 평가하는 것이 시라이의 사고방식이었다. 그것은 어찌 보면 전문 경영인의 궁극적인 이상이었다. 같은 전문 경영인이어도 시라이에게는 시로야마가 본질적으로 타고나지 못한 것이 있었고, 시로야마는 언제나 그 사실에 내심 전율했다. 미국과 유럽에서 오래 생활한 시라이의 진면목은 명료한 주장과 강한 설득력에 있었다.

시로야마가 지금 그런 생각을 다시 떠올린 것은, 책상 양쪽으로 난 커다란 창 너머 시가지 풍경으로 잠깐 눈길을 돌렸기 때문이었다. 지상 30층에서 내려다보면 요철이 복잡한 건물들이 평판으로 눌러놓은 듯 매끄럽게 펼쳐지고, 조그맣게 우글대는 자동차와 사람은 공장 자동화 라인을 흘러가는 제품처럼 보인다. 시로야마는 종종 창밖을 내려다보며 기업을 총괄하는 경영자의 눈이란 아마 이런 것이 아닐까 생각했다. 요컨대 시라이의 눈에 이 지상 30층에서 보이는 풍경은 틀림없이 구석구석 최대한 효율적으로 기능해야 하는 공장 라인처럼 비칠 터였다. 그가 보는 것은 시스템이지, 인간이나 물건이 아닌 것이다.

반면 시로야마는, 하루는 무거웠다 하루는 가뿐해졌다 하는 몸뚱이를 움직여 이십 년 넘게 제 손으로 물건을 팔아온 감각이 여전히 남아서인지, 솔직히 말해 시라이와는 정서적으로 잘 맞지 않았다.

히노데에는 또한 현재 시로야마의 뒤를 이어 맥주사업본부장 겸 부사장으로 승진한 구라타라는 인물이 있다. 그는 다각화를 추진하는 시라이에 맞서 여전히 총매출의 96퍼센트 이상을 맥주가 차지하고 있는 현실을 옹호해왔다. 어쨌거나 하루하루 맥주를 팔아 1조 2,000억 엔의 매출을 올리는 사람들이 있기에 시라이가 제 능력을 발휘할 수 있다는 것은 명약관화한 사실이었다. 두 사람이 나란히 부사장으로 있는 현체제에서 기업 전략에 대한 둘의 시각차는 이사회를 시라이파와 구라타파로 한층 분명하게 가르고 있었다.

요약하자면 장기적 전망이냐 당장의 타산이냐 하는 것인데, 이 같은 의견차는 이 년 전 라거의 부진에 상품 다양화 전략을 취할지의 여부를 놓고 한결 두드러졌다. 타사의 공세에 맞서 해마다 신상품을 몇 종씩 남발하는 경쟁에 나선다면 생산라인 교체에 따른 막대한 비용 증대, 생산관리와 판매관리 비용 증대, 홍보판촉비 팽창 등으로 스스로 제 목을 조르는 늪에 빠지게 된다. 나아가 맥주업계 전체의 소모전을 불러올지도 모르므로 마구잡이식 다양화에 찬성할 수 없다는 것이 시라이의 주장이었으며, 12개 공장을 거느린 히노데 시스템의 경영 효율에 대한 평가가 이미 그 정론을 뒷받침했다.

한편 시로야마와 구라타의 맥주사업본부측은 그런 소모전이 벌어져도 기초체력이 있는 히노데는 끝까지 버틸 수 있다는 의견이었는데, 그런 논리의 바탕에는 히노데 브랜드에 대한 자부심과 절대 하락할 일 없는 작금의 매출이 깔려 있었다. 어느 쪽이나 일면 정당하고 또 일면만 정당한 소모적인 충돌이었지만, 결국 현 회장은 중도를 취하며 때에 따라 시시비비를 가리자는 노선에 귀착했다. 즉 신상품을 낼 때는 내고, 낼 필요가 없을 때는 내지 말자는 것이었다.

그로부터 얼마 지나지 않아 라거의 침체 속도가 예상보다 빨라져 당장 맥주사업을 강화해야 할 상황에 이르자 이사회의 총의에 따라 맥주

사업본부장 시로야마가 사장으로 승진했지만, 한편에서 다각화가 점점 속도를 내고 있다는 사실은 변함없었다. 오랫동안 히노데 맥주의 몸통을 지탱해온 시로야마-구라타 라인은 이른바 배수의 진이었으며, 실은 시로야마도 맥주사업을 근본적으로 개혁할 필요성을 누구보다 강하게 인식하고 있었다. 다만 현시점에서는 그 생각을 드러내지 않을 뿐이었다. 각종 감정적 반목, 다수파의 공작, 은밀한 배후 공작이 일상인 이사회에서는 어떤 주장을 내든 타이밍이 중요하다.

시라이가 바쁜 아침시간 이렇게 시로야마 앞에 나타난 것도 당연히 사전 작업의 일환일 테고, 필시 구라타가 제기할 어떤 안건을 견제하기 위함이리라. 심정적으로는 당연히 구라타 쪽에 가까운 자신을 부러 찾아온 시라이의 속셈을 시로야마는 잠시 짚어보려 했다.

영문 모를 안건을 가져온 쓰카모토 부장이 자리를 뜨자 시라이는 이제부터가 본론이라는 듯 몸을 살짝 앞으로 기울였다. 드디어 시작인가보군. 시로야마는 시계를 힐끔 보았다. 8시 43분.

시로야마는 애당초 쓰카모토의 설명에 이해가 가지 않았던 점을 떠올리며, "두 가지 말씀드리고 싶습니다만" 하고 먼저 말문을 열었다.

"먼저, 시라이 씨는 어떤 경위로 담당도 아닌 이번 건에 관여하게 된 겁니까?"

"실은 쓰카모토가 요 며칠 안색이 좋지 않아서 무슨 일이냐고 물었더니 이 이야기를 하더군요. 입사 심사 문제로 이상한 편지며 테이프가 날아들었다고는 아무래도 말하기 힘들었겠지요." 시라이는 긴장하는 기색도 없이 대답했다. "아, 그렇지. 쓰카모토가 중요한 얘기를 빠뜨렸군요. 그 하타노라는 면접자 말인데, 지난달 15일 교통사고로 죽었답니다. 과속운전으로요. 그래서 부친이 이성을 잃은 게 아닌가 싶기도 합니다."

순간 말문이 막힌 시로야마가 대꾸할 말을 찾는데 시라이는 내처 "참으로 애석한 일이지만, 교통사고이니 우리 회사가 관여할 부분은 없다고 봐야겠죠" 하고 덧붙였다.

"그쪽에서 의심할 만한 소지가 없었다고 믿어도 되는 겁니까?"

"2차 면접에는 저도 참석했으니, 그건 장담할 수 있습니다."

"하지만 2차 면접까지 올라온 도쿄대생을 떨어뜨린 것은, 이유가 뭐든 간에 평범한 일은 아닌 듯한데요."

"말씀대로입니다. 그 하타노라는 학생은 몸이 좋지 않다는 이유로 면접을 중도에 포기해버려서, 이튿날 회의에서 채용 여부를 놓고 논쟁이 좀 오간 것이 사실입니다. 결국 추천장을 받아온 학생을 거절하려면 당사자를 다시 만나볼 필요가 있다는 결론이 나와 제가 11일 인사부에 연락을 지시했습니다만—"

"그래서요?"

"아까 쓰카모토가 말하길, 실은 그 학생의 집에도 학교에도 연락하지 않았답니다. 채용하지 않기로 했다고 12일 학교측에 통고한 게 다라는군요. 이유가 뭐냐고 물으니, 그 학생은 제쳐놓으라는 구라타의 지시가 있었다는 겁니다. 그래서 구라타 본인에게 이유를 물었더니—" 그쯤에서 시라이는 숨을 고른 뒤 차분한 목소리로 "발단은 스기하라 씨의 따님이었습니다" 하고 말했다.

"스기하라 다케오 말입니까?"

"그렇습니다."

스기하라 다케오는 올해 6월 인사에서 맥주사업본부 부본부장 겸 이사로 승진한 인물이다. 시로야마의 여동생이 이십오 년 전 그와 결혼했으니, 그의 딸이라면 시로야마의 조카였다. 시로야마는 상황이 바로 이해되지 않아 놀라움을 드러내는 데도 시간이 조금 걸렸다. 당연히 스기하라도 시로야마–구라타 라인의 임원이었다.

당황한 시로야마를 못 본 체하고 시라이는 사무적인 목소리로 말을 이었다. 시라이는 복어 같다, 시로야마는 곧잘 그렇게 생각했다. 본인은 절대 중독되지 않고 논리정연하게 하고 싶은 말을 다 하지만 종종 주변 사람들이 그 독에 당했다.

"시로야마 씨. 일단 사실만 말씀드리죠. 조카따님은 도쿄대에 다니며 그 하타노라는 학생과 교제했고, 졸업 후 결혼하고 싶다고 아버지에게 말했다 합니다. 딸의 말을 들은 스기하라 씨는 아버지로서 당연히 상대방 집안 내력 정도는 알아봤겠지요. 그 결과 상대방 부친의 호적이 문제되어, 딸에게 결혼은 안 된다고 말했답니다. 이것은 얼마 전 구라타 씨가 스기하라 씨한테서 직접 들은 이야기라고 합니다."

거기까지 듣고 시로야마는 심장박동이 조금 빨라지는 느낌이었지만 여전히 실감은 나지 않았다. 지난 삼십일 년간 회사 업무든 회사에 대한 화제든 개인생활에 끌어들인 적 없던 머리가 처음으로 겪는 둔중한 혼란이었다.

여동생은 백중절에 만났지만 조카를 본 것은 정월이 마지막이었다. 성인식 때 후리소데*를 맞춰 입은 조카딸을 보고 이제 어른이 다 되었구나 감탄하는 것도 잠시, 그녀는 "삼촌, 세뱃돈!" 하고 양손을 내밀며 고개를 꾸벅 숙였다. 도쿄대생이네 뭐네 해도 시로야마 눈에는 아직 한참 어린 소녀였다. 그러고 보니 초가을에 스기하라에게서 딸이 대학원에 진학하거나 유학 갈 거라는 말을 들었던 것 같기도 했다. 막연히 그런 기억을 더듬으며 시로야마는 방금 들은 이야기를 하나하나 냉정하게 짚어나갔다.

---

* 미혼 여성이 입는 일본 전통의상.

스기하라가 딸에게 교제 상대 이야기를 한 것은 언제였을까? 그때 피차별부락 운운하는 말도 했을까? 그리고 조카는 그 이야기를 하타노에게 전했을까? 그랬다면 언제였을까? 이런 것을 모르면 10월 10일 2차 면접에서 하타노가 중도 포기한 것과의 인과관계를 알 수 없었다.

시라이는 잠시 침묵을 지키는 시로야마를 개의치 않고 내처 말했다.

"시로야마 씨. 저는 하타노 학생이 2차 면접을 중도 포기한 이유가 무엇이든 그에 대해서는 히노데에서 관여하지 않는 것이 좋다고 생각합니다. 적어도 심사과정에는 회사 차원의 잘못이 없었으므로 더이상 언급할 필요가 없습니다."

"확인차 묻겠는데, 2차 면접장에 스기하라도 있었습니까?"

"스기하라 씨는 없었습니다. 면접장에서 두 사람이 만났다면 이야기가 좀 복잡해지겠지만 그렇지도 않으니, 개인적으로 무슨 사정이 있었든 간에 회사와는 관계없이 사고사했다고 보는 것이 맞을 겁니다."

"그럼 왜 구라타가 인사부에 그런 지시를 내린 겁니까?"

"총회꾼 때문이죠." 시라이는 간결하게 대답했다.

시로야마는 의혹이 하나 가시는 동시에 가슴이 철렁했다.

"이야기가 새어나가면—"

"그렇습니다. 하타노 학생이 면접장에서 사라져버려 인사부도 당황했으니까요."

"그쪽에서 구체적인 움직임이 있었습니까?"

"2차 면접 당일 저녁, 구라타 씨 집으로 정체불명의 전화가 두 통 왔답니다. 전화한 자는 이름 하나를 거론하면서, 그 인물이 하타노의 먼 친척인 오카무라 세이지라는 사람과 관계있다고 말했답니다."

시로야마는 예의 괴테이프 채록문 첫머리에 등장하는 '오카무라 세이지'라는 이름을 보았다.

"어떤 이름이죠?"

"도다 요시노리. 테이프에 이름은 나오지 않지만 존재는 언급됩니다. 쟁의 선동을 이유로 1946년 우리 교토 공장에서 해고된 사람입니다. 알아보니 지금은 자유기고가로 일하고 있고, 주니치 상업은행을 조사중이라는군요."

시로야마의 머릿속에서 여러 이야기가 하나의 맥락으로 연결되었다. 하타노라는 학생의 2차 면접 이야기를 전해들은 누군가가 심상치 않은 일임을 나름대로 눈치채고, 재빨리 하타노의 내력을 조사해서 어디선가 먼 친척인 오카무라 세이지의 이름을 알아내는 동시에, 오카무라와 도다 아무개의 해묵은 인연을 파헤쳐 쓸 만한 건수라고 판단한 것이다.

"아무튼 구라타 씨가 인사부에 그런 지시를 한 건 골치 아픈 사태를 피하기 위해서겠지만, 원칙적으로는 조금 문제가 있는 행동이었습니다." 시라이는 그렇게 한 가지 결론을 내렸다. 자기 논리를 관철하기 위해 이렇듯 주변부터 핀을 하나하나 꽂아 길을 확보해나가는 것이 그의 방식이었다. 지금도 인사부 지시 문제를 들어 구라타의 날개에 먼저 핀을 꽂아놓고, 인척 관계인 스기하라와 조카딸 이야기를 끄집어내 내 날개에도 핀을 꽂아버릴 셈일까. 시로야마는 생각했다.

하지만 복어 본인은 그런 속셈이 없는 듯, 풍성한 백발을 긁적이더니 그 손으로 시로야마의 책상을 가볍게 내리짚으며 의자 등받이에서 몸을 뗐다. 시라이가 그렇게 자세를 고칠 때마다 사원들은 저도 모르게 등이 꼿꼿해진다고 말하곤 했다.

"그런데 시로야마 씨. 가령 테이프는 장난이라고 쳐도, 그 뒤에서 책략을 꾸미는 자들이 있다면 아무래도 대처가 필요하다고 봅니다."

몇 분 전쯤 쓰카모토의 이야기를 들으며 시로야마의 뇌리에 번뜩였던 잡다한 생각과 시라이가 말하려는 바는 아마 다르지 않을 터였다.

시로야마는 흘려들을 이야기가 아님을 짐작하고 개인적인 소회는 일단 마음속 깊이 눌러두기로 했다.

시계를 보았다. 8시 50분. "계속하세요"라고 시로야마는 짧게 재촉했다.

"오카다 경우회經友會가 움직이고 있어요." 시라이가 말했다. 예상대로였다.

오카다 경우회란 총회꾼, 작전 세력, 고리대금업자, 금융 브로커 등을 거느린 기업 그룹으로, 경시청 간부는 그 실체가 광역폭력단 세이와회의 프런트기업*이라고 했지만, 표면에는 우익 거물이 버티고 있고 수많은 정치인과 교류하며 뒤로는 시중은행과 증권사의 금융자본, 관청 등이 얽혀 있었다. 히노데 총무부의 총회꾼 담당자와 임원들 사이에서는 '오카다'라는 약칭으로 통했다.

현재 히노데 관련사인 고쿠라 운수와 주거래은행 주니치 상은에 융자 문제가 있고 그 뒤에 오카다 경우회의 손길이 복잡하게 얽혀 있다는 이야기는 시로야마도 암암리에 들어 알고 있었으므로, 일단 그와 관련된 이야기겠거니 이해했다.

히노데는 고쿠라와 주니치 건과 직접적인 관계가 없었지만, 오카다가 관여한 이상 일종의 간접적인 연결고리가 아주 없다고는 할 수 없었다. 더구나 이 세계에는 오른손으로 악수하면서 왼손으로는 위협하는 곡예가 횡행하니, 오카다가 오랜 신의를 역이용해 히노데에 새로운 공세를 퍼붓지 않으리란 법도 없었다. '오카다 경우회가 움직이고 있다'는 시라이의 한마디는 그런 사정 전반을 포괄하는 것이었다. 물론 오랫동안 오카다와의 교류를 맡아온 것은 구라타이니, 시라이가 이런 식으

* 야쿠자가 합법을 가장해 운영하는 기업.

로 보고할 성격의 이야기가 아니라는 사실은 변함없었다.

"그래, 어떻게 움직이고 있습니까?"

"주니치 상업은행도 고쿠라 그룹도 조만간 수사를 피할 수 없습니다. 오카다는 그걸 예상하고 예방선을 치는 것이고요."

말은 그렇게 하지만 과연 확실한 근거가 있을까. 시로야마는 맞장구를 자제했다.

"오카다도 초조한 겁니다. 놈들을 쳐낼 좋은 기회죠." 시라이는 내처 말하며 전부터 은근히 암시해온 지론으로 이야기를 끌고 갔다.

"스즈키 회장님께도 같은 말씀을 드렸지만, 고쿠라 운수의 경영에 참여하려면 사태 추이를 좀더 지켜봐야 합니다. 이대로 진행했다가는 '히노데가 장물을 사들였다'고 세간의 비난을 받을 겁니다. 오카다한테는 더 단단히 덜미를 잡힐 테고요."

"음."

"우리의 가장 중요한 과제는 라임라이트입니다. 담당 임원 입장에서 말하자면, 저는 공정위에 약점을 잡히는 것이 가장 두렵습니다. 우리를 압박하려고 라임라이트와의 합병 얘기를 흘릴 가능성이 있어요. 역으로 오카다가 흘릴지도 모르고요. 지금 우리가 지뢰밭 미로를 걷고 있는 상황이나 다름없다는 것은 시로야마 씨도 잘 아실 겁니다."

"네."

"오카다가 히노데의 악성종양이라는 말에도 동의하실 겁니다. 문제를 청산하는 데도 때가 있습니다. 이번에는 전혀 관계없는 곳에서 오카다가 꼬리를 드러내준 셈입니다. 오카무라 아무개의 편지를 옮긴 테이프. 그것을 학생의 부친이 우리에게 보낸 경위까지는 경찰에 맡겨도 되지 않겠습니까?"

"네?"

"테이프 발송자인 하타노 히로유키라는 치과의사의 이름은 밝히지 말고 경찰에 피해 신고를 하는 게 좋겠습니다. 해동을 사칭한 두번째 편지도 함께요."

"……글쎄요."

시로야마는 시계를 보았다. 바늘은 9시 오 분 전을 가리키고 있다. 더는 지체할 수 없다.

"말씀은 잘 알겠습니다. 구라타 씨 의견도 한번 들어보겠습니다."

"최대한 빨리 결론을 내주십시오. 테이프가 도착한 지 닷새나 지났으니까요."

"알겠습니다. 그러나 저 개인적으로는 하타노라는 학생에게 죄스러운 마음도 들고, 아들을 잃은 부모를 경찰에 고발하는 것이 썩 내키지 않습니다. 현시점에서 우리가 무슨 실질적인 피해를 입은 것도 아니고요."

"피해를 입은 뒤에는 늦습니다. 솔직히 말해, 저는 왠지 예감이 아주 안 좋습니다." 시라이는 그렇게 말하고 자리에서 일어섰다.

"예감이라면—"

"근거 없는 예감은 없죠. 기도를 모르는 자에게는 계시가 내리지 않는 것과 마찬가지입니다."

시라이는 시로야마가 크리스천이고 자신은 무교라는 사실을 종종 대화에 끌어들이고, 그때마다 관념적 논쟁에 지친 청년 같은 표정을 짓는다. 그러나 이제는 정말로 응해줄 시간이 없어서 시로야마는 자리에서 일어섰다. 30층 창밖으로 만추의 옅은 햇살을 받은 아침 시가지가 맥없이 빛나고 있었다.

"그런데, 테이프 건을 알고 있는 임원은 누구누구입니까?"

"시로야마 씨와 저, 그리고 구라타 씨입니다." 시라이가 대답했다. 본래 알고 있어야 할 총무 담당과 인사 담당 임원은 빠져 있었다. 역시 시라이는 인사부의 쓰카모토한테도 핀을 꽂아둔 모양이군. 시로야마는 생각했다.

　한 상자라도 더 많이 파는 것이 사명이었던 영업머신 시로야마도 관록이 붙으면서 점차 나름대로 기업 활동의 이면을 파악하게 되었지만, 그런 일상의 바깥쪽에 은밀히 들러붙은 혹 같은 존재를 확연히 실감하게 된 것은 아무래도 이사가 되고 나서였다. 맥주회사라고 맥주만 만들어 팔면 되는 것이 아니다. 그것은 어느 기업이나 마찬가지고, 히노데만의 이야기는 아니었다.

　1982년 상법 개정 이후 기업이 취한 길은 일반적으로 두 가지였다. 하나는 총회꾼과의 관계를 끊는 길, 또하나는 교묘하게 형태를 바꾸어 관계를 지속하는 길이었는데, 히노데는 대부분의 기업과 마찬가지로 후자를 택했다. 골치 아픈 사태를 피하자는 차원이 아니라, 상법에 앞서 이 나라 전체의 시스템이라고 할 관행을 기업들만의 힘으로 바꿀 수는 없다는 현실을 감안한 결과였다.

　다만 히노데의 경우는 오카다 경우회로 나가는 각종 지출이 총무부장 선에서 결재할 만한 금액을 넘어섰기 때문에 임원진의 암묵적인 양해 아래 구라타가 그 대응을 일임해왔는데, 확실히 자랑할 만한 일은 아니었다. 오랜 세월이 흐르며 과연 무엇이 얼마나 타당한지 임원들도 판단력을 잃은 것이 사실이었고, 그런 상황에서 시라이는 육 년 전 임원에 취임하며 그들과의 관계를 일 년이라도 빨리 청산해야 한다고 주장해 다른 임원들을 움찔하게 만들었다. 그때 구라타는 얼굴이 파리해질 정도로 격노하며 "내가 책임지고 있는 일에 함부로 참견하지 마라"고 일축했다.

　사태가 감정적인 갈등으로까지 비화된 배경에는 구재벌 시대부터 이어져온 정재계 및 우익 세력과의 두터운 인맥과 기업 풍토가 깔려 있었다. 물류 없이는 존립할 수 없는 맥주사업의 성질상, 히노데는 10개의 육상운수 자회사를 거느리고 전국 각지에 방대한 부동산을 보유하고 있었다. 그곳에 다른 나무의 뿌리가 파고들었다 해도, 어느 뿌리든 이 나라의 경제활동 전반과 금융자본에 이어져 있으니, 일개 기업이 단순히 사회정의를 내세워 잘라낼 수는 없다는 구라타의 인식은 과연 타당하다고 할 수 있었다. 기업의 정의란 이윤을 내는 것이었다.

그리고 그런 뿌리와의 관계가 장기적으로는 히노데에 득 될 것이 없다는 시라이의 의견도 정론이었다. 시라이는 그저 단순하게 청산을 주장하는 것이 아니었다. 관계 단절을 위해서는 주도면밀한 준비와 계산이 필요하다고 주장하며, 지난 육 년간 기회가 될 때마다 이사회·설득과 여론 형성을 위해 진중하게 움직여온 내력을 시로야마도 익히 알고 있었다.

시로야마 역시 시대가 달라지리라고 예감은 했다. 활황기는 언젠가 천장을 칠 테고, 부동산과 주식은 하락세로 돌아설 것이다. 대량 소비를 즐기는 부자들의 시대가 끝나고 이어서 도래할 시대는 한마디로 '소시민적 결벽'이리라는 것이 시로야마의 예감이었다. 절약, 소형화, 간소화, 개인주의 같은 키워드로 표현할 수 있을 서민의 심성은 물질적 풍요를 포기하고 정신적 충실을 지향하며 사회에 '결벽'을 요구할 것이다. 결벽의 시대에는 정계와 은행, 기업의 체질도 그에 따라 바뀌어야 한다. 기업이 이윤 추구에 앞서 사회적 의무와 윤리를 요구받을 시대는 생각보다 머지않았다.

자기자본 비율 47퍼센트를 자랑하는 히노데의 경영 상태는 압도적으로 견실하다고 할 수 있지만, 이런 초우량 기업의 견실함도 '결벽'의 이미지에는 영 부합하지 않는다는 것 또한 현실이었다. 국세청을 비롯한 각 감독관청과의 강력한 유착, 유통과 판매의 계열화, 대형 은행과 보험회사의 이름이 빼곡한 주주 명부, 어느 것도 서민생활의 이미지와는 거리가 멀었다. 게다가 오카다 같은 어둠의 세계와 관련있다는 사실이 공표되기라도 하면 히노데 백년의 브랜드 이미지는 단박에 무너질 터였다.

어찌됐든 오카다는 조만간 정리해야 한다. 아침부터 걱정거리가 하나 더 늘어난 시로야마였지만, 시라이와 함께 임원 회의실로 들어갈 때는 일단 하루의 시작에 어울리는 표정을 짓고서 참석한 임원들에게 다시 "안녕하세요" 하며 거듭 인사를 건넸다.

매월 두번째 월요일에 열리는 임원 조찬회는 벌써 이십 년 넘게 이어져오는 히노데의 전통이다. 본사 임원 스무 명과 자회사 사장 및 부사장이 참석하는데, 저마다 볼일이 있거나 바쁘거나 해서 실제 모이는 것은 스무 명 안팎이다. 도착한 순서대로 자리에 앉기 때문에 매번 옆자리 얼굴이 바뀌고 대화 상대가 바뀌고 화제가 바뀐다. 주로 3,000엔 안팎의 쇼카도 도시락을 먹으며 공개해도 지장 없는 정보를 교환한다. 이 자리에서 심각한 화제는 꺼내지 않는다는 것이 암묵적인 룰이다.

시로야마가 자리에 앉았을 즈음에는 오랜만에 참석한 히노데 음료 사장을 중심으로, 지난주 새로 방영된 건강음료 광고를 화제 삼아 "춤추면서 지나가는 괴물은 너무 흉하던걸" "그거 토성인이라던데" "뭐? 그런 거였어?" "역시, 그래서 치마를 입고 있었나?" "네? 그게 치마였어요?" 하는 시답잖은 대화가 오가고 있었다.

"저기요, 시로야마 씨. 그 레몬사와 광고 좀 흉하지 않습니까?" 히노데 음료 이시즈카 사장이 불쑥 묻자 시로야마는 "아, 좀 그렇더군요" 하고 적당히 대답하면서 눈을 돌려 스기하라 다케오가 그 자리에 없음을 확인했다. 매번 참석하는데 오늘만 보이지 않다니 역시 딸 일로 상사인 구라타에게 무슨 소리를 들은 것일까 얼핏 짐작해보았다.

"그런데 이상하게도 그런 게 잘 먹혀요. 요새 젊은이들은 지저분하지 않은 '흉함'을 재미있어한다나요. 마이니치 광고 담당자가 그러더군요."

이시즈카 사장이 말을 잇자 "그럼 우리네 '그윽한 향기 백년'이라는 금박 글자나 비엔나왈츠는 너무 정통적인가? 그것도 마이니치 광고에서 만든 건데" 하고 구라타 세이고가 받아쳤다.

구라타는 시로야마나 시라이와 대조적으로 체구가 크지만 목소리 크기와 말수는 그와 반비례하고 임원들 중에서도 특히 조용한 편이었다. 외모도 시로야마나 시라이보다 평범하고 오직 실적으로 통하는 인상인데, 업무 면에서는 이른바 '수완가'이며 맥주사업본부를 지탱하는 능력에 이의를 제기할 사람은 없었다. 소리 없는 어뢰 같은 이 남자는 지난달 사보에 실린 만화에서 우둔하게 생긴 소로 풍자되었다. 참고로 시로야마는 펭귄, 시라이는 딱따구리였다.

구라타는 부사장이 된 지금도 전 지사 및 지점의 모든 수치를 시시각각 들여다보고, 판매망 말단에 이르기까지 매주 수치를 파악해 마케팅 자료와 대조하는 사람이었다. 한 달간 잠자코 지켜보다가 그 다음달 지사든 지점이든 직접 전화를 걸기 때문에, 구라타의 전화는 오전에는 대개 통화중이었다. 오후에는 사내에 머물지 않고 일주일에 닷새는 지사나 공장, 특약점 등에 나갔다. 영업과장 시절 한 임원이 "구라타는 어뢰야"라고 말했는데, 그것은 숫자 아래 숨어 얼굴을 드러내지 않는다는 의미였다.

그는 지난 십 년간 그런 실무적인 얼굴 한구석에 오카다 같은 상대와의 뒷거래를 말끔하게 숨겨왔다. 당시 총무부장과 담당 임원이 이런 문제에 영 무능해서, 어떤 경위인지 몰라도 부사장이 "자네가 해봐"라고 한마디 던진 것이 시작이라는데, 상사 시로야마도 한동안 몰랐고 본인에게 물어봐도 워낙 입이 무거운 터라 아무 대답을 듣지 못했다. 육 년 전 시라이가 공적으로 거론할 때까지 오카다 이야기는 이사회의 금기였고, 그 짐을 혼자 지고 가는 자의 인내와 울분은 살짝 굽은 등에 희미하게 드러날 뿐이었다.

좌중의 끊임없는 대화 속에서 구라타의 한마디를 계기로 히노데 라거의 '그윽한 향기 백년' 광고가 도마에 올랐다. 홍보 담당 임원이 "히노데 라거니까 그만큼 정통적으로 나갈 수 있는 거지만, 그 비엔나왈츠 광고는 브랜드 이미지를 거꾸로 이용해서 일부러 아슬아슬한 선까지 나가본 거예요. 이해하시겠죠, 여러분?" 하고 말했다. 그러자 "아닌 게 아니라 그 광고는 기품 있는 장난이지"라는 말이 나왔고, "차라리 맥주 자체를 '흉함'으로 팔아보는 게 어떨까?" 하는 웃음 섞인 목소리도 나왔다.

"요전에 덴쓰* 상무를 만났는데, 히노데의 광고감각은 일류라고 인정해주더군요." 이시즈카가 말했다. 그것은 시로야마도 동감이었다. 히노데는 더이상 라거의 압도적인 점유율에 안주하지 않기로 노선을 정하면서 전통적이고 중후한 이미지를 씻어내고 다양화를 꾀하기 위해 젊은 사원들에게 과감하게 광고 전략을 맡겼다. 그것이 일찌감치 효과를 거두고 있었다. 하기야 시로야마를 펭귄, 시라이를 딱따구리로 희화하는 자들이니.

"기쁜 일이군요." 시로야마가 말하자 "그래요" "정말입니다" 하는 맞장구가 잇따랐다. 그리고 "그나저나 우리가 주관하는 문화상이 올해 성황이었다던데요"라는 말과 함께 다시 화제가 바뀌었다.

"스기하라는?" 시로야마는 구라타에게 슬쩍 물어보았다.

---

* 일본의 대표적인 광고회사.

"오사카 지사에 출장중입니다." 짧은 대답뿐 더는 설명이 이어지지 않았다. 한 임원이 "그러고 보니 오사카에서 슈프림 반응이 좋더군요"라는 말을 꺼냈고, "간사이 지방은 역시 도수 높은 쪽을 선호해요" "도쿄에서 저알코올화가 유행하더라도 간사이는 몇 년 지나야 따라올 겁니다" 하는 이야기도 나왔다. "앞으로는 지역 한정판도 생각해볼 필요가 있겠습니다"라고 말한 것은 구라타였다.

"그런데 시로야마 씨, 오늘 미일경제인회의 참석자 중에 CIA 스파이가 있다면서요?" 다른 임원이 물었다. "설마 기업과 돈이 오가거나 하겠습니까?" 시로야마가 쓴웃음으로 받아넘기자 "한동안은 자동차 쪽을 방패로 삼아야지요"라는 시라이의 목소리가 뒤를 이었다. 그러나 라임라이트와 수면 아래서 미묘한 교섭을 시작하리라는 것은 누구나 아는 사실이라, 그 화제는 이내 적당한 선에서 꼬리를 감췄다.

그렇게 가벼운 분위기에서 반시간 만에 조찬회가 끝나고, 시로야마는 평소 깨끗이 비우던 쇼카도 도시락을 절반쯤 남긴 채 자리를 떴다. 9시 40분에 비서 노자키 여사가 현관에서 가방을 들고 기다리고 있으리라 생각하며 회의실을 나섰지만, 뭔가 잊은 듯 찝찝한 기분에 걸음이 다소 주저됐다.

그러자 적당한 때를 기다렸다는 양 구라타 세이고가 자연스레 어깨를 나란히 하며 "하타노라는 학생과 그 부모 말인데" 하고 입을 열었다. "시라이 씨한테서 얘기 들으셨습니까?"

시로야마는 고개를 끄덕였다.

맥주사업본부에서 사반세기 동안 함께 맥주를 팔아왔으므로, 구라타와는 말 그대로 눈빛만 봐도 통하는 사이였다. 서로의 보폭까지 알고 있다. 어뢰라는 별명이 있지만 구라타의 그 말없는 호흡에 실은 상당한 진폭이 존재한다는 것, 감정의 분출을 막기 위해 입을 다물고 있을 뿐이라는 것을 시로야마는 잘 알았다. 나란히 임원이 되고 나서는 오히려 조금씩 거리를 두게 되었지만, 지금 그들은 엘리베이터까지 가는 몇십 초나마 짧은 대화를 나누었다.

"스기하라와 조카따님 쪽은 걱정하시지 않아도 됩니다. 스기하라가 하타노라는 청년의 신상 조사를 한 것은 회사와 일절 관계없습니다."

구라타의 목소리는 항상 억양이 없고 무표정하다는 평이었지만, 시로야마는 그 아래 깔린 감정 하나하나가 손에 잡힐 듯이 보였다. 그러나 구라타가 매우 초조해한다는 건 알 수 있어도 그 대상이 구체적으로 무엇인지는 언제나 수수께끼였다.

"게다가 오카다도 아직 이 일까진 모릅니다. 아마 2차 면접에서 뭔가 냄새를 맡고 하타노의 부모를 조사하다, 마침 어디서 먼 친척의 편지를 구해 쓸 만한 부분을 캐낸 것일 테지요."

"그 기자 말입니까?"

"네. 여하튼 이번에는 오카다가 내민 꼬리를 좀 밟아줄 작정입니다."

시로야마는 순간 잘못 들었나 싶었다. 구라타가 시라이와 같은 말을 해서가 아니었다. 구라타는 자신만의 경로로 면밀히 오카다와 접촉해서, 오카다가 확보한 정보가 무엇이고 진의는 또 무엇인지 확인한 뒤 공격하겠다는 것이다. 오른손으로 악수하고 왼손으로 뒤통수치는 예가 드물지 않은 세계지만, 지금껏 오카다와의 관계 유지에 부심해온 사람이 이런 말을 꺼낸다는 것은 시라이의 정론과는 또다른 방향에서 심각한 의미였다.

"고쿠라와 주니치 쪽이 그렇게 위험합니까?"

"자칫하면 S가 엮여들지도 모릅니다. 그런 정보가 있어요."

S. 오늘 오후 파티 참석에 대한 사례 전화가 오기로 되어 있는 국회의원 사카다의 얼굴이 곧장 뇌리에 떠올랐지만, 시로야마는 여당 최고 실

세에게 수사의 손길이 뻗치는 사태를 감히 상상할 수 없었다. 고쿠라의 자회사 고쿠라 개발의 토지 매입과 관련해 자금 흐름에 문제가 있다는 정보를 떠올리며 어쩌면 그것이 스캔들로 발전할 수도 있겠다고 막연히 생각을 고쳐보았으나, 일개 기업인의 머리로는 아무래도 실감이 나지 않았다. 그런 가능성이 있다면 정말로 빠른 시기에 오카다와의 관계를 청산해야 히노데가 화를 면할 수 있겠다는 막연한 초조감에 잠깐 동요됐지만, 그런 동요도, 오카다와의 관계를 청산하는 시도도 아직은 너무 막연해서 도저히 오늘내일의 이야기로 다가오지 않았다.

"시라이 씨의 정론이 통하는 시대가 온 거죠."

구라타가 가볍게 말했다. 그러나 제 발치를 보고 말한 것인지, 시로야마의 귀에는 모호한 목소리만 와닿았다. 구라타는 이어서 구체적인 대응을 내놓았다. "총무부 쪽에서 경찰에 고소장을 내려고 합니다. 일단 오카다와 치과의사는 언급하지 않고요."

역시 시라이와 같은 얘기였지만 그런 결론에 다다른 이유는 언급하지 않았다. 시로야마는 그 말투가 새삼 답답했다.

"구라타 씨. 이건 결국 전체 이사회에서 다뤄야 할 사안입니다. 모든 이가 사태 추이를 알아야 한다고 판단되면 신속하게 보고해주기 바랍니다."

"시기를 봐서 그리하겠습니다. 그러나 지금은 결산이 우선입니다." 그렇게 말하고야 구라타는 고개를 들었다. 엘리베이터 유리창으로 들어온 햇살이 그 얼굴을 비추었다. 구라타의 눈에 비친 지상 30층의 경치는 시라이나 시로야마의 그것과는 또다를 터였다.

"최소한 전년도 수치는 넘겨주세요." 시로야마가 말하자 구라타는 냉큼 "이제 0.1퍼센트 남았습니다. 27만 상자요" 하고 대답했다.

"라거만 좀더 팔리면 되겠군요."

"지난 이 주간의 성적은 저도 실망입니다. 전 지사에 다음달 목표치를 다시 세우라고 지시하고 전체적으로 어떻게든 플러스 27만을 확보하도록 독려할 겁니다. 지켜봐주십시오."

그렇게 말한 구라타의 얼굴은 어느새 얄미울 정도로 말끔해져 있었다.

그날 특별히 바쁜 일이 없었던 시로야마는 오쿠라 호텔에서 열린 히노데 문화상 수상식이 끝나고 리셉션에 잠깐 얼굴을 비친 후 저녁 7시 반쯤 회사로 돌아왔다. "수고했어요"라는 인사로 노자키 여사를 먼저 퇴근시키고 혼자서 책상에 늘어놓은 전언이며 용건을 적은 메모, 우편물 따위를 확인하고, 아침에 미처 보지 못한 업무보고서와 중간 재무제표 다발을 펼쳤다.

그리고 여느 날처럼 일지를 쓰기 시작한 것이 저녁 8시 반.

첫 줄에 'AM 8:35/시라이, 쓰카모토 방문/인사부 내 정보 전달 경로에 문제는 없는가'라고 쓰고 나서 시로야마는 손을 멈췄다. 아침부터 마음에 걸렸던 사적인 문제를 하루가 끝날 때가 돼서야 겨우 끄집어내는 것을 스스로에게 허락한 그는 잠시 생각하다 전화기에 손을 뻗었다.

신호가 네 번 가고 "스기하라입니다" 하는 조카딸의 목소리가 들렸다.

"요시코?"

"어머, 삼촌. 회사세요?"

"그래. 오랜만이구나. 잘 지내지?"

"졸업논문 쓰느라 힘들어요" 하는 대답이 돌아왔다. 예전 같으면 "네, 잘 있어요! 삼촌, 저 맛있는 거 사주세요" 하고 목소리를 높였을 아이다.

"아빠는 퇴근하셨니?"

"네, 바꿔드릴게요."

"아니, 그전에 너한테 묻고 싶은 게 있어서. 하타노 다카유키 군이 딱하게도 교통사고로 세상을 떠났다더구나. 그 청년이 우리 회사에 입사 지원을 했다는 거 알고 있었니?"

"아뇨—"

일 초쯤 뜸을 두고 돌아온 조카의 목소리에 낭패한 기색이 고스란히 배어났다.

"지난달 10일 우리 회사 2차 면접을 보러 왔었는데, 네가 하타노 군을 마지막으로 본 건 언제였니?"

이번에는 이 초쯤 뜸을 두었다가 "10월 9일요" 하는 대답이 돌아왔다.

"자꾸 캐물어서 미안하지만, 어디서 만났지?"

"학교에서요." 대답하는 조카의 목소리가 한층 가라앉아 울먹거림이 섞이려나 싶을 때, "제 방에서 받을 테니 잠깐만 기다려주세요"라는 말과 함께 대기음이 흘러나왔다. 시로야마는 전화한 것을 반쯤 후회하며 기다렸다. 곧 다시 조카의 목소리가 들렸다.

"저 때문에, 회사에 무슨 곤란한 일이 생겼나요?"

"아니야, 그런 건 아니란다. 그럼, 9일에 하타노 군을 만나서 무슨 이야기를 했지?"

"내가 집을 나올 테니까 같이 살자고 그랬어요."

"왜?"

"아빠 엄마가 바보 같아서요."

"그렇게 말하면 내가 알아들을 수 없잖니. 천천히 설명해봐."

"사귀는 걸 계속 비밀로 하다가 여름방학 때 처음 부모님한테 말했는데, 아빠가 흥신소에 의뢰해서 그 사람 집안을 조사하더니, 그쪽 아버지가 피차별부락 출신이니 결혼은 단념하라는 거예요. 요즘 세상에 그런 바보 같은 소리를 하는 부모는 더이상 필요 없다고 생각했어요. 그래서 저금해둔 돈을 찾아서 집을 구하고 9일에 그 사람을 만났어요. 저는 그 사람이 히노데에 지원했다는 것도 몰랐어요. 저한테는 대학원에 갈 거라고 했는데—"

"9일에 만났을 때 하타노 군과 무슨 이야기를 했지?"

"제가 집을 나오겠다고 하니 깜짝 놀라서, 왜 갑자기 그러느냐고 했는데, 전 뭐라고 말하면 좋을지 몰라서—"

조카는 10월 9일 그날 하타노에게 제 상황을 설명하며 결국 피차별 부락 이야기를 꺼냈다고 했다. 시로야마는 하마터면 목청을 돋울 뻔하다가 이미 지난 일이다 싶어 꾹 참았다. 악의는 없었겠지만 너무도 사려 없는 짓이었다. 여동생 내외는 딸을 어떻게 가르친 건가.

시로야마가 잠자코 있자 조카는 "저 때문에 혹시 회사가 곤란해진 건가요?" 하고 거듭 눈물 어린 목소리로 물었다.

"회사 문제가 아니야. 어디까지나 너와 하타노 군의 문제지. 좀더 상대방의 처지를 헤아리고 말해야 했어. 내 말 이해하겠니? 네 부모도 어리석지만, 너도 생각이 짧았구나."

수화기에서 새어나오는 조카의 흐느낌을 들으며 시로야마는 이제 와서 이런 소리를 해봐야 무슨 소용인지, 입바른 소리를 해서 뭘 어쩌겠다는 건지, 이 일을 어떻게 처리해야 할지 초조한 심정으로 연신 자문했다.

"그럼, 하타노 군 장례식에는 갔었니?"

"제가 어떻게 가요! 그쪽 어른들은 저를 전혀 모르는데요. 뭐라고 사과할 방법도 없었다고요."

"요시코, 잘 들어라. 하타노 군의 교통사고는 네 탓이 아니야. 네가 죽인 게 아니야. 알겠니? 지금은 무엇보다 아들을 잃은 그쪽 부모님 심정을 우선으로 생각해야 해. 그러려면 너도 할 일이 있고, 너희 부모도 할 일이 있어. 너 혼자 고민해서 해결할 수 있는 문제가 아니야. 내가 네 아빠한테 말할 테니 잠깐 전화 바꿔라."

대기음을 들으며 기다리는 동안 그는 조카와 여동생 부부가 과연 지난 한 달을 어떤 심정으로 보냈을지 생각했다. 별 어려움 없이 1남 1녀를 일찌감치 독립시키고 부부끼리 단조롭고 평온한 생활을 해온 시로야마의 머릿속에 피어오른 것은, 솔직히 말해 친족에 대한 불쾌감이자 자신에게 돌아올 불명예에 대한 분노였다. 이런 불편함은 지금껏 느껴본 적이 없었다. 특히 오늘 아침 조찬회에도 참석하지 않은 스기하라 다케오를 떠올리면, 하기야 업무에 집중할 수 없었겠다는 생각과 함께 순조롭게 출세 코스를 달려온 이 남자의 믿기 힘든 편견에 대해, 같은 샐러리맨으로서 좀더 다른 방법이 있지 않았을까 하는 분노가 치밀어오르는 것이었다.

"전화 바꿨습니다. 스기하라입니다." 침울한 목소리가 말했다.

"방금 요시코한테서 하타노라는 학생 얘기를 들었네. 내일 중으로 시간을 내어 요시코와 함께 그 청년 영전에 향이라도 올리게."

"그 일이라면 구라타 씨한테—"

"이건 회사 문제가 아니야. 스기하라 집안의 문제라고. 자네의 신의 문제야."

"저도 그러고 싶었습니다. 그러나 구라타 씨한테도 나름 사정이 있었 겠지요! 일절 아는 척하지 말라는데 제가 어째야 했단 말입니까."

"회사는 관계없네. 자네 집안 문제라니까. 회사 일은 내가 책임질 거고, 구라타 생각도 잘 알고 있어. 구라타한테는 내가 말해둘 테니 자네는 한 집안의 가장으로서 마땅히 할 일을 하게. 그쪽 어른이 치과의사라고 하니 점심때나 진료가 끝난 시간에 찾아가도록 해. 알겠나?"

잠시 뜸을 두더니 스기하라는 "오카다 경우회 때문입니까?" 하고 물었다. 시로야마는 "그것과 자네 집안 문제는 별개야"라고 거듭 말했다. 그러면서 한편으론 내가 무슨 권리로 이렇게 남의 집안 문제에 개입하나 싶은 자기혐오가 고개를 들었다. 기실 이것은 스기하라의 집안 문제가 아니라 회사의 문제 아닌가. 어째야 했단 말입니까, 하고 목소리를 쥐어짜는 스기하라도 나름대로 고통스러울 텐데. 그러나 시로야마 입에서 나온 말은 스스로도 흠칫할 만큼 오만하고 상투적인 것이었다.

"자네도 기업인이기 전에 자식을 키우는 부모 아닌가! 신상 조사 건은 오해를 부를 수 있으니 굳이 입 밖에 낼 필요 없지만, 아들을 잃은 사람을 배려해서 최대한 예를 갖췄으면 해. 처남에게 하는 부탁이야."

시로야마는 자신의 비열한 논리에 몸서리치는 한편 그런 말을 늘어놓는 스스로를 냉정하게 바라보며, 아아, 나도 역시 이런 인간이구나, 생각했다. 피차별부락 얘기는 꺼내지 않는 것이 좋겠다는 말은 나 같으면 그러겠다는 뜻이었지만, 그 판단의 뿌리에는 오카다의 비열한 손길이나 세간의 비난을 피해야 한다는 회사의 논리가 깔려 있었다. 스기하라도 틀림없이 그 모순을 간파했을 것이다.

"내일 그 집에 찾아뵙겠습니다. 그러면 딸과 우리 부부의 마음도 조금은 가벼워질 테지요." 스기하라는 노골적으로 비아냥거리는 투로 대꾸하고 전화를 끊었다.

책상 너머로 펼쳐지는 야경을 바라보며 시로야마는 수화기를 내려놓았다. 질서정연한 공장 라인을 연상시키던 시가지의 아침 풍경은 망망한 불빛의 바다로 바뀌어 있었다.

자신이 지금 생각지 못했던 인생의 불확실성에 직면했음을 느끼고 시로야마는 잠시 넋을 놓았다. 기분의 영역을 크게 벗어나지 않는 막연한 불안이었지만, 달리 보자면 그것은 친척의 사소한 실언 한마디가 간접적일지언정 한 학생의 죽음을 불러오고, 이렇게 미약하게나마 한 기업을 흔들고 있다는 사실을 무의식중에 눈앞에서 멀리 떼어놓은 결과였다. 조카가 하타노라는 학생에게 뭐라고 말했는지 알았을 때 시로야마는 곧장 그 사실을 의식의 중심에서 밀어냈다. 만약 그러지 않았다면 이 머리가 무슨 생각을 하고 있었을지 상상하는 사고회로 역시 동시에 닫아버렸다. 그렇게 해서 다다른 것이 인생의 불확실성이라는, 모호하기 짝이 없는 감개였다.

한편으로는 조카의 한마디가 불러일으킨 이 곤란한 사태에 과연 적절한 출구가 있을까 하는 생각도 들었다. 어차피 시간이 해결할 문제일까. 번잡한 세상사가 묻어줄 일일까. 외아들을 잃은 부모의 심정도, 스기하라 부녀의 심정도 그렇게 평온을 찾게 될까. 그러나 이런 생각 자체가 출구 없는 행위라는 것을 깨닫는 데는 그리 오랜 시간이 걸리지 않았다.

시로야마는 인생의 불확실성이라는 인식으로 돌아와 일단 제 가슴속에 그 생각을 담아두었다. 그러고는 다시 수화기를 들고 맥주사업본부 본부장실 번호를 돌렸다.

"시로야마입니다. 삼 분쯤 시간 내줄 수 있습니까. 내가 그리 가지요."

"제가 찾아뵙겠습니다." 구라타가 말했다.

"아니, 내가 갈게요."

시로야마는 넥타이를 고쳐 매고 사장실을 나섰다. 엘리베이터를 타고 29층으로 한 층 내려가자 열린 문 앞에 구라타가 서 있었다. 서둘러 마중나온 건 좋은데, 방금까지 책상에서 보고서에 파묻혀 있었던 듯 꺼칠한 안색에 넥타이를 반쯤 풀어헤치고 셔츠 소매를 걷어붙인 볼품없는 모습이었다. 사실 사원들이 모를 뿐 한밤의 구라타는 늘 이런 몰골이었다.

구라타는 여느 때처럼 바로 시로야마의 표정을 읽어내고 "제 방으로 가시겠습니까? 경쟁사 신상품을 시원하게 재두었습니다" 하며 얼굴을 풀었다.

"아니, 술은 됐어요." 시로야마는 건성으로 대답하면서 눈앞의 부하와 이 회사에 새삼스레 부채감을 느끼고 비굴한 심정이 되었다.

"구라타 씨. 사정이 사정이니만큼 아무래도 당신에게는 말해두어야 겠군요. 예의 하타노 학생 말인데, 조카와 얘기해보니 출신 내력이 문제된 것을 면접 전날 그애가 본인에게 말했답니다. 뭐라고 사과해야 할지—"

"아뇨. 조카따님은 이번 일과 무관합니다. 오카다에 빌미를 준 제가 잘못이지요."

"아니에요. 이건 스기하라 집안의 문제이기도 하니까, 같은 부모로서 조문을 다녀오라고 내가 스기하라에게 말해뒀어요. 이 점 헤아리고 양해해주기 바랍니다. 부탁합니다."

시로야마가 고개를 숙이자 구라타가 가볍게 손짓하며 만류했다.

"그 건은 잘 알았습니다. 그러나 가명의 편지와 테이프에는 제가 알아서 대응하겠습니다. 오카다의 개입 증거를 하나라도 확보해두고 싶습니다. 경찰이 편지 입수 경로와 피의자를 파악한 뒤 고소를 취하해도 되니까요."

"알겠습니다. 할말은 이게 전부입니다. 늦은 시간에 실례 많았어요."

"아뇨, 저야말로. 일껏 내려오시게 해서 죄송합니다."

구라타가 시로야마 대신 엘리베이터 버튼을 눌러준 그때였다. 손을 뻗으며 가까이 다가온 구라타의 몸에서 무슨 냄새가 훅 끼쳤다. 시로야마는 무의식적으로 코를 움찔거렸지만, 그것이 위스키 냄새라는 것을 깨달았을 때는 이미 엘리베이터 문이 열려 있었다.

엘리베이터에 탄 시로야마는 문 앞에서 고개 숙여 인사하는 구라타

를 바라보았다. 뭔가 할말을 찾으려고 했지만 곧 문이 닫히면서 구라타
의 모습은 사라지고 말았다.

4

신바바 역에서 전철을 내리면서 한다 슈헤이는 뭔가 발에 밟히는 것
을 느꼈다. 구두를 벗어 확인하려다 말고 시나가와 경찰서까지 걸어가
계단을 오르는데 급기야 오른발 엄지에 심한 통증이 느껴졌다. 벽 쪽으
로 비켜선 한다는 오른쪽 구두를 벗어 밑창을 살펴보았다.

닳은 고무밑창에 유릿조각 하나가 박혀 있었다. 이 초쯤 바라보다가
새 구두를 사는 데 만 엔은 들겠군, 생각했다. 이어 핏자국이 번진 양말
끄트머리를 보며 500엔 추가라고 생각하며 혼자 빙긋이 웃었다. 최근
들어 될 대로 되라는 심정으로 사는 덕에 너그러워진 건가. 이참에 아
예 구찌나 발리를 사버릴까 진지하게 고민하면서 한다는 외다리로 선
채 깊숙이 박힌 유릿조각을 손끝으로 뽑아내기 시작했다.

그사이 아래서 경쾌한 발소리가 올라오더니, 스쳐지나가며 "실례"
하고 말하는 소리가 들렸다. 한다는 눈길만 들어 계단을 뛰어올라가는
남자의 새하얀 운동화를 보았다.

본청에서 수사본부로 나와 있는 젊은 경부보였다. 이름이 고다였던
가? 평범하기 그지없는 양복과 더스터코트와 달리 상당히 가볍고 편해
보이는 흰색 운동화가 계속 눈에 아른거렸다. 갑자기 구찌나 발리 생각
이 싹 가시는 바람에 조금 당혹스러울 정도였다. 당최 양복에 운동화라
니, 그냥 무신경한 걸까 아니면 그만큼 자신이 있다는 걸까. 어느 쪽이
든 영 마음에 안 든다고 생각한 순간 등줄기가 움찔했다.

한다는 겨우 뽑아낸 유릿조각을 던져버리고 구두를 신고 두 발로 섰다. 그리고 별생각 없이 고개를 들다가 방금 계단을 올라간 남자가 2층 층계참에 서서 이쪽을 내려다보고 있음을 깨달았다. 잠시 진공상태에 빠진 듯한 상대의 색채 없는 눈길이 한다의 판단을 거부하며 일 초쯤 머리 위에 머물렀다. 그리고 그 눈길이 가볍게 비껴감과 동시에 남자의 모습도 사라져버렸다.

한순간의 일이라 머리가 끝내 상황을 따라가지 못한 채로 한다는 계단을 오르기 시작했다. 이렇게 일상의 리듬이 끊긴 순간의 골에서 그는 늘 어떤 몽상을 끄집어냈다. 그렇게라도 하지 않으면 골은 순식간에 깊은 골짜기처럼 쩍쩍 갈라져 그를 파멸시킬 수도 있는 사나운 격류가 된다. 그것을 막기 위해 소리 없이 체득한 자기방어적 몽상의 내용은 어느 날 그가 간부의 뒤통수를 쳐서 궁지로 몰아버리는 것이었다.

수사회의에서 가만히 손을 든다. 전형적인 관료 낯짝을 한 본청의 마귀들 앞에 결정적인 물증을 들이밀며 "용의자는 ○○○입니다"라고 말한다. 순간 회의석상이 소란해지고, 당황한 간부들이 수군거리기 시작한다. 그때의 눈이 멀어버릴 듯한 쾌감은 분명 황홀경에 오줌을 지릴 정도일 것이다.

상상만 해도 몸서리쳐질 만큼 유쾌했지만, 한다는 경시청의 4만 경관 모두가 그 엄청난 쾌감을 꿈꾸며 분사憤死 직전의 우울함을 견뎌낸다는 생각으로 몽상을 마무리하며 스스로를 납득시키곤 했다.

그저 그뿐인 한심한 몽상을 하루에도 몇 번씩 떠올린다. 지금 역시 그런 몽상에 잠깐 빠져들면서, 한다의 머릿속에서는 무거운 흥분이 소용돌이치기 시작했다. 마치 빨랫감으로 가득찬 세탁조가 묵직하게 돌아가는 느낌이었다. 하지만 월초부터 지난 이 주를 돌이켜보면 그런 몽상이 전혀 근거 없지도 않았다. 수사본부에 알리지 않고 행적을 쫓는 요주의 인물이 몇 명 있다. 아직 물증은 없지만 하나라도 확보한다면 본청 놈들의 코를 납작하게 해주는 것도 꿈이 아니었다.

그런 생각을 하면서 한다는 오전 8시 십 분 전 수사본부가 설치된 2층 회의실 문 앞에 섰지만, 문을 열기 전 뒤따라온 형사과 동료가 "과장이 3층으로 오래" 하며 불러 세웠다.

나쁜 예감까지는 아니었지만 한다는 금세 기분이 언짢아짐을 느꼈다. 문득 유릿조각에 찔린 오른발이 쑤셔왔다. 3층으로 계단을 올라가다가 다시 구두를 벗고 오른발 엄지를 살폈다. 손으로 만져보니 검은색 양말이 피로 축축해져 있었다. 그러는 사이 '아, 그 얘기인가?' 하는 생각이 천천히 고개를 들어 머릿속에서 점멸했다. 그래, 근무지 이탈 이야기겠군. 생각이 거기까지 다다른 순간, 코앞에 닥친 전근 대신 다시 예의 몽상이 무슨 보상처럼 밀려왔다.

한여름 날 히가시나가와의 학교 뒤쪽 공원 수풀에서 머리를 맞고 숨진 남자가 발견된 지 오늘로 꼭 백 일째다. 피해자는 현장에서 1킬로미터쯤 떨어진 미나미시나가와 1번가의 양로원에서 생활하던 일흔여섯 살 노인으로, 평소 거리를 배회하는 습관이 있었고, 8월 10일 오전 10시경 공원에 놀러온 어린아이가 그의 시체를 발견했다. 현장과 가까운 시나가와 경찰서의 형사과 강력범 수사관인 한다가 현장에 출동했을 때, 백중일 직전의 무더운 날씨에 사후 한나절 정도 방치된 시체에는 짙은 시반*이 나타나 있었다.

현장 부근은 각종 사업장과 오래된 주택이 밀집되어 있고 일방통행 도로가 복잡하게 얽힌 지역이었다. 밤에는 인적이 드물어 목격자가 없었고, 시체가 발견된 곳에서도 보도블록에 찍힌 발자국이나 흉기를 찾

---

* 사람이 죽은 후 나타나는 반점.

지 못했다. 피해자의 옷에는 다툰 흔적이 없고 범인의 것으로 짐작되는 유류품도 없었다.

피해자의 오른쪽 귀 위쪽에 작용면이 비교적 큰 둔기에 맞은 듯 보이는 열상이 있었다. 저항한 흔적이 없는 것으로 보아 면식범이 의심되었는데, 현장을 본 순간 한다는 '야구방망이나 골프채에 맞았군' 하는 생각이 들었다. 골프를 치지는 않지만 가끔 스트레스 해소 삼아 근처 공원에서 야구방망이나 죽도를 휘두르곤 했다. 늘 먼저 주위에 사람이 있는지 확인하지만 가끔 어린아이가 불쑥 튀어나와서 놀라기도 했다. 직감은 그런 경험에서 나온다.

보도블록에서 검출된 혈흔과 피부조직, 의복의 섬유 등을 참고한 상세 검증 결과, 피해자는 머리를 맞고 양손으로 오른쪽 귀 부분을 누르며 비스듬히 쓰러진 뒤, 그 상태로 1미터쯤 끌려가 수풀에 뉘어진 것으로 보였다. 묵직한 둔기에 강타당한 것으로 보이는 측두골은 함몰 골절되었고, 찢어진 두피에서 미량의 카본 수지가 검출되었다. 피해자의 키와 골절 작용면의 각도로 볼 때 흉기는 아래서 위로 비스듬하게 휘두른 골프채, 특히 카본헤드가 묵직한 1, 2, 3번 우드쯤으로 추정되며, 도료를 근거로 제조사가 두세 군데로 좁혀졌다. 한다의 직감이 맞았던 것이다.

수사가 시작되자 한다는 부서를 떠나 수사본부로 차출되어서 한여름 무더위 속을 매일같이 돌아다녔다. 추측도 좋지만 물증이 나오지 않으면 수사는 한 발짝도 진전되지 않는다.

초동수사 단계에서 이미 피해자에게 저금이건 빚이건 한푼도 없다는 사실이 드러났고 치정으로 인한 범죄도 생각하기 어려운 나이였으므로, 수사는 당연히 원한이나 무차별 살인의 가능성 중 하나로 좁혀졌다. 피해자가 거리를 배회하는 경로는 일정하지 않았고, 전날 9일 양로원에서 실종신고를 했지만 언제부터 시설을 나가 있었는지도 분명치

않았다. 양로원 주위에서 목격한 사람이 몇 명 있었지만 시각과 장소는
제각각이었다. 목격 증언을 종합해도 피해자가 저녁때까지 반경 500미
터 범위를 어슬렁거렸다는 사실밖에 알 수 없었다.

　게다가 피해자는 인간관계가 매우 협소해 양로원에도 친구가 없었
고, 외부와 서신을 주고받지도 않았다. 장남과 차남 가족은 이미 몇 년
전부터 발길을 끊었다. 가족 모두 동기가 없을뿐더러 범행 추정 시각
전후의 알리바이가 명확했다. 이런 정황에서 피해자에게 확고한 원한
을 품고 일격으로 두개골을 함몰시킬 수 있는 골프채를 휘두를 범인은
현실적으로 떠올리기가 힘들었다.

　한편 누군가 우연히 공원에서 스윙 연습을 하고 있었다는 가설에 대
해서는, 우선 그날 현장 부근에 길쭉한 물건을 가진 사람이 있었는지,
평소 공원에서 스윙 연습을 하는 사람이 있는지부터 확인해야 했다. 이
를 위해 현장으로 이어지는 도로변에서 시작해 조금씩 반경을 넓히며
수천 채의 사업장과 주택을 이잡듯이 하나하나 확인해갔다.

　아침저녁으로 열리는 수사회의에 정보가 조금씩 모여들었다. 그러나
내용은 '어디 사는 아무개가 사무실 로커에 1번 우드 하나를 보관중. 사
건 당일에는 당직 근무'라는 정도였다. 그 이상의 정보는 각자의 머릿
속에 있고, 이런 보고를 수백 건 들어봐야 눈에 들어오는 것은 아무것
도 없다. 따라서 말단 수사관은 수사의 중심이 어디인지도 제대로 파악
하기 힘들고, 증거가 나올 가망이 거의 없는 지역을 맡은 한다 조에는
숨길 정보조차 없었다. 백중절이 지나도 그런 상황은 변하지 않았다.
한다 조는 현장을 중심으로 반경 2킬로미터를 6등분한 구역 중 동쪽 하
나를 맡았다. 시바우라 운하 주위로 형성된 히가시나가와 매립지와
건너편 시나가와 부두의 남쪽 절반이 차지한 곳이었다.

　부두 쪽에는 컨테이너 적치장과 화력발전소, 원유 탱크뿐이다. 히가

시시나가와 매립지에는 물류회사 세 곳, 회사 소유 창고 한 채, 도요 수산과 어업연합조합 건물, 도영 주택 세 동이 있고, 그외에는 건설 공사장과 공터, 덴노즈 야구장이 다였다. 대개 트럭이 오가는 도로를 종일 터벅터벅 돌아다니며 쓰레기통을 들여다보고 가끔씩 지나가는 승용차의 번호를 체크하고 도영 주택의 주민 얼굴을 하나하나 확인하는 사이 골프채로 스윙 연습을 하는 주민을 십수 명 찾아냈지만 그뿐이었다. 그래도 매일 아침저녁 수사회의에서 뭔가 그럴듯한 이야기가 나오지 않을까 저도 모르게 귀기울이는 것은 형사의 근성 때문이었다.

한다가 담당 구역인 매립지를 벗어나보기로 결심한 것은 10월 초였다. 어느 일요일, 그는 도영 주택 앞 공터에서 이제 낯이 익은 주민 하나가 만면에 희색을 띠고 골프채 휘두르는 모습을 보았다. "새로 사셨습니까? 좋아 보이네요." 그렇게 말을 걸었다가 샤프트 경도가 어떻다는 둥 로프트 각도가 어떻다는 둥 한바탕 해설을 듣던 중 문득 '전당포다!' 하는 생각이 스쳤다. 범인은 분명 흉기로 이용한 골프채를 처분했을 텐데, 본디 값이 꽤 나가는 물건인데다가 해당 모델은 10만 엔쯤 된다고 했으니 쓰레기장이 아니라 전당포로 향했을 확률이 높았다.

한다는 파트너인 기무라 순사부장을 닦달해 시나가와의 전당포들을 조사하기 시작했다. 딱히 짐작 가는 점포는 없지만 매립지 야구장에서 낮잠이나 자는 것보다는 나으리라는 심산이었다. 형사 노릇을 하다보면 장물을 찾느라 전당포를 뒤지는 것은 일상이었으므로, 안면을 튼 업자가 없지 않았다. 처음에는 거의 시간 때우기였지만, 10월 중순에 예전 근무지였던 메구로 경찰서 관내의 전당포에서 본청 형사 두 명과 맞닥뜨릴 뻔하고는, 역시 이쪽에 가능성을 두고 있음을 눈치채고 본격적으로 일탈 수사를 시작했다. 지금까지 이름이 밝혀진 골프채 소유자를 한 명 한 명 재점검하고 부지런히 전당포를 탐문한 결과, 현장 근처에 직장이나 집이 있는 몇 명으로 대상을 좁히고 행적 확인에 들어갔다.

그러는 사이 달이 바뀌었고, 미행 대상을 더욱 좁힌 지 이 주가 지났다. 한 명은 후추 시에 거주하는데, 거의 매주 토요일 골프연습장을 드나들다가 여름 즈음부터 갑자기 발길을 끊었다고 한다. 또 한 명은 사건 얼마 후 직장을 옮긴 도영 히가시시나가와 제4아파트 주민. 마지막 한 명은 역시 사건 얼마 후 골프채 풀세트를 교체한 자영업자. 그 세 남자의 이름이 지금 한다의 수첩에 적혀 있었다.

그리고 오늘 11월 17일 토요일, 담당 구역을 벗어난 사실을 들킨 것이었다. 한다는 멍한 머리로 새삼 그렇게 생각했다. 언젠가 들킬 것이 분명한 일탈을 결심하면서 어떤 변명을 생각해두었는지는 이미 기억에 없었다. 어쩌면 아무 생각이 없었는지도 몰랐다.

또한 이 시점에 들켰다는 것은 단적으로 보아 누가 고발했다는 뜻인데, 그 사실이 도통 실감나지 않았다. 남을 앞지르려던 발목을 누군가가 보기 좋게 잡아챘다는 것. 그 대상이 다름아닌 자신이라는 것. 아직 싹을 틔우기도 전에 뽑히고 짓밟혔다는 것. 내가 패배했다는 것. 이 모든 것이, 그렇다고 인정하는 순간 자신이 산산이 분쇄되어버릴 피안의 사건이었다.

업무 시작 전인 형사과 사무실에는 지능범과 절도범 수사를 담당하는 몇 명과 기록 담당, 감식 담당 등이 있었다. 공립학교 교무실 풍경에서 책상 위 파일이나 꽃병 같은 색채를 지우고 대신 쥐색 필터를 끼운 뒤 싸늘한 침묵을 흘려넣으면 관할서 형사과의 사무실이 완성된다.

가마이시의 제철소 사택에서 나고 자란 한다는 도쿄에서 대학을 졸업했을 때, 환한 빛만 든다면 어느 직장이든 좋다고 생각했다. 민간 회사 몇 군데에 지원했지만 이과 계열이라 어디서든 공장 근무를 하게 된다는 걸 알고, 그렇다면 차라리 경찰이 낫겠다 싶어 경관이 되었다. 막상 경관이 되고 나서 알게 된 것은 환한 빛이 드는 곳은 사쿠라다몬 본 청뿐, 다른 곳은 대개 버섯이 피지 않을까 싶을 만큼 어둑하고 축축하다는 사실이었다.

아침인데도 블라인드를 내린 창가의 과장석에는 미요시라는 이름의 경시가 앉아 있었다. 옆에는 과장대리 경부가 서 있었는데, 둘 다 아가리를 꽉 다문 채 죽은 조개처럼 생기 없고 음울한 눈빛이었다. 사무실에 들어서는 모습을 보고 과장대리가 식당 손님이 종업원을 부르는 듯한 손짓을 했고, 그에 따라 한다는 책상 앞에 가서 섰다.

"오늘부터는 2층 본부에 나올 필요 없네." 과장대리가 말했다. "이유는 알지?"

한다는 나름대로 대응을 고민한 뒤 일단 "모르겠습니다"라고 대답했다. 그 순간 죽은 조개의 아가리에서 "이 자식이!" 하는 일갈이 터져나왔다. 그 소리는 철제 책상과 로커를 울리고 반사되어, 숨죽이고 모르는 척하는 동료들의 머리 위를 날아 한다의 등으로 돌아왔다.

"지난 육 주 동안 자네가 어디서 뭘 했는지 다 알아. 다른 구역을 뒤지고 다니느라 본인의 직무는 태만히 했지. 내 말에 이의 있나?" 이번에는 형사과장이었다. 이어 과장대리가 침방울을 튀기며 "해명의 여지가 없는 일탈 행위야!" 하고 소리쳤다.

해명의 여지가 없는 것이 아니라 해명이라는 행위 자체가 경찰에게 허용되지 않을 뿐이다. 위에서 검다고 하면 아래서도 "예" 하고, 하얗다고 하면 또 "예" 하는 것이 경찰이라고 한다는 속으로 생각했다. 껍데기뿐인 그 말을 입으로 뱉을 때마다 자신의 존엄이 하나씩 파괴되는 듯했다. 그것에도 이미 익숙해졌지만, 요즘은 자신이 모르는 또다른 인격이 제 안에서 자라고 있는 느낌이었다.

한다는 고개를 숙인 채 질타당하는 또 한 명의 자신을 방관함으로써 당장의 격정을 억누르는 데 성공했다.

"다시는 그러지 말게." 미요시 과장이 한마디 덧붙였다.

"예. 죄송합니다." 한다는 고개를 숙였다.

"자네는 오늘부로 다카하시 계장의 지휘 아래 다른 사건을 맡는다."

"예."

"이상."

한다는 다시 고개를 숙였다. 미요시 과장은 수사회의에 참석하기 위해 일어나 나갔다. 그의 등에 빛바랜 간판처럼 매달린 인종忍從이라는 두 글자가 한다의 눈에 들어왔다. 수사회의에서 미요시는 서장과 마찬가지로 칠판 앞 간부석의 장식물에 불과했고, 본청에서 나온 강력범죄수사1계장 앞에서는 늘 침묵을 지켰다.

과장이 나가자 오늘부터 그를 지휘할 지능범 수사 담당 다카하시 계장이 기다렸다는 듯이 말했다.

"한다, 밑에 내려가서 기다려. 나도 곧 갈 테니."

"무슨 사건입니까?"

"명예훼손 및 업무방해."

명예니 뭐니 하는 단어의 뜻이 얼른 머릿속에 들어오지 않았다. '강력범 형사도 오늘로 끝인가' 생각하며 목례를 하고 사무실을 나섰다.

복도로 나와서도 한다는 타고난 집요함을 발휘해 여전히 자신이 담당 구역을 일탈한 이유를 생각했다. 불현듯 전당포를 떠올린 것은 계기에 불과했다. 그전부터 내내 무언가 쌓이고 쌓였다는 생각이 들었다.

수사가 시작된 지 얼마 되지 않아 수사본부는 용의자가 사건 현장인 공원에 도보로 드나들었다고 추정했다. 공원 주변 골목에 주차공간이 없기 때문이다. 현장 근처에 거주지나 직장이 있다면 필시 걸어서 돌아갔을 것이다. 도보 오 분 정도의 거리라고 볼 때 그에 해당하는 주택과 사업장은 몇 군데로 한정된다. 적어도 한다가 담당한 동쪽에는 수상한 사람이 목격되지 않았으리라는 것을 일찌감치 알 수 있었다. 용의자가 가끔 넓은 매립지 공원에서도 스윙 연습을 했을 가능성이 전혀 없다고는 할 수 없겠지만, 요컨대 매립지를 비롯한 동쪽 일대는 처음부터 수사 대상이 아니었던 셈이고, 그 구역을 할당받은 한다 조는 처음부터 수사본부에 무시당한 셈이었다.

아침저녁으로 열리는 회의에서 한다 조는 지금껏 아무 보고도 하지 못했고, "저희는—" 하고 말을 꺼내려는데 진행을 맡은 본청 7계 계장이 "자, 다음!" 하고 넘어가버리는 일도 종종 있었다. 또 한번은 같은 7계의 순사부장이 현관에서 스쳐지나가다가 무슨 생각인지 한다에게 "댁은 낮잠도 잘 수 있겠네" 하는 소리를 툭 내뱉기도 했다. 마침 한다가 부주의하게 하품을 흘린 직후였다.

모두 그 수십 일의 무위 탓이다. 한다는 일단 그렇게 결론지었지만, 그 무위가 앞으로 수십 년 이어지지 않으리란 법도 없었다. 당장의 회한보다 발밑에 늪이 펼쳐지는 느낌이 앞섰다. 서 있기만 해도 발이 빠져드는 듯한 무력감 속에서, 이번은 다른 때보다 심하군, 하는 생각이 들었다. 평소라면 슬슬 고개를 들었을 몽상조차 어디서 죽어버린 것 같았다.

계단을 내려가는데 때맞춰 회의실에서 나온 수사원들이 2층 층계참에 나타났다. 회의는 언제나처럼 몇 분 만에 끝났을 것이다. 각자 짝을 지어 담당 구역으로 나가려고 뿔뿔이 계단을 내려간다. 어제까지 파트너였던 기무라의 머리도 보였다.

한다는 그 무리와 섞이지 않으려고 계단 중간에 멈춰 서서 그들이 먼저 내려가기를 기다렸다. 그러던 중 문득 아래쪽 층계참을 내려가는 한 남자의 머리가 보이고, 이어서 발치의 흰색 운동화가 보인 것은 아마도 무슨 운명이었음이 틀림없다.

갑자기 자신도 억제할 수 없는 기세로 무언가가 치밀었다. 계단을 뛰어내려간 한다는 2층 층계참에서 다시 몇 계단 더 내려가 한 손을 뻗었다. 고다라고 했던가. 그 경부보의 어깨를 붙잡고 "어이" 하고 부르자 상대방이 뒤돌아보았다.

"이봐, 당신. 좀전에 나를 내려다봤었지? 왜 그런 거야?"

나이는 서른이나 되었을까. 경부보는 파충류처럼 서늘한 냉기를 띤 가느다란 눈으로 한다의 얼굴을 보았다. 그리고 그제야 상대의 목소리가 들렸다는 듯 한다의 손을 뿌리치며 "소리가 나서"라고 말했다.

구두에 박힌 유릿조각 하나. 그것을 던져버리는 작은 소리. 그런 것을 느끼는 세계와의 낙차에 한다는 곤혹스러워져 굳히기 일격을 당한 듯 현기증을 느꼈다. 눈앞의 경부보가 분명 자신을 보았다는 확신은 사그라지고, 자신이 뭘 하는지도 의식 못한 채, 순간적으로 증폭된 생리적 흥분에 휩쓸렸다.

"그게 어쨌다고! 왜 사람을 내려다봐!" 목소리와 손이 함께 무의식중에 튀어나갔다. 경부보의 멱살을 잡자 동료들이 달려들어 뜯어말렸고, "무슨 짓이야!" 하는 일갈과 함께 한다는 떠밀려났다. 경부보는 미간을 살짝 찌푸렸을 뿐 재빨리 발길을 돌려 계단을 내려가버렸다.

그 모습을 바라보는 몇 초 사이 한다는 자신이 대체 무엇에 흥분했는지도 깨닫지 못하고, 그저 발밑의 늪에 더 묵직하게 가라앉는 기분을 느꼈다. 자신의 발이 땅속으로 꺼져드는 것만 같았다.

아무도 없는 계단에 거친 제 숨소리만 남았다. 구두 속에서 피에 젖은 양말과 발가락이 미끈거렸다. 다시 구두를 벗으려다가 위에서 서류가방을 들고 내려오는 다카하시 계장의 모습이 보여 그냥 발을 내렸다.

"어이, 지금부터 해동 도연합 본부에 들렀다가 세이조로 가서 치과의사를 만날 거야. 우리가 담당한 사안의 고소장이다. 고소인은 히노데 맥주. 피고소인은 미상."

계장의 사무적인 목소리에 한다는 꼼짝없이 업무로 끌려와 그가 내민 A4용지 세 장을 받아들었다. 대강 훑어보니 며칠 전 히노데 맥주에 해동 명의를 사칭한 편지 한 통과 발송인 불명의 카세트테이프 하나가 우편으로 도착했는데, 그로 인해 명예를 훼손당하고 업무를 방해받았으니 발송인에 대한 적정한 처벌을 요구한다는 내용이었다. 문건에 등장하는 '부락해방동맹 도쿄도연합회'라는 이름을 머릿속에 넣는 동안 한다의 발은 늪으로 한층 묵직하게 가라앉았다. 제 주변의 세계만 아침이라 할 수 없는 어둠에 물든 기분이었다.

"피차별부락 관련인가요?"

"이름만 그렇고 그냥 사기꾼들이야. 일단 커피나 한잔 하지. 그 참에 테이프 채록문도 보고."

"치과의사가 해동 명의를 사칭한 겁니까?"

"테이프를 보낸 것도 그쪽 같아. 일단 임의로 본인 이야기를 들어보라는 서장님 명령이다."

한다는 무엇 하나 머릿속에 새기지 못한 채 "알겠습니다"라고 대답했다. 그리고 시골 마을의 법무사나 공중사무소 직원 같은 인상의 다카하시 계장을 따라 오전 8시 15분 경찰서 문을 나섰다.

한다에게는 경찰로서 단련되고 담금질을 거듭해온 또하나의 인격이 있었다. 그자가 아까부터 귓가에서 '이대로 넘어가려고?' 하며 비난하고 있었다. 그 속삭임을 들으며 한다는 꼼짝 않는 수면의 낚시찌를 가만히 바라보는 듯한 인내심으로 한나절을 보냈다.

오전에 찻집에서 다카하시 계장이 한번 살펴보라며 던져준 테이프

채록문 내용은 도통 눈에 들어오지 않았고, 해동 사무소에서는 면담에 응한 직원의 자못 귀찮다는 듯한 말투만 귓전에 남았다. 게다가 고소장 내용을 보면 1947년 자사 가나가와 공장이 받은 편지를 정체 모를 인간이 테이프로 녹음해 보냈다는 얘기인데, 히노데측에는 자사로 온 편지를 분실했거나 도용당했다는 인식이 없었다. 한편 피고소인도 이렇게 장황한 편지나 테이프를 히노데에 보낸들 무슨 이득을 볼 것 같지 않다. 한다의 머리로는 서로 상대를 착각하고 행동한다고밖에 생각할 수 없는 사안이었다.

듣자하니 히노데에는 치과의사 이름으로 온 또다른 편지가 있고, 임의로 제출된 그 편지와 해동을 사칭한 편지, 테이프의 지문을 대조한 결과 전부 일치하는 것으로 밝혀져 경찰에서는 세 건 모두 치과의사의 소행으로 단정한 듯했다. 그러나 강력범이나 절도범만 다뤄온 한다는 아무리 임의수사라 해도 동기조차 불분명한 이런 사안에 어떻게 경찰이 움직일 수 있는지 이해할 수 없었다.

그는 자기 감이 무뎌졌거나 세상이 이상해진 거라고 생각하며, 오후 1시 다카하시 계장과 함께 세이조 7번가의 주택가로 향했다. 세이조 학원 운동장과 가까운 고급 아파트 한 동 앞에 서서 빈집털이가 군침을 흘리고도 남을 만큼 화려한 루프테라스를 올려다봐도 '억대겠구나' 하는 생각 말고는 별 감흥이 없었다.

건물 일부가 돌출된 1층에 부티크가 두세 곳 입점해 있고, 치과병원은 그 사이에 자리잡고 있었다. '하타노 치과의원'이라는 간판은 의외로 고풍스럽고 깔끔한 인상이었고, 현관 유리문에도 특별히 눈길이 가는 구석이 없었다. 계장은 문에 걸린 '오후 진료는 2시부터'라는 팻말을 보고 가까운 공중전화에서 전화를 걸었다. "집에서 보자는군"이라며 나와서 둘은 엘리베이터를 타고 5층 치과의사의 자택으로 올라갔다.

하타노라는 사람에 대한 한다의 첫인상은 한마디로 표본상자 속 나비였다. 겉모습은 완벽하지만 그저 정물일 뿐 살짝 건드리기만 해도 부서져버리는. 실제로도 곱게 자란 양갓집 도련님이 그대로 중년이 된 것 같은 무심함, 지능지수만으로 이뤄진 듯한 무기질적 분위기, 상당히 복잡한 사고회로를 짐작게 하는 우울 등이 뒤섞인 외모는 다분히 차가워 보였고, 묘하게 풍기는 공허함도 아들을 잃은 탓만은 아닌 듯했다. 눈동자의 움직임에서 심상치 않은 불안감도 조금 엿보였다.

게다가 열다섯 평은 됨직한 호사스러운 거실 여기저기 아무렇게나 벗어던진 옷가지가 널려 있고 오랫동안 창문을 열지 않았는지 곰팡내와 시큼한 술냄새가 가득한 것이, 무너진 일상을 역력하게 보여주었다. 그 거실 한복판의 소파에 앉은 하타노는 "내 실수였습니다"라는 말로 입을 열었다.

말인즉슨 히노데 맥주 입사 시험을 본 아들에게 사측이 모종의 차별적인 언동을 보인 것이 아닌가 의심했지만 그것은 자신의 오해였으며, 아들은 사귀던 상대 부모의 결혼 반대에 충격을 받아 심신이 불안정했다는 것이었다. 남의 일처럼 조리 있게 말하는 하타노에게서는 아무런 감정의 진폭도 느껴지지 않았다.

"그럼 그쪽 부모가 조문 온 뒤로 선생님 마음도 좀 진정된 겁니까?"

다카하시 계장이 물었지만 하타노는 대답하지 않았다. 이어서 계장은 히노데측이 명예훼손 및 업무방해로 고소했다고 설명하고, 이번 방문은 임의수사이므로 말하고 싶지 않은 부분은 하지 않아도 된다고 절차상의 고지를 했다. 상대는 듣고 있는지 어떤지도 알 수 없는 표정이었다.

계장은 치과의사에게 사무적인 질문 한두 가지를 던졌다. 먼저 테이프 내용에 대해. 1947년 오카무라 세이지라는 사람이 히노데 가나가와 공장에 부친 편지를 테이프에 직접 녹음했는가? 본래 그 편지는 여기서 가지고 있을 만한 것이 아닌데, 어디서 입수했는가?

하타노는 11월 5일 저녁 두 남자가 찾아와 편지를 전해주었다고 대답했다. 한 사람은 해동 도연합회 집행위원인 니시무라 아무개인데, 그때 받은 명함을 버린 탓에 이름은 정확히 기억하지 못한다고 했다.

"니시무라의 신체적 특징을 말씀해주시겠습니까?"

"키는 165센티미터 정도. 체격은 보통. 나이는 쉰 전후. 피부가 가무잡잡한 편이고 손가락이 가늘고 턱 오른쪽에 1센티미터쯤 되는 까만 사마귀가 있었습니다."

하타노가 기계적으로 진술하는 내용을 계장이 수첩에 받아적었다.

"그럼 그 사람이 찾아온 용건은 뭡니까?"

"제가 두번째 편지에서 해동을 사칭했으니 그 경위를 알아보려는 것이었습니다. 아들이 입사 시험에 떨어진 건 히노데의 사정 때문이라고 하면서, 도움이 될 거라며 편지 복사본을 주고 갔습니다."

"그 히노데의 사정이 구체적으로 무엇인지 들으셨나요?"

"고쿠라 운수인가 하는 회사의 경영 상태와 주거래은행 이야기였습니다. 저는 잘 못 알아듣겠다고 했고요."

"그 은행이 혹시 주니치 상업은행 아닙니까?"

"그랬던 것 같습니다."

"구체적으로 어떤 이야기였습니까?"

"불량채권이니 우회 융자니 하던데, 정확하게는 기억이 안 납니다."

"그 이야기 어느 부분이 히노데 입사 시험과 관계있다고 했습니까?"

"편지에서 오카무라 세이지가 언급한 사람이 현재 고쿠라 운수 문제를 조사하고 있다더군요. 1946년 히노데 교토 공장에서 해고된 세 명의 피차별부락 출신자 중 한 명이라고 했던 것 같습니다."

계장의 손이 계속 수첩 위를 움직였다. 한다는 그 옆에 멀거니 앉아 있는 것이 다였다.

"그런데 선생님은 상대방을 해동 사람이라 믿고 이야기를 들었던 겁니까?"

"아뇨."

"그럼, 가짜 직함으로 기업의 뒷이야기를 하는 그 사람이 누구라고 생각했습니까?"

"모르겠습니다."

"처음 보는 사람이 해동을 사칭하며 대뜸 아드님 이야기를 꺼낸 것 아닙니까. 수상하지 않았습니까?"

"피차별부락에 대해서는 워낙 있는 얘기 없는 얘기를 하고 다니는 사람이 많으니까, 그다지."

"편지를 어디서 구했는지는 말하던가요?"

"아뇨. 물어봤지만 얘기해주지 않더군요."

"편지를 주면서 니시무라가 대가를 요구했습니까?"

"아뇨."

"그 편지 지금도 가지고 계십니까?"

"테이프에 녹음한 뒤 6일 아침 쓰레기통에 버렸습니다."

그런 문답이 오간 뒤 계장의 질문은 하타노가 히노데에 테이프를 보낸 목적으로 옮겨갔다. 하타노는 사십삼 년 전 오카무라 세이지라는 남자가 쓴 편지를 정독하다가 어떤 동정심이 일어 그를 대신해 히노데에 전해주고 싶어졌다고 대답했다. 딱히 아들이 생각나서는 아니고 히노데라는 기업에 대한 막연한 증오심 때문이라는 알 듯 모를 듯한 이야기였다.

"테이프를 보낸 것에 대해 지금은 어떻게 생각하십니까?"

"쓸데없는 짓을 한 것 같습니다."

"반성의 마음은?"

"앞으로는 이런 일 없을 겁니다. 설령 히노데가 아들에게 잘못한 부분이 있다 해도 이제 와서 비난할 생각은 없습니다."

별다른 장해물 없이 신속한 결론이 나오자 다카하시 계장은 제 무릎을 가볍게 쳤다.

"지금까지 말씀하신 내용대로 임의 진술조서를 작성하고 싶은데, 내일 가나가와 서로 나와주실 수 있습니까? 그뒤 히노데측에 고소 취하 의사를 확인하겠습니다."

"내가 한 일에 대해서는 책임을 지겠습니다."

"아니, 그런 이야기가 아닙니다. 절차상 조서는 작성해야 하지만 임의 수사이니 서명날인은 뜻대로 하셔도 됩니다. 그보다 그 니시무라 아무개가 선생님을 찾아온 경위는 조서로 남겨두는 편이 좋을 것 같아서요."

계장의 말에 한다는 옆에서 문득 '왜지?' 생각했지만, 정작 하타노는 뭐라고 되묻지 않고 "그럼 내일 찾아뵙지요"라고 대답했다.

그럼 이만. 계장이 자리에서 일어나자 한다도 따라 일어났다. 하타노가 아무 대꾸가 없고 배웅할 기색도 아니라 둘은 알아서 집을 나서려는데, 현관문을 여는 순간 문밖에 서 있던 여자와 맞닥뜨렸다. 여자가 "누구시죠?" 하고 날카롭게 물었다.

당황하는 한다 옆에서 계장이 태연하게 "시나가와 서에서 나왔습니다. 하타노 선생님 사모님 되십니까?" 하고 되물었다. 여자가 "무슨―" 하면서 당황했다.

"남편이 무슨 일을 저질렀나요?"

"아뇨, 그냥 좀 여쭐 것이 있어서 온 겁니다. 걱정 마십시오."

계장의 말이 채 끝나기도 전에 여자는 부딪치는 듯한 기세로 문을 열고 안으로 사라져버렸다.

엘리베이터를 타고 내려가는 동안 계장은 문득 생각난 듯이 "발렌티노 가라바니 슈트 70만, 켈리백 80만—" 하고 중얼거렸다. 한다는 머릿속 연못을 누가 살짝 건드린 기분으로 방금 마주친 여자의 모습을 떠올려보았지만, 사십대치고는 아직 빛을 잃지 않은 또렷한 이목구비와 미용실에서 막 손질한 듯한 머리밖에 기억나지 않았다. 옷도 위아래 세련된 블랙 계열로 맞춰 입었다 싶긴 했지만 브랜드까지는 몰랐다.

"그런데 이런 건을 조서까지 작성할 필요가 있습니까?" 한다의 물음에 계장은 냉큼 "자네, 니시무라 신이치 모르나?" 하고 말했다.

"아시는 이름입니까?"

"당연하지. 턱에 직경 1센티미터 까만 사마귀가 있는 니시무라라면 세상에 딱 한 놈뿐이거든. 재일조선인 2세로 본명은 김호열. 십 년 전부터 총회꾼 리스트에 올라 있지."

지능범 수사관이 나선 이유가 이것이었나? 한다의 머릿속 연못에 이윽고 작은 파문이 일었지만 낚시찌를 움직일 만한 파도까지는 되지 못했다. 그는 "죄송합니다"라고만 대답했다.

계장은 이런 모자란 놈이 파트너가 될 줄은 몰랐다는 듯 문득 못마땅한 표정을 짓더니 앞서 걸어갔다. 한다는 천천히 뒤를 따랐다.

"이제 어디로 가죠?"

"사채업자. 니시무라에 대한 정보를 모아야지. 잘 들어, 니시무라는 해동 같은 조직과는 아무런 관계가 없어. 히노데하고도 관계없고. 그자가 해동을 사칭하고 치과의사를 만나 입수 경로가 불분명한 히노데 내부 자료를 공짜로 던져놓고 갔다는 거잖아. 이래도 냄새를 못 맡으면 어떡하나."

"아, 예."

내일부터 계속 이런 식이려나.

주택가의 흐릿한 하늘을 올려다본 순간, 오랜 습관처럼 또 한 자락의 새로운 몽상이 한다의 가슴으로 미끄러져들어왔다. 어느 날 사직서라고 쓴 봉투를 상사의 책상에 내던진다는 유치한 몽상은 대단한 쾌감도 주지 못하고 금세 맥없이 사그라졌다. 지금의 한다는 사직서가 일대 사건이 될 만한 조건을 하나도 갖추지 못했다. 사직서를 집어든 상사가 깜짝 놀라고, 온 서내가 들썩거리고, 본청이 경악해서 어떻게든 철회시키라며 낯이 새파래질 이유는 아무것도 없다. 이 몸의 퇴직을 두려워하는 자, 아쉬워하는 자가 어디 있으랴.

해가 질 때까지 다카하시 계장과 함께 신주쿠의 사채업자들을 만나고 금융 브로커 사무실 몇 군데를 돌아본 한다는 경찰서로 돌아와 계장에게 니시무라 신이치의 주변 인물과 수법에 대한 설명을 듣고, 다음날인 18일에 있을 하타노 히로유키의 조사 요점을 일일이 확인했다. 니시무라가 현재 광역폭력단 세이와회 계열의 프런트기업 몇 곳에서 일하고 있다는 것. 세이와회는 오카다 경우회라는 강력한 지하금융 그룹을 거느리고 있으며, 니시무라가 오카다 그룹과 어떻게 연결되어 있는지가 문제라는 것. 요컨대 히노데의 고소장은 금융사건 담당의 2계에 뚝 떨어진 절호의 찬스임을 한다는 뒤늦게 알아차렸다.

밤 9시가 다 되어서야 경찰서를 나서면서 살인사건 수사본부가 위치한 2층 창에 여전히 불이 켜져 있는 것을 보았지만 고개를 쳐든 분노는 얼마간 둔한 것이었다. 신바바 역으로 향하는 동안 비스듬히 앞쪽으로 보이는 기타시나가와의 밤하늘에는 히노데 맥주와 소니 본사 등의 빌딩이 만들어내는 야경이 우뚝 솟아 있었다. 언제 봐도 지상에 떨어진 별이 아닐까 싶을 만큼 아름다웠다.

한다는 찬란하게 빛나는 고층 빌딩 무리를 우러러보았다. 어느 것이나 1엔이라도 더 매출을 올리려고 구두 바닥이 닳도록 뛰어다니는 사원들의 총체겠지만, 그중 자신에게 친숙한 것은 하나도 없다는 일종의 소외감이 고개를 들어서 그는 눈을 돌려버렸다.

역으로 걷는 동안 등뒤에 들러붙은 또하나의 자신이 '조만간 때려치워야지'라며 허세를 부려댔다. 한다는 콧방귀를 뀌면서 '그렇게 말한 지 벌써 몇 년째냐'고 생각했다. 존엄이나 자신감을 기껏해야 몽상 속에서나 만회하며 내일도 모레도 출근해야 하는 것이 현실이다. 이제 질릴 대로 질린 직장이지만, 경비회사에 재취직해 어디 공사현장에서 교통정리나 하고 있는 자신의 모습을 상상하면 거의 미쳐버릴 것만 같은 것이 현실이다.

한다는 아직 혼잡함이 가시지 않은 전철에 올라타 손잡이를 잡고 묵묵히 서 있다가 고지야 역에서 내렸다. 파친코 가게의 네온사인이 반짝이는 역 앞 작은 상가에서 간파치* 거리로 나가 하네다 방향으로 걷기 시작했다. 일 분쯤 걷자 가게와 오래된 주택밖에 없는 도로변은 한적해졌고, 좀더 걷자 눈길을 끄는 불빛마저 없어졌다. 귀가를 서두르는 사람들이 바닷바람에 쫓기듯 종종걸음을 쳐 골목으로 사라졌고, 한다도 작은 철로 건널목이 있는 모퉁이에서 하기나카 2번가 골목으로 들어섰다.

하기나카 공원 서쪽의 하기나카 제2아파트 2동. 단숨에 집 앞까지 와서도 그는 골목에 서서 몇 초쯤 망설였다. 5층짜리 아파트 꼭대기층 창문에는 불이 켜져 있었다. 9시경 귀가했을 아내는 지금쯤 세탁기를 돌리며 자신과 남편의 늦은 저녁식사를 위해 일터인 이토요카도**에서 사온

---

* 도쿄 도도(都道) 311호 간조 8호선의 별칭.
** 일본의 대형 마트 체인.

반찬거리의 포장을 뜯고 있을 것이다. 생선회 모둠과 채소절임. 우엉무침. 집에서 술을 마시지 않기로 한 터라 냉장고에는 맥주 한 캔 없었다. 그저 맥주 한 모금이 떠올라 발길을 멈췄던 한다는 이윽고 마음을 정하고 아파트 앞을 그대로 지나쳤다.

10시까지 삼사십 분만 딴 길로 새기로 하고, 한다는 하네다 방향 골목으로 나섰다. 몇 분 만에 산업도로가 나오고, 그 도로 너머가 하네다 지역이다. 낮에는 공항으로 향하는 차량의 배기가스가 가득하고, 밤이면 가까운 공항의 조명도 닿지 않으며, 빼곡하게 겹쳐진 주택 지붕 위를 고속 1호선 고가도로가 관통한다. 그 고가도로를 낀 도로변에 작은 상점가가 있다. 해질녘이면 일제히 문을 닫지만 메밀국숫집 한 곳, 중국식당 한 곳, 주점 한 곳 정도는 띄엄띄엄 불을 밝히고 있다.

한다는 우선 고가도로 바로 앞 주점의 자판기에서 캔맥주를 하나 샀다. 그 자리에서 따서 입안이 얼어버릴 것처럼 시원한 맥주를 한 모금 마셨다. 대각선 방향의 약국은 아직 문이 열려 있었다. 네온 장치가 없는 간판이라 어둠에 묻혀 보이지 않지만, 불을 켠 채 커튼을 쳐둔 유리문에 '모노이 약국'이라고 적혀 있었다.

길가에서 다시 한 모금 마시는데 약국 유리문이 열리더니 안에서 한 남자가 나왔다. 가만 보니 같이 경마를 즐기는 자위대 출신으로, 머리에 폭 10센티미터쯤 되는 붕대를 감고 있었다. 그쪽도 한다를 알아보고 귀찮다는 듯 걸음을 멈추고는 "꼴이 이러네"라며 인사처럼 한마디 던졌다.

"사고 났어?" 한다가 묻자 누노카와 준이치는 "어제, 도메이 고속도로에서"라고 대답했다. "앞서 가던 10톤 트레일러가 갑자기 차선을 바꿔 끼어들잖아. 브레이크를 밟는 순간 연달아 열 대가 추돌했어. 내 트럭은 박살나고."

"부상이 그만하길 다행이네."

한다의 말에 누노카와 준이치는 이 초쯤 뜸을 두더니, "잘하면 죽을 수 있었는데" 하고 땅바닥에 침을 뱉듯 말했다.

잘하면 죽을 수 있었다고? 하기야 장애아를 키우는 부모라면 그런 생각을 할 수도 있겠다 싶었지만, 한다는 공감이 되지 않을뿐더러 참견하고픈 마음도 없었다.

"마권?"

"응."

"그럼 먼저 갈게."

일요일인 내일 후추 경마장에 오는지는 서로 묻지 않았다. 한다도 누구와 대화할 기분이 아니었고 누노카와도 그랬을 것이다. 누노카와는 갓길에 세워둔 왜건에 올라탔다. 좀전까지 몰랐는데 왜건의 어두운 짐칸에서 사람 팔 두 개가 소리도 없이 건들거리고 있었다. 누노카와의 딸이 드러누워 버둥대는 것이었다. 직업 운전사의 손에 맡겨진 왜건은 시동이 걸리기가 무섭게 쏜살같이 미끄러져 산업도로로 사라졌다.

한다는 캔맥주를 든 채 약국 초인종을 누르고는 유리문 안으로 고개를 디밀었다. 낮 동안은 바깥에 내놓는 할인 세제며 화장지 진열대를 안으로 들여놓은 탓에 두 평쯤 되는 약국은 발도 들이기 힘들 만큼 비좁았다. 안쪽 포렴 사이로 주인 모노이가 얼굴을 내밀었다. 한다를 알아보고 "오늘은 빨리 왔네" 하면서 나와 세제 진열대를 옆으로 치웠다.

"어서 들어와."

모노이는 지난달 손자를 잃었다는데, 워낙 표정이 없고 말수가 적은 사람이라 크게 상심한 기색은 찾아볼 수 없었다. 늘 조용하고 단조로운 인상이었지만, 해가 지고 선글라스를 벗으면 허옇게 흐려진 채 움직이지 않는 왼쪽 눈이 조금 기괴한 느낌을 풍겼다.

낮에는 중년 여자 약사가 약국을 지켰는데, 그 시간 동안 모노이는 은퇴한 노인처럼 동네를 돌아다니며 노인정에서 장기를 두거나 했다. 저녁이면 슈퍼마켓에서 장을 봐와 혼자 적당히 요기를 하고, 텔레비전을 보면서 약국을 지키다가 11시쯤 문을 닫는다. 일요일에는 경마장에 간다. 한다가 근 육 년간 약국을 드나들며 조금씩 알아낸 생활패턴이었다. 약국에 들어서면 종종 냄비의 음식을 태운 냄새가 끼치기도 했다.

"방금 누노카와가 다녀갔어. 교통사고로 머리를 다쳤다더군." 모노이가 말을 꺼냈다.

"밖에서 마주쳤어." 한다가 대답했다. "기분이 안 좋아 보이던데."

"이래저래 번거롭게 됐나봐. 회사에 시말서 내고, 경찰에도 불려가고."

"그랬겠지."

"어쨌든 덕분에 며칠 쉬게 생겼으니 나쁜 일만은 아니지. 본인한테도 그렇게 말해주긴 했지만."

짧은 대화를 나누는 사이 모노이는 돋보기를 쓰고 계산대 서랍에서 지난주 일요일 11일에 적중한 마권 두 장을 꺼내 "자, 여기" 하며 정중히 카운터에 내려놓았다. 한다는 "고맙수" 하고 인사하며 받아들었다. 모노이에게 부탁해 구입한 두 레이스의 마권이 모두 적중한 것이었다. 배당금을 확인해보진 않았지만 술 한잔 할 정도는 될 거라고 했다.

한다는 캔맥주를 한 모금 마셨다.

"내일 레이스는?" 모노이가 물었다.

"신문 볼 틈도 없었어."

"신문은 여기 있어. 보겠나?"

"아니. 내일은 건너뛸래."

다시 한 모금 마실 때쯤이었다. 웬 여자가 모노이 뒤쪽 포렴 너머를 가로질러가는 것을 보고 한다는 캔을 기울이던 손을 뚝 멈췄다. 검은색 정장 아래 스타킹을 신은 장딴지의 선. 목 위는 포렴에 가려 보이지 않았다. 저 정장은 낮에 치과의사 집에서 본 발렌티노인지 뭔지 하는 건데. 한다의 시선을 알아차렸는지 모노이도 뒤돌아보고 "딸이 잠깐 들렀어"라고 중얼거렸다.

이건 또 뭔가 싶었다. 모노이의 죽은 손자가 하필이면 딸과 그 치과의사의 아들이라니. 하지만 말문이 막힌 것도 잠깐이었다. 어차피 수사 중인 사안은 발설할 수 없었고, 하루의 끝자락에 조우한 우연도 어째 싸구려 드라마 같다는 생각에 또다시 소외당한 기분이 들었다. 한다는 "응" 하고 적당히 대답하고 캔맥주를 마저 비웠다. 바람이 강해졌는지 골목에 면한 유리문이 덜그럭거렸다.

"다음주 재팬컵 때는 신문 사놓을게." 모노이가 말했다.

"오구리캡이 출전할까?"

"출전하면 좋지. 나오기만 하면 당연히 오구리야."

"모노이 씨는 내일 갈 거야?"

"달리 할 일도 없으니까."

"—이만 가볼게. 미안한데 이거 좀."

한다는 빈 캔을 카운터에 올려놓고 "잘 자요"라고 인사하고는 가게를 나섰다. 유리문 안에서 모노이가 진열대를 다시 원래대로 돌려놓는 소리가 났다.

한다는 주점 자판기에서 캔맥주를 하나 더 산 다음 산업도로 교차로 앞에서 캔을 따 한 모금 마셨다. 교차로를 건너 골목을 똑바로 나아가면 아파트가 나오지만 걸음을 옮기지 않고 길가에 서서 마셨다. 눈앞에 야마모토 자동차 공장의 담이 보였다. 양철이나 콘크리트 담장과 가로등만이 인기척 없는 산업도로변을 지키고 서 있었다.

한때 나는 대체 무엇을 바랐던 걸까, 한다는 자문했다. 환한 빛이 드는 사무실에 앉아 일하는 것. 그럭저럭 안정된 급료를 받고, 남들처럼 사는 것이 전부였지 않은가. 한심하리만큼 소박한 희망 하나를 품고 경찰에 들어온 남자가 지금은 무슨 꼴인가—

마시다 만 캔을 도로에 내던지자 이내 달려온 트럭 타이어가 소리도 없이 찌그러뜨렸다. 아아, 저것이 지금의 내 모습이다. 그렇게 생각한 순간, '조만간 놈들 코를 납작하게 해주마' 하며 또하나의 자신이 으르렁거렸다.

6

모노이 세이조는 한다가 놓고 간 캔맥주의 '히노데 슈프림' 상표를 바라보았다. 그러고는 손아귀로 우그러뜨려 쓰레기통에 버린 뒤 포렴을 헤치고 살림집 거실로 돌아갔다.

"만날 경마밖에 모르고!" 기다렸다는 듯이 딸 미쓰코의 목소리가 날아들었다. 한 음절 한 음절 갈고리로 찍는 듯 칼칼한 말투가 모노이의 귀를 긁어댄다. 죽은 제 엄마를 꼭 닮아 어릴 적부터 성격이 까칠했지만, 그래도 예전에는 이런 식으로 말하지는 않았는데, 그는 생각했다.

손님들 때문에 이야기가 자꾸 끊겨 짜증이 나기도 했겠지만, 미쓰코는 바닥에 앉으면 스커트가 구겨진다며 반시간 내내 기둥에 기대서 있었다. 엄마 요시에도 다이쇼 시대 사람치고는 스타일이 괜찮은 하이칼라 여성이었지만, 지금 눈앞에 서 있는 미쓰코는 이제 모노이 눈에 남으로밖에 보이지 않았다. 생각해보면 품안의 자식이었던 것은 유치원 시절뿐, 초등학교 입학 후부터 갑자기 조숙해져 아내 요시에의 축소판이 되더니, 십대에는 거의 요시에의 쌍둥이 자매 같아졌고, 여대생이 되자 모노이의 손이 전혀 닿지 않는 다른 세계로 건너가버렸다. 요란한 차림으로 남자들과 어울려 다니기에 잔소리를 했더니 "질투하지 마요"라는 말로 일축하고, 옆에 있던 아내도 "미쓰코는 상승 욕구가 강한 아이예요. 당신하고는 달라요"라며 거드는 것이었다.

그 말대로 모노이는 자신의 사고방식과 생활태도가 시대에 맞지 않는다는 당혹스러움을 느끼고 주눅이 들어, 상승 욕구 강한 두 여인을 주변머리 없이 멀거니 바라만 보는 존재였다. 딸은 대학 졸업 후 대형 보험회사에 들어갔다가 일 년이 채 못 되어 결혼하겠다고 나섰다. 상대가 치과의사라고 해 번듯한 결혼식을 준비해야겠다 싶었는데, 혼인신고만 하고 내일이라도 당장 그 사람 아파트로 들어가면 된다고 했다. 결국 나중에 그쪽 친척들을 시내 호텔에 모셔 자리를 만드는 것으로 결혼식을 갈음해버렸다.

치과의사라면 제법 부유할 게 틀림없다. 모노이가 그렇게 실감한 것은 가끔 보는 딸의 옷차림에서였다. 피부관리실이나 헬스클럽을 다니며 몸을 가꾸고, 사흘에 한 번은 미용실에서 머리를 손질하고, 친정에 들를 때는 한 벌에 100만 엔이나 하는 명품 정장을 입었다. 상중만 아니었다면 작두콩만한 다이아몬드 장신구도 달았을 것이다. 어차피 손자에게 닥친 비극이 없었으면 모노이의 집에 들를 일도 없었겠지만, 장례식 이후 종종 일이 생겨 그런 차림으로 나타날 때마다 모노이는 눈을 어디 두어야 할지 모를 만큼 불편해져서 그만 고개를 숙여버리곤 했다.

상승 욕구인지 뭔지의 정체가 결국 넉넉한 생활을 하고 호사스럽게 치장하는 것이었다면 그것은 곧 아비가 해줄 수 없는 무언가라는 말과 다를 바 없었다. 여봐란듯이 사치를 과시하는 딸 앞에서 모노이는 제 인생을 모조리 부정당하는 기분마저 들었다.

1947년 도호쿠 하치노헤의 주물공장에서 해고되어 도쿄로 올라와,

일 년 반은 우에노 변두리에서 고물장수 리어카를 끌다가, 오타 구 니시코지야에 있는 가내공장에 어렵사리 선반공으로 들어가 공장 구석에서 침식을 해결하던 생활. 얼마 후 네 살배기 딸이 딸린 요시에를 만나 어찌어찌 결혼을 하고, 돈이 없어 죽겠다는 투덜거림을 들으며 가까스로 예순까지 공장에서 하루하루 쇠를 깎아온 생활. 딸을 여대에 보내려니 선반공 급료로는 부담이 상당해서 매일 밤 잔업을 하고, 하루 한 갑 피스 담배를 피우고 일요일에 100엔짜리 마권을 두세 장 사면 바닥나는 용돈으로 버텨낸 생활. 그때는 내가 죽으면 보험금이 나오겠지 하는 생각을 진지하게 하기도 했다. 쉰 살 때 니시로쿠고에 있던 집을 팔고 모아둔 돈을 탈탈 털어 요시에의 먼 친척이 운영하던 약국을 인수했지만, 알고 보니 융자금에 담보로 잡혀 있던 물건이라 사기를 당한 것이나 마찬가지였다. 그래도 상대가 친척이어서 싫은 소리도 못하고 죽어라 빚을 갚아온 생활. 그 모든 것이 딸의 눈에는 어떻게 비쳤을까.

이제 와서 새삼 따질 일도 아니었지만, 미쓰코는 요시에가 데리고 들어온 의붓딸이라 모노이와 핏줄이 닿지 않았다. 요시에와 함께 호적에 올린 직후에는 먹고살기 바빠서 친자식을 낳을 여유가 없었고, 조금 여유가 생기자 요시에가 마흔다섯 살을 넘겨 병원에서 출산은 무리라고 했다.

처세에 능하다고는 결코 생각하지 않지만, 나름대로 열심히 일해온 결과인 이런 인생이 조금은 대견스럽기도 했다. 그것을 바깥세상의 행운이나 재능과 비교당하면 모노이로서는 대꾸할 말이 없고, 그나마 남은 소소한 자신감이나 자족감마저 사라져버린다. 자식을 잃은 지 얼마 안 되었으니 신경이 날카로울 거라 이해하면서도 모노이의 얼굴은 오랜 습관대로 역시 방바닥을 향했고, 도무지 딸의 얼굴을 보고 싶은 마음이 들지 않았다. 나이를 먹는다는 건 참을성이 바닥나는 일이다.

모노이는 뭉그적거리며 고타쓰에 앉아 다 식은 차를 마시고 몸을 한 껏 웅크렸다.

"듣고 있긴 한 거예요?" 머리 위에서 미쓰코의 날카로운 목소리가 떨 어졌다.

"듣고 있지." 모노이는 입만 움직여 대답했다.

미쓰코는 반시간 전 연락도 없이 찾아와서는 다짜고짜 남편 하타노 에게 경찰이 찾아왔다는 이야기를 꺼냈다. 손자 다카유키가 히노데 맥 주 입사에 실패하자 부모로서 납득이 가지 않는다며 히노데를 규탄하 는 편지를 몇 통 보냈고, 그러자 히노데가 경찰에 고소장을 제출해서 형사사건으로 번질 것 같다는 얘기였다.

사정이 어떻든 기업에 협박 편지를 보낸다는 것이 너무도 상식 밖이 라, 그 고지식해 보이는 사위가 정말로 그런 짓을 했다면 필시 그만한 사정이 있었을 거라고 모노이는 생각했지만, 듣자하니 복잡한 이야기 가 더 있었다. 손자에게 결혼을 약속한 여자친구가 있었는데 그쪽 부모 의 반대로 파탄이 났다는 것이다. 다카유키는 그 충격으로 교통사고를 낸 것이 아닐까. 그쪽에서는 아무 말 없지만, 필시 하타노의 호적이 문 제된 거라고 미쓰코는 말했다. 그리고 갑자기 이야기가 건너뛰어 "다 아빠가 무책임한 탓이에요"라는 소리를 했다.

"난 한 달 동안 생각하고 또 생각했어요. 물론 전부 남편 잘못이죠. 자기 출신을 숨긴 확신범이니까. 아내와 아들이 아무것도 모르고 있다 가 느닷없이 뒤통수를 맞은 건 그 사람이 제대로 설명하지 않아서예요. 하지만 그전에 딸이 결혼을 하겠다고 하면 상대방 집안 내력을 알아보 는 게 부모로서 상식이잖아요. 아빠는 그때 아무것도 하지 않았어요."

"집안 내력 같은 건 그다지—"

"뭐가 그다지예요! 그게 세상의 상식이라고요!"

"하지만 너는 하타노가 좋아서 결혼한 거잖니."

"그러니까 부모로서 무책임했다는 거예요! 상대가 누가 됐든, 딸이 결혼하겠다면 일단 그쪽 집안부터 알아보는 게 부모의 의무잖아요!"

"세상에 그런 의무는 없단다."

"도호쿠 촌구석에는 없을지 몰라도 도쿄에는 있어요! 하긴 내가 바보였지. 잘생기고 돈 많은 치과의사에다 외가는 가마쿠라의 의사 집안이고, 주위에 명문가 여자가 득시글한데, 그런 남자가 왜 나 같은 사람이랑 결혼하려 했는지 진작 눈치채지 못한 내가 바보였어. 아빠가 억울한 내 심정을 알기나 해요?"

남녀 처지를 바꿔본다면 나도 그 비슷한 이야기를 요시에한테 질리도록 들었지. 모노이는 생각했다. 고등 여학교를 나온 요시에가 신혼 반년 만에 전쟁터에 빼앗긴 전남편은 와세다 대학 문학부를 나온 문예지 편집자였다. 미쓰코가 갓 태어났을 때 그녀는 전사를 알리는 엽서 한 장으로 미망인 신세가 되었다. 전쟁이 끝나자 생계를 위해 신주쿠에서 여급으로 일하다가 모노이를 만나고 결혼까지 한 것은 어린 딸이 딸린 처지라 번듯한 남자를 바랄 계제가 아니었기 때문이라고, 요시에는 툭하면 말했다. 세상이 이렇지 않았다면 누가 좋아서 손바닥만한 공장에서 일하는 애꾸눈 공원과 살림을 차리겠느냐고.

"아빠가 내 심정을 알아요? 내가 다카유키를 얼마나 정성 들여 키웠는데. 나한테는 분에 넘칠 만큼 훌륭한 아들로 자라주었는데. 이제 좀 날개를 펴보려는데 아비 호적에 발목을 잡히다니!"

"얘야, 잠깐만—"

"나도 호적 같은 걸로 이러쿵저러쿵하고 싶진 않아요! 하지만 내가 아무것도 몰라서 다카유키에게도 알려줄 수 없었던 건 맞잖아요. 부모가 똑바로 가르쳤다면 다카유키도 상대방 부모가 뭐라고 하든 나름대로 대처할 수 있었을 거예요. 사실을 감춰온 남편이 잘못이지. 하지만 그전에 호적을 감추는 남자랑 결혼하는 걸 말리지 않은 아빠 책임이라고요!"

미쓰코는 떨리는 소리로 흐느끼기 시작했고, 모노이는 싫어도 그 모습을 볼 수밖에 없었다. 미쓰코도 미쓰코대로 끔찍이도 고통스러운데 이런 얘기를 할 상대가 없어 결국 의붓아버지를 찾아와 속마음을 쏟아내는 것임을 그는 잘 알고 있었다. 수백만 엔을 들여 치장했지만, 저기 기둥에 기대어 울고 있는 것은 결국 자기 딸이었다.

"좀 앉지 그러냐." 모노이는 말했다. 그 순간 미쓰코가 "아빠!" 하고 한층 날카롭게 소리쳤다. "모르겠어요? 난 속았단 말이에요!"

"벌써 이십 년 넘게 부부로 살아왔는데 속았느니 속였으니 하는 게 무슨 소용이냐. 부부가 힘을 모아서 어떻게든 살아가야지—"

"그럴 거면 내가 여기 오지도 않았어요! 하타노는 미쳤어요! 정말 정신이 나갔어, 눈빛이 이상하다고요!"

저 아이는 왜 이렇게 귀청 찢어져라 말하는 걸까. 부모지만 진저리난다고 생각하며 모노이는 월초 한밤중에 불쑥 전화한 사위 하타노의 목소리를 어렴풋이 떠올렸다. 아들을 잃은 허탈감이 조금 묻어났지만 특별히 이상한 구석은 느끼지 못했다.

미쓰코의 목소리는 더욱 날카로워졌다. "하타노가 내일 시나가와 경찰서에 출두한대요. 조서를 작성하고 나면 어떻게 될지 모르지만, 이제 그이의 사회적인 생명은 끝장난 거예요. 그런데도 그이는 전혀 반응이 없어요. 눈빛이 이상해요. 정말이에요, 그 사람한테는 내가 아니라 다카유키가 전부였으니까!"

"경찰 쪽은 그렇게 걱정할 필요 없을 것 같은데."

"무슨 소리예요! 경찰에 불려다니는 의사한테 진료받으려는 환자가 어디 있겠어요. 소문이 금세 퍼질 거예요!"

"아직 아무것도 결정된 게 없지 않니."

"남 일처럼 말하지 마요. 아빠하고도 관계있는 이야기잖아요!"

관계있는 이야기. 그 의미를 새기는 데 잠시 시간이 걸렸다. 전혀 무관하다고는 할 수 없지만, 아무래도 상관없을 만큼 소소한 영향일 뿐이라고 모노이는 생각했다.

옷장 위 낡은 액자에서 빛바랜 가족사진 한 장이 그를 내려다보고 있다. 1949년, 근무하던 공장 근처에 세 평짜리 단칸방을 빌려 요시에와 살림을 차릴 때 찍은 기념사진이다. 한창 귀여울 나이인 네 살배기 미쓰코의 손이 새아빠 손에 쥐여 있다. 예쁜 아내와 딸을 한꺼번에 얻은 스물네 살 젊은이는 자못 촌뜨기처럼 긴장한 얼굴로 가슴을 펴고 있다. 모노이가 액자에 넣어 올려둔 뒤로, 그 사진은 사십일 년 동안 늘 공기처럼 거실 한편에 있었다. 두 여자는 어떻게 생각했는지 몰라도 모노이는 인생의 다양한 국면마다 그 사진을 바라보았고, 지금 역시 고타쓰에서 올려다보고 있었다.

자신이 만약 지금보다 열 배쯤 거칠고 성마른 남자였다면 이미 아내와 딸을 죽이고 자살해버렸을지도 모른다. 사진을 바라보며 모노이는 그런 생각을 했고, 그런 생각을 했다는 사실에 주눅이 들어 다시 소처럼 일했다. 전후 혼란기에는 수많은 남녀가 먹고살기 위해 일단 한 지붕 아래로 기어들어가려고 대충 짝을 찾아 결혼했고, 요시에와의 인연도 그중 하나였다. 그래도 돈이 있었다면 서로 좀더 평온하게 살 수 있었을 것이다. 모노이는 그저 돈이 없다는 이유로 정신적인 충족을 얻지 못한 제 인생이 안타까웠다.

생각해보면 생활고는 타고난 것인 양 한시도 곁을 떠난 적이 없었다. 실제로 돈에 쪼들리면 그 불안은 날카로운 공포의 바늘이 되어 날아들었다. 도쿄로 올라온 뒤 입에 풀칠하기도 벅찼던 그의 주위에서 사회는 무서운 속도로 변해갔고, 도무지 늘 줄 모르는 수입을 보면 언제나 조금씩 뒤처지는 기분이었다. 기댈 구석이 없는 것은 가정에서도 마찬가지라, 입만 열면 무능력하다고 몰아세우는 요시에 옆에서 한시도 마음 편할 날이 없었다. 나이가 들면서 불안이나 초조 같은 세속적인 감정은 무뎌졌지만, 그래서 내면이 평온해졌는가 하면 그것도 아니었다. 요시에가 죽은 지 오 년, 겉으로는 기복 없이 조용한 생활이지만 여기서 만족하기에는 육십오 년 인생의 플러스마이너스 균형이 이미 너무 어긋나버린 느낌이었다.

모노이는 자신과 다른 인생을 살아온 지 오래인 딸을 더는 예전처럼 걱정할 수 없음을 깨달았다. 이제는 딸보다 제 남은 인생을 아끼는 마음이 더 큰 것이다.

늙은 아비의 속을 알 리 없는 미쓰코는 계속 새된 소리로 주절거렸다. "너무 분해요. 그 남자는 나랑 마지못해 결혼해놓고 호사만 누리게 해주면 제 할 일은 끝이라고 생각해요. 졸지에 신분 상승한 여자로만 보고, 나를 인정한 적이 한 번도 없어요. 나도 진저리날 만큼 잘 알고 있었지만 다카유키가 태어났으니 가정을 지킬 수밖에 없었죠. 나는 내내 참아왔던 거예요, 이십삼 년이나!"

"이제 와서 그러면 아비더러 어쩌란 말이냐."

"하긴 그렇겠죠. 아빠는 예전부터 뭐 하나 책임지려고 한 적이 없으니까." 그렇게 말한 미쓰코는 손수건에 코를 팽 풀고 잘 다듬은 머리를 한 손으로 쓸어올리더니, 갑자기 말투를 바꿔 "이혼할 거예요"라고 말했다. "이십삼 년이나 마음 없는 결혼생활을 해온 건 그 사람도 마찬가지일 테니."

"이혼하면, 어떻게 먹고살려고."

"하타노한테 재산 절반을 받아낼 거예요. 오이소 별장은 내 명의로 해놨으니, 팔아서 마음대로 쓸 거고요. 아무한테도 신세지지 않아요."

"그런 소리 마라."

그때 다시 가게 초인종이 차르릉 울렸다.

"또 경마 패거리겠지." 미쓰코는 그렇게 내뱉고 발밑에 놓아둔 핸드백을 집어들었다. "내일부터 이삼일 여행 갈 거니까, 혹시 경찰이 와서 물어보면 어딨는지 모른다고 해줘요."

"미쓰코, 잠깐—"

모노이는 고타쓰에서 기어나와 쫓아가려고 했지만 미쓰코는 이미 뒷문으로 향한 뒤였다. 곧 나무문이 요란하게 닫히는 소리가 났다.

가게 쪽에서 "모노이 씨" 하고 부르는 목소리는 경마 친구가 아니라 이웃 주민이었다. 모노이가 얼굴을 내밀자 옆집 우유판매점 주인이 세제 진열대 너머로 "밤늦게 미안하이, 손주가 이가 아파서"라고 말했다.

"충치로 잇몸이 부었나?" 모노이는 무겁게 입을 열었지만 말투는 평소와 다르지 않았다. 어떤 상황이든 내게는 이런 목소리, 이런 말투밖에 주어지지 않는다고 그는 생각했다.

"충치 같긴 한데. 어찌나 울어대는지, 원."

"집에 탈지면 있나? 바르는 약을 줄게. 발라줘도 아프다고 하면 염증이 생긴 거니 치과에 가야 해."

모노이가 바르는 약을 내주자 그는 "덕분에 살겠네" 하며 돈을 내고 나갔다. "잘 가게" 하고 배웅하고 바람에 덜걱대는 유리문을 닫자 좁은 가게 안에 미쓰코가 남기고 간 향수 냄새가 감돌았다. 가시 돋쳤다고밖에 표현할 수 없는 그 목소리도 여전히 가게 안에 울리는 듯했다.

돈만 있었으면 나도 한참 전에 이혼했지, 모노이는 허망하게 생각해보았다. 그러자 떠올리기도 싫은 실의의 날들이 드문드문 뇌리에 되살아났다. 이를테면 딸 성인식에 후리소데를 입혀줘야 했을 때. 그해는 유독 불황이라 공장에서 보너스가 나오지 않았다. 급하게 신용금고로 달려가 겨우 10만 엔을 빌려와서 후리소데와 오비*를 사주었지만, 싸구려라서인지 모노이가 보기에도 맵시가 나지 않았다. 결국 딸은 원피스 차림으로 성인식에 참석했다. 후리소데는 끝내 한 번도 입지 않고 전당 포로 넘어갔다. 그 옷의 노란 나비 무늬가 지금도 기억난다.

이런 일도 있었다. 초등학생 딸의 소풍날, 마침 요시에가 독감으로 드러눕는 바람에 야근하고 밤늦게 들어온 모노이가 쩔쩔매며 도시락을 쌌다. 하지만 딸은 아버지가 애써 만든 도시락을 식탁에 놔둔 채 가버렸다. 모노이는 그 이유를 한참 생각해보다가, 뒤늦게 도시락을 싼 보자기에서 윤활유 냄새가 난다는 것을 깨닫고 혼자 웃을 수밖에 없었다.

그러고 보니 학부모 수업 참관일에도 얘기를 듣고 가본 적이 한 번도 없구나. 모노이는 그렇게 생각하며 가게문을 닫으려고 진열대를 힘껏 밀었다. 예순다섯이나 된 인간이 헛되이 옛 기억을 뒤적이다니 얼마 남지 않은 시간만 낭비하는 짓이다. 그래도 자꾸 이런저런 생각들이 떠오르는 것이 노년의 숙명이라면 그것을 떨쳐내려는 노력도 필요할 터였다. 딸과 사위가 대체 무슨 생각인지, 둘의 결혼생활이 어떻게 될지, 굳이 이 몸이 염려할 까닭이 어디 있을까.

모노이는 가게 밖으로 나가 셔터를 내렸다. 그때 산업도로 쪽에서 승용차 한 대가 들어와 약국 앞에 멈추더니 운전석 창에서 "모노이 형!" 하는 탁한 목소리가 날아왔다.

정말이지 온갖 인간이 갈마들듯 찾아오는 밤이다. 탱크 뺨치게 커다란 벤츠에서 "벌써 주무시게?"라고 쾌활하게 말하며 내린 남자는 벌써

---

* 기모노를 입을 때 허리 부분을 감싸는 띠.

반세기도 지난 시절 모노이가 일하던 가네모토 주물공장 사장의 아들이었다. 당시 모노이를 형, 형, 하면서 따르던 초등학생 코흘리개는 가세가 기울어 고생하다가 삼십 년 전 도쿄로 올라왔다. 지금은 지바 이치하라에서 철공소를 운영하는 번듯한 중소기업 사장님이 되어서, 가끔 허물없이 모노이를 찾아온다.

올 때마다 대개 술냄새를 풍기는 가네모토 요시야는 오늘도 혈색 좋고 불콰한 얼굴로 활짝 웃으며, 고급 양주 상자를 모노이에게 안기며 "어제까지 마닐라에 있었수. 좀 일찍 오려고 했는데 그만 술자리가 늘어지는 바람에" 하고 웃었다.

"바다 건너까지 가서 못된 짓 하고 왔나보군."

"어허, 그런 소리 마쇼. 거래처 접대차 간 거니까."

모노이는 벤츠 뒷좌석에 앉은 남자 둘을 힐끔 보았다. 조폭 놈들일까? 가네모토가 그쪽 프런트기업과 교유한다는 것을 전부터 짐작하고 있던 모노이는, 그날 밤도 역시 "사람은 가려서 만나야지"라고 한마디 잔소리를 했다. 상대방은 "괜찮수"라고 고향 사투리로 말하며 익살을 떨 뿐이었다. 예전의 소심한 꼬마 얼굴을 전혀 찾아볼 수 없는 오십대 남자의 모습에 모노이는 갈수록 당혹스러울 때가 많아졌다.

"그럼 또 올게. 형도 감기 조심하고."

그렇게 말하고 가네모토는 기분좋게 차로 물러갔다. 달리는 승용차 창문으로 정체 모를 남자의 눈이 모노이를 힐끔 보았다. 턱에 까만 사마귀가 크게 난 음침한 얼굴이었다.

모노이는 선물받은 양주를 안고 잠깐 생각하다가 자전거 바구니에 넣었다. 딸의 방문으로 계획이 틀어졌지만, 이제 시간이 났으니 원래 가려던 곳에 가볼 참이었다.

그곳은 약국에서 자전거로 십 분쯤 걸리는 히가시코지야 가내공장 직원 숙소였다. 경마 친구 중 하나가 그곳에서 지내는데, 지난 일요일 후추 경마장에도 오지 않고 종종 들르던 약국에도 통 나타나지 않아 4일 이래 벌써 이 주나 얼굴을 보지 못했다. 인간관계가 없다시피 한 양반이니, 죽지 않았다면 지금쯤 내일 레이스를 대비해 경마 전문지에 얼굴을 파묻고 있을 것이다.

모노이는 셔터를 마저 내리고 자물쇠를 채운 뒤 한텐* 차림으로 자전거 페달을 밟아 산업도로로 향했다.

인적 없는 산업도로변 보도를 천천히 달려 육교 두 개를 지나고 미나미코지야 버스정류장 앞에서 동쪽 골목으로 들어갔다. 산업도로를 끼고 있는 이 일대는 모노이가 이사 온 1948년만 해도 전봇대가 저멀리까지 줄지은 먼지투성이 도로변이었다. 바다 냄새가 희미하게 풍겨오는 공터와 밭, 판자 울타리를 두른 민가 사이로 띄엄띄엄 들어선 가내공장 건물들에서 선반이나 연마기를 돌리는 소리가 요란했다. 얼마 안 되어 다마가와 강이나 에비도리가와 강변에 큰 공장이 들어서고, 안쪽으로 갈수록 규모가 작아지는 꼴로 가내공장이 하나둘 생겨나더니, 제일 끝자락은 구멍가게와 가내공장이 처마를 나란히 하는 복잡한 골목이´되었다. 고도성장기에 접어들자 판자 건물은 작은 사무 빌딩으로, 민가는 날림공사한 분양주택으로 바뀌고 공터에 연립주택이 들어섰지만, 모노이의 콧구멍을 파고드는 공기의 냄새는 그다지 변하지 않았다. 해가 지고 배기가스와 먼지가 줄어들면 도로며 건물 벽에서는 예나 지금이나 기름내와 녹내가 풍겨온다.

요즘은 호경기라 히가시코지야 5번가의 비교적 규모가 큰 공장 건물들은 지금도 창문마다 환하게 불을 밝히고 있다. 작은 공장들은 골목에

---

* 옷고름 없이 걸쳐 입는 상의.

면한 출입문 아래로 새어나오는 불빛과 공작기계 소리가 아직 작업중임을 알려준다. 모노이는 한 블록 안으로 들어가 모르타르로 마감한 2층짜리 연립주택의 위층 창문 하나를 올려다보고, 불이 켜져 있는 것을 확인한 뒤 옆에 있는 공장 건물 앞에 자전거를 세웠다. '오타 제작소'라고 적힌 미닫이문 밑으로 희미한 불빛이 새어나오고 있지만 기계 소리는 들리지 않는다. "안에 있나?" 하고 부르며 미닫이문을 열자 작업장 구석에서 마쓰도, 보통 요짱으로 불리는 남자가 돌아다보았다.

오타 제작소는 오타 구에만 8000곳은 되는 가내공장 중 중간쯤 되는 규모로, 직원 열 명을 두고 플라스틱 제품용 정밀금형을 제작했다. 100평쯤 되는 기다란 건물에 최신형 NC선반 두 대, 모방선반 두 대, 만능밀링 두 대, 직립밀링 한 대, 보링 두 대, 슬로터 한 대를 들여놓고, 강철덩어리 하나를 1000분의 1밀리미터의 정밀도로 깎아내 우주로켓 부품부터 장난감까지 온갖 플라스틱 제품을 찍어내기 위한 금형을 만든다. 선반 한 대, 혹은 밀링 한 대에 인덱스를 달아 자동차용 캠 절삭에서부터 샤프트 종류의 홈 절삭, 톱니바퀴까지 뭐든 만들어내던 시절과는 생산성은 물론 취급하는 제품의 범위도 다르다. 입구 바로 옆에서 가공중인 금형 따위는 모노이가 봐도 용도를 도통 짐작할 수 없었다.

요짱은 어둑한 작업장 안쪽 작업대에 알전구 하나를 밝히고 앉아 있었다. 어질러진 작업대 위에는 색색의 청량음료 캔들이 죽 놓여 있고 그 옆에 경마 전문지가 펼쳐져 있었다. "날이 쌀쌀하네." 모노이가 말을 걸자 요짱은 고개만 살짝 비틀었다가 말없이 제 손끝으로 눈길을 돌렸다. 오른손에는 마이크로 측정기. 왼손에는 땜납.

요짱은 마이크로 측정기로 땜납의 지름을 재고 오른손을 작업대 위 공구서랍으로 뻗어 보링용 드릴을 집었다. 뭘 하나 바라보던 모노이는 땜납을 작업대에 내려놓는 요짱의 왼손에 시선을 빼앗겼다. 두터운 붕

대가 감긴 검지와 중지가 뭉툭했다. 첫째 관절까지만 남아 있는 것이었다. 깜짝 놀라 그 손을 덥석 쥐자 요짱은 무표정하게 "사고야"라고만 말했다.

"언제—"

"8일."

"선반에?"

"아니. 어떤 새끼가 금형을 옮기다가 미끄러뜨렸는데, 그게 하필 내 손에 떨어졌어." 요짱이 말하며 턱짓한 곳에 한아름은 됨직한 크기의 금형이 놓여 있었다. 저 물건이 손가락 위로 떨어졌단 말인가. 모노이는 할말을 잃었다.

"병원에 가서 엑스레이를 찍어봤더니 뼈가 부러졌대. 수술도 하기 전에 퉁퉁 붓더니 시퍼레지데." 요짱이 무덤덤한 투로 말했다.

"손가락은 움직이나?"

"그럭저럭."

"금형을 떨어뜨린 놈은?"

"그만뒀어."

"경찰에 신고는 했어?"

"산재 처리가 된다니까. 아직 세 개 남았으니 일은 할 수 있어."

요짱은 늘 이런 투로밖에 말하지 못하는 남자다. 감정과 생각을 얼굴 가죽 밑에 모두 숨긴 채 도통 남들에게 드러내지 않는다. 겉모습 또한 칠 년 전 고등학교를 졸업하고 이 공장에 왔을 때와 비교해 거의 달라지지 않았다. 그래도 역시 사고 때문인지, 하루종일 볕이 들지 않는 공장에서 일하느라 창백해진 얼굴은 한층 수척해지고 볼살도 빠져서 턱선이 열일고여덟 살 소년처럼 가냘팠다. 어두침침한 불빛 아래 그 모습은 유난히 여려 보였다.

"혹시 사장이 사고 신고를 하지 말라던가?" 모노이가 거듭 물었다.

"내가 됐다고 했어." 요짱은 고개도 들지 않고 말했다.

"왜?"

"그냥."

아까부터 뭘 하는지, 요짱은 서랍에 크기별로 정리해둔 드릴 비트를 손끝으로 헤집으며 "1.4짜리가 없나?"라고 중얼거렸다.

"일반 비트야?" 모노이는 돋보기를 벗고 서랍으로 손을 뻗어 직경 1.4밀리미터 비트가 든 작은 플라스틱 상자를 찾아 건네주었다. 요짱은 그 상자에서 바늘처럼 가는 트위스트비트 하나를 꺼내더니 의자를 빙글 돌려 뒤쪽의 소형 보링기 척chuck에 끼웠다. 그리고 작업대에 늘어놓은 알루미늄 주스 캔을 하나 집어들고 거꾸로 뒤집어 둥근 보링기 테이블에 놓았다.

"주스 캔 바닥에 왜 구멍을 내?" 모노이가 물었지만 대답은 없었다. 요짱은 드릴 끝을 캔 바닥에 맞추고 핸들을 내렸다. 알루미늄 가루가 희미하게 피어올랐고, 일 초 만에 구멍이 뚫려 오렌지주스가 졸졸 새어나왔다.

요짱은 구멍난 주스 캔을 다시 작업대로 옮겨 흘러나온 주스를 새카만 수건으로 닦았다. 그러고는 이어서 땜납 끄트머리를 줄로 갈기 시작했다. 잠시 지켜보자니, 뾰족해진 땜납을 방금 뚫은 구멍에 꽂아 구멍을 막으려 한다는 것을 모노이도 대강 짐작할 수 있었다.

"내일 출주마를 보고 있었는데, 손가락이 자꾸 쑤셔서 죽겠더라고."

땜납을 갈면서 요짱이 낮은 소리로 중얼거렸다. "화나는 일도 있고."

"화나는 일이라니?"

"절단된 손가락 마디를 수술 뒤에 받기로 했는데, 병원 놈들이 내다버렸다는 거야. 내 몸 일부가 쓰레기로 처리됐다니 생각할수록 열이 받아서."

만약 그걸 받았던들 어쩌려고? 모노이는 "그렇겠군"이라고 대답은 했지만, 남의 실수로 손가락을 잃어버린 실의를 어떻게 해소해야 할지는 짐작도 할 수 없었다.

모노이는 작업장 구석의 세면대에서 유리컵 두 개를 가져와 작업대에 놓았다. 선물받은 양주 상자를 열고 스카치답게 정교한 모양의 병을 꺼내 컵에 조금씩 따랐다. 그러는 사이에도 요짱은 니퍼로 고정한 땜납을 주스 캔에 뚫은 구멍에 박으려고 시도하며 인상을 썼다.

"구멍이 너무 작아." 모노이가 말했다. "땜납 직경이 얼마야?"

"1.6."

"그럼 구멍은 1.5로 해야지." 모노이는 공구 서랍에서 직경 1.5밀리미터 비트가 든 상자를 찾아 요짱 앞에 놓아주었다. 그사이 요짱은 모노이가 따라놓은 위스키를 한 모금 마시더니, "좋네" 하고 중얼거리며 비로소 씩 웃었다.

제 입에는 위스키 스트레이트가 너무 독했는지, 모노이는 한 모금 머금었다가 자기도 모르게 낯을 찡그렸다. 그 모습을 본 요짱이 잠자코 일어나 세면대에서 물을 한 컵 받아다 건네주었다. 일어선 김에 어디선가 전기난로를 가져와 모노이의 발치에 놓았다. 모노이는 위스키에 물을 보태 단숨에 비워버렸다. 전기난로 덕분에 발치도 따뜻해졌다.

그사이 요짱은 1.5밀리미터 비트로 캔 구멍을 넓히고 다시 땜납을 꽂아보았다. 이번에는 수월하게 들어가자, 요짱은 땜납 마개 주위를 수건으로 닦고 얼른 순간접착제를 발랐다. 남은 땜납을 가위로 잘라버리고 캔 바닥에 튀어나온 땜납 머리는 줄로 갈고 사포질한 다음 모노이 눈앞에 쑥 내밀었다.

"어때?"

"글쎄."

표면에 생긴 미세한 요철을 연한 퍼티로 보수하고 그 위에 알루미늄
캔과 같은 도료를 칠하면 아마추어는 거의 알아볼 수 없을 만큼 마무리
되겠다는 것이 모노이의 생각이었다. 아니, 뚫린 곳을 막는 것이 목적
이라면 말끔하게 구멍을 내버리는 보링기가 아닌 스크라이버를 써서
조금이라도 구멍 가장자리에 두께를 주는 것이 그 위를 덮을 땜납과의
접착면이 커져서 좋을 것이다. 나라면 그러겠는데.

"그걸 어쩌려고?"

"안에 모래 같은 거라도 넣어서 병원 간호사한테 주려고. 내 손가락
을 내다버린 복수로."

"'손가락 물어내'라고 쓴 철판조각도 붙여주지." 모노이가 장단을 맞
추자 요짱은 기분이 좀 풀리는지 작게 웃었지만 다른 말은 하지 않았다.

"손가락은 어때? 아직 아픈가?"

"조금."

요짱은 캔을 내려놓고 펼쳐둔 경마 전문지를 앞으로 당겨왔다. 그 바
람에 신문 밑에 있던 얇은 책자가 아래로 떨어졌다. 모노이가 주워보니
'PC98 시리즈'라는 제목의 컬러 팸플릿이었다.

"컴퓨터 사게?"

"싼 게 있으면. 좀 있으면 경마 예상도 컴퓨터로 하는 시대가 올 거라
던데, 고가."

"고?"

"고 가쓰미. 신용금고 녀석."

"그, 요란한 양복을 입고 다니는—"

"다른 때는 평범해. 머릿속은 복잡하지만."

"허."

"그럴 수 있다면 매일 딴사람이 되고 싶대. 월요일은 월급쟁이, 화요일은 자영업자, 수요일은 건달, 목요일은 일본인, 금요일은 재일조선인."

요짱은 별로 흥미 없다는 투로 그렇게 말하더니 신문 위에 떡하니 팔꿈치를 올려놓고 고개를 숙였다. 신용금고의 그 사람에 대해 모노이는 아는 것이 전혀 없었다. 월초 후추에서 본 요란한 옷차림만 해도, 구체적으로 어디가 어떻다기보다 몸놀림이나 눈빛 등 전체적인 인상이 그쪽 세계 사람처럼 보였을 뿐이다.

"자주 만나나?" 모노이가 묻자 요짱은 신문에 코를 박은 채 "가끔"이라고 대답했다. 내일 18일의 10, 11레이스 출전마가 이미 빨간 색연필로 눈에 띄게 표시되어 있었다. 11레이스는 G2*이며, 2500미터 잔디코스의 핸디캡 경주였다. 요짱의 이중 동그라미는 부담 중량 52킬로그램의 가벼운 포로로마노에 그려져 있었다.

"요짱은 요행수를 노리는구먼."

"조교 타임이 좋으니까. 쭉 앞서나가기만 바라는 거지, 이놈한테는."

"로마노는 조금 지친 것 같아. 이번엔 역시 주네브심볼리가 앞서나가는 걸 누가 쫓느냐에 달린 것 같은데ㅡ"

"모노이 씨는 심볼리?"

"이번엔 단판 승부로 센트비드. 천황상 때도 좋았고."

"아, 이놈이 왠지 파고들 것 같네." 요짱의 빨간 색연필이 센트비드 위에 그려진 동그라미를 여러 겹 덧칠하더니 "절반 지났을 때 6번, 7번, 8번에 자리잡느냐가 관건인데"라는 혼잣말이 이어졌다.

벌써 자정이 가까워 눈꺼풀이 조금 무거워진 모노이의 귀에 마디마

---

* 경마에서 중요도가 높은 경기를 대상경주라고 하고, 그것을 다시 크게 G1, G2, G3로 나누어 격을 표시한다.

디 끊어지는 요짱의 목소리가 멀어졌다 가까워졌다 했다. 출주마 표를 들여다보면 으레 아침까지 가는, 체력 좋은 젊은이와 어울리는 밤시간은 늘 이런 식이었다. 그러나 모노이도 이 시간에 이불 속에 들어가면 동트기 전에 눈이 뜨여버리고, 화장실이라도 다녀오면 좀처럼 다시 잠을 이루지 못하다가 한낮쯤 돼서 하품을 연발하곤 했다. 그럴 바에야 좀 더 늦게까지 깨어 있다가 아침까지 푹 자는 것이 건강에도 좋을 터였다.

공장의 양철지붕 위를 달리는 늦가을 바닷바람이 날카롭고 새된 소리를 질렀다. 그 소리는 하네다 공항 너머로 펼쳐진 바다에서 이는 물꽃의 색과 꼴을 모노이 귀에 또렷하게 날라다주었다. 한편 발치에 놓인 전기난로의 빨갛게 달아오른 니크롬선은 처진 눈꺼풀 밑에서 한 점 불로 바뀌고, 마침내 크게 부풀어올라 난로에서 타오르는 석탄불이 되었다. 모노이는 반세기 전 일했던 고향의 주물공장 풍경을 꿈결에서 더듬어갔다.

그곳은 선철이나 강철, 주물 스크랩을 용선로에 녹여서 그 쇳물을 틀에 부어 어선용 엔진 부품이나 와이어드럼 등을 만드는 공장이었다.

건물은 300평 정도, 벽과 지붕은 양철이고 바닥은 모래땅 그대로였다. 용선로를 설치한 장소만 높게 만든 지붕에 열을 배출하는 틈새가 있어서 그곳으로 불똥 섞인 매연과 냄새를 내보낸다. 거기로 비나 눈이 들어와 두 개의 5톤 용선로에 닿으면 수증기가 튀고 송풍기가 으르렁거린다. 그 아래 용선로는 늘 깨질 듯 요란한 소리와 함께 몸체를 떨며 달아오르고 있었다.

공장에서 열두 살 수습공이 맡은 일 중 하나는 불땀을 조절하기 위해 추가로 투입할 코크스를 손수레에 실어 나르는 것이었다. 열네 살에는 직공의 지시에 따라 코크스를 용선로에 던져넣는 일을 했고, 열여섯 살이 되자 직접 불땀을 살필 수 있게 되었다. 용선로를 가열하는 것은 시간과의 싸움이어서, 송풍량이 조금만 달라져도 바닥의 코크스가 타버리거나 불완전연소가 일어나곤 한다. 코크스와 선철을 넣는 법을 그르치면 열효율이 떨어져 쇳물 온도가 내려간다. 제대로 타는지는 쇳물이 흘러 떨어지기 전에 알 수 없다. 그리고 1500도 쇳물이 연노란 빛을 발하며 용선로 출구로 흘러나오기 시작하면, 고참 직공들이 용기에 받아 땅바닥에 죽 늘어놓은 틀에 차례차례 부어나가는 것이다.

주철은 몹시 무겁고, 모래를 굳혀 만든 틀도, 강철 스크랩 따위의 재료도 무겁다. 직공들은 하나같이 상반신이 우락부락하고 손바닥은 화부보다 검고 두툼하다.

주물공장이 있던 하치노헤 항에는 모노이가 수습공으로 들어간 1947년 이미 시영 어시장의 대형 지붕과 제빙냉동공장이 줄지어 들어서 있었고, 수백 척의 어선이 늘어선 부둣가 뒤에는 조선소와 철공소, 주물공장이 모여 있어서, 골목은 조선소의 마치 소리며 선반에서 불티 튀는 소리, 생선 나르는 짐차 소리, 부지런히 오가는 품팔이 어부들의 목소리 등으로 날마다 북적거렸다. 어선에서 참치를 부리는 아침이면 서슬 오른 경매사 목소리에 잠이 깨고, 정어리나 갈치 풍어가 들면 잡어에 몰려들며 찢어져라 우는 갈매기 소리에 잠이 깼다. 어항 바로 옆에 사막 같은 3000톤급 부두가 들어선 뒤로는 활짝 열어젖힌 주물공장 창밖으로 광석이며 곡류를 선적한 대형 화물선이 접안하는 광경이 보이고, 하역 인부들의 요란한 목소리가 들리고, 부두 인입선을 지나는 화물열차의 연기와 증기가 작업장에까지 흘러들었다.

용선로 보충구가 2층 높이쯤 있어서, 사다리를 타고 올라가면 창밖의 창고 지붕 너머로 공장 뒤쪽 도로를 지나가는 출정 병사와 그들을 환송하는 작은 깃발 꼭대기가 보였다. 점심때면 철공소를 돌며 쇠 부스러기를 모으는 넝마장수의 짐차가 어김없이 창밖을 지나갔는데, 그는 늘 졸린 듯이 "어이야, 어이야" 하는 소리를 질렀다. 저녁이 되어 장사치 아주머니가 뒷문에 나타나면 사장 부인이 나가 저녁 찬거리로 쓸 고래고기나 반건조 청어를 샀다. 장사치가 오지 않는 날이면 저녁으로 무말랭이나 양파국과 정어리가 올랐다.

공장 일은 해질녘에 끝나지만 그뒤에도 매일 용선로 보수작업을 해야 했다. 날이 저물어 소란이 잦아든 캄캄한 항구는 바닷바람의 소굴이 되고, 외해에 정박한 다롄 항로 화물선의 불빛은 밤길을 나아가는 등롱처럼 흔들리고, 마침내 소용돌이 바람이 양철 지붕을 달캉달캉 울리며 공장까지 몰려온다. 용선로 안쪽의 내화벽돌에 들러붙은 산화물을 긁어내다가 정적이 몸속을 징징 울리는 기분에 위를 올려다보면 지붕 틈새로 함박눈이 떨어지고 있었다. 눈은 공장 바로 뒤 하치노헤 선 철로에도, 버스가 다니는 신작로에도, 버스로 한 시간쯤 걸리는 산골 마을에도 내렸다. 여름이면 나방과 풍뎅이가 지붕 틈새로 떨어졌다.

한여름의 하치노헤는 시내의 잡초 무성한 공터에서 신작로를 따라 산자락까지 이어지는 논밭까지 온통 숨막힐 듯한 초록으로 변했다. 백중절 휴가를 맞아 고향으로 돌아가는 날 아침이면 단벌인 흰색 셔츠와 바지에 양말을 신고, 하루 전 깎은 까까머리에 밀짚모자를 쓰고, 사모님이 안겨준 오징어며 건어물 꾸러미를 들고 공장 문을 나섰다.

1941년 여름이었나, 모노이는 귀향길에 고향집에서 위탁받아 키우던 암말 고마코가 거간꾼에게 끌려가는 모습을 보았다. 늙어서 새끼를 못 낳게 되자 마주가 팔아치운 것이었다. 고마코는 모노이가 태어난 해 그의 집에 와서 쭉 침식을 함께해온 말이었다. 1937년 형 세이치는 전장으로 떠나면서 자기가 돌아올 때까지 고마코를 다른 데 보내지 말라고 부탁했는데, 그때부터 고마코는 사산과 난산을 거듭했다. 버스 차창으로 고마코의 뒷모습을 바라보려니 주린 배가 갑자기 경련하며 온몸이 후들거리는 것 같아서 모노이는 내내 눈을 부릅뜨고 있었다. 새끼를 낳지 못하는 암말은 고기로 팔리는 수밖에 없었지만, 고마코를 고기로 먹는 사람도, 그 고기를 팔아 돈을 챙기는 사람도 자신들 같은 소작농은 아닐 거라고 그는 멍한 머리로 새삼 생각했다. 근심스레 떨군 머리를 좌우로 가볍게 흔들면서 푸르른 논밭 사이의 신작로를 끌려가는 고마코의 모습을 바라보자니 문득 내게 미래 따위가 있을까 하는 다소 뜬금없는 생각이 이어졌고, 모노이는 그후에도 종종 그 기억을 떠올렸다.

전쟁이 한창일 때 주물공장은 산업보국회 지정 공장으로 수류탄 용기를 만들어냈는데, 당시 그들의 적은 영양실조로 허약해진 제 몸뚱이였다. 흙부대라도 짊어진 듯한 나른함 속에 전황 따위는 모르고 지냈는데, 점차 원료와 연료 공급이 끊기고, 대형 어선이 수송선단으로 차출되어 사라지고, 어시장 경매가 당국의 통제로 중단되고, 3000톤급 부두에는 화물선의 출입이 날로 줄어들고 대신 포대 건설에 동원된 여학생들이 긴 행렬을 이루었다.

1945년 봄에는 근방에 남아 있던 남자들 모두 하치노헤 수비혼성단에 편성되어 떠나고, 공장에는 사장 가네모토와 한쪽 눈이 먼 모노이 둘만 남았다. 용선로는 녹이 슬고, 가공중인 제품을 보관하는 선반과 원료 창고는 텅텅 비었다. 방공훈련이며 근로봉사 토목작업 등으로 하루하루를 보냈는데, 어찌 보면 산다는 데 의미를 부여할 필요가 없는 묘하게 평온한 시간이었던 것도 같다. 8월 무더위 속에서 모노이가 공장 근처 초지에 가꾸던 호박은 직경 10센티미터까지 자라고, 사이사이로 새빨간 만주사화가 얼굴을 내밀었다. 그해도 그 지역 논에는 벼이삭이 패지 않았다.

종전을 맞았을 때 스무 살 모노이 눈에 비친 세상의 이미지는 한마디로 졸지에 무너져버린 성에서 뿔뿔이 기어나오는 개미떼와도 같았다.

찍 밝은 개미는 이리저리 눈치껏 돌아다니며 통통하게 살을 찌우고 어느새 주변에서 자취를 감췄다. 한편 아둔한 개미는 하루하루 끼니를 잇기도 빠듯한 날들 속에 그대로 남아 있었다.

종전 후 반년이 지나고 일 년이 지나도 선철이나 강철 스크랩 같은 물자가 공급되지 않아 공장은 여전히 가동되지 못했다. 사장 가네모토는 전시에 물자를 숨겨둘 만큼 주변머리 좋은 인물이 아니었고, 암시장에서 조달해올 만한 자금도 없었다. 복귀한 직공이 하나둘 떠나면서 1946년 여름에는 다시 사장과 모노이 둘만 남았고, 공장은 석탄재 한 양동이와 주물 스크랩 한 무더기만 남은 상태로 되돌아갔다. 사장이 일감이나 원료를 확보하러 돌아다니는 동안 모노이는 사장 부인과 함께 밭을 일구고 항구에서 날품팔이를 해서 가까스로 자신과 가네모토 일가를 먹여살렸지만, 조만간 어떻게든 되겠지 하는 희망은 날로 사그라졌고, 대신 이제 자신도 공장도 가망이 없나보다 하는 생각이 조금씩 뿌리를 내렸다.

마침내 1947년 늦가을, 호출이 와서 사무실로 가보니 사장이 금고에서 커다란 맥주병 하나를 꺼내 책상 위에 놓고 "이런 거라도 마셔야겠다"라고 말했다. 통제품이 아니라 금빛 봉황 상표가 붙은 진짜 히노데 맥주였다. 아마 통제되기 전 어디서 구해놓은 모양이었다. 사장이 권하는 대로 묵은 맥주 한 잔을 마시고 나서, 공장을 처분하려 하니 그만 나가달라는 통고를 받았다. 십 년 헌신이 맥주 거품으로 사라진 셈이었지만 누구의 잘못도 아닌 그저 시절 탓임을 모노이도 알고 있었다. 사장한테 따져봐야 소용없겠다고 체념하며 고개를 떨어뜨릴 뿐, 아무런 대꾸도 하지 않았다.

그러나 그날 밤 모노이의 몸속에서 일생일대의 엄청난 폭발이 일어났다. 정신을 차리고 보니 한밤중에 용선로 송풍기의 중유를 양동이에 따라 살림집으로 나르는 중이었고, 한 손에는 무쇠 부지깽이가 쥐여 있었다. 마침 오래된 맥주 탓에 꾸르륵대던 배가 갑자기 아파와 변소로 뛰어갔고 덕분에 겨우 이성을 찾았지만, 만약 그때 변소에 가지 않았다면 모노이는 가네모토 사장 일가 네 명을 때려죽이고 공장에 불을 질렀을 것이었다.

어디서 왔는지 알 수 없는 폭발에 모노이는 말을 잃고 두려움에 몸서리쳤다. 스스로 온순한 인간이라고 생각해왔는데 알고 보니 수틀리면 무슨 짓을 저지를지 모를 악귀가 제 안에 도사리고 있었던 것이다. 이십이 년 인생을 송두리째 뒤집어엎을 만큼 놀라운 자각과 함께 어제까지의 기나긴 빈궁과 허기가 깨끗이 날아가버렸다. 나는 무서운 놈이다, 그렇게 되뇌며 연신 두려움에 떨었고, 부모님께는 죄송하지만 자신은 태어나서는 안 될 놈이었다는 생각까지 하며 울었다.

이윽고 모노이는 이런 일은 처음이자 마지막이다, 다시는 없을 것이다, 마음을 다잡고 스스로를 타일렀지만, 격정이 물러간 자리에는 더욱 깊은 허탈감이 찾아들었다. 그리고 변소 바라지창으로 동트는 하늘을 바라보며 난생처음 제 인생을 생각하면서 자신이 마소나 다를 게 없음을 깨달았다. 연기에 그을린 고향집 흙방에서 그날에 이르기까지, 생활 곳곳에 배어 있던 절망과 허기를 죄 함께 떠올려본 것도 그때였다.

새벽에 보퉁이 하나만 안고 공장을 나설 때 가네모토 일가의 막내 요시야가 "형! 형!" 하고 쫓아왔지만 모노이는 아무 대꾸도 하지 않았다. 그날 해변을 따라 놓인 하치노헤 선 선로와 그 옆 신작로에는 희끗희끗 눈이 쌓여 있었고, 아직 다 시들지 않은 풀밭은 망망하게 푸르렀다. 그 옆을 걷는 동안 모노이는 신작로를 끌려가던 고마코의 뒷모습과 스스로를 겹쳐보면서 내 미래는 대체 어디 있을까 자문했다.

그래, 그게 히노데 맥주였지—

오래전 미각이 되살아나 위장이 꿈틀대는 바람에 모노이는 현실로 돌아왔다. 팔꿈치 아래 구겨져 있는 신문을 밀어내고 미지근한 위스키를 한 모금 마셨다.

그러고 보니 사십삼 년 전 딱 한 번 낯을 드러냈던 악마를 오랜만에 떠올렸구나. 새삼 쓴맛을 다시며 한순간 진저리를 치고 그는 다시 위스키를 한 모금 마셨다.

요짱은 여전히 신문에서 20센티미터 위쯤에 고개를 숙이고 있었지만, 눈은 더이상 출마표를 보고 있지 않았다. 지면에 놓인 길이가 들쑥날쑥한 왼손의 다섯 손가락을, 나아가 그 너머 보이지 않는 무언가를 바라보는, 넋을 놓았는지 집중하고 있는지 분간할 수 없는 눈길이었다. 요짱이 종종 저렇게 멍한 표정을 지을 때면 워낙 무색투명하고 무표정한 얼굴에서 귀기마저 느껴졌다.

"왜 그래?" 모노이가 가볍게 물었다.

"오늘 아침에, 불을 지르고 왔어." 역시 아무 억양 없는 목소리로 요짱이 대답했다.

"어디다?"

"내 손에 금형을 떨어뜨린 놈의 집."

"남의 집에 불을 질렀단 말이야?"

"처음엔 밖으로 불러내서 두들겨패줄까 했는데, 그것도 귀찮아서." 중얼거리면서 제 왼손을 바라보는 요짱의 눈은 여전히 아무 기색도 띠고 있지 않았다.

"아무리 사람 몸이라지만 뚝 잘린 손가락은 쓰레기일 뿐이고, 죽으면 고스란히 화장터 소각로에 들어가잖아. 그딴 거, 때릴 가치도 없어." 요짱이 혼잣말처럼 말했다.

"가치라니?"

"100엔이니 1,000엔이니 가격을 따지는 거."

"그렇다면 사람 머리도 가치가 없겠군."

모노이는 그렇게 대답했지만 요쨩은 다시 신문 위로 고개를 숙였다. 안 듣나보다 했는데, 잠시 후 "머릿속을 싹 긁어내고 대신 모래나 채워 넣으면 좋겠어. 곱고 새하얀 모래……"라는 독백이 돌아왔다.

고아원에서 자라 공고를 졸업하고 이곳에 취직한 지 칠 년. 또래 월급쟁이보다 많은 급료를 받는 현재를 두고 머릿속에 모래나 채우고 싶다고 읊조리는 남자가 당최 무슨 생각을 하고 있는지 모노이는 솔직히 이해할 수 없었다. '맛이 가다'라는 젊은이들의 속어가 이런 것을 가리키는지 모르겠지만, 그렇더라도 요쨩의 '맛이 간' 모습은 한층 청렬하고 가혹하며 위태로워 보였다.

그러고 보니 비슷한 또래였어도 유복한 가정과 부모의 애정, 밝은 미래를 고루 갖추었던 손자 다카유키는 무슨 일이 있어도 제 머릿속에 모래를 채운다는 발상은 하지 않았을 것이다. 문득 생각하며 모노이는 새삼 신문 위로 숙인 요쨩의 작은 머리를 바라보았다.

"그 집은 얼마나 탔나?"

"처마 끝만 조금."

"확실해?"

"응."

"어쨌거나, 다시는 그러지 마."

모노이는 말수 적은 젊은이의 어깨를 가볍게 어루만지고 둥근 의자에서 몸을 일으켰다. 요쨩이 남의 집에 불을 질렀다 한들 사십삼 년 전 자신의 폭발과는 내용도 의미도 크게 다른 것 같아서, 다시는 그러지 말라는 말밖에 할 수 없었다.

찬바람만 남은 산업도로를 자전거로 달리는 동안 잠기운이 싹 달아난 몸뚱이 어디선가 고향의 눈보라와 바람에 풀이 사각대는 소리가 내내 새어나왔다. 하치노헤의 주물공장을 떠난 지 사흘 뒤, 모노이는 고향집 부모가 마련해준 쌀 한 말을 배낭에 담아 아오모리 역에서 우에노 행 기차를 탔다. 암시장에서 사들인 쌀이며 감자를 품에 안은 승객들로 발 디딜 틈 없는 기차에서 시달리는 동안, 실의나 불안의 한편으로 달뜬 해방감이 느껴졌던 기억이 떠올랐다. 열두 살에 주물공장 수습공으로 들어가던 날도 아버지를 따라 버스를 타고 가는 동안 비슷한 심정이었다. 철로든 도로든 자신을 어딘가로 데려가는 길 위에 있으면, 그 앞에 뭐가 버티고 있든 전혀 신경쓰이지 않았다.

그러나 그로부터 사십삼 년. 수만 그릇의 밥을 먹고 수만 번 똥을 누어온 이 몸은 대체 어디로 탈출해온 걸까. 그런 생각을 시작하면 언제나 반세기 넘는 세월이 단숨에 빈껍데기가 되고, 바람이 온몸을 훑고 지나간다. 나는 어디로도 탈출하지 못했다는 조심스러운 결론이 이미 머릿속에 자리잡은 지 오래였지만, 새 출발을 할 시간도 없는 곳까지 와버린 지금, 고향에 살던 시절보다 더 깊은 공허 위에 서 있다고 느낄 때도 없지 않았다.

출구 없는 원심분리기 속에서 반세기나 뱅뱅 돌면 아무리 복잡한 액체도 선명하게 분리될 것이다. 거기서 하나씩 넘쳐흐르는 것은 헤라이무라의 고향집 흙방, 피밭, 석탄 난로의 연통, 주름살 깊은 부모의 얼굴, 고개 숙인 고마코, 무말랭이, 하치노헤 주물공장의 광경이었고, 그것에 들러붙은 높새바람의 냉기나 풀 비린내며, 나아가 그 전부를 담고 있던 제 몸뚱이 하나였다. 끝내 미래를 알지 못했던 제 몸뚱이의 가누기 힘든 무게를 느끼며, 모노이는 하네다 교차로에서 상점가 쪽으로 자전거를 꺾었다.

그때였다. 약국 앞에 스쿠터가 서 있나 싶더니, 근처 파출소의 낯익은 순경이 돌아보며 "아, 모노이 씨" 하면서 한손을 쳐들었다. "좀전에 세이조 경찰서에서 연락이 왔는데, 하타노 미쓰코 씨가 따님 되시죠? 지금 따님에게 연락해주실 수 있습니까? 연락이 안 되면 모노이 씨께서 대신 잠깐 가주셨으면 하는데요."

"딸이 왜요?"

"아뇨, 사위분 때문입니다."

"하타노 히로유키가—?"

"오다큐 선 철로에 뛰어들어 즉사했답니다."

그 순간 모노이는 누구의 얼굴도 떠올리지 못한 채 "아, 예"라고 대답하고는 "수고가 많으십니다" 하며 고개를 숙였다. 그런 반응이 못내 이상했는지 순경은 맥이 풀린 듯 의아한 표정을 지었다. 그는 모노이에게 병원 이름을 알려주고 딸에게 연락해달라고 재차 덧붙이고는 "그럼, 부탁합니다" 하며 스쿠터에 올라탔다.

순경이 떠난 골목의 자판기에서 히노데 맥주 상표가 환하게 빛났다. 사십삼 년 전 하치노헤 주물공장에서 본 것과 똑같은 금빛 봉황 상표가 저기 놓여 있다는 사실이 새삼 기묘하게 다가왔다. 미래 같은 건 역시 없었다. 나는 어디로도 탈출하지 못했다. 모노이는 그렇게 생각했다.

2장
1994년—전야

1

일요일 아침, 모노이는 펼쳐든 신문에서 '고쿠라 그룹, 오늘이라도 당장 강제수사'라는 헤드라인을 보았다. 기사를 대강 훑어본 뒤 신문을 내려놓고 냉장고에서 양파와 유부를 꺼내 된장국을 끓이는데, 한다 슈헤이가 전화해와서 "고쿠라 기사 봤수?" 하고 물었다.

이로써 고쿠라 강제수사는 세번째였다. 이번에는 1986년부터 1989년까지 고쿠라 운수 주식을 매점한 투기 그룹 다케미쓰의 대표 아라이 기미히로가 고쿠라 운수 임원으로 취임한 직후인 1990년 초 고쿠라측에 자기 소유의 주식을 매수하라고 강요했다는 혐의다. 아라이는 고쿠라에 대한 또다른 공갈 혐의로 이미 이 년 전 체포되어 기소된 상태다.

'지검 특수부가 세번째 강제수사를 단행한 것은, 1991년 당시 다케미쓰의 주식 매입 요구에 응한 고쿠라 경영진에 대한 특별배임 혐의 기소가 취하되었으며, 이미 그 건의 시효가 끝난 현재 고쿠라 의혹에 대한 일련의 금전 흐름을 밝혀내기 위해서는 피고 아라이에 대한 조사가 불가피하다고 판단했기 때문으로 보인다'라는 것이 기사 내용이었다. 나아가 '이번 고쿠라 강제수사는 고쿠라의 주거래은행인 구 주니치 상업은행(1991년 도에이 은행에 흡수합병)이 경영난을 겪던 1990년, 자민당의 거물 정치인이 독자적 회생을 지원하겠다고 약속했다는 이른바 "S메모" 의혹에 대한 수사가 여전히 지지부진한 상황에서 이루어지게 되었다. 수사는 구 주니치 상은 그룹이 1990년 고쿠라 개발에 골프장 부지 매입과 개발비 명목으로 융자한 120억 엔 가운데 30억 엔이 출자법을 위반한 혐의로 체포 기소된 구 주니치 상은 전 상무 야스다 고이치와 전 감사 사카가미 다쓰오의 공판의 향방에도 영향을 미칠 것으로 보인다'라고 했다.

"보기는 했는데." 모노이가 말하자 한다는 "별 도움은 안 되겠지만" 하고 말을 이었다.

항간에 고쿠라–주니치 상은 의혹으로 통하는 일련의 사건은 원래라면 모노이한테나 한다한테나 딴 세상 이야기였을 테지만, 지금 이렇게 나름대로 관심을 기울일 수밖에 없는 것은 둘 다 하타노 히로유키와 관련있기 때문이다.

1990년 11월 하타노 히로유키가 자살하고 경찰에 불려간 모노이는 대뜸 오카무라 세이지와 어떤 사이냐, 오카무라는 어떤 사람이냐, 마지막으로 본 게 언제냐, 오카무라가 1947년 히노데 맥주에 보낸 편지에 대해서 아느냐 등의 질문을 받고 몹시 곤혹스러웠다. 하타노 히로유키가 죽기 전 오카무라 세이지의 옛날 편지를 어디선가 입수하고 그 내용을 테이프에 녹음해 히노데에 보냈다는 사실을 안 것도 이때였다. 이 나이가 되었으니 웬만해선 심경의 변화를 느끼지 못할 거라는 생각과 달리, 이젠 얼굴도 잘 기억나지 않는 친형 오카무라 세이지의 편지는 모노이의 가슴에 작은 파문을 일으켰다. 그뒤로 그는 경찰에서 본 테이프 채록문을 가슴속 서랍에 담은 채 속절없이 불단 앞에 앉아 있는 일이 많아졌다.

사십구재 때 모노이는 하타노가 히노데 맥주에 편지와 테이프를 보낸 건을 수사하던 담당자가 한다였다는 사실을 알게 되었다. 하타노에게 오카무라 세이지의 편지를 건네준 것은 총회꾼이었는데, 한다는 그 총회꾼이 사십여 년 전 히노데 맥주로 온 편지를 가지고 있었던 경위나 하타노에게 전달한 이유 등 정작 중요한 부분은 자기도 잘 모르겠다고 했다.

한다는 나아가 총회꾼이 편지를 하타노에게 전달했을 뿐 아니라, 처음 만난 치과의사에게 주니치 상은과 고쿠라 운수의 경영난을 언급한 모양이라고 했다. 일련의 고쿠라-주니치 의혹에 대한 모노이의 관심은 거기서 출발했다.

한편 히노데 맥주 고소 건을 맡고 조사차 하타노를 찾아갔던 날 그가 자살해버린 탓에 상사한테 호된 질책을 받았다는 한다는, 의혹의 내용보다 그에 얽힌 석연치 않은 분위기가 더 관심 가는 모양이었다. 다른 때라면 절대 발설하지 않았을 수사 정보를 모노이에게 여러 차례 흘린 것도 아마 그래서였을 것이다.

여하튼 그런 사정으로 두 사람은 꾸준히 신문기사를 살펴봐왔지만, 고쿠라-주니치 의혹과 한 치과의사, 치과의사를 찾아간 총회꾼, 오카무라 세이지, 히노데 맥주 사이를 잇는 기괴한 선은 전혀 보이지 않았다. 그래서 모노이는 솔직히 차츰 흥미를 잃기 시작한 참이었다.

그러나 한다는 달랐다. 워낙 집요한 성격이라고 스스로도 인정하는 그는, 방금도 "별 도움은 안 되겠지만"이라고 말하자마자 "이렇게 지하에서 도는 돈에 대해선 그 신용금고 녀석이 잘 알겠군. 오늘 후추에 올까?" 하고 물었다.

"천황상 경주잖아. 오겠지."

"오늘은 나도 갈 거야. 천황상은 비와하야히데나 나리타타이신이 따겠지?"

한다는 하타노의 자살 이후 업무 실적이 영 시원찮은 눈치였다. 작년에 가마타 경찰서로 옮긴 뒤로 다시 조금 바빠졌다는데, 근무를 빼먹고 경마장에 오는 걸 보면 그런 것 같지도 않았다.

문득 생각났다는 듯 한다가 "그런데 흥신소 쪽은?" 하며 화제를 바꿨다. 모노이는 "아키가와 시 양로원에 비슷한 노인이 있다던데, 어차피 또 엉뚱한 사람이겠지"라고 대답했다.

모노이는 작년 백중절 하치노헤에 성묘를 다녀오는 참에 오카무라 세이지의 묘에도 향을 올리고 싶어서, 오카무라 상회 당주에게 묘의 위치를 물었다. 그러자 1953년경 도쿄에서 온 엽서를 마지막으로 소식이 끊겨 생사조차 확실치 않다는 대답이 돌아왔다. 하치노헤에 호적도 아직 남아 있다고 해 모노이는 이참에 세이지를 찾아볼까 생각했다. 그래서 해가 바뀐 뒤 흥신소에 의뢰했는데, 석 달이 지나도록 이렇다 할 진척이 없어 이제는 기대도 거의 사라진 상태였다.

"찾으면 좋겠는데."

"그러게."

"그럼 나중에 후추에서 봅시다." 그렇게 말하고 한다는 전화를 끊었다.

곧바로 약국 초인종이 울려서 나가보니 골프복 차림의 가네모토 요시야가 뒤에 벤츠를 세워둔 채 "형, 인삼 먹고 몸보신 좀 해" 하며 종이 봉지를 쑥 내밀었다. 모노이는 또 도박하러 한국에 다녀왔나 생각하며, "아직 팔팔한데 뭘. 암튼 고마워"라면서 봉지를 받아들었다. 함께 골프를 치러 가는 듯한 남자가 벤츠 안에서 모노이를 보고 가볍게 고개를 까딱했다. 요시야가 어울리는 야쿠자 중 몇 명은 모노이도 낯이 익었는데, 오늘은 얼굴에 까만 사마귀가 있고 언제나 음울해 보이는 자였다.

요시야가 떠나자 모노이는 그제야 된장국과 말린 생선으로 아침을 먹고, 휴업일인 약국 앞을 잠깐 청소한 뒤 평소보다 이른 9시쯤 집을 나섰다.

4월 24일은 레이스 장소가 나카야마에서 후추로 옮겨온 지 이틀째 되는 날이었다. 오랜만에 동패들의 출석률이 좋아서 점심시간도 되기 전에 익숙한 면면들이 2층 정면 스탠드 한쪽에 모였다. 한신 경마장에서 봄철 천황상이 열리기 때문에 평소보다 관중은 많았지만, 대부분 아래서 벌어지는 초반 레이스보다 손에 든 경마 신문에 눈길을 주고 있었다. 레이스마다 스탠드에서 터져나오는 환성도 이 시간에는 아직 시들했다.

전화로 말한 대로 한다는 경마장에 나타나기 무섭게 먼저 와 있던 신용금고 직원 고 가쓰미를 붙들고 조간신문을 들이밀며 "이거 설명 좀 해봐" 하고 재촉했다.

고는 한다가 들이민 신문을 곁눈질하면서 "결국 수사가 꽉 막혀버린 모양이군. 누가 정치인한테 뒷돈을 주면서 증거를 남기나" 하고 비웃는 투로 대답했다.

"이자들의 연금술을 설명해달라니까." 내처 재촉하는 한다에게 고는 "베팅부터 처리해야지"라며 일축했고, 대신 누노카와의 레이디가 "오오아아이이" 하고 소리를 질렀다.

여전히 활기차 보이는 아이는 상반신을 꼬고 고개를 이리저리 돌리며 목청을 높였다. 오른쪽에서 누노카와가 크림빵을 떼어 입에 넣어주었지만 아이는 침과 함께 뱉어내 제 무릎에 떨어뜨렸다. 발밑이 빵조각

천지였다.

"어이, 그만 먹겠다잖아." 모노이가 아이 왼쪽에서 팔을 뻗어 누노카와에게서 크림빵 봉지와 수건을 건네받았다. 수건으로 입을 닦아주는 동안 아이는 다시 "오오아아이이" 하고 소리치고, 기분이 좋은 듯 벤치 위에서 방방 뛰는 시늉을 하며 모노이의 정강이를 걷어찼다. 열여섯 살이 된 아이는 키가 큰 편은 아니지만 이럭저럭 살이 붙어서 이제는 엄마가 감당할 만한 체중이 아닌지라, 주말에 시설에서 데려오면 용변 뒤처리까지 모두 아빠의 몫이었다. 덕분에 체격 좋은 누노카와도 요즘 들어 요통으로 잠을 설치는 듯하다. 대놓고 불평하는 일은 없었지만, 아직 한창 젊은 나이인데 키가 조금 줄어든 것처럼 보이기도 한다. 마침 잘됐다는 양 딸을 모노이에게 떠넘긴 누노카와는 신문을 펼쳐들고 하품을 흘렸다.

"아아에에엣." 아이가 또 목청을 쥐어짰다.

"장애? 그래, 다음은 장애물경주야. 누가 이기려나—" 모노이가 대답하자 아이는 고개를 틀어 마장 쪽을 보고서 '저거' 하듯이 이마로 가리켰다. 골 앞쪽을 달리는 말에는 6번 번호판이 붙어 있었다. 신문을 확인해보니 가장 인기 있는 하이빔이었다. 오호라, 모노이는 뒤에 앉은 동패 셋을 돌아보았다.

"어이, 레이디께서 다음은 6번이래. 누가 가서 사봐."

"복승으로 6-11. 오늘은 틀림없어."

그렇게 대답한 것은 요짱이었다. 다름아닌 천황상 얘기다. 빨간 색연필을 꼭 쥐고 신문에 코를 박은 요짱 옆에서 고가 "모노이 씨, 복승으로 6-11, 묶음으로 6-8. 오늘은 있는 돈 다 털어넣어도 손해 보진 않을 거야"라고 말했다. 그 옆에서 한다 슈헤이가 "베팅금은 저 친구 신용금고에서 무담보로 빌려준대" 하며 한마디 거들자, 고는 입술을 가볍게 일

그러뜨리며 헷 하고 웃었다. 자못 독특한 인상을 주는 웃음이었다.

고 가쓰미가 동패와 어울리기 시작한 것은 삼 년 전 초봄, 마구 날뛰던 주가와 지가가 드디어 하락세로 돌아선 시기였다. 단숨에 불경기로 접어들어 금융기관 직원들도 할 일이 없어졌는지, 고는 일요일마다 경마장에 와서 요짱과 나란히 1층 마권판매소 기둥 아래 주저앉아 있었다. 고가 요짱과 배포가 맞은 것은 "이놈은 돈 얘기를 하지 않거든"이라는 단순한 이유였다.

제 입으로 밝힌 바에 따르면 고는 부모의 소원대로 게이오 대학을 졸업하고 부모 연줄로 신용금고에 취직해 쭉 대부 업무를 해왔으며, 십 년 동안 자정 전에 귀가한 적이 한 번도 없다고 했다. 전 지점 중 최고의 영업 성적을 올리던 1990년대 초 위궤양으로 각혈을 해서 병원에 입원했는데, 이 개월 만에 퇴원해 직장에 복귀해보니 이미 책상이 빠진 뒤였다. 금융기관이란 곳이 원래 그렇다는 모양이다. 예금 업무에 배치되어 회원이 아닌 일반 고객을 상대로 매달 1, 2만 엔짜리 적금을 수금하러 돌아다니다보니 '인생이 편해졌다'고 한다. 실제로도 지금 고는 지극히 평범한 월급쟁이 얼굴이었다.

그와 달리 옷차림은 한다의 표현을 빌리면 '호스트클럽이나 온천 여관 디너쇼' 분위기였는데, 오늘은 이탈리아제 더블슈트에 눈부시게 밝은 황록색 넥타이를 맸다. 파친코에서 임대 빌딩까지 폭넓게 사업하는 부모 회사의 종업원이나 거래처 직원들 앞에서 모범생처럼 굴었다가는 얕보일 수 있어서 일부러 그렇게 다니기도 하는 모양이지만, 그래도 모노이 눈에는 여전히 야쿠자 물을 먹은 작자처럼 보이는 것이 그쪽 인간인가 싶었던 첫인상이 남아 있었다.

하지만 그런 시각도, 일본인에게 심정적으로 거부반응을 느끼면서도 '재일동포와는 가치관이 다르고 얘기도 안 통한다'는 그 나름대로 복잡한 내면을 감안하지 않았을 때의 이야기다. 형사인 한다와 자위대 출신인 누노카와는 재일조선인이라는 이유만으로 그를 단순히 판단해 버리는 면이 있었다.

"그럼 한다 씨, 100만 엔 빌려줄 테니까 딴 돈의 3할만 줘." 뒤에서 고의 목소리가 들렸다.

"봉은 딴 데 가서 찾아봐." 한다가 퉁을 주자 고는 또 헷 하고 웃었다. 두 사람 옆에서는 요쨩이 휴대용 라디오 이어폰을 귀에 꽂은 채 신문을 노려보고 있었다. 누노카와는 몇번째인지 모를 하품을 참으면서, 세 자리 떨어진 곳에 모여 있는 젊은 여자 무리를 힐끔거리며 미간을 찌푸렸다. 지난 이삼년 사이 경마가 청소년의 건전한 오락거리로 바뀌기라도 했는지 젊은 여자나 학생으로 보이는 이가 꽤 늘었다. 한편 벌써 십 년째 경마장에 드나들고 있는 레이디는 기분좋은 듯 신나게 벤치를 흔들어댔다.

아래쪽 마장에서 3100미터 더트코스 장애물경주가 시작되었다. 모노이와 동패는 저마다 턱을 조금 쳐들고 흐린 하늘 아래 더트를 달려나가는 말들을 바라보았다. 도약하는 말과 기수의 동작은 멀리서 보면 삐걱거리며 회전하는 크랭크샤프트 같다. 첫 바퀴 4코너 바로 앞에서 기수 하나가 떨어지자, 낙마를 무서워하는 아이의 목에서 비명이 새어나왔다.

스탠드 앞을 질주한 말들이 느린 페이스로 두 바퀴째에 접어들어 맞은 편 정면을 달려갔다. 6번 하이빔이 중간쯤에서 앞으로 치고 나간다. 모노이가 "와, 간다, 간다!" 하며 등을 두드려주자 아이는 고개를 크게 돌리며 뭐라고 말했다. 4코너 앞 최종 장애물에서 다시 두 명이 낙마하고, 마지막 직선으로 접어든 10두 중 하이빔이 크게 치고 나가 골인했다.

"와, 정말 6번이 이겼어." 모노이가 외쳤지만 눈앞에서 낙마 광경을 목격한 아이는 고개를 숙인 채 이리저리 몸을 흔들며 칭얼거렸다. 누노카와가 낮은 소리로 "이제 그만" 하며 나무랐다.

뒤에서는 한다가 "그러니까, 몇백억이나 되는 거금이 왜 이렇게 이쪽저쪽으로 흘러다니는지부터 설명해보라니까" 하며 고에게 집요하게 캐묻고 있었다. 모노이는 그쪽으로 슬쩍 귀를 기울였다.

"그래야 수익이 나거든. 돈이 돌 때마다 누군가의 주머니가 두둑해지지. 그러니까 돌리는 거야." 고의 목소리가 들렸다.

"예를 들어 주니치 상은에서는 누가 어떻게 돈을 돌리고 누가 주머니를 채운 거지?"

"모두 돌렸고, 모두 저마다 벌었지. 봐봐, 놈들은 먼저 적당한 불씨를 찾는 것부터 시작해. 주니치 상은은 경영난, 분식결산, 수석주주인 창업주 일가와 경영진의 내분이라는 삼박자를 고루 갖췄어. 불씨를 찾아내면 다음으로 그럴듯한 시나리오를 짜. 거기에 혹하는 놈들을 끌어모으고 계획이 완성되면 실행만 남지."

"창업주 일가가 어느 날 갑자기 제삼자에게 주식을 팔아치웠다는, 그거?"

아하, 그랬군. 모노이도 요즘 보도되는 내용을 얼핏 떠올렸다. 창업주 일가가 다마루 젠조라는 정상배를 중개자로 내세워 소유 주식을 제삼자에게 매각했고, 그 제삼자에게 경영권을 빼앗길 위기에 처한 상업은행 경영진에게 자민당 거물 정치인 'S'가 회생 지원을 약속했다는 것이다.

그에 대한 보답으로 'S'에게 돈이 흘러들어갔다는 설도 있었고, 그 뒷돈을 만드는 데 이용된 것이 골프장 부지 매입과 개발비 명목으로 주니치 상은 그룹이 고쿠라 개발에 불투명한 경위로 융자해준 120억 엔이었다. 이미 체포된 주니치 간부 두 명의 직접적인 혐의도 그 융자에 관한 것이었다. 신문 보도에 따르면 120억 중 출자법 위반 혐의 대상인 30억은 비금융권 계열사에서 고쿠라 개발로 들어갔는데, 그 융자 건이 우회 융자 및 근저당권 설정시의 등기 서류 미비 등의 이유로 적발되었다. 고쿠라가 매입한 골프장 부지는 감정가 10억 정도밖에 안 되는 산림이었고, 물론 건설이 진행되지도 않았다. 'S'의 지원도 없었다.

그리고 일련의 자금 흐름은 처음 의도한 곳으로 모였다. 창업주 일가에게 주식을 양도받은 제삼자 다케무라 기하치는 얼마 후 도에이 은행에 주식을 팔았고, 주니치 상업은행은 1991년 도에이 은행에 흡수되었다. 고 가쓰미의 말대로 처음부터 누군가의 각본에 따라 흘러간 것이 분명했다. 주니치 창업주 일가와 소유 주식을 양도받은 다케무라 기하치, 도에이 은행, 정상배 다마루 젠조와 모 정치인까지 모두 짬짜미로 돈을 돌린 것이다.

"그럼 다케무라 기하치에게 주식 매수 자금을 융자해준 곳은 어디지?" 한다의 목소리가 이어졌다.

"다케무라는 다마루 젠조와 절친한 사이니까, 융자쯤이야 오카다 경우회의 말 한마디면 해결되겠지. 담보 따위는 상관없이 말이야."

"창업주 일가와 다케무라, 도에이, 나가타초까지 두루 연결하는 고리가 다마루 젠조인가. 놈이 각본을 짠 거야?"

"다마루는 일개 형사가 떠들어댈 이름이 아냐." 고가 코웃음 쳤지만 한다는 전혀 위축되지 않고 끈질기게 아마추어다운 질문을 계속했다.

"그럼 투기 그룹 다케미쓰가 고쿠라 운수 주식을 매점한 것도 각본에 있던 거야?"

"큰 줄기에는 없을 테지만, 어차피 모두 어딘가에서 연결돼서 적당히 눈감아줬겠지. 고쿠라 운수 주식을 3400만 주 매점한다는 게 말이 쉽지 만만한 일은 아니거든. 1988년부터 1989년까지 평균 주가가 1200이라고 보면 대강 400억. 이 자금을 다케미쓰의 아라이 기미히로에게 융자해준 도신 파이낸스가 도에이 계열이야."

"400억?"

"그게 밑천이 된 셈이지. 아라이는 작전으로 주가를 최고가 1,900엔까지 끌어올리고는, 매점한 주식을 팔아치우는 대신 고쿠라 운수와 주거래은행 주니치 상은에 조금 낮은 가격에 매수할 것을 요구했지. 신문에서 612억 엔이라고 했으니 역산하면 주당 1,800엔 정도인가. 밑천 400억으로 순익 200억을 남긴 거야. 이게 다케미쓰 같은 작전세력의 수법이지."

"억지 강요로밖에 안 보이는데. 고쿠라와 주니치가 다케미쓰와 아라이한테 무슨 약점을 잡혔기에 거절 못한 거지?"

"약점은 무슨. 고쿠라든 주니치든 은밀히 가담해 단물을 빨아먹고 나간 거야. 다마루도, 다케미쓰도 마찬가지. 약점은 피차 마찬가지야. 큰 손해를 보지 않는 범위에서 상부상조하고 서로 체면을 세워주는 거지. 일단 그렇게 판을 깔아놓고서 속느냐 속이느냐 진검승부를 벌이는 거야."

"그 세계에서는 공갈이 진검승부인가?"

"아라이 기미히로 얘기라면, 놈의 경우는 사전 공작이 조금 부족했어. 지금쯤 다마루가 변호사를 통해 구치소의 아라이에게 뒤처리를 재촉하고 있을 거야. 보나마나."

한다는 잠시 뜸을 두었다가 "그나저나 이런 쪽으로 빠삭하군" 하고 중얼거렸다. 고는 그 한마디를 어떻게 받아들였는지, 말끝을 끌며 "나도 비슷한 물을 먹고 컸으니까"라고만 대꾸했다.

마땅한 대답을 찾지 못했는지 아니면 흥미를 잃었는지, 한다가 대꾸하는 대신 벤치 등받이를 신문으로 탁 때리면서 대화는 끝났다.

마장에서는 6레이스에 출전할 말들이 패독에 선보이는 절차를 마치고 하나둘 워밍업을 시작했다. 어느새 정오가 지났고, 아까는 먹기 싫다고 뱉어내던 아이가 다시 배가 고프다고 해서 모노이는 빵을 찢어 입에 넣어주었다. 누노카와는 졸린 눈길을 마장에 고정한 채 딸 쪽은 보지도 않았다. 대신 요짱이 언제나처럼 아이에게 줄 우유를 사러 자리를 떴다. 무슨 생각인지는 모르겠지만, 요짱은 의외로 아이를 살뜰하게 대했다.

따뜻하고 흐릿한 봄하늘 아래를 달리는 4세마의 늘씬한 몸뚱어리와 침을 흘리는 아이의 입가를 번갈아 보면서, 모노이는 또다시 고쿠라와 구 주니치 상은 이야기를 문득 떠올리고, 대체 관계자 중 손해 본 사람은 누구일까 생각해보았다. 비열한 수법에 엮여들었을지언정 구 상은과 고쿠라 사원들은 부채를 떠안거나 직장을 잃지 않았다. 체포된 전임원 두 사람만 해도 어쩌다 제비뽑기에서 재수없이 걸린 정도일 뿐, 온 가족이 길거리에 나앉은 처지도 아니다. 돈이 돈다는 것은 어딘가에서 부채도 돌고 있다는 얘기인데, 그만한 거액을 마지막에 한 개인이 갚을 거라 보기는 힘들다. 결국 알거지가 된 자는 한 명도 없다는 생각에 이르자 모노이는 갑자기 언짢아졌다.

뜬금없이 반세기 전 팔려간 암말 고마코의 모습을 다시 떠올린 모노이의 머릿속에 한 가지 생각이 스쳤다. 고의 말대로 돈이란 돌아야 이득을 낳는 법이지만, 한 재산 거머쥔 자들이 돌리고 있는 그 돈은 애당초 어디서 나온 것일까? 고향 마을에서 탄자루를 지고 나르던 부모의 손에서, 용연로에 불을 지피던 자신의 손에서, 여공으로 일하던 누이의 손에서, 맥주를 만들던 오카무라 세이지의 손에서 생명을 얻어 나온 것이 아닌가. 그런데도 당사자들의 손에는 끼니 잇기도 빠듯한 푼돈만 돌아오고, 나머지는 전부 누군가의 곳간으로 들어갔다. 그뿐 아니라 그 재산은 가난한 모노이 집안의 마지막 버팀목이던 고마코를 마주가 회수해갔듯이, 텅 빈 가네모토 공장에 남아 있던 주물 찌꺼기 한 양동이를 빚쟁이가 가져가버렸듯이, 가난한 자나 재주 없는 자들을 철저히 쥐어짜내며 쌓인 것이 틀림없었다. 이제 와서 깨닫는다고 무슨 소용인가 싶지만, 모노이는 제 인생에 가득차 있던 무기력을 오랜만에 일깨운 탓에 기분이 더욱 언짢아지고 말았다.

종전 이후 반세기가 지났지만 결국 어디로도 탈출하지 못한 개미 한 마리의 무기력. 종전 직후의 그것이 막막한 어둠에 떠는 느낌이었다면, 지금은 자신이 숨쉬는 시공간 전체가 시시각각 수축하는 듯한, 시간도 공간도 얼마 남지 않았다고 말하는 듯한 일종의 초조에 가까웠다. 매일같이 느끼는 정체 모를 안달과 상념, 이런저런 생각 끝에 소리 없이 덮쳐오는 방심까지, 모든 것이 자신을 향해 가차없이 차근차근 조여드는 느낌이었다.

모노이는 침을 흘리며 게걸스럽게 크림빵을 삼키는 레이디의 입을 수건으로 닦아주었다. 반쯤 자동으로 손이 움직였지만 침과 빵 부스러기로 지저분해진 셔츠 목깃에 저도 모르게 움찔한 것 또한 사실이었다. 아빠 누노카와는 옆에서 묵묵히 마장만 바라보고 있고, 뒤에서는 고 가쓰미가 좀전의 이야기와는 딴판으로 "10만 엔짜리여도 되니까 이달에 정기적금 하나만 들어줘" 하며 한다에게 자투리 영업을 하고 있었다. 그 옆에서 요짱이 "자" 하면서 방금 사온 과일맛 우유팩을 내밀었다.

우유팩에 빨대를 꽂아 내밀자 아이는 이를 앙다물고 흐뭇하게 "이이, 이이" 하는 웃음소리를 냈다. 충치가 생기면 병원 데려가는 것도 일이라며 집에서 단것을 주지 않기 때문에, 일요일에만 맛볼 수 있는 달콤한 크림빵과 과일맛 우유가 반가운 것이다.

그제야 생각났는지 누노카와가 고개를 들고 딸에게 눈길을 주나 싶더니, 그대로 딸의 머리 위를 지나 뒤에 있는 세 명을 보았다.

"어이, 고 씨. 이 나라에서 돈이 모이는 데는 대체 어디야?" 누노카와가 다짜고짜 물었다.

"시중은행, 대형 증권사, 생명보험사, 일부 대기업, 종교 법인. 왜?"

"하루종일 도메이 고속도로를 달리면서 어느 놈을 봉으로 삼을까 궁리하며 시간을 죽이거든. 그러니까 불씨만 찾으면 된다는 말이지?"

거지반 혼잣말처럼 중얼거리며 누노카와는 다시 앞을 보았다. 그러자 냉큼 "그렇다면 제조업이지" 하는 고의 목소리가 뒤를 이었다.

"왜 제조업인데?" 그렇게 물은 것은 한다였다.

"직접 물건을 만드는 기업은 돈이 뭔지 잘 알거든. 제조란 리벳 하나, 나사 하나의 원가를 계산하는 데서 시작해. 완성품이 나오면 이번에는 한 개 팔아 몇 푼이 남는지를 따지지. 이윤이 2, 3퍼센트를 오가는 삭막한 세계야."

"그래서?"

"돈 귀한 줄 잘 알기 때문에, 돈을 뜯기면 제일 고통스러워하지."

"거참 피도 눈물도 없는 소리군." 한다가 웃었다.

아무래도 상관없는 잡담을 들으며 모노이는 제 뱃속에도 제조업 일반에 대한 응어리가 적잖이 맺혀 있다는 생각을 얼핏 떠올렸다. 열두 살에 수습공으로 들어간 하치노헤의 주물공장. 반세기 전 오카무라 세이지가 일했고, 몇 년 전에는 손자가 입사하려 했던 히노데 맥주. 사반세기 동안 일한 니시코지야의 공장. 그곳들이 지금껏 마음속에서 검은 연기를 피우는 이유는 막연했고 딱히 비판하고픈 마음도 없었지만, 각 시대에 각 기업을 바라보던 자신의 인생이 회색이나 쥐색을 띠고 있었던 것만은 틀림없었다.

뒤에서 요짱이 문득 "돈을 뜯어내서 어쩌려고"라고 중얼거리고는 입을 다물었다. "제조업이라—" 한다의 혼잣말이 들렸지만 그 역시 이내 입을 다물었다. 대신 게이트인 팡파르가 울리자 아이가 벤치 위에서 기쁜 듯이 소리질렀다.

맞은편 정면에서 젊은 4세마가 1400 잔디코스를 출발했다. 어느 말이 앞서 나아갈지 지켜보는 일 분 반이 채 되지 않는 시간 동안, 모노이는 머릿속을 잠깐 비워두었다.

달리는 말들의 다리가 봄 잔디 위에서 밝게 돋보였다. 나란히 달리던 11두가 조금씩 앞뒤로 갈라지고, 거의 코 하나 차이로 일진일퇴하며 4코너를 돌았다. 치고 나간 선행마가 2두. 바깥쪽에서 한 마리가 따라붙는다. 추월하나 싶어 시선을 집중한 순간, 다리가 푹 꺾이더니 기수가 공중으로 붕 떠올랐다가 떨어졌다. 초록색 모자. 기수를 잃은 말의 번호판은 7이었다.

아이가 목을 쥐어짜며 머리와 양팔을 마구 휘둘렀다. 스탠드에서 엉거주춤 일어선 관중의 움직임이 쓰나미를 이뤘다. 골을 향해 쏟아져들어가는 말들의 모습에 끓어올랐던 함성이 들것이 뛰어나가는 모습에 웅성거리며 동요했다.

모노이는 손에 쥐고 있던 신문 출마표에서 7번 기수의 이름, 시바타를 확인했다. 그가 경마장을 처음 드나들 때부터 어언 이십 년 넘게 말을 몰아온 기수로, 같은 아오모리 출신이었다. 크게 화려하지는 않지만 기백과 열정이 드러나는 태도가 마음에 들었다. 나올 때마다 늘 주목했는데 오늘은 신경쓰지 못한 것을 후회하며, 모노이는 들것에 실려가는 기수를 잠시 눈으로 좇았다.

웅성거림이 잦아들 줄 모르는 스탠드에서 고가 문득 생각났다는 듯 "같은 제조업이라도 큰 곳이 좋지. 도요타, 신일철, 미쓰비시 중공업—" 하며 늘어놓았다.

"나라면 소니나 히노데로 하겠어." 한다가 말했다. "시나가와 서에 있을 때 매일 신바바 역에서 그 건물을 봤거든. 날마다 불야성이었지."

그러고 보니 자신도 두 회사의 본사 빌딩 야경은 몇 번 봤다는 생각을 하면서, 모노이는 옆에서 칭얼거리는 아이에게 남은 우유를 먹였다. 우유는 이미 미지근했고 아이가 씹은 탓에 빨대 끝이 구깃구깃했다. 달콤한 우유를 한 모금 빨자 아이는 조금 차분해져서 아마도 '맛있다'는 뜻일 말을 웅얼거렸다.

그때 옆에서 누노카와가 만 엔짜리 지폐 한 장을 내밀었다. "잠깐 눈 좀 붙이고 와도 되지? 레이디 좀 부탁해. 2시까지는 올게." 일방적으로 말하고 도망치듯 자리에서 일어나 나가버리는 뒷모습에, 모노이와 뒷자리의 세 사람은 저마다 마주볼 뿐 아무 말도 꺼내지 않았다.

모노이는 잠깐이나마 딸에게서 벗어나고 싶다는 생각을 발작처럼 떠올렸을 누노카와의 뒷모습에서 배출구 없는 울적함을 엿보았지만, 자기 같은 사람이 뭐라고 참견할 일도 아니었다. 생각을 떨쳐내고 뒤를 보며 "휠체어가 들어가는 화장실이 있던가?"라고 묻자 요짱이 "찾아보고 올게" 하며 얼른 자리에서 일어났다.

오 분쯤 뒤 요짱이 돌아와 화장실을 찾았다고 알려주고는 "방금 라디오에서 들었는데"라며 내처 말했다. "도에이 은행 야마시타라는 상무가 오늘 아침 집 앞에서 총을 맞고 죽었대."

그러자 이번에는 한다가 벤치에서 벌떡 일어났다. 긴급 호출이 올지도 모르겠다고 말하고는 그길로 사라져버렸다.

2

레귤러 티 184야드의 7번 쇼트홀. 티샷이 그린 앞쪽 연못을 아슬아슬하게 벗어나서 시로야마 교스케는 가슴을 쓸어내렸다. 막 공을 치고 나서는 슬라이스인가 싶어 낙담했지만 원인은 나중에 생각하기로 하고, 뒤에서 기다리는 플레이어에게 "먼저 갑니다" 하며 겸연쩍은 웃음을 던지고 공을 쫓아 이동했다.

매년 봄가을 지바 마쓰오 골프클럽에서 열리는 히노데 간토 지방 모임은 규모가 크기로 유명하다. 먼저 간토권 특약점에서는 규모를 불문하고 공평하게 돌아가며 본점, 지점, 영업소의 대표 쉰 명이 참가하고, 히노데 본사에서 회장, 사장, 부사장 두 명, 임원 네 명, 맥주사업본부 영업부장과 차장에 간토권 5개 지사 및 2개 지점의 책임자와 영업부장까지 총 스물네 명이 나온다. 여기에 자회사나 관련사에서도 역시 공평한 순서에 따라 10개사 대표가 나와서, 총인원은 여든네 명에 달한다.

간토뿐 아니라 홋카이도, 도호쿠, 호쿠리쿠, 주부, 긴키, 주고쿠, 시코쿠, 규슈에서도 열리고 있는 모임은, 지난 이십 년간 히노데다운 생산, 유통, 판매망의 강고함을 내외에 과시해온 전통 있는 행사였다. 그러나 지금은 동작이 굼뜬 걸리버의 상징처럼 느껴지기도 해서 시로야마는 몇 년 안에 폐지하고 싶은 생각이었지만, 산적한 각종 현안들이 그렇듯 전통을 뒤엎기란 늘 어려운 일이었다.

이날 시로야마는 인아웃 각 12개조로 나뉜 편성에서 인 9조에 속했다. 함께 라운딩을 하는 이들은 대형 특약점 도미오카의 사장과 이다 상회의 사장, 그리고 유통업체 사토 운수의 사장이었다.

플레이는 아침 9시에 시작되었고, 9조 네번째 순서인 시로야마가 7번 홀 그린에 공을 올렸을 때는 벌써 정오가 지나 있었다. 연못 옆에서 날린 어프로치샷이 뜻대로 되어 핀 2미터 거리까지 붙자 이번에는 파가 가능하지 않을까 기대했다. 컵까지는 완만한 경사의 슬로프가 이어져 있었다. 먼저 홀아웃한 사토 운수 사장이 "느긋하게 하세요" 하며 응원

해주었다.

시로야마는 골프를 시작한 지 삼십 년째지만 별다른 노력을 하지 않아 아직 100타 안팎을 오가는 실력인지라 큰 승부욕도 없었다. 퍼팅라인에 적당한 목표점을 잡고 평소 리듬으로 가볍게 쳤더니 다행히 컵으로 굴러들어갔다. 그린 바깥에서 가벼운 박수 소리가 일었다.

시로야마는 얼른 그린에서 내려와 다음 홀을 위해 클럽을 3번 우드로 바꾸고 다른 세 명과 함께 걸음을 옮겼다. 사토 운수 사장이 "비가 올 것 같진 않죠?" 하며 흐릿한 하늘을 올려다보기에 시로야마는 "괜찮을 것 같군요"라고 대답했다. 두 특약점 사장은 시로야마를 옆에 두고, 가격이 오르기는커녕 무너질 가능성이 크다, 대형 마트가 가격을 어떻게 매기느냐가 문제다 운운하는 대화를 나누고 있었다.

5월 1일자로 일제히 인상되는 주류 소매가에 대한 얘기였다. 350밀리리터 캔은 현행 제조사 희망소매가 220엔에서 225엔으로 인상된다. 그런데 대형 마트는 오히려 현행 할인율을 더욱 확대하는 가격 인하 전략을 취하려 한다. 어떤 마트는 최저 193엔까지 내릴 거라는 정보도 있었다. 전국적으로 동일하던 맥주 가격은 몇 년 전 주류할인점의 등장으로 무너지기 시작했는데, 지금껏 캔맥주 하나에 몇 엔 할인에 머물던 마트에서도 10엔에서 20엔의 대폭 할인을 시작할 것이 거의 확실한 정황이었다. 두 사람의 대화가 계속 이어졌지만 시로야마는 경솔하게 대응하기도 뭣해서 그냥 흘려듣는 데 그치고, 대신 아름다운 곡선을 그리며 펼쳐진 그린에 눈길을 주었다.

이 마쓰오 코스는 짙푸른 삼나무숲과 그 밑에 가라앉듯이 펼쳐진 고즈넉한 페어웨이가 마음에 들었다. 어느 위치에서든 고개를 들면 곧게 솟은 삼나무와 하늘만 보인다. 열여덟 홀을 하나씩 돌며, 거칠 것 없는 녹음 속에서 하늘을 향해 공을 쳐올린다. 공이 초록의 바다로 낙하하면 다시 쳐올린다. 오직 그것만 존재하는 정적의 시간을 소중히 여기며 공을 좇으려 했지만, 맥주로 1조 3,000억 엔의 매출을 올리는 기업의 톱에 취임하고 사 년 동안은 사실 이 숲속에서 심호흡 한번 해볼 여유가 없었다.

시로야마가 맥주업계에서 일해온 삼십오 년간 요즘처럼 다방면으로 어려운 시기도 없었다. 작년 맥주 총수요가 구 년 만에 전년 대비 마이너스를 기록한 것은 여름이 서늘했던 탓도 있지만, 거품경제 붕괴 후 삼 년째 이어지는 불경기로 객단가가 저하하고 알코올 소비량 자체가 제자리걸음하는 경향을 뚜렷하게 보여주는 현상이기도 했다.

한편 주류 생산과 유통 판매 쪽으로 눈길을 돌려보면, 우선 1989년과 1993년 두 번에 걸친 주류판매업면허등취급요령의 부분 개정과 대규모소매점포법 규제 완화로 주류 판매 경로의 다양화에 속도가 붙었다. 시장 확대를 위한 주류할인점의 발판이 한층 탄탄해지고 편의점과 대형 마트로의 진출도 갈수록 촉진될 조건이 갖추어진 지금, 여러 경로에서 가격 인하 경쟁이 심해지고 그것이 일반 판매점의 매상 감소로 이어져, 맥주업계 백년 역사가 쌓아온 특약점 도매-2차 도매-주류판매점이라는 계열이 뿌리째 흔들리고 있는 것이다.

일부 주류판매점은 프랜차이즈화나 편의점 전업으로 생존을 꾀하고 있지만, 그러기도 여의치 않은 소규모 소매점은 점점 버티기 힘들어지고 있다. 도매 역시 단가 인하와 소비 감소로 절대적인 하락세를 겪고 있다. 가격 인하에 따른 이윤 감소에 맞서 합리화를 꾀하려 해도, 현행 계열 제도는 경비 절감을 위한 일괄 매입이나 인기 상품에 선택 집중하려는 시도를 가로막으며 주류판매점과 도매 양쪽 모두에 경영 비효율이라는 압박을 점점 더 세게 가하고 있다. 그렇다고 경영 기반과 경쟁력 강화를 위해 중소 도매점을 합병하거나 대기업으로 흡수하는 방안은 친족 경영이 많은 도매업계의 특성상 일조일석에 진행하기 힘들다.

한편 편의점과 대형 마트 등의 업태는, 주세가 높아 판매량에 비해 이익이 박한 국산 맥주 말고 해외 맥주 제조사와 손잡고 자사 브랜드 제품을 개발하거나 총대리점 계약을 맺고 직판하려는 움직임을 보이고 있다. 5월 1일부터 국산 맥주 350밀리리터 캔의 판매가는 225엔이 되지만, 모 편의점이 직판하는 수입 브랜드는 180엔이다. 대형 양판점과 해외제조사의 직거래, 그에 따른 가격 파괴, 다양한 판로의 등장, 세율과 원가 면에서 압도적으로 유리한 해외 제품의 대량 유입 사태가 초래할 맥주업계의 미래에는, 백년 전통의 국내 유통 판매 시스템의 완만한 붕괴와, 그 중심에 있는 제조사의 매출 감소가 예고되어 있었다.

어느 제조사나 바야흐로 구조 개혁이 불가피한 상황이지만, 리베이트 시스템을 비롯한 특약점 제도의 재검토, 도매 재편, 소규모 판매점 재편과 정리, 제조사가 부담하는 막대한 광고 홍보비와 지역별 루트 영업에 드는 인건비 재검토, 유통 합리화를 위한 육운업계 재편 등, 제조사뿐 아니라 유통 판매 각 단계에도 오 년이 걸릴지 십 년이 걸릴지 알 수 없는 난제가 산적해 있었다.

그러나 현실을 보면 앞으로 일주일 후 가게와 자판기에 225엔짜리 캔맥주가 들어가고, 할인점이나 편의점, 대형 마트 판매대에 200엔을 밑도는 수입 맥주와 자사 브랜드 맥주가 나란히 놓이는 풍경이 펼쳐질 것이다. 24캔들이 한 상자의 가격 차이가 1,000엔 전후까지 달한다. 히노데의 경우는 600개 특약점과 전국 13만 개에 달하는 일반 주류판매점이 그 영향을 고스란히 받게 된다. 지난 반년 사이 진두에 서서 구두 밑창이 닳도록 단골 거래처를 돌아다닌 시로야마는 사실 지금도 잔디를 밟고 선 다리가 조금 저릴 정도였다.

"장기 예보를 보니 올여름은 아주 무더울 거라더군요." 사토 운수 사장이 특약점 사장 둘에게 말을 건넸다.

"네, 상황이 이러니 이제 믿을 건 날씨뿐이죠." 이다 상회 사장이 대답하자, "푹푹 쪄서 업소용 매출이 늘어줘야 할 텐데요"라며 도미오카 사장이 뒤이었다. 봄 마케팅의 초반 성적이 어느 회사건 시원치 못해서, 날씨에라도 기대고픈 심정은 시로야마도 마찬가지였다. 타사는 올봄에도 신상품을 내놓았지만 히노데는 신상품이 없다. 라거와 슈프림을 꾸준히 팔면서 국내 생산라인을 대폭 개편하고 유통 간소화를 위해 배송 터미널을 재편하는 작업을 우선시한 것이지만, 역시 당면한 수치를 보니 염려스러웠다.

삼나무 사이를 빠져나오자 8번 미들홀 티그라운드 앞에 3조가 모여 있었다. 가만 보니 미들아이언을 잡은 시라이 세이치가 어드레스를 잘못 잡고 있는 모양이었다. 8번은 좁은 페어웨이가 사발 모양을 그리는 도그레그여서 첫 티샷에 신경써야 하는데, 시라이는 평소보다 시간을 들이며 꾸물거리고 있었다.

시라이의 골프 경력은 시로야마와 비슷하고 실력도 결코 하수가 아니지만 플레이 방식은 전혀 다르다. 예전부터 그는 자기 기량보다 한 단계 높은 공략도를 그려놓고 그것을 실현할 방법을 이리저리 모색하는 타입이었다. 시로야마는 스코어 관리를 염두에 두지만, 시라이는 일부러 어려운 코스를 노리면서 트리플보기를 열일곱 번이나 범해도 한 번만 파에 성공하면 만족한다고 말한다. 일하는 방식이나 경영관과도 통하는 면이 있는데, 실제 게임을 보면 이상과 현실의 격차가 큰데다 냉정한 것인지 기분파인지 알 수 없는 진기한 플레이가 가끔 튀어나와서 재미있었다.

시라이의 클럽이 마침내 백스윙에 들어갔다. 그리고 멋진 스윙과 함께 공이 날아올랐다. 시로야마의 눈에는 보이지 않았지만 곧 무리에서

짝짝 박수 소리가 일어난 것으로 미루어 좋은 위치에 떨어진 모양이다.

특약점 사장들 앞이라 표를 내고 있진 않지만, 시라이는 업계의 미래를 좌우할 라임라이트사와의 합병 교섭이 사 년째인 올해 들어 슬슬 끝이 보이는 상황이라 실로 바쁜 몸이었다. 오늘의 골프도 체력적으로 무리일 테지만, 합병 내용에 촉각을 곤두세우는 매스컴과 업계의 눈을 속이고 경쟁사의 의심을 피하기 위해서는 아무래도 태평한 얼굴로 정기 모임에 참석해야겠다고 생각했을 것이다.

시로야마는 티샷 순서를 기다리는 사이 주위 사람들과 적당히 한담을 나누면서, 수일 내 직접 최종 결정을 내려야 할 합병 문제를 또 잠시 떠올렸다.

1990년 가을 라임라이트가 총대리점 계약을 해지하고 새로이 합병 회사를 설립하고 싶다는 의사를 내비쳤을 때, 히노데는 본격적으로 일본 시장에 뛰어들려는 상대의 의도를 읽어내고 크게 당황했다. 라임라이트가 제시한 조건은 히노데의 출자를 10퍼센트로 제한해 대표권과 경영권 일체를 자사가 장악하고, 가장 중요한 판매 경로도 히노데 특약점 계열에 한정하지 않고 자사가 자유롭게 선택하겠다는 것이었다. 더구나 합병 기간은 십 년. 결국 라임라이트가 지향하는 합병회사는 히노데 계열에 속하는 것이 아니라 일본 시장의 일각을 점유하는 독립된 경쟁사이며, 그저 주류판매면허 규제를 피하기 위해 국내 제조사의 명의만 빌리겠다는 속셈이었다.

이에 시로야마를 비롯한 임원들 모두 학을 뗐고, 첫 일 년간은 라임라이트와 관계를 끊는 것까지 염두에 두며 교섭에 임했다. 과거 십 년간 매출을 확대하려는 히노데의 노력 덕분에 라임라이트 제품의 국내 판매량은 연간 700만 상자, 점유율 1.3퍼센트까지 올라가 있었다. 그 수치를 떨어뜨리는 것은 당장은 히노데에 큰 손실이지만, 라임라이트가 주장하는 조건을 받아들여 합병회사를 설립하면서 감수하게 될 장기적인 피해는 그에 비할 바가 아니었다. 상대를 설득해 합병 조건을 바꾸느냐, 관계를 청산하고 1.3퍼센트라는 수치를 포기하느냐의 기로였다. 이사회에서도 의견이 갈렸다.

그래도 교섭이 삼 년을 넘긴 지난가을에는 담당자 시라이의 끈질긴 교섭이 결실을 맺어, 히노데의 출자 비율을 49퍼센트로 유지하고, 경영권은 라임라이트에 양보하지만 판매 경로는 히노데 특약점 계열을 이용한다는 조건으로 10월 중순 합의가 이루어졌다. 그래서 곧바로 공정거래위에 제출할 합병 의향서 작성에 착수했는데, 이번에는 갑자기 공정거래위에서 제동이 걸렸다. 미일구조협의의 진전, 규제 완화와 시장 개방 등을 공약으로 내세운 연립정권의 탄생과, 그 흐름을 잇는 독점금지법 운용 강화 등의 정세가 자사에 유리하다고 판단한 라임라이트가 히노데와의 합의 내용을 일방적으로 파기하고 공정거래위로 달려간 것이었다.

메이저 4개사가 국내 맥주업계를 과점하고 주세 징수를 위해 생산-유통-판매까지 면허제도로 보호함으로써 자유경쟁이 이뤄지지 않는 현상황을 공정거래위가 독점금지법 위반으로 간주하고 어떻게든 시정 기회를 노려온 것은 어제오늘 일이 아니었다. 라임라이트는 그런 공정거래위에 당초의 조건대로 히노데와의 합병을 성사하고 싶다고 제안한 것이다. 그에 따른 공정거래위의 지도는 이례적으로 집요했다. 라임라이트의 구상안대로 새로운 합병회사를 설립한다면 국내 과점 상태가 해소되고 바람직한 자유경쟁으로의 길이 열릴 뿐만 아니라, 어느 국내 제조사에서도 합병에 응하지 않는다면 맥주는 자동차 부품, 판유리, 전기통신 등의 분야와 함께 미일 교섭의 표적이 될지도 모른다며 완곡한 위협까지 가했다.

공정거래위의 완강한 주장은 요컨대 현 국내외 정세를 보면 라임라이트의 무리한 요구를 국내 제조사 어디가 됐든 받아줘야 하는 상황이며, 그럴 만한 기초체력이 있는 제조사는 지금 히노데뿐이라는 것이었다. 한편 주세 확보를 위해 국내 제조사를 보호해야 할 국세청은 혼미한 정국 탓에 어정쩡한 태도만 보이며 어떤 지도력도 발휘하지 못했다. 시대적 흐름을 보아 어차피 어딘가에서 터질 문제였으며, 결과적으로 시류를 잘 읽은 라임라이트가 승리하고 수세로 돌아선 히노데가 졌다고 볼 수 있었다.

만에 하나 연간 700억 엔의 맥주 매상을 기록하는 편의점과 라임라이트가 손을 잡는다면 큰일이므로, 히노데는 일단 올해 1월부터 다시 라임라이트와 교섭 테이블에 앉아 조금의 양보라도 끌어내려 했고, 시라이도 그제까지 갖은 노력을 기울인 것이다. 가령 상대의 요구조건을 전부 들어준다 해도 히노데의 경영 기반 자체에는 큰 영향이 없지만, 장기적으로는 자사를 포함한 맥주업계 전체에 헤아릴 수 없는 타격이 올 것이다. 일단 선례를 만들어버리면 해외의 거대 기업이 잇따라 비슷한 공략을 해올 가능성이 없지 않다. 그러면 지금으로서는 국내 업계가 대항할 방도가 없다.

지난 석 달간 이사회에서는 특약점 계열을 해외 제조사에 잠식당하는 길을 업계 최대 규모인 히노데가 스스로 선택한다는 것은 아무래도 바람직하지 않다는 목소리가 많았다. 그러나 합병을 거부할 수 있느냐는 물음에 그렇다고 대답할 수 있는 사람도 없었다. 시라이는 어차피 겪어야 할 일이라면 지금부터 정비해두는 게 상책이라는 의견을 고수했고, 시로야마 역시 고민을 거듭한 끝에 그들의 요구를 수용하는 쪽으로 결단을 내리려는 참이었다.

십 년의 합병 기간에 히노데는 라임라이트의 점유율을 매상에 포함할 수 있을 것이고, 라임라이트가 독립해 본격적인 자유경쟁이 시작될 때 하락할 점유율을 다른 사업부에서 만회할 수 있는 체제를 그사이 갖춰 놓지 못한다면 이러나저러나 미래가 없기는 마찬가지다. 또한 라임라이트의 진출이 도매와 주류판매점을 자극해 계속 제자리걸음인 합리화의 진행에 일조한다면 그것도 장기적으로는 이득일 것이다.

남은 문제는 저들의 요구를 수용하는 형식이었다. 요구하는 대로 고스란히 받아들이면 경쟁사나 각 특약점에 체면이 서지 않는다. 어젯밤 늦게 시로야마는 새로운 최종 조건을 라임라이트측에 제시하라고 시라이에게 전한 참이었다. 즉 합병 후 삼 년간은 국내 제조사의 희망소매가로 가격을 유지할 것. 일단 이 한 가지만 밀어붙이면서 상대의 반응을 살필 것. 그리고 월요일인 내일, 시라이는 다시 라임라이트와의 교섭 테이블에 앉을 예정이었다.

사 년을 끌어온 라임라이트와의 합병 교섭은 아마 이로써 결말이 날 것이다. 27일 수요일 이사회를 소집해 최종 결론을 내리고, 28일 그 내용을 공정거래위와 라임라이트측에 전하고, 제반 절차를 마친 후 5월 중순 정식으로 합병을 발표한다. 그전에 특정 주주와 대형 특약점, 경쟁사들에는 기업 차원에서 사전 설명과 정지 작업을 해두어야 한다. 세계 시장에서 10퍼센트 점유율을 기록하며 생산 규모가 일본 메이저 4개사 합계의 1.5배에 달하는 거대 기업 라임라이트와의 합병은, 자세한 내용을 떠나서 세간을 들썩이게 할 사안인 것이다.

사전 작업에 쓸 수 있는 시간은 연휴가 끝나는 5월 9일 월요일부터 일주일이다. 시로야마가 속으로 그런 계산을 하는 사이 티샷을 기다리는 눈앞의 행렬이 속속 줄어들고, 대신 뒤쪽으로 줄이 길어졌다.

머리 위에서 새소리가 들려서 올려다보니 흐릿한 하늘에 약하게나마 햇살이 비쳐들고 있었다. 시로야마가 공기에 진동하는 새싹 냄새를 들이 마시고 그제야 이번 샷을 어떻게 공략할지 궁리하기 시작했을 즈음, 사토 운수 사장이 "오늘 조간신문 말인데요" 하며 가볍게 말을 붙였다. 그 목소리에서 우울한 기색을 읽어내고 시로야마는 "네" 하고 작게 대답했다.

조간신문에 보도된 고쿠라 그룹 강제수사 기사는 히노데 내부에선 크게 놀라운 내용이 아니었지만, 관련 운수회사 각사에는 재차 동요를 낳을 거라고 시로야마도 짐작한 바였다. 비단 고쿠라뿐 아니라 많은 회사가 거품경제 시절 육상운송 부문의 낮은 채산성을 보완하기 위해 재테크에 손댔고, 다각화를 노려 부동산에 투자하기도 했다. 사토 운수도 그런 회사 중 하나였다. 히노데는 재작년부터 사토 운수에 임원을 투입하고, 유통부문 재편의 일환으로 사토 운수가 사이타마와 지바에 보유한 트럭 터미널과 노선을 일부 임대해 경영 기반을 강화한다는 목표를 세웠다. 한편 고쿠라에 대해서는 불상사가 공표되기에 앞서 삼 년 전 이미 경영 참여를 보류했는데, 그래서 항간에서 '히노데는 영리했다'는 평이 나오기도 했다.

사실 겉으로만 경영에 참여하지 않았을 뿐, 고쿠라와의 업무 제휴는 착착 진행되고 있어 유통망 정비 계획에는 차질이 없었다. 강제수사 한 번으로 무너질 기업도 아니고 이미 경영진이 일신해 새로운 체제를 갖추었으므로 고쿠라의 앞길을 위협하는 요인은 아무것도 없었다. 그런 의미에서 히노데는 분명 소정의 결실을 거두었다고 할 수 있었다.

"고쿠라도 딱하더군요. 거래처에 일일이 사죄의 편지를 보내질 않나, 운전사들 하나하나한테 사과하라고 시키질 않나." 사토 사장의 말에 시로야마는 "그러게요"라고만 답하고 그 이상의 대화를 피했다.

줄 뒤쪽에서 "오오" 하는 소리가 나더니, 이어서 탄식과 웅성거림이 일었다. 돌아보니 모두 삼나무숲 너머 7번 홀 그린 쪽을 보고 있었다.

"저런!" "아깝네!" 하는 소리가 들렸다.

"누가 친 거죠?" 시로야마가 뒤에 대고 묻자 "구라타 씨요. 10센티만 더 굴렀어도 홀인원인데"라는 누군가의 목소리가 날아왔다.

"아아, 하긴 구라타 씨면—" 그런 소리도 주위에서 들렸다. 구라타라면 쇼트홀에서 홀인원 직전까지 가는 것도 놀랄 일이 아니다. 젊었을 적부터 골프에 열심이었고 영업부 시절에는 틈만 나면 혼자 묵묵히 골프장을 다녔다. 임원이 되고 나서는 아무래도 시간 내기가 힘들어 스코어가 떨어졌지만, 사십대에는 늘 싱글 핸디캐퍼였고 한때는 핸디캡 제로를 유지하기도 했다. 소질과 집중력은 나이가 든다고 쇠하는 것이 아닌 듯, 지금도 쳤다 하면 270에서 280은 족히 넘고 3, 4미터 퍼트에서 가볍게 마무리하는 실력이라, 모임 때마다 구라타는 아직 상대하기 힘들다는 소리가 나왔다.

시로야마는 까치발을 하고 삼나무 사이를 살폈지만 구라타의 모습은 보이지 않았다. 오늘 아침 클럽하우스에서 마주쳤을 때 고쿠라 강제수사와 관련해 오카다 경우회가 특별히 움직일 낌새는 없다, 자민당 S까지 수사 대상이 될 가능성은 없다고 귀띔해주었는데, 말투에서는 영 안도의 기미가 느껴지지 않았다. 그것은 보고를 받는 시로야마도 마찬가지였다. 지검 특수부가 움직일 때마다 수사의 손길이 히노데까지 뻗치지 않을까, 상법 위반으로 기소되지는 않을까 염려해야 할 당사자로서 당연한 반응이었다.

히노데는 마침내 작년에 오카다 경우회와의 관계를 청산하기로 결정하고, 미술품 구입의 형식을 빌려 10억 엔의 위로금을 내주고 각서를 교환했다. 그러나 쉽지 않은 교섭을 맡아 원만하게 해결을 끌어낸 구라타도, 사장으로서 그 내용을 결재한 시로야마도 만일의 경우 '오카다'와 운명을 함께할지 모르는 처지였다. 사실 그럴 가능성은 거의 제로에 가깝다는 면밀한 판단 아래 진행한 일이므로 시로야마는 큰 절박함을 느끼지 않았지만, 현장에서 교섭을 맡아온 구라타는 또 소감이 달랐을 것이다. 고쿠라 강제수사를 알리는 오늘 아침 신문기사에도 남모르게 속을 끓였을 텐데, 그래도 홀인원에 가까운 플레이를 할 정도이니 괜찮은가보다 싶어 시로야마는 일단 안도했다.

"먼저 갑니다." 앞 순서인 8조 2번 플레이어가 티그라운드로 걸어나가고, 시로야마까지 이제 두 명이 남았다. 자, 다음 티샷은 도그레그의 커브 한복판을 노려볼까. 거리는 약 170야드. 이 8번 홀에서는 매번 코스 양쪽의 숲에 걸리곤 했는데 오늘은 넘겨봐야지. 시로야마는 장갑을 고쳐 끼고 준비운동 삼아 손목을 돌리며 무심코 티그라운드 너머를 바라보았다.

누가 티그라운드를 멀리 돌아 달려오는 것이 보였다. 도쿄 지사장 후지이 같아서 잠시 살펴보고 있자니, 그는 삼나무숲으로 들어와 8번 홀 티샷을 기다리는 행렬 뒤쪽으로 다가갔다. 누구한테 볼일이 있는 걸까. 이윽고 후지이는 시바자키라는 임원에게 뭐라고 귀엣말을 했고, 시바자키는 줄 맨 끝에 선 구라타에게 달려가 귀엣말을 했다.

그 구라타와 눈이 마주쳤다. 구라타는 사람들에게 "실례합니다" 하고 양해를 구하며 행렬 앞쪽 시로야마에게 다가와, "방금 도에이의 야마시타 상무가 타계했답니다"라고 말했다.

딱히 소곤거리는 말투가 아니어서 주위 사람들에게도 들렸고, 이내 웅성거림이 번졌다. 야마시타 아무개와 개인적인 친분이 있든 없든 도에이와 거래하는 업체들은 즉시 조문이나 조전을 보내야겠다 생각했을 것이다. 한편 시로야마는 구라타의 험악한 눈초리에서 어떤 신호를 읽어냈다.

뭔가 이상이 발생했음을 직감한 그는 일단 같은 조 특약점 사장들과 사토 운수 사장에게 "잠깐 실례합니다"라며 양해를 구하고 대열을 벗어났다. 구라타와 후지이가 뒤따라왔다. 삼나무숲에 들어서자 구라타가 옆으로 나란히 붙으며, "덴엔조후 자택 앞에서 어느 자한테 사살당했다고 합니다" 하고 소리 낮춰 말했다.

사살? 시로야마는 되물으려 했지만 목소리가 뜻대로 나오지 않았다.

"총무부에서 경찰에 몇 번이나 확인해봤는데 틀림없답니다. 방금 총무부장을 병원에 보냈습니다." 냉정함을 가장하려 애쓰는 구라타의 말에 시로야마는 그제야 제 목소리를 되찾았다.

"데라다 씨는?"

"본점에 나가 있습니다."

데라다는 도에이 이사이자 히노데 이사회에 수석주주로 들어와 있는 사람이다. 지금쯤 아카사카의 도에이 본점에서 어떤 표정을 짓고 있을까.

"임원 중 지금 도쿄에 있는 사람이 누굽니까? 누구든 그쪽과 접촉해보라고 전하세요. 가능하다면 본점부터 나가보라고요."

"스기하라를 호출하겠습니다."

구라타는 곧장 개인용 휴대전화를 꺼내 전화를 걸었다. 8번 홀을 마친 듯한 시라이 세이치가 다음 홀에 사용할 우드를 들고서 삼나무숲을 지나 이쪽으로 걸어왔다. 그는 불쾌한 듯 미간을 찌푸리며 "오늘 모임은 어떻게 마무리할까요?" 하고 물었다.

"인 쪽에 몇 조나 남아 있죠?"

"두세 조일 겁니다."

"하프만 먼저 끝냅시다. 그리고 점심 전에 임원들을 소집해서—"

"알겠습니다." 시라이는 혼잣말처럼 말하고 왔던 길을 돌아갔다. 곧 통화를 마친 구라타가 "방을 하나 준비해둘까요?" 물어서, 시로야마는 "그렇게 해주세요"라고 대답하고는 "자, 가서 마저 플레이합시다" 하며 구라타와 후지이를 재촉했다.

　그러나 그때 다시 "시로야마 씨!" 하고 부르는 소리가 들려 발을 멈춰야 했다. 하프를 끝내고 클럽하우스로 돌아가는 길이던 회장 스즈키 게이조가 삼나무숲을 재게 걸어왔다. 예순다섯 살의 스즈키는 숨을 조금 헐떡이면서 대뜸 "세이와회야"라고 짧게 속삭였다. 시로야마는 보일 듯 말 듯 고개를 끄덕였지만 가타부타 뭐라고 말할 수는 없었다.

　"시급히 전 임원에 대한 안전 대책을 마련하게. 부탁하네."

　"예." 시로야마는 다시금 고개를 끄덕였다.

　"비용 같은 건 신경쓰지 말고."

　"알겠습니다."

　스즈키는 사장 시절 오카다 경우회 대표 오카다 도모하루와 고문 다마루 젠조, 그리고 자민당의 사카다 다이치를 비롯한 국회의원들과 줄이 닿던 사람이다. 대개 선대부터 내려온 연줄이며, 이런저런 실무는 구라타가 맡아서 했지만 스즈키밖에 모르는 불투명한 이야기도 꽤 있었음이 틀림없다. 시라이 세이치가 추궁한 것도 이 부분이었고, 그가 이사회에서 주도면밀하게 다수의 의견을 모은 결과 스즈키는 사 년 전 경영진 교체 시기에 자의 반 타의 반 의결권이 없는 회장직으로 물러났던 것이다.

　구라타와 마찬가지로 구체적인 내용은 절대 발설하지 않았지만, 스즈키 역시 오카다 경우회와 관계를 이어나가면서 그 중심에 있는 세이와회와도 누차 접촉했을 것이 분명했다. 시로야마는 침울하게 입을 다문 스즈키의 얼굴을 보며 거북함과 불안감을 함께 느꼈고, 모르긴 해도 그렇게 마음 놓고 있을 상황은 아니라고 생각할 수밖에 없었다.

　기업의 떡고물을 받아먹던 하이에나가 오랜 공존관계가 무너지자 곧장 기업을 물어뜯기 시작한 것은 말하자면 필연적인 결과였다. 바로 얼마 전까지 척척 융자를 내주던 금융기관이 불경기와 함께 일제히 손바닥 뒤집듯 태도를 바꾼 지 삼 년. 궁지에 몰린 거래처 중에는 폭력단과 거래하는 기업도 상당수 있었다. 돈이 도는 동안은 괜찮지만 그 흐름이 멈추면 바로 폭력의 송곳니를 드러내는 상대와 공존관계를 쌓아온 은행이 그 부채 중 하나를 인명으로 갚은 게 오늘의 사태라고, 시로야마는 냉정하게 판단했다.

상황은 히노데도 예외가 아니며, 실은 더 복잡하다고 할 수도 있었다. 히노데가 일찍이 경영컨설팅회사 등을 통해 오카다 계열 총회꾼이나 정치단체에 지불해온 금액은 매년 약 9,000만 엔. 한 회사의 지출치고는 상당한 거액인데다 명백한 상법 위반이었다. 재작년 오카다와의 관계를 청산하기로 결의할 당시 경찰청은 경제 4단체에 총회꾼 단속에 협력해줄 것을 강력히 요구하는 한편, 각 기업의 상법 위반을 적극적으로 적발하겠다는 방침을 밝혔다. 위기감을 느낀 히노데와 오카다는 적발될 경우 양쪽 모두에 피해가 클 것으로 판단하고 일단 관계를 끝내는 방향으로 이야기를 진행했지만, 실상은 서로 약점을 쥐고 있었다. 오카다는 히노데의 상법 위반 사실을, 히노데는 오카다 계열 각 단체와 기업의 광범위한 거래 내용을 파악하고 있었기 때문이다.

여하튼 히노데는 구라타의 수완 덕에 어렵사리 해결을 보았지만, 비슷한 시기 마이니치 맥주는 총회꾼에게 이익을 공여한 혐의가 적발되어 경영진 교체를 단행했고 주가에도 영향을 받았다. 당시 경찰은 폭력단과 기업의 관계를 시사하는 방대한 관련 자료를 입수한 것으로 알려졌고, 그것은 오카다에도 상당한 타격으로 다가왔을 것이다. 마이니치 맥주가 적발되면서 히노데에도 국세청 사찰이 들어왔지만, 장부나 명부 자료에 증거가 일절 남아 있지 않아 무사히 넘어갔다. 이렇게 지하금융을 둘러싼 상황이 칼날 위를 걷는 지금 오카다가 언제까지 좌시하고만 있을까, 일단 손을 턴 히노데 쪽에도 뭔가 요구해오지 않을까 하는 불안을 떨치기 힘들었다.

"경찰이 칠칠치 못했군." 스즈키가 이번에는 살짝 떨리는 목소리로 내뱉었다. 아닌 게 아니라 폭대법* 시행 이후 경찰은 총회꾼과 거리를 두라고 기업을 압박해왔는데, 그 결과가 이 모양이라면 더는 버틸 재간이 없다. 시중은행의 상무가 대낮에 사살당하는 사태는 이미 세력 다툼의 차원을 넘은, 도저히 납득할 수 없는 문제였다.

"자네, 야마시타 아키오와 법학부 동기지?"

"그렇습니다."

"성실하고 반듯한 사람이었어. 꼭 내가 총을 맞은 기분이군. 이건 너무해, 정말 너무하네."

조금 감상적이 된 스즈키의 목소리에 시로야마는 문득 집에 있는 아내의 얼굴을 떠올리며, 오늘부터 문단속에 신경쓰라고 말해야겠다고 얼핏 생각했다. 밖에 나와 있을 때 가족 얼굴을 떠올리는 것은 좀처럼 없는 일이었다.

8번 홀 쪽을 보니 시로야마가 속한 9조의 3번 플레이어 도미오카 사장이 이미 티그라운드로 나와 있었다. 시로야마는 "아, 실례합니다. 제 순서라서요" 하며 스즈키에게 양해를 구하고 우드를 들고 뛰어갔다.

플레이에 복귀하긴 했지만 아무래도 정신이 산만해진 탓에 시로야마는 8번과 9번 모두 더블보기를 범하고 끝났다. 구라타도 9번 미들홀에서는 보기를 범했다고 한다.

하프를 마친 뒤 히노데측 사람들이 별실에 모였지만 임원 사원 할 것 없이 대개 멀뚱한 표정이었다. 본래 오카다와 관련된 일은 스즈키와 구

---

* 폭력단원에 의한 부당 행위 방지 등에 관한 법률.

라타가 은밀하게 처리해왔기 때문에 이사회에서 개요를 보고받는 임원들도 남 일이나 다름없이 생각했고, 시로야마도 예전에는 크게 다르지 않았다. 하물며 지사나 지점 선에서는 사태 파악도 제대로 되지 않을 것이다.

한편 사람들 앞에 선 구라타는 변함없이 어뢰 같은 얼굴로 간략하게 상황을 설명하고, 도에이 각 지점에 대응 지시를 내렸다. 고인의 친족들이 모이는 오늘밤 경야 자리에는 스즈키 회장과 시로야마가 참석하기로 했다.

시로야마는 내일 아침 임원회의를 한 시간 빠른 8시에 열겠다는 지시만 내렸다. 기존 안건 외에 임원의 안전 확보를 위한 대책을 논의해야 했다.

"자, 그럼 점심이나 먹으러 갑시다. 특약점 분들에게 잘 설명해주십시오."

오 분도 안 되어 산회하고, 도쿄로 돌아가야 하는 시로야마와 스즈키는 대강 옷을 갈아입고 회사 차량에 올랐다. 시로야마는 자꾸 처지는 기분을 끌어올릴 필요를 느끼고 아직 시제품 단계인 내년 봄 신상품을 떠올렸다. 출시만 하면 분명 제2의 라거가 되어줄 그 신상품은 침체된 맥주산업에 활기를 불어넣을 겸 초년도 판매량을 5000만 상자로 잡을 계획이다. 그러나 스즈키와 나란히 앉아서는 그런 기분전환도 뜻대로 되지 않았다.

차 안에서 스즈키는 "그러고 보니 지난주 자민당 파티에서 S를 만났네" 하고 입을 열었다. "현 연립정권은 조만간 무너질 테니 그뒤에 있을 총선거 때 잘 부탁한다더군. 그렇게 노골적인 부탁은 나도 처음 들어봤어."

"파티 참석만으로는 부족하다는 투던가요?"

"그렇지. 고쿠라 의혹으로 정신없을 마당에 대체 무슨 꿍꿍이인지 모르겠어. 자네도 조만간 만날 기회가 생기면 슬쩍 주의를 주는 것이 좋겠네. 다마루 같은 인간이 파고들면 골치 아프니까."

"파티 참석 이상의 부탁은 거절할 겁니다."

"그럴 수 있으면 좋지."

"적어도 의사 표시는 해야겠군요."

시로야마는 제2의 라거라는 한 가지 희망 옆에 상식만으로는 굴러가지 않는 기업 풍토에 대한 경계심과 혐오감을 나란히 놓고 우울해졌지만, 그런 본심을 신중하게 옆으로 치워두는 두꺼운 낯짝도 지난 사 년사이 체득한 바였다.

3

"모노이 씨, 빙수 드세요!"

가게 안에서 약사 아주머니가 불렀다. "딸기랑 멜론이 있는데, 뭘로 드실래요?" 요란한 목소리가 골목길에 물을 뿌리고 있는 모노이의 머리 위를 날아가 한여름 땡볕 속으로 증발했다.

"난 됐으니 그쪽이나 드쇼."

모노이는 그렇게만 대답하고 갈대발 아래 핀 나팔꽃을 들여다보았다. 올여름은 폭염 탓에 꽃 크기가 직경 3센티미터 정도밖에 되지 않고, 이른 아침에 피어도 약국 문을 여는 아침 9시쯤이면 벌써 오므라들어 고개를 숙여버린다. 땡볕 아래 맥없이 줄기를 뻗은 나팔꽃을 바라보던 모노이는 문득 수명이 다해가는 이 녀석은 제 일생에 만족할까 생각하며, 나팔꽃에 대고 무심결에 혼잣말을 중얼거렸다.

아주머니가 100엔짜리 빙수를 사각사각 떠먹으며 문밖으로 얼굴을 내밀더니 "시든 꽃이나 들여다보고 있으면 덩달아 기운 빠져요"라고 말했다. 그녀는 날이 더워지기 전에 장이나 봐야겠다면서 10시쯤 상점 가에 가서 빙수와 칡떡을 사온 참이다. 아침부터 그렇게 먹고도 점심에는 또 소면 두 그릇 정도를 해치운다.

"아유, 그렇게 볕에 있으면 일사병 걸려요. 들어와서 보리차나 드세요. 좀 있다 점심으로 소면 삶을 테니까."

"오늘 점심은 됐네. 일찌감치 물에 밥이나 말아먹고 아키가와에 갈 거야."

"어제도 가시더니. 이 더위에 참 별나시네."

"이녁도 내 나이쯤 돼보면 알 걸세."

"나도 낼모레가 환갑인데요, 뭘. 나이 먹는 생각은 하기 싫네요."

약사 아주머니는 입안 가득 빙수를 떠넣고 안으로 들어가버렸다. 가게 안쪽 거실, 보는 사람도 없는 텔레비전에서 고교 야구 시합이 나오고 있었다. 모노이는 양동이에 남은 물을 아스팔트에 쏟아버리고, 그러고 보니 어제도 아키가와에 갔었구나 생각했다.

모노이는 생각할 거리가 많을 뿐 우울하진 않았다. 정리하거나 관리해야 할, 특별한 감정도 부르지 않는 일이 인생에 줄줄이 있으니, 체력이 달리지 않도록 하루 시간을 적당히 안배해 하나하나 해치워갈 뿐이다. 하루에 몇 번 골목에 물 뿌리는 일, 나팔꽃을 돌보는 일, 점심에 소면을 먹는 일, 아키가와 양로원에 있는 오카무라 세이지를 하루걸러 문병하는 일까지 늘 같은 리듬으로 흘러간다.

거실로 들어온 모노이는 불단 앞에 앉아 종을 한 번 울리고 합장한 후 아침에 공양한 흰쌀밥 공기를 물렸다. 처 요시에, 손자 다카유키, 사위 하타노, 고향의 조부모와 아버지 등 고인이 된 가족이 많은지라 한데 모아 공양밥 한 공기로 대신하고 있는데, 이중에 형 오카무라 세이지가 없다는 것은 생각할수록 기묘한 일이었다. 벌써 사십 년 전 죽은 줄 알았던 사람이 아직 살아 있고, 살아 있어야 할 이들은 저세상으로 가버렸으니.

물린 공양밥에 보리차를 붓고 오이절임과 가지절임을 꺼내 간단히 점심을 때우면서, 모노이는 자신이 이틀 내리 아키가와의 양로원에 가려는 이유를 떠올렸다.

석 달 전인 5월 초 세이지의 생존을 확인했을 때부터, 모노이는 세이지를 집에 데려와 보살필 생각을 했다. 우연히 재회한 지 석 달밖에 안 된 노인에게 혈육의 정 같은 것을 느낄 여지는 없었지만, 그래도 피를 나눈 친형제라 생각하니 직접 보살피는 것이 도리라는 생각이 들었고, 그로써 제 마음도 좀더 편해지지 않을까 싶기도 했다. 노쇠의 무기력에 시달리며 끙끙대느니 일단 손발을 움직여 뭐라도 하는 편이 나을 것이다. 요는 세이지를 위해서라기보다 자신을 위해서였다. 그러나 솔직히 서로의 나이를 생각하고 망설였다가, 인생도 거의 끝이니 체력이 남은 동안 베풀자고 생각을 고쳤다가도, 이제 와서 뭘, 하는 마음에 막상 행동으로 옮기기가 쉽지 않았다.

그렇게 하루하루 결정을 미루며 한여름을 맞고 나니 세이지의 몸은 눈에 띄게 쇠약해졌고, 빨대 컵으로 조금씩 마셔오던 맥주도 어제는 입에 대려고 하지 않았다. 모노이가 사간 수박도 한 입밖에 먹지 않았다. 애초에 자리보전에 가까운 상태였으니 식사량이 적은 것은 특별히 걱정할 일이 아니라지만, 어제의 모습은 아무래도 마음에 걸려서 아침에 일어나자마자 오늘도 가봐야겠다고 생각했던 것이다.

치매를 앓는 세이지를 집에 데려와 보살피는 것이 물리적으로 가능할까? 만약 다른 조건이 갖춰진다 해도, 내가 정말로 세이지를 돌볼 수 있을까? 온전히 혼자 결정할 일이고 재촉하는 사람도 없지만 이제는 시간이 별로 없다. 찻물에 만 밥을 떠먹으며 모노이는 생각했다.

모노이는 상점가 세일 때 사놓은 여름 셔츠와 빨아둔 속옷, 수건 등을 보스턴백에 챙겼다. 그러고는 셔츠를 새로 갈아입고 볕을 가릴 모자를 쓰고, 저녁에 나팔꽃에 물이나 한번 주라고 약사 아주머니한테 부탁하고는, 가게 앞 버스정류장에서 가마타행 노선버스를 탔다.

오카무라 세이지가 아키가와 시 교외의 양로원에 들어간 것은 1990년, 일흔다섯 살 때라고 했다. 흥신소를 통해 알아낸 바로는 1950년부터 1953년까지 스기나미 구의 사립 고등학교에서 보조교사로 일했고, 학교 사정으로 그만둔 뒤로 작은 인쇄회사와 창고회사, 식품도매상 등을 전전하다가, 마지막 십 년은 구로다 구의 어느 사택에서 관리인으로 일하며 숙식했다고 한다. 흥신소가 세이지의 행방을 금방 찾아내지 못한 것은 그가 교직을 그만둔 뒤 본명을 쓰지 않았고 주소 변경도 제대로 하지 않아서였다. 덕분에 모노이가 흥신소에 지불한 돈은 30만 엔 가까이 되었다.

세이지는 꽤 예전부터 병원을 드나든 모양이었고, 1985년에는 사택의 자기 방 창밖으로 수백 권의 책을 내던지다가 이웃 주민의 신고를 받고 온 경찰에 의해 도립 보쿠토 병원에 수용되었다고 한다. 그후 도립 마쓰자와 병원과 도쿄 무사시노 병원 등을 전전하다가, 복지사무소의 도움으로 어렵사리 아키가와 시 양로원에 들어간 것이 사 년 전이었다. 작년까지는 혼자 산책도 했다는데, 올해 5월 모노이가 만났을 때는 자리보전이나 다름없이 6인실 침상에 누워 있었다. 모노이도 번쩍 들어올릴 수 있을 만큼 작고 수척한 체구에, 조금 자란 빡빡머리가 새하얬다. 주름살 탓인지 표정 탓인지 옛날 하치노헤에서 몇 번 보았던 얼굴과 통 겹쳐지지 않고 전혀 모르는 사람을 만난 느낌이었다.

"세이지 형님. 저, 모노이 세이조입니다. 헤라이무라에 살던 세이조예요." 말을 걸자 세이지는 "아, 예, 예, 세이조 씨, 그렇습니까, 세이조 씨요." 하고 연방 고개를 끄덕이며 대답했다. 그러나 모노이를 쳐다보는 눈에는 표정도 움직임도 없어서, 헤라이무라의 모노이 세이조를 정말로 알아보았는지는 분명치 않았다. 그런 상황은 지금도 마찬가지였다.

양로원 직원 말로는 치매 혹은 가성 치매 증상을 보이고 가벼운 의식 장애나 진행마비도 있어서, 제 이름이나 오늘 날짜 같은 것은 간신히 분별해도 여기가 어딘지, 예전에 어디서 뭘 했는지, 태어난 고향이나 가족 이름이 뭔지 등은 기억하지 못하는 것 같다고 했다. 그러나 머릿속 상태가 어떻든 잠옷 차림으로 웅크리고 누운 눈앞의 남자는 생물이라기보다 물체에 가까워 보일 정도로 조용했고, 기저귀 냄새 말고는 체취도 없었으며, 성별도 세상살이의 비애도 이미 소멸되고 없었다. 같은 방을 쓰는 다른 노인들도 대체로 그랬지만 특히나 세이지는 어쩌면 이렇게까지 시들어버렸을까 싶을 만큼 바싹 마르고 가벼워서 숫제 청량한 분위기마저 풍겼다. 아아, 여기 오는 게 싫지만은 않구나. 모노이가 처음 그렇게 느낀 것도 그런 조용함 때문이었다.

하루걸러 찾아가면서 모노이는 매번 "세이지 형님, 헤라이무라의 세이조입니다"라고 말을 걸었다. 세이지도 언제부턴가 "아, 세이조 씨, 안녕하세요"라고 대답하게 되었지만 그뿐이었다. 숟갈을 내밀면 입을 벌려 받아먹고, 빨대 컵에 따라준 맥주를 마시고, 셔츠와 바지로 갈아입혀 휠체어에 태워서 산책 나갈 때도 얌전히 따랐다. 아내 요시에가 입원했을 때도 숟갈로 음식을 떠먹이고 기저귀를 갈아주었던 모노이는, 부모를 모시지 못한 대신 세이지를 간병하는 거라고 스스로를 타이르곤 했다.

양로원에 드나들면서 모노이는 묵묵부답인 세이지를 상대로 이런저런 이야기를 했다. 주로 헤라이무라나 하치노헤 시절의 추억담이었는데, 막상 이야기를 시작하니 지금껏 기억 속에 묻혀 있던 자잘한 일이 끝도 없이 잇따라 튀어나왔다. 모노이가 가네모토 주물공장에 수습공으로 들어갔을 당시 세이지는 이미 히노데에서 일하고 있었는데, 그해 여름 백중절 휴가에 귀성한 세이지가 주물공장으로 찾아온 적이 있었다. 그땐 이미 친형이라는 느낌도 희박했던 세이지는 고급 양복 차림으로 문 앞에 나타나 "우리 세이조가 신세가 많습니다" 하며 모자를 벗고 공장장에게 정중하게 인사하고, 잔뜩 긴장한 모노이에게 "잘 있었냐? 뭐 힘든 건 없어?"라고 말을 건넸다. 친절한 표정이지만 말투는 늘 조금 일방적이었고, 피를 나누었을지언정 태어날 때부터 떨어져서 산 동생에 대한 조심성과, 둘 사이에 공유할 만한 것이 전혀 없다는 당혹감을 연장자의 처지에서 애써 감추려는 듯 보이기도 했다.

그때 세이지는 모노이에게 용돈을 몇 엔 쥐여주고 "맥주공장에서도 주물을 사용한단다. 무언가를 만든다는 것은 귀한 일이니 열심히 하거라"라는 상투적인 말을 남기고 돌아갔다.

오카무라 상회의 후처가 친자식을 낳은 뒤로는 세이지가 하치노헤에 좀처럼 발걸음하지 않아서, 그다음 두 사람이 만난 것은 세이지가 1942년 소집영장을 받고 귀성했을 때였다. 가네모토 사장이 소식을 듣고 와서는 네 형이 군대에 간다고 하니 환송해주고 오라 했다. 모노이가 작업복 차림 그대로 모토하치노헤 역에 갔을 때 역사는 이미 환송의 깃발들에 파묻혀 있었다. 모노이는 사람들 무리 너머로 '무운장구武運長久'라고 쓰인 어깨띠를 두르고 서 있는 세이지를 발견했다. 함께 출정하는 대여섯 명 중에서도 가장 몸집이 작고 낮이 창백한 형을 바라보다가, 그쪽에서 모노이를 발견하고 살짝 웃어 보여서 모노이도 겸연쩍은 웃음으로 화답했다. 기차가 떠난 뒤 뿔뿔이 흩어지는 무리 속에서 부모의 모습도 발견했는데, 어머니는 남들 눈이 의식되는지 내내 고개를 숙이고 있었다.

모노이가 그런 이야기를 하면 세이지는 늘 무표정한 얼굴로 듣는지 마는지 알 수 없는 반응을 보였지만, 어느 날 모노이가 "히노데 맥주를 아십니까?"라고 묻자 몇 분 뒤 갑자기 생각난 양 "히노데 맥주는 맛있었어"라고 대꾸했다. 1947년 그가 쓴 편지를 녹음했다는 테이프에도 몇 번이나 히노데 맥주는 맛있었다는 말이 나왔는데, 마치 그 시절이 떠오른 것처럼 회고하는 말투였다. 하지만 "가나가와 공장이 기억나세요?"라고 모노이가 재차 물었을 때는 아무 대답이 없었다.

그뒤로 모노이는 매번 히노데 캔맥주를 사들고 가서, 빨대 컵에 옮겨 세이지에게 먹여주었다. 어제 세이지는 맥주를 마시진 않았지만 모노이가 따서 탁자에 올려놓은 캔을 한동안 지그시 바라보았다. 히노데라거, 반세기 전과 다름없이 날개를 펼친 금빛 봉황이 그려진 캔이었다. 너무 오래 바라보고 있어서 모노이가 "히노데 상표는 예전과 똑같네요"라고 말하자, 세이지는 잠시 뜸을 들인 뒤 "히노데 맥주는 맛있었어"라고만 중얼거렸다.

모노이는 이쓰카이치 선 아키가와 역에 내려 역 앞 상점에서 캔맥주와 세이지가 좋아하는 물양갱을 사들고 버스를 탔다. 다키야마 거리를 강을 따라 오 분쯤 올라가면 구릉지에 자리잡은 니시다마 공동묘지 옆으로 양로원 료쿠후엔이 보인다.

버스정류장에서 오 분쯤 언덕길을 올라오느라 땀투성이가 된 채로 양로원 현관에 다다랐다. 일단 땀부터 훔치고 있는데 사무국 창구에서 "어머, 어서 오세요. 오카무라 할아버지는 지금 낮잠 주무실 시간인데, 일어나셨으려나" 하는 여자 직원의 밝은 목소리가 날아들었다. 이곳 직원들은 입소자든 방문자든 노인을 상대로는 항상 유치원생 같은 말투를 쓴다. 모노이는 그것이 영 어색했지만 달갑지 않은 속마음과 반대로 입에서는 "예, 잠시 실례합니다" 하는 순종적인 말이 나오고 몸이 자연스레 앞으로 숙여졌다. 사무국 창구를 향해 두어 번 고개를 꾸벅이고는 슬리퍼로 갈아신고, 자리보전하는 노인들이 모여 있는 건물로 향했다.

직원 말대로 지금 같은 오후 2시쯤에는 입소자 태반이 낮잠을 자고 있어서 오락 행사나 순찰 등이 없다. 썰렁할 만큼 말끔한 리놀륨 바닥 위로 철망 너머 바깥의 열기가 아른아른 흘러들고, 어디선가 풍경 소리가 들렸다. 방문은 모두 활짝 열려 있었다. 모노이는 고개를 빼고 그중 한 방을 들여다보았다.

나란히 놓인 여섯 침대 중 제일 안쪽이 세이지의 자리다. 이 시간쯤이면 서쪽에서 볕이 들기 시작하는 그곳에서 세이지는 눈을 뜬 채 베개를 베고 똑바로 누워 있었다. 모노이는 평소처럼 "세이지 형님" 하고 부르지도 못하고 그의 얼굴만 망연히 응시했다. 흐르던 시간이 문득 멈추고, 오래전 마을 신작로에서 보았던 짐차 위 죽은 우마 대가리들을 떠올리며 그는 잠시 넋을 놓았다.

세이지의 입은 비뚜름히 양옆으로 벌어져 있고, 천장으로 치뜬 눈에는 흰자위가 보이고, 팽팽하게 당겨진 볼은 광대뼈 아래로 쑥 들어가 있었다. 그곳에는 이미 오카무라 세이지 대신 죽은 우마와 비슷한 시신 한 구뿐이었다. 부연 흙먼지가 이는 신작로, 풀내와 매미 소리, 짐수레에 실린 시체의 기괴한 안구 따위가 모노이의 머릿속에서 어지러이 뒤엉키며 점멸했다.

한 번 심호흡한 뒤 모노이는 세이지를 데려와 함께 평온한 여생을 보내려던 계획이 이로써 사라졌음을 느끼고, 이어서 사람의 일생이란 무엇일까라는 막연한 의문을 떠올렸다. 죽을 때는 인간이나 마소나 마찬가지라는 것은 요시에를 보낼 때도 느꼈다. 숨이 끊어지기 직전 요시에는 불현듯 혼수상태에서 깨어나 괴로운 듯 소리를 내지르다가, 역시 입술을 일그러뜨리고 눈을 추하게 부릅떴다.

빨간색 긴급호출 버튼을 누르고 직원이 달려올 때까지 모노이는 끊임없이 울리는 풍경 소리를 들으며 몇 분을 기다렸다. 같은 방 노인들은 아무 말도 없었다. 한 사람은 천천히 부채질을 하며 모노이와 시신을 번갈아 바라보았고, 나머지 네 사람은 꼼짝 않고 침대에 누워 있었다. 코 고는 소리도 희미하게 들렸다. 잠시 후 의사와 직원이 와서 형식적으로 동공을 살피고 맥을 짚었다. 의사가 "워낙 연로하셨던 터라"라고 말하고, 여자 직원은 "주무시듯 조용히 가셨으니 다행이에요"라고 누구에게 하는지 알 수 없는 말을 했다.

그때 모노이는 시신으로 화한 한 남자를 바라보며 어디서 끓어오르는지 알 수 없는, 뭐라 표현하기 힘든 감정의 소용돌이에 빠졌다. 눈앞의 죽음은 예전에 보았던 몇몇 마소의 사체나 고개를 떨어뜨리고 끌려가던 고마코의 모습, 죽어서 추해진 요시에의 얼굴 따위와 분간하기 힘들게 겹쳐질 뿐, 개인적인 슬픔을 자아내지는 않았다. 그런데 불현듯 그 시신 주위로 지금까지의 제 인생이 모조리 끌려가 덜컹덜컹 소란스럽게 휩몰아치기 시작했다. 그 사이로 '인간이란 원래 이렇지' '이것이 내일의 네 모습이야'라는 제 목소리가 들리고, 그 웅성거림이 물러가고 대신 방심이 드리우자 이번에는 '세이지 씨, 원수를 갚아줄게'라는 다른 목소리가 들렸다. 모노이는 저도 모르게 귀기울이고는 그것이 반세기 전 딱 한 번 모습을 드러냈던 악귀의 목소리라고 생각했다. 다만 그 목소리를 듣고 그것을 악귀로 인식하고도, 그때와는 전혀 다르게, 스스로도 놀랄 만큼 냉정을 지킬 수 있었다.

모노이는 "히노데 맥주다"라고 읊조리는 제 목소리에 흠칫 정신을 차렸다. 방심의 터널을 빠져나오자 모노이의 머릿속에는 고마코의 눈빛 하나, 반세기에 걸친 세이지의 실의의 대가를 히노데 맥주에서 받아내야겠다는 아이디어 하나가 남았다. 모노이는 방금 떠오른 아이디어를 되짚으며 조금 낯선 기분이 들었지만, 본래 고개를 쳐들었어야 할 망설임이나 의심 따위는 제 안에 반세기 만에 뿌리내린 악귀가 벌써 뽑아버린 모양이었다. 직원이 세이지의 시신을 깨끗이 닦는 동안 모노이는 내내 그런 생각에 빠져 있었고, 그래서 친족의 죽음에 뒤따르는 각종 번잡한 절차에는 전혀 생각이 미치지 못했다.

모노이는 양로원 공중전화로 하치노헤의 오카무라 상회에 전화를 걸었지만, 대를 이어 가게를 맡은 주인은 자못 당황스러운 듯 말끝을 흐렸다. 지난 5월 세이지가 살아 있다는 사실을 알렸을 때도 마찬가지여서 예상한 반응이었다. 주인은 결국 "지금 당장은 가보기 힘듭니다. 비용은 저희가 지불할 테니 잘 좀 부탁드립니다"라고 말했다. 양로원에 물어보니 경야 독경할 스님을 부르고 화장하는 비용은 도에서 부담한다고 해서, 모노이는 다섯 자 정도의 계명*만 사찰에 수배해달라 부탁하고 장례식은 따로 필요 없다고 말했다.

망자는 저녁나절 상복 차림으로 관에 들어가 시신 안치실로 향했다. 일그러진 안면은 다행히 잠든 얼굴 비슷하게 교정되고 눈도 감겼지만, 자리를 지키는 이는 모노이밖에 없었다. 세이지에게 주려고 사온 물양갱과 캔맥주는 양로원에서 준비한 국화와 향불 옆에 공양물로 놓였다. 스님이 절에서 가져온 나무위패에는 '청청연거사淸靑蓮居士'라는 간단한 계명이 붓으로 적혀 있었다. 스님이 십오 분쯤 독경한 후, 모노이는 한 글자당 3만 엔 정도라는 양로원 직원의 귀띔을 받고 아키가와 역 앞 은

---

* 戒名, 불가에서 죽은 사람에게 붙여주는 이름.

행에 가서 찾아온 15만 엔을 종이에 싸서 건넸다. 요시에 때는 여덟 글자에 40만 엔이었으니 많이 저렴한 셈이었다.

일련의 절차는 저녁 7시가 지나서야 끝났다. 모노이는 하네다까지 갔다가 이튿날 아침 화장 시간에 맞춰 다시 오느니 이대로 양로원에서 밤을 새우기로 했다. 매사 잔소리가 많은 약사 아주머니에게 전화하자 언제 돌아가셨느냐, 향년 몇 세시냐, 예복은 어떻게 하셨느냐, 혈육이 돌아가셨는데 상중에 가게를 닫는 시늉이라도 해야 되지 않겠느냐고 연신 다그치는 통에, 모노이는 "그럼 내일은 쉬기로 합시다" 하고는 얼른 전화를 끊고 아아, 나팔꽃이 시들어버리겠구나, 생각했다.

이어서 전화 세 통을 내리 걸었다. 첫번째는 히가시코지야의 오타 제작소였다. 불황에다 백중절 연휴 직전이라 가동은 안 할 테지만 요짱은 셋방보다 시원하다는 이유로 늘 한밤중까지 혼자 공장에 나와 있었다. 아니나 다를까 요짱이 곧 전화를 받았다. "뭐하고 있어?"라고 묻자 "텔레비전"이라는 대답이 돌아왔다.

"고 가쓰미를 좀 만나고 싶은데, 연락해줄 수 있겠나?" 용건을 전하자 요짱은 무슨 일이냐고 묻지도 않고 "휴대전화 번호 알려줄게" 하고는 번호를 읊었다.

"그런데, 자네는 백중절 연휴 때 뭐할 거야?"

"딱히 할 일은 없는데."

"내일 밤 잠깐 들를게. 필요한 게 있으면 사갈까?" 모노이가 묻자 요짱은 대뜸 "멀쩡한 뇌"라고 대답했다.

모노이는 이어서 방금 요짱이 알려준 번호로 전화를 걸었다. 고 가쓰미는 이런 한여름이면 가끔 일요일에 시내 윈즈*에서 마주치는 게 전부

---

* 일본중앙경마회의 장외 마권판매소.

인지라 지금쯤 어디서 무엇을 하고 있을지 전혀 짐작이 가지 않았다.

"네, 교와 신용금고의 고입니다." 경마장에서 듣던 것과 딴판으로 사무적이고 딱딱한 목소리였다. "약국의 모노이인데"라고 말하자 고는 "늘 신세가 많습니다"라는 영업용 대사를 읊더니 "무슨 일로—" 하고 물었다.

"이봐, 4월에 후추에서 자네가 한 얘기 있잖아. 이 늙은이가 한번 진지하게 생각해보기로 했어."

"무슨 말씀이신지—"

"대기업 돈을 뜯어내자는 얘기 말이야."

그 말만 하고 모노이는 전화를 끊었다. 이어서 세번째 전화를 걸었다. 역시 휴대전화 번호고, 상대가 지금 어디 있는지는 알 수 없지만, 십중팔구 일하느라 바쁜 사정은 없을 거라 예상했다. 아니나 다를까 "한다입니다"라고 대답하는 목소리 뒤로 요란한 파친코 기계 소리가 섞여 들려왔다.

"오늘 오카무라 세이지가 죽었네. 이 늙은이가 생각해본 게 있는데, 한다, 자네 히노데 맥주에서 돈 좀 뜯어낼 생각 없나?"

짤랑거리는 기계 소리 사이로 한다가 "응? 뭐라고?" 하고 되물었다.

"4월에 후추에서 자네랑 고 가쓰미가 한 얘기 있잖아. 그거 말일세. 히노데 맥주를 협박해보자고."

모노이가 설명하자 한다는 그제야 대답을 생각하는 듯 수화기에서 몇 초 동안 구슬 떨어지는 소리만 들렸다. 이윽고 그는 "내가 명색이 형사인데"라고 대답했다.

"응, 그거야 알지."

모노이는 그렇게 대답하고 전화를 끊었다. 즉흥적인 계획이었지만, 무슨 짓을 하든 자신한테는 그럴듯한 능력이 없으니 손발이 되어줄 동료가 필요하다는 것이 제일 먼저 떠오른 생각이었다. 주위 사람 중 우선 고 가쓰미와 한다 슈헤이의 얼굴을 떠올린 것은 두 사람이 기업을 협박하자는 이야기를 나누어서가 아니라 모노이 나름대로 사람 보는 눈에 따른 직감에서였다. 고와 한다는 수락하면 필시 확신범이 되어줄 것이다. 그럴 만한 성격이라고 보았다.

모노이는 필요한 전화 통화를 스스로도 놀랄 만큼 사무적으로 마치고 시신 안치실로 돌아갔다. 저녁에 역 앞에서 사온 작은 청주 한 병을 비우고 담배를 피웠다. 침대 위에서 죽은 세이지를 발견한 직후의 급격한 감정 동요는 이제 흔적도 없이 사라졌고, 히노데 맥주에 대해 이리저리 생각해본 지금도 자신에게 특별한 변화가 일어난 것 같지는 않았다.

세이지의 시신이 불러온 터널을 빠져나오자 그 앞에 히노데 맥주가 있었다는 사실은 모노이에게 비약이 아니라 인생의 불확실성 그 자체로 다가왔다. 유복한 치과의사가 어느 날 갑자기 전찻길로 뛰어드는 세상에서, 혹은 도호쿠 데이코쿠 대학을 졸업한 수재가 누구의 보살핌도 없이 인생을 마감하는 세상에서, 일흔을 앞둔 선반공 출신의 노인이 대기업을 협박할 생각을 불시에 떠올렸을 뿐이다.

세이지의 원수를 갚는다는 그럴듯한 명분은 일찌감치 퇴색해버리고, 그저 주위를 둘러보았더니 돈이 있어서 움켜쥐는 거라는 단순한 논리만 남았다. 합리적인 이유 따위 없다. 그러나 그것이야말로 나다운 모습이라고 모노이는 생각했다. 언제였던가, 한쪽에 한 재산 거머쥔 자들이 있고 다른 한쪽에는 그 밑천을 열심히 만들어온 자들이 있다는 이 세상의 구조를 생각해보긴 했지만, 그렇다고 무슨 각성을 하지는 못한 한 사람에게는 그저 악귀가 되는 길이 어울린다.

"그러고 보니 당신도 노동자의 권리니 뭐니 주장하던 사람은 아니었지요. 나도 뭐 그런 생각을 할 머리는 없지만, 그렇다고 마소가 될 수도 없단 말이지요."

관을 향해 말하며 모노이는 청주를 한 병 더 땄다.

"어디로 가려는 것인지 나도 모르겠소만, 끝이 어디든 내 몸뚱이 하나로 감당하면 그만이니까요. 나한테는 이제 부처님도 하느님도 필요 없어요. 그래요, 그렇게 생각합니다."

모노이는 신을 벗고 소파에 몸을 묻고서 두 병째 청주를 마셨다. 납관까지 마치자 어느새 세이지의 얼굴이 멀어지고, 한나절 전만 해도 그를 집에 데려와 보살필까 했던 기억 또한 어딘가로 사라져버렸다. 모노이는 변함없는 허무에 둘러싸인 채 아지랑이처럼 흐릿해지며 흘러가는 시간에 잠겼다. 아니, 뱃속에 자리잡은 악귀 덕분에 어딘가가 부어올라 열을 품은 느낌이 아주 약간 드는 것도 같았다.

두 병째 청주를 조금 남기고 꾸벅꾸벅 졸면서, 모노이는 헤라이무라의 조부모와 부모형제 얼굴을 하나하나 떠올리고 앨범을 넘겨보듯이 머릿속에 나열했다. 이상하게도 오카무라 세이지를 비롯해 지금껏 하나같이 희미하고 얌전한 인상이라고 생각해온 이들이, 가만 보니 각자 얼굴이 굳어 있거나 음울하거나 조금 험악하거나 하는 식으로 죄 보잘 것없는 어중이떠중이였다.

그리고 기억의 페이지를 또 한 장 넘기자 모노이 일가 특유의 하관이 좁은 역삼각형 얼굴들 가운데 한층 음험한 외눈을 번뜩이는 열일고여덟 살의 세이조가 있었다. 하치노헤 주물공장에서 찍은 기념사진 중 한 장이었다. 역시 이때부터 악귀의 싹이 있었구나. 그 얼굴을 들여다보고 조금 놀라면서 모노이는 고개를 끄덕였다.

이튿날 오전 모노이는 시립 화장장에서 세이지를 화장하고 유골함과 위패를 보자기에 싸서 오후 2시쯤 하네다로 돌아왔다. 약국 유리문에 약사 아주머니가 써붙인 임시휴업 알림문에서 '상중'이라는 글자가 유난히 도드라져 보였다. 다른 일은 제쳐두고 시든 나팔꽃에 양동이 한가득 물부터 주고, 유골함과 위패를 불단에 모신 뒤 향을 올리고 종을 땡울리고 합장했다. 위패들로 가득찬 작은 불단을 새삼 바라보니 마치 일가족 일곱 명이 이로리 주위에 모여 칼잠을 자던 헤라이무라 고향집의 풍경 같았다.

지난밤 잠을 못 자서 한 시간 정도 눈을 붙였는데, 곧 이웃들이 "또 누가 돌아가셨소?" "분향해도 될까요?" 하며 삼삼오오 찾아왔다. 모노이는 생각하는 바가 있어 짐짓 자연스레 그들을 맞아, 한가한 노인답게 맥주와 청주를 마셔가며 소싯적 추억담으로 이야기꽃을 피웠지만, 실은 절반도 귀에 들어오지 않았다.

저녁에 분향하러 온 이웃 식당 주인에게 장어구이 도시락 두 개를 주문하고 적당한 때를 봐서 자전거를 타고 약국을 나선 것은 아직 해가 떨어지지 않은 저녁 6시 직후였다. '백중절 휴무'라고 써붙인 오타 제작소의 철문은 활짝 열려 있고 안쪽 작업대에 요짱이 웅크리고 앉아 있었다. 줄질을 하는 손 쪽을 들여다보니 바이트 팁과 칩 브레이커 각도를 잡는 중이었다. 길이 100분의 5밀리미터 정도를 다루는 정교한 손작업이다. 모노이는 십 년도 전부터 요짱에게 바이트 날이 무뎌지는 것을 방지하려면 시간 날 때마다 각을 잡아두는 게 좋다고 일러주었지만, 현장 작업에 쫓기다보면 그 스스로도 좀처럼 그러기 힘들었다.

요짱은 고개도 들지 않고 "점심때 고가 왔었어"라고 말했다. "모노이 씨를 어떻게 생각하느냐고 묻던데." 그렇게 내처 말하더니 어깨를 살짝 흔들며 웃는 눈치였다.

"그래서 뭐라고 했나?" 모노이가 물었지만 요짱은 얼른 대답할 마음이 없는지, 아니면 자기가 방금 한 말을 잊어버렸는지 기름 범벅이 된

손으로 묵묵히 줄질만 했다. 요쨩은 불경기로 일감이 줄어든 지금도 하루 열두 시간 넘게 공장을 지키면서 일이 없을 때는 바이트나 프라이스를 하나하나 연마해두기 때문에, 이 공장의 공구는 모두 숨막힐 정도로 빛이 난다.

"손 씻고 와. 장어나 먹자고."

"맥주 사올게."

요쨩은 나갔다가 삼 분쯤 뒤 돌아와 히노데 슈프림 캔맥주 세 개와 청주 작은 병 두 개를 작업대에 내려놓았다. 아직 따뜻한 도시락을 작업대 위에 펼쳐놓고 모노이는 청주, 요쨩은 맥주로 건배하고 먹기 시작했다. 활짝 열어둔 문 밖에서 이제야 열기가 조금 수그러든 저녁 바람이 불어들었다.

지난밤 모노이의 전화를 받고 냉큼 요쨩을 찾아와 탐색 작업을 벌이면서 고 가쓰미는 대체 무슨 이야기를 했을까? "고한테 이 늙은이에 대해 뭐라고 말했어?" 모노이가 다시 묻자 요쨩은 입이 미어지도록 밥을 우적거리며 한마디했다.

"선인과 악인의 중간쯤."

"그럴지도 모르지. 자네가 말하는 선인은 어떤 사람이야?"

"우리 고아원의 주방 아줌마 같은 사람."

"허."

"고아원 졸업생들에게 매년 빠짐없이 엽서를 보내주었는데, 지난달 죽었대."

요쨩은 작업복 바지 주머니에서 엽서 한 장을 꺼내 내밀었다. 고아원에서 열리는 고별회 안내장으로, 고인의 성은 기무라, 향년 예순아홉 살이었다. 낯선 동갑내기 선인에 대해 모노이가 품을 만한 소회는 없었지만, 소인으로 보아 어제쯤 도착한 듯한 엽서를 주머니에 소중히 넣어둔 젊은이의 정신구조는 더더욱 알 길이 없었다.

엽서를 돌려준 모노이는 "실은 어제 이 늙은이의 친형이 죽었어. 오늘 화장하고 온 참이야"라고 말했다. 그러자 요짱은 잠시 젓가락질을 멈추고 마주보았다. 모노이는 "어릴 때 다른 집 양자로 들어가서 얼굴도 모르던 사람이야"라고 얼른 덧붙였다.

잠시 후 요짱은 "고의 할머니도 자궁암으로 오늘내일하나봐"라고 말하고는 또 잠시 뜸을 두다가, 문득 생각났다는 듯 "줄초상이군" 하고 중얼거렸다. 듣고 보니 과연 많이들 죽어나가는 여름이라는 생각이 들었다.

"─그래, 고가 또 무슨 얘기를 하던가?"

"오늘밤 퇴근길에 들르겠대. 모노이 씨랑 할 얘기가 있다던데."

"그래?"

정말이라면 시중 신용금고 직원의 반응치고는 조금 조급하군. 모노이는 생각했다. 그러나 한편으로 애초에 그의 일자리는 임시방편이거나 가면이리라 짐작해온 터라, 모노이가 보낸 신호에 곧장 반응했다 해도 놀랍지 않았다. 문제는 가면 아래 어떤 얼굴이 '기업에서 돈을 뜯어낸다'는 모노이의 한마디에 반응했는지였다. 아니, 그보다 과연 고가 요짱에게 그 이야기를 했는지가 더 궁금했다. 모노이는 짐짓 자연스럽게 돈 이야기를 꺼냈다.

"자네는 돈이 있으면 뭘 할 건가?"

"넓은 못자리를 사서 영구 사용료를 내고 튼튼한 무덤을 만들 거야. 나는 조상을 모르고 자란 놈이라 가족묘지가 없거든." 요짱이 대답했다. 여느 때처럼 무표정해서 진담인지 농담인지 알 수 없었다.

"원하는 게 묘지뿐인가?"

"돈으로 살 수 있는 거라면, 그렇지."

216

"자네가 하는 말은 통 모르겠군."

"모노이 씨는 돈 있으면 뭘 할 건데?"

"글쎄, 묫자리는 이미 있고—"

"경마 베팅에 쏟아부으려나."

"글쎄."

"대기업에서 돈을 뜯어내겠다며? 고한테 들었어."

요짱은 나무도시락에 남은 밥 알갱이를 젓가락으로 집으며 잡담이라도 하는 투로 핵심을 건드렸다.

"그런 생각도 있다, 는 얘기야."

"그래도 갑작스럽네."

"깊은 뜻은 없어. 살다보니 늙은이 인생이 이 지경까지 왔을 뿐이야."

"엄청 놀랐어."

요짱은 잠시 뜸을 두고 한마디하고서 작업대 위 텔레비전을 틀었다. 환해진 브라운관에서 한 옥타브 높은 탤런트들의 목소리가 튀어나왔다.

요짱은 깔깔 웃어대는 탤런트들을 눈 하나 깜짝하지 않고 응시했고, 모노이는 돋보기를 벗고 누가 누구인지 모르게 엇비슷한 얼굴들을 바라보았다.

"얘들, 다운타운인가?"

"돈네루즈."

"죄 비슷하게 생겨서 원."

"모노이 씨. 정말 기업에서 돈 뜯어낼 거야?"

"고랑 상의해서 결정하려고."

"이제 경마도 끊고?"

"아니. 이 늙은이 생활은 아무것도 변하지 않을 거야. 아마도."

"나는 상상력이 없어서."

상상력이 없어서 모르겠다 말하고 싶은 걸까. 요짱은 빈 도시락과 캔을 치우고 텔레비전을 틀어놓은 채 다시 바이트 연마 작업을 시작했다.

한편 모노이는 기업을 협박한다는 생각을 떠올릴 당시 요짱의 존재를 전혀 염두에 두지 않았음을 떠올리고, 애초 고려하지도 않았던 지엽적인 문제로 조금 마음이 무거워졌다. 요짱에게 냉큼 이야기를 퍼뜨린 고도 고지만, 무슨 일을 벌이려면 주위 사람 입단속을 비롯해 먼저 해치워야 할 일이 산더미처럼 많다는 사실을 잊고 있었던 것이다. 한편으로는 어차피 선인이 할 짓도 아닌데 남의 신변까지 뭘 걱정하느냐는 생각도 들었다.

"요짱. 그냥 이 늙은이 혼자서 해본 생각이야."

"아무한테도 말 안 해." 숫돌 위로 숙인 머리가 대답했다. "그런데, 고가 오면 옆에서 같이 얘기 들어도 돼?"

"들어서 어쩌게?"

"나도 고려중이야."

"인생 망가져."

요짱은 못 들은 척하고 대답을 피했다. 그리고 잠시 후 생각난 듯 고인이 처음 맞는 우란분*에는 부조 봉투에 뭐라고 쓰느냐고 물어서, 모노이는 '고쿠御供'라고 일러주었다.

고 가쓰미가 공장에 나타난 것은 밤 9시가 넘어서였다. 양복 차림에 서류가방을 들고 있어서 퇴근길임을 한눈에 알아볼 수 있었다. 경마장에서와는 전혀 다른 차림새였지만 "덥네"라고 중얼거리며 들어오기 무섭게 넥타이를 풀어헤치자 정체를 짐작기 힘든 평소의 얼굴이 돌아왔다.

---

* 사후에 거꾸로 매달리는 고통을 받는 영혼을 위해 행하는 불교 의식.

"어제 모노이 씨 전화 받았을 때는 회의중이었어." 고는 먼저 그렇게 변명했다. 그러고는 요짱이 건넨 캔맥주를 마시고 지난번 왔을 때 작업대 서랍에 넣어둔 듯한 과자 봉지를 꺼내더니 "여름엔 영 밥이 안 먹혀서" 하며 한 움큼 입안에 던져넣었다. 보아하니 일상이 늘 이런 식인 모양이었다. 긴자에서 술을 마시고 돌아다니는 눈치도 아니고, 제 입으로 밤에는 보통 컴퓨터를 만지거나 책을 읽는다고 한 말이 거짓은 아닌 것 같았다. 오늘밤도 이렇게 태연한 얼굴로 나타난 고를 보며, 모노이는 어제 기업에서 돈을 뜯어내자는 이야기도 지금 같은 샐러리맨 얼굴로 듣고 있었을까 생각했다.

"난데없는 전화에 놀랐겠구먼."

"별로 놀라진 않았어. 우리처럼 돈놀이하는 놈들이 매일 하는 짓에 비하면 기업을 공갈 협박하는 것쯤이야."

고가 냉소적으로 대답했다. 말투처럼 자못 나른한 표정이었다.

"허. 그런가."

"어차피 도의고 나발이고 없는 세상이니 대놓고 후려치는 게 낫지. 수지타산도 확실하고."

그러고 보니 고는 예전에 몇 번 금융기관의 실제 수지타산은 예금자들이 맡겨둔 돈을 몽땅 인출해가는 소동이라도 일어나서 업무가 정지되기 전에는 알 수 없다고 말한 적이 있었다. 가령 1억을 융자해간 곳에서 자금이 돌지 않아 이자를 내지 못하면 그 이자만큼 추가로 융자해주고 실적을 올린다. 끝내 원금 상환이 불가능해지면 담보물을 처분하는데, 땅값이 떨어져 담보물 가격도 덩달아 하락한 요즘은 그렇게 청산하는 대신 자사 계열 비금융권을 통해 새로운 융자를 받도록 도와준다. 1억의 대차 관계는 그런 식으로 분산되거나 우회를 거듭하면서, 아무도 손실을 계산하지 않은 상태에서 어디 하나가 나자빠질 때까지 굴러가는 것이다.

　금융기관은 돈을 빌려주지 않으면 수익을 내지 못한다. 돈이 남아돌 때 시중은행은 신용금고 등에 수천억 단위를 불입해두는데, 고가 일하는 교와 신용금고만 해도 현재 수신고의 4할이 시중은행에서 들어온 돈이라고 한다. 신용금고는 그 보답으로 은행이 소개하는 기업에 융자를 해주고, 은행은 예금이자를 알뜰하게 챙긴다. 한편 신용금고는 은행의 예금으로 융자를 확대해 실적을 올린다. 그래서 어느 곳이나 장부상으로는 대변과 차변의 금액이 일치하는 것처럼 보이지만, 사실상 맞아떨어지는 것은 숫자뿐이라는 이야기였다.

　고는 자기는 거리낄 게 없다는 투로 그런 얘기를 했는데, 모노이는 새삼 그에게서 무책임하다기보다 사회 자체에 철저히 무관심하다는 인상을 받았다. 그 무관심은 때때로 무색무취의 독처럼 고의 말투를 뒤덮었고, 일요일마다 느꼈던 야쿠자 같은 분위기 역시 대개 지독한 무관심에서 배어나온 것일 터였다.

　여하튼 모노이도 '별로 놀라진 않았다'고 잘라 말하는 고가 놀랍지 않았다. 상대가 금융기관의 부실 경영을 진지하게 고민하는 훌륭한 인간이었다면 애초에 이런 이야기를 꺼내지도 않았다.

　"자네가 일하는 교와는 요즘 어떤가?"

　"시중은행이 예금을 빼기 시작했어."

　"호오."

　"그 구멍을 메꾸느라 요즘은 일반인 상대로 고액 정기예금을 모집하고 있지. 이번에 우리가 내놓은 1,000만 엔 이상 일 년짜리 정기예금 금리가 4.2퍼센트야. 시중은행의 두 배지. 어제 영업회의에서도 그 이야기를 했어. 4.2퍼센트를 미끼로 뿌리라고."

　"4.2라니, 대단하네."

"기준 대부 이율에 조달 비용을 더했을 때 이익이 나는 한계가 2.5퍼센트야. 그보다 높은 이자를 주면 예금자를 받을수록 적자가 늘지. 그래도 유치하라는 거야."

고는 그렇게 말하고 "맥주 좀 사와" 하며 천 엔짜리 두 장을 요짱에게 건네주고는 던힐 담배를 한 개비 꺼내 물었다. 처음 보았을 때부터 고는 던힐을 피웠다. 라이터는 카르티에. 모노이가 그런 외국 브랜드명을 기억하는 것은 딸 미쓰코가 하고 다니던 손목시계나 핸드백 때문이었다. 처음에는 카르티에가 '카루이치에*'로 들려서 고개를 갸웃했고, 가격을 듣고는 한숨을 지었다. 무관심의 껍데기를 쓰고 있지만 고도 제법 높은 급료를 받는 입장이니, 오늘밤 하는 얘기에는 예금주에 대한 얼마간의 죄의식이나 제 업무에 대한 혐오감이 은연중에 깔려 있지 않을까, 모노이는 나름대로 판단했다.

"그래서, 어제 내가 한 전화 말인데—"

"안 놀랐다고 말은 했어도, 다짜고짜 기업을 어쩌자고 하니 당황스럽긴 했어."

"이유라고 하긴 뭣하지만, 어제 일흔아홉 살 된 형님이 양로원에서 죽었어."

모노이는 오카무라 세이지와 자신의 관계, 세이지가 히노데 맥주에서 일했다는 것, 패전 후 혼란기에 해고되었고, 그뒤 이런저런 일자리를 전전하다가 결국 치매로 일생을 마감했다는 것을 간단하고도 모호하게 이야기했다. 그저 지독히 운이 없는 인생을 산 이가 하나 있었다는 식으로.

고는 작업대 위의 빈 맥주캔을 만지작거리며 이야기를 듣다가 이윽

---

* 일본어로 '잔꾀'라는 뜻.

고 말했다. "견고한 기업일수록 사람을 쓰다 버리고 잘라내면서 살아남은 건 분명한 사실이지." 그러고는 "그러니 착실하게 자본을 쌓을 수 있었을 테고"라고 덧붙였다.

"그런데 모노이 씨는 딱히 돈이 아쉬운 처지도 아닐 텐데, 뭣 때문에 기업을 협박하겠다는 거지?"

"늙은이의 육십구 년 인생 말로가 마침 여기까지 다다른 셈이지." 모노이는 표현을 골라가며 대답했다. "자네한테 얘기한 건 기업 재무에 밝은 사람의 의견을 듣고 싶어서야. 자네가 무리라고 하면 나도 생각을 고치는 수밖에."

"기업은 체면이나 신용과 관련된 부분을 공격당하면, 어지간한 액수가 아닌 이상 달라는 대로 내놓게 되어 있어. 무리라고 생각하지는 않아."

"히노데 맥주는 어때?"

"히노데라—"고는 손끝으로 쥔 담배를 바라보며 잠시 머릿속으로 계산하는 듯한 표정을 지었다. 그러고는 "나쁘진 않지"라고 한마디하고, 다시 과자를 한 움큼 입안에 던져넣었다.

"나쁘지 않다면?"

"식품이나 음료 쪽은 주가가 비교적 쉽게 변동하거든. 기계나 금속과 달리 소비자와 직결된 장사니까, 공갈도 배로 먹히지."

모노이는 고가 어떤 머리로 이런 생각과 말을 하는지 짐작도 못하겠다고 생각하며 귀를 기울였다. 매일 금융업계에서 공갈 협박이나 다름없는 실상을 접하는 탓인지, 아니면 집안 사업 때문에 그쪽 세계의 공기를 맡으며 살아서인지, 이렇게 평범한 샐러리맨 얼굴 아래를 슬쩍 들여다보면 고 가쓰미라는 정체 모를 남자가 모습을 드러내곤 했다.

그렇지만 종종 공장에 들러 작업대 위에 캔맥주와 과자를 늘어놓고 요쌍에게 컴퓨터를 가르쳐주거나 함께 비디오게임을 하며 낄낄대는 것도 틀림없는 고 가쓰미였고, 지금도 결코 음험한 눈빛이라고 할 수는 없었다. 오히려 속없는 어린애처럼 무방비하게 다리를 아무렇게나 내던지고 얼마간 스스로를 드러낸 결과가 이 모습인 것이다.

일면 위험하고, 일면 무해하다. 양면을 합치면 어떻게 될지 짐작할 수 없는 남자라고 모노이는 생각했다. 그러나 애당초 기업에서 돈을 뜯어낸다는 이야기 자체가 정상은 아니니, 위험하다는 점에서는 고 가쓰미나 자신이나 막상막하였다.

"이봐, 고. 확실하게 돈을 뜯어낼 계획을 세워볼 생각은 있나?"

"계획을 세운다는 건 곧 실행하겠다는 말이지." 고는 웃으며 대답하고는 진지한 얼굴로 돌아와 "그전에 모노이 씨 생각부터 들어보고 싶은데"라고 말했다. 하긴 타당한 의견이다.

"자네는 웃을지도 모르지만, 이 늙은이는 한 재산 거머쥔 자들이 뼈 아프게 괴로워하는 얼굴을 보고 싶을 뿐이야. 요즘 들어 특히 그런 생각이 강해졌어. 난 아오모리의 소작농 집안에서 태어났는데, 돌아보면 참 별일을 다 겪었지―"

고는 잠자코 들으면서 그날 밤 처음으로 모노이의 눈을 똑바로 보았다. 그리고 "웃지 않아. 나도 조센진인걸"라고 대답했다.

요쨩이 돌아와 맥주와 청주를 작업대에 내려놓았다. 같이 이야기를 듣겠다고 말한 대로 그는 시치미 뗀 얼굴로 다시 작업대에서 바이트 연마 작업을 시작했다. 고는 힐끔 바라볼 뿐 아무 말도 하지 않았다.

모노이는 결론을 서두를 생각이 없었기에, 고의 결단을 재촉하는 대신 화제를 바꾸었다.

"그나저나, 자네는 돈이 있으면 뭘 하고 싶나?"

"나―?"

고는 새로 딴 캔맥주를 기울이던 손을 멈추고 다시 모노이를 힐끔 보았다. 모노이는 고의 외까풀과 삼백안을 새삼 가까이서 바라보며, 그러고 보니 알고 지낸 삼 년 반 동안 이렇게 빤히 본 적이 없었구나 생각했다. 그러나 모노이를 보는 고의 눈에는 이렇다 할 표정이 없었고, 안방 장지문을 살며시 열었다가 이내 닫듯이 묘하게 비껴나 있었다.

"우리집은 말 그대로 하루에 1,000만, 2,000만 단위로 돈이 오가는 장사를 하는데, 난 돈이 있으면 뭘 할까란 생각을 해본 적이 없어. 아무리 썩어날 만큼 많아도 그 돈을 차지할 방법이 없거든."

"나는 그런 경험이 없어서 모르겠군."

"내 부모는 달라. 종전 후 탁주 밀조를 하거나 암시장에서 잠도 안 자고 일해서 돈을 모으고 사업을 일으킨 양반들이니까."

"흠."

"나는 웬지 성미에 맞질 않아서 밖에서 따로 일했지만. —아니, 나도 잘 모르겠어."

말을 꺼내고 보니 한두 마디로는 설명하기 어렵겠다고 생각했는지, 아니면 말할 마음이 사라졌는지, 고는 스스로 화제를 접어버렸다. 고가 하려던 이야기를 모노이는 정확히 알 수 없었지만, 그의 의식 어딘가에 아직 풀리지 못하고 남은 민족의 옹어리는 지금도 분명히 느껴졌다.

"실은 우리 할머니가 오늘내일하셔." 고는 문득 말투를 바꾸고 트림과 함께 하품을 했다. 입을 크게 벌리자 어릴 적 부모의 손길이 세심하게 가닿았다는 증거인 가지런한 치열이 나타났다. 그런 것까지 눈에 들어온 것은 모노이가 한창 일하던 시절 딸의 치아에 신경써주지 못해 나중에 충치투성이가 되는 바람에 몹시 원망을 들은 적이 있어서였다.

"아, 그래. 요짱한테 들었어."

"우리집 부동산이 거의 할머니 명의로 돼 있거든. 그걸 회사가 빌려서 임차료를 내는 형식인데, 할머니가 죽으면 우리 아버지까지 여섯 형제가 유산을 나누게 돼. 그런데 다들 회사 경영권을 노리고 있어서 큰일이야. 농담이 아니라."

"허어."

"은행 밥을 먹는 몸이라 집안 사업과 아주 관련이 없을 수는 없지만, 난 조총련에도 가입하지 않았고 동포들과 교유도 없어. 그렇지만 이제 나서야 할 때가 오는 거지. ―그래서, 모노이 씨가 한 얘기 말인데."

이야기가 크게 우회해 다시 처음 화제로 돌아왔다. 모노이는 고가 말하는 '나서야 할 때'와 기업에서 돈을 뜯어내는 이야기가 어떻게 연결되는지 좀처럼 이해되지 않았다.

"그게 히노데 맥주를 협박하는 것과 무슨 관계지?"

"나랑 거래 하나 하자고."

고가 그렇게 말하며 몸을 조금 앞으로 내밀었다. 방금 전의 하품이 채 가시지 않은 듯 우울한 눈빛이었지만, 입에서 나온 말은 우울은커녕 명쾌한 비즈니스에 가까웠다.

"모노이 씨가 진짜 할 마음이 있다면 돈을 뜯어낼 확실한 계획을 내가 책임지고 세워볼게. 전폭적으로 협조하겠다는 뜻이야. 대신 히노데 맥주를 표적으로 삼을 거라면 주가에 확실히 영향을 주는 방법을 쓰자는 거야. 이 조건, 어때?"

"잘 모르겠는데―"

"내가 아는 사람한테 히노데 주식으로 대박을 안겨주고 싶단 말이야. 대신 모노이 씨 계획은 반드시 성공시킬게. 물론 주식은 증권회사를 통해 매매하고."

"그쪽 사람들 얘긴가?"

"알고 지내는 투기꾼이 있어. 뭐, 간단히 말하면 삼촌들에게서 부모 회사를 지키는 게 목적이야."

말은 그렇지만 역시 야쿠자 쪽과 손잡는다는 이야기일 테고, 아니라면 굳이 이렇게 미리 확인해둘 필요도 없다. 모노이는 자신의 처음 계획에 쓸데없는 색들이 덧칠되는 것이 과연 바람직한지 알 수 없어서, 일단은 "음, 생각해보지"라고만 대답했다.

　"이 얘기, 다른 데 흘리지나 마쇼."

　그렇게 말하는 순간 고의 눈에 분명 샐러리맨 같지 않은 눈빛이 번뜩였다. 그러나 곧 언제 그랬냐는 듯 평소 같은 말투로 "요짱, 다음주에 마쿠하리에 가자"라고 말했고, 요짱은 작업대에서 고개도 들지 않고 "응" 하고 대답했다.

　"마쿠하리에 뭐가 있는데?"

　"최신 게임 소프트웨어 전시회."

　고는 과자 봉지를 고무줄로 묶어 다시 작업대 서랍에 넣었다. 그리고 모노이에게 불쑥 고개를 돌리며 말했다.

　"그렇지, 이렇게 되면 한다를 써먹어야겠군."

　"하지만 명색이 형사인데."

　"그러니까 써먹어야지. 범죄 모의에 형사를 빼뜨릴 수 있나. 게다가 틀림없이 끼겠다고 할걸."

　"왜 그렇게 생각하지?"

　"육감이야. 지난주에도 윈즈에서 만났는데, 꼭 썩은 고등어 같더군. 뭔가 한 건 저지르고 싶어하는 얼굴이었어."

　윗옷과 가방을 들고 일어선 고에게 모노이는 새삼스레 말했다.

　"이 늙은이랑 무슨 일을 꾸미려면 그쪽 사람들은 빼줘."

　그러자 고는 일 초쯤 뒤에 하핫 하고 웃음을 터뜨리더니, 등을 홱 돌려 피곤에 전 샐러리맨의 뒷모습으로 공장을 나섰다.

　"모노이 씨가 그렇게 말할 것도 없이, 고가 바로 그쪽 인간이야." 요쨩이 작업대에서 고개를 들고 말했다.

"나도 짐작은 했다만—"

"고를 믿을지 히노데 맥주를 포기할지는 모노이 씨가 결정해. 모노이 씨가 한다면 나도 할게. 이런 생활, 지루해 미치겠어."

요쨩은 다른 길은 없다는 양 간단히 결정을 내려버리더니, 뭔가에 깔려 있던 경마 전문지를 빼내 그 위로 고개를 푹 숙였다.

이튿날 한다 슈헤이한테서 퇴근길에 들르겠다는 연락이 왔다. 한다는 밤 9시가 조금 안 되어 약국 유리문을 열고 들어오면서 대뜸 말했다. "누노카와한테서 오늘 아침 전화가 왔어. 마누라가 이불에 불을 질렀대나 어쨌대나."

모노이는 저도 모르게 "뭐?" 하고 되물었다.

"관할인 쓰키지 서에 물어보니 가쓰도키에 있는 닛포 운수 사택에서 작은 화재가 나긴 했대. 이부자리에서 담배 피운 게 원인이라더군. 누노카와한테는 일단 가만있으라고 해뒀어. 대신 부인부터 병원에 데려가보라고."

한다는 거의 혼잣말처럼 말하면서 가게 안으로 넣어둔 세제와 화장지 진열대를 직접 밀어내고 안쪽으로 들어왔다. 모노이는 일단 "어서 들어와"라고 답했다.

누노카와는 이미 지난봄부터 한계에 달한 듯 보였지만, 장애아를 키우는 고충에 대해 고작 경마 패에 불과한 이들이 해줄 수 있는 일은 아무것도 없었다. 부인이 병원을 다녀야 하면 레이디는 누가 돌보나 하는 생각이 잠깐 들었지만, 그것도 아무 보탬이 되지 않는 군걱정일 뿐이었다. "소방서가 출동했으면 다 젖었을 테니 치우기도 힘들겠군." 모노이가 겨우 그렇게 말하자 한다는 "내가 오후에 가서 거들었어"라고 말했다. "이불만이 아니라, 다다미부터 가재도구까지 싹 탔어."

"거참, 큰일날 뻔했구먼."

"마침 내가 오후에 비번이어서."

거실로 들어선 한다는 불단에 놓인 나무위패와 골단지를 보고는 향을 피우고 합장했다. 그리고 오카무라 세이지의 임종이 어땠는지 등을 묻고, "나도 그제 초상집에 다녀왔어"라고 말했다. "시나가와 서의 다카하시라는 형사, 기억해? 그 형사가—"

"아, 그때 그—"

하타노 히로유키의 자살로 모노이가 세이조 경찰서에 불려갔을 때, 한 형사가 그를 다른 방으로 불러내 오카무라 세이지의 편지에 대해 집요하게 캐물었더랬다. 시나가와 서에서 나왔다며 하타노가 모노이에게 건 마지막 전화와 모노이와 세이지의 관계, 그밖에도 모노이의 고향집 이야기며 하치노헤에서 상경한 직후 일했던 공장과 가정사 등을 세세하게 물었던 그 형사가 바로 다카하시였다. 대략 쉰 살이 넘었고 지극히 평범한 외모지만 눈빛만은 날카롭게 파고들듯 빛났던 기억이 났다.

한다의 말에 따르면 다카하시는 1992년 시나가와 서에서 고이와 서의 경무로 전속되어 행정업무를 담당하다가 봄에 암으로 입원해서 그제 타계했다. 오랫동안 지능범죄 담당으로 일해온 베테랑 형사가 사 년 전 모노이를 따로 취조한 것은 하타노에게 오카무라의 편지를 건넸다는 총회꾼 때문이었고, 그후로도 끈질기게 추적을 이어간 모양이었다. 하지만 경찰 내부 사정으로 고이와 서로 전속된 뒤로는 매일같이 책상에 앉아 사무만 보았고, 현직에서 죽은 사람치고는 장례식 풍경도 매우 썰렁했다고 한다. 한다는 잠깐이나마 상사로 모신 적이 있어서 종종 문병을 갔다고 했다.

"일주일 전 마지막으로 문병 갔을 때, 나한테 가네모토 요시야라는 놈의 전과를 알아봐달라고 하더라고. 중환자가 하는 소리니 크게 신경 쓰진 않았는데, 그 가네모토가 총회꾼 니시무라 신이치와 골프 친구고 매달 한 번쯤 모노이 세이조 씨 집에 들렀다는 거야."

"가네모토 철공소 사장인 가네모토 요시야 말인가?"

"응, 그 가네모토. 모노이 씨랑 아는 사람이지?"

"옛날에 일하던 하치노헤 주물공장의 사장 아들이야. 곧잘 놀아줬지. 벌써 반세기 전 얘기지만."

"요즘은 어때?"

"예전에 워낙 날 잘 따랐던지라 요즘도 가끔 뭘 들고 찾아와. 양주라든지 인삼이라든지."

"다카하시 형사 말로는 니시무라 신이치가 가네모토와 함께 이 집에 왔다던데."

"니시무라라는 사람은 몰라."

"오른쪽 턱에 직경 1센티미터쯤 되는 까만 사마귀가 있는 놈이야. 기억을 떠올려봐."

어느새 말투와 눈빛이 형사처럼 바뀐 한다의 모습에 모노이는 왠지 기분이 착잡했지만, 하는 수 없이 가네모토 요시야의 벤츠에 타고 있던 까만 사마귀 남자의 얼굴을 기억에서 끄집어냈다.

"음. 그런 사람이라면 본 적 있네만."

"그게 니시무라 신이치야. 하타노에게 오카무라 세이지의 편지를 건넨 장본인. 대단한 놈을 다 아는군, 모노이 씨."

"그래봤자 말 한마디 섞어본 적 없는걸."

"사 년 전 설명 들었잖아? 치과의사 건에서 문제가 된 부분은 오카무라 세이지가 사십 년 전 쓴 편지를 니시무라가 어디서 입수했느냐 하는 거였어. 오카무라 세이지의 친동생이자 니시무라와 면식이 있는 사람이라면 경찰 입장에서는 당연히 감시 대상이지. 세상이란 그런 거야."

한다는 그렇게 말하고 맞은편 주점 자판기에서 사온 듯한 캔맥주를 따서 한 모금 마셨다.

생각지도 못한 이야기에 모노이는 꼭 이물질을 삼킨 기분이었다. 바로 지난달에도 가네모토 요시야가 "형, 수박 가져왔어" 하면서 철없는 아이 같은 얼굴을 내밀었는데, 그때 일이 분 서서 이야기하던 모습까지 경찰이 감시하고 있었다고 생각하니 당황스럽기 그지없었다.

"하지만 하타노가 히노데 맥주에 보낸 테이프에 대해선 수사가 끝났잖아?"

"그래. 끈질기게 추적하던 사람도 죽어버렸고."

한다는 다카하시라는 사람의 쓸쓸한 마지막에 어지간히 화가 난 듯했다. 마치다의 작은 절에서 열린 장례식 풍경이며, 서에서 조문 온 부서장이나 형사과 사람들 중 어느 누구도 고인의 생전 업무를 기리는 말을 하지 않았다는 얘기, 출관을 기다리는 동안 다카하시와 아무 관계도 없는 강도사건을 두고 한바탕 수다를 떨더라는 얘기 등을 혼자 늘어놓았다. 그러나 정작 한다 자신도 다카하시와 잘 아는 사이가 아니었으므로, 장례식 광경에서 느낀 분노에는 개인적인 불만도 얼마간 포함된 듯 보였다.

"남자 인생 별거 없어. 뼈빠지게 일해도 출세 못하면 죽어서까지 찬밥이잖아. 출세하면 또 출세하는 대로 마음에도 없는 요란한 추모사를 들을 테고—" 한다는 상투적인 불만을 토해놓고 평소 같지 않게 쓴웃음을 지었다.

"죽을 때는 혼자가 좋지, 사실."

"그러니까 같이 사는 여자는 연상을 만나야 해." 한다가 역시 평소 같지 않게 농담을 했다.

"자네 처도 연상인가?"

"열 살 연상. 마흔다섯이니 이제 화장도 안 하고 다녀."

한다는 모노이가 맥주 안주로 내놓은 가지절임과 오이절임을 "슈퍼에서 파는 거랑 맛이 다르네" 하며 맛나게 먹었고, 모노이는 소주를 마셨다.

"그런데 가네모토는 부정기적으로 찾아왔나? 밤? 아니면 낮? 약사나 이웃 주민들도 봤어?" 한다가 다시 캐물었다.

모노이는 가네모토가 부정기적으로, 주로 술을 마시고 밤늦게 들어가는 길이나 골프 치러 가는 일요일 이른 아침에 찾아왔었다는 것, 처 요시에가 살아 있을 때는 두어 번 가게로 들어와 한잔하기도 했지만 십 년 전부터는 가네모토의 생활패턴도 바뀐 탓에 늘 차를 세워놓고 잠깐 몇 마디 나누다 갔다는 것, 얼굴은 봐도 제대로 대화한 적은 없다는 것 등을 알려주었고, 이웃들이 그를 보았는지 어떤지는 모르겠다고 대답했다.

"좋아, 우선 가네모토부터 멀리해. 갑자기 연을 끊을 것처럼 굴면 이상하게 생각할 테니, 천천히 말이야."

"가네모토 얘기는 알겠네. 이 늙은이가 부주의했군."

"그제 모노이 씨가 전화로 한 얘기 때문에 이런 말도 하는 거야."

한다는 별로 심각한 기미 없이 말하고 두번째 캔맥주를 땄다. 아, 이 친구도 승낙한 건가. 모노이는 그렇게 직감하고 기분이 서서히 고양되는 것을 느끼며 제 잔에 소주를 더 따랐다.

"갑자기 떠올린 생각이지만, 농담은 아니야." 모노이가 먼저 입을 열었다. "난 히노데 맥주에서 돈을 뜯어내기로 작심했네. 동기를 물으면 할말 없지만, 인생에는 타이밍이란 게 있는 것 같아."

"우발적이라고밖에 설명할 수 없는 범행도 있지만, 그런 경우에도 배경이 있기 마련인데."

"종전 직후 내가 일하던 공장의 사장 일가족을 몰살해버릴 뻔한 적이 있어. 그게 이 늙은이의 배경이야. 나름대로 얌전히 살아오려 했지만, 나이를 먹는다는 것 자체가 왠지 흉흉한 구석이 있더군."

"경찰이 제일 어려워하는 타입이군. 동기가 분명치 않으니." 한다는 전에 없이 가볍게 웃었다.

"그러면, 한다 자네는 뭐 때문에?"

"난 망상벽이 있어. 안 좋은 일이 생기면 나를 구원하는 망상을 하면서 견뎌내지. 그렇게 살아오다가 모노이 씨 전화를 받은 거야."

"무슨 구체적인 계기라도 있나?"

"아니. 나도 뭔가 쌓이고쌓인 결과라고밖에 할 수 없을 거야. 다만 사회에 나오는 문을 잘못 택했다는 것은 분명해. 경찰이라는 조직도, 경찰관이라는 직업도, 나한테는 수준이 너무 높아."

경찰이라는 조직에서 쌓이고쌓인 크고 작은 울분의 켜가 종종 한다의 표정이나 몸짓에 드러나는 것을 모노이는 지난 십 년간 나름대로 지켜봐왔다. 하나하나의 울분은 단순해도 여러 겹 쌓이다보면 한데 뒤엉켜서 떼어낼 수 없는 복잡한 덩어리가 되는데, 한다의 경우에는 거기에 뒤틀린 집착과 자부심, 공명심 같은 것까지 엉켜 있었다. 그러나 자신이 키워온 악귀 같은 것이 그에게도 있을지 모노이는 알 수 없었다. 선을 넘는 순간 뒤에서 등을 떠미는 무언가. 이 남자에게 그런 게 있을까. 있다면 무엇일까. 모노이는 생각했지만 겉으로는 한다의 얼굴을 빤히 보기만 할 뿐이었다.

"아 참, 오늘 아침 내가 뭘 했는지 아쇼? 야근 마치고 하품하고 있는데 새벽 6시에 과장이 전화해서는, 지금 서장이랑 골프 치러 가는데 퍼터를 형사과 사무실 로커에 두고 왔으니 당장 가져다달라는 거야. 그래서 그 꼭두새벽에 퍼터를 들고서 고마에까지 달려갔지."

"허어."

"그 과장은 서장과 본청에 아첨할 생각밖에 없는 놈이야. 그런데 상대가 천박할수록 그놈 앞에 머리를 조아리는 유쾌함이란 게 있거든. 최대한 공손하게 가져다드렸지. 예, 과장님, 여기 퍼터 대령했습니다, 하면서." 한다는 고개를 꾸뻑 숙이는 시늉을 하며 웃었다. "다른 게 아니라, 내가 속으로 무슨 생각을 하는지 상대가 통 모른다는 게 유쾌한 거야."

"허어."

"요는 내 끈기가 남보다 배는 강하다는 거지. 그러니 망상이 활약할 공간도 있는 거고."

굴욕을 자학으로, 울분을 망상으로 바꿔치기하며 현실을 받아들이는 것이 이 남자가 세상을 사는 방식인 것이다. 모노이는 그렇게 생각해보았다. 사회와 조직과 인간의 일거수일투족이 곧 등을 떠미는 힘이 되고, 자학과 망상의 쾌감이 곧 일용한 양식이 된다는 것은 그 자체로도 충분히 뒤틀려 있다. 요컨대 이 남자의 악귀는 그런 식으로 드러나고 있는 것이다. 자신의 격정적인 악귀와는 상당히 다르지만, 한다에게도 분명 악귀가 있다.

"하지만 히노데 맥주를 협박하겠다는 얘기는 망상이 아냐."

"실제 범행은 눈 깜짝할 사이 끝나버려. 전후에 이것저것 생각하며 흥분하는 시간이 훨씬 길지. 그러니까 하겠다는 거야, 나는."

"뭐, 생각이야 자유니까."

"이 몸이 무슨 짓을 하는지 주위에서 꿈에도 생각 못한다는 쾌감, 모노이 씨는 알려나. 사회의 진짜 적이 시치미 뚝 떼고 경시청 경관으로 일하고 있다는 쾌감—"

한다는 과연 망상을 맛보는 양 입안에서 그런 말을 굴리다가 맥주와 함께 꿀꺽 삼켰다.

"그러니까, 하겠다는 말이지?"

"응."

"망설임은 없고?"

"없어. 그나저나 누노카와를 끌어들여도 될까? 그 녀석, 불난 집을 정리하면서 투덜투덜 혼잣말을 하더라고. 자기는 이제 사라지겠다며―"

"사라져?"

"남이 이래라저래라 할 일은 아니지만, 어차피 처자식 버리고 사라질 작정이라면 그전에 크게 한 건 저질러도 좋지 않겠어? 돈이 생기면 마음이 좀 달라질지도 모르고."

모노이는 대답을 망설였다. 레이디가 딸린 누노카와를 끌어들인다는 생각은 애초에 하지 않았다. 돈이 생기면 마음이 달라질 거라는 말은 맞을지 모르지만, 바로 지난주에도 스이도바시의 윈즈에서 기분좋게 머리를 건들거리던 레이디의 얼굴을 떠올리자 끝내 아무 말도 할 수 없어서, "나로선 판단을 못하겠군"이라는 말로 핵심을 피해버렸다.

"뭐, 결국은 누노카와가 판단해야겠지만. 그놈은 자위대에 있으면서 제 머리로 뭘 생각하는 습관이 완전히 제거돼버렸어. 이쯤에서 한번 자기 의지라는 걸 가져봐도 좋을 거야."

한다의 말에 속으로 동의하며 모노이는 누노카와의 망망하고 무표정한 얼굴을 떠올렸다. 아닌 게 아니라 늘 경마장에서 봐온 그 옆얼굴에는 인간의 의지 같은 것이 전혀 보이지 않았다. 그는 오로지 묵묵히 끈질기게 제자리를 지키고 있을 뿐이었다. 그런 남자의 가족과 미래를 누가 결정할 수 있단 말인가.

"누노카와는 자네한테 맡기지."

"내가 만나서 얘기해볼게. 쓸모로 따지자면 그놈이 최고야. 자위대에 그냥 있었던 게 아니라고."

한다가 두번째 캔맥주를 비우자 모노이는 소주를 권했다. 한다는 "딱한 잔만" 하며 잔을 내밀고, "잘 먹겠습니다"라고 깍듯이 인사하고는 입으로 가져갔다.

"그리고, 어제 고를 만나서 얘기를 했는데—"

"그놈은 어때? 기업을 노린다면 고의 사악한 지혜를 빌리지 않을 수 없지."

"전폭적으로 협조하겠다는데, 아무래도 히노데의 주가를 조작해서 한몫 챙기려는 속셈 같아. 자네 생각은 어떤가?"

모노이의 말에 한다는 "그 녀석답군" 하며 가볍게 웃었다. "어차피 아는 투기꾼이나 증권맨과 손잡겠지. 우리와 완전히 따로 움직이는 조건이라면 알아서 하라고 하지, 뭐. 오히려 동기가 명확해서 파악하긴 쉽군."

"완전히 따로 움직인다 해도, 야쿠자가 끼어들면 문제가 생길 텐데."

"그 반대야. 야쿠자들은 입이 무거우니 오히려 걱정이 줄지. 놈들이 주식을 어떻게 처분하든 절대로 우리 얘기가 새어나가진 않을 거야. 틀림없어."

"자네가 그리 말한다면 이의는 없네."

"다만 나는 고의 아버지가 조총련 간부라는 사실을 머릿속에서 지우기 힘들어. 나랑은 비즈니스 관계라고만 생각할 거야. 이건 이해해줘."

"고도 그런 생각일 걸세. 그런데 고가 말해버리는 바람에 요짱도 끼겠다고 나서는 마당이야. 그래서—"

"항상 경마장에 보던 얼굴들끼리 모인 셈이군." 한다는 어깨를 으쓱하더니, "대단해. 악귀를 물리치러 나가는 모모타로 얘기 같잖아" 하며 다시 짧게 웃었다.

"그만두려면 지금 말해."

"아니, 나쁘지 않은 조합이야. 관계자들끼리의 지리적, 사회적 관계를 경찰 용어로 '감'이라고 하는데, 우리한테는 그 감이 거의 없어. 그러면 수사 대상의 그림을 그리기 힘들지."

"앞으로는 후추나 윈즈에 모이는 것도 자제해야겠군."

"그렇지. 나랑 모노이 씨의 집이 가까운 것도 문제될 수 있으니까, 앞으로는 약국으로 찾아오지 않을게. 모노이 씨와 요짱의 관계는 지금으로도 괜찮지만 고가 요짱 공장에 들르는 건 그만두게 하자고."

"그밖에는?"

"다들 빚이 얼마나 있는지 자진 신고하기."

한다의 말은, 기업에서 돈을 뜯어내려면 준비 기간을 포함해 몇 개월에서 일 년은 걸리니 빚쟁이에게 쫓기는 몸이라면 무리라는 것이었다. 또한 경찰에서도 제일 먼저 금품을 노린 범행을 의심하고 시중 금융기관, 특히 사채업자의 고객부터 조사에 착수할 것이므로, 한 명이라도 빚을 지고 있다면 이 이야기는 전부 없었던 것으로 해야 한다는 말도 했다.

"그럼 슬슬 계획을 세워야겠군."

"이 늙은이는 반드시 성공시키고 싶네."

"나도 그래."

모노이는 한다에게 더 할 말이 없었다. 둘은 서로 상대의 잔에 소주를 첨잔해주고 잠자코 건배했다.

"그러고 보니 히노데 맥주 말인데." 한다가 다시 뭔가 생각난 듯이 입을 열었다.

"모노이 씨와 너무 관련이 깊어. 오카무라 세이지의 편지도 그렇고, 손자 일도 있고. 히노데를 건드린다면 경찰이 일차적으로 추려낼 명단에 틀림없이 모노이 씨 이름이 들어갈 거야."

"히노데 맥주 말고는 생각나는 곳이 없어. 게다가 실행은 젊은 사람들한테 맡기고 난 여기서 나팔꽃에 물이나 주고 있을 테니까, 자네들과는 감인지 뭔지도 없는 셈이야. 동기도 없고. 경찰이 아무리 조사해도 이 늙은이는 괜찮아."

"다시 한번 생각해볼게." 한다는 이어서 "히노데라─" 하고 중얼거리며 잠시 옷장 위 가족사진 등을 바라보다가 갑자기 그렇지, 하며 제 무릎을 탁 치고는 고개를 돌려 마주보았다.

"좀 다른 이야기인데, 손자 호적을 이유로 결혼이 무산됐다는 여자친구, 이름이 뭐였지?"

"이름? 글쎄, 뭐라고 했더라."

"따님이 말해줬다고 했잖아. 같은 도쿄대 학생이고─"

"─스기하라. 그래, 스기하라 요시코였어."

"한자로는 어떻게 써?"

"그것까지는 몰라."

한다는 수첩을 꺼내 뭐라고 적어넣고는 도로 주머니에 넣었다.

"손자 여자친구는 왜?"

"사 년 전에, 아까 말한 다카하시 씨와 했던 얘기가 있어. 손자가 죽은 직후 그쪽 부모가 집으로 조문을 왔다지. 그런데 왜 정작 장례식에는 오지 않았을까."

"아무래도 입장이 떳떳지 못했겠지."

"글쎄. 무엇보다, 아무리 충격받았다 한들 나이를 먹을 만큼 먹은 대학생이 그 정도 이유로 중요한 면접을 도중에 포기하고 나온 것도 좀 이해하기 힘들어."

감지기의 바늘이 불현듯 흔들리는 것처럼, 어느새 한다는 형사의 눈빛을 띠고 있었다.

"혹시, 어쩌면…… 아니, 알아보고 나중에 전화하지."

한다는 그렇게 말을 끊고 손목시계를 들여다보더니 "벌써 시간이 이렇게 됐나"라고 혼잣말을 하며 일어섰다. 맞벌이하는 아내가 저녁을 차려놓고 기다릴 거라는 둥 변명 비슷한 소리를 하면서 그가 돌아간 시간은 밤 10시 반이었다.

그로부터 불과 사흘이 지난 밤, 모노이는 한다의 보고를 받았다. 어수선한 소음이 섞인 공중전화부스에서 한다는 "내 짐작이 맞았어"라고 말했다.

"스기하라 요시코의 아버지 스기하라 다케오는 히노데 맥주 맥주사업본부 부본부장 겸 이사야. 처 스기하라 하루코는 히노데 맥주 사장 시로야마 교스케의 여동생이고. 즉 요시코는 시로야마 사장의 조카인 셈이지. ―모노이 씨, 듣고 있어?"

"하타노의 편지와 테이프를 받았을 때, 히노데는 스기하라 집안의 추문이 밖으로 새지 않도록 필사적으로 노력했을 거다?"

"그런 얘기지. 이거 해볼 만하겠어." 한다가 말했다. "그런 추문을 먹잇감으로 삼고 싶지는 않지만, 히노데에는 절대 외부에 알리고 싶지 않은 치부가 있는 셈이야. 우리가 가만있어도 히노데 쪽에서 치부를 가리려고 급급할 테지. 이렇게 좋은 조건은 다시 찾기 힘들어."

"경찰이 스기하라의 딸과 우리 손자의 사이를 알아채면 어쩌고?"

"그 이야기, 히노데 쪽에서는 절대 새어나가지 않아. 가령 경찰에서 냄새를 맡는다 해도 그 순간부터 수사가 막다른 길에 빠지는 꼴이야. 이해가 돼? 범행을 원한 관계로 파악하고 추적한다면 선상에 오를 관련자는 모노이 씨와 따님뿐이야. 모노이 씨는 나팔꽃에 물 주고 텔레비전

보면서 낮잠이나 자고, 일요일마다 경마장에 가는 사람이지. 아무리 찔러도 나올 게 없어."

한다는 전화카드 잔액이 줄어드는 것을 신경쓰는 기미도 없이 단어를 하나하나 골라가며 말했다. 모노이에게 말한다기보다 스스로 되뇌는 듯한 투였다.

모노이는 모노이대로 그 말을 들으며 새삼 히노데라는 기업에 대한 원한을 천천히 발효시켰다. 스기하라 아무개라는 이사만 없었다면 손자도 사위도 죽을 일이 없었을 것이다. 히노데라는 기업이 눈곱만치라도 성의를 보였다면 사위가 협박 편지나 테이프를 보내지는 않았을 것이다. 그렇게 생각하면서.

"그러니까 히노데라면 해볼 만하다는 건가?"

"그렇지. 아, 그리고 어제 나온 『주간 도호』 '일본의 얼굴' 화보에 시로야마 교스케가 실렸어. 점잖아 보이는 고급 여름 스웨터랑 말끔한 면바지 차림에, 길이 든 흰색 리복 운동화를 신고. 제법 감각이 좋더군. 작은 신사 같은 데서 찍었는데 어디서 본 풍경이다 싶어서 가봤더니 내 생각이 맞았어. 오모리 역 앞에 돌계단 있지? 거길 올라가면 나오는 덴조 신사야."

"아, 나도 아네. 히노데 사장 집이 산노에 있단 말이지? 역시 고급 주택가에 사는군."

"산노 2번가야. 주소를 알아내서 둘러보고 왔어. 집이 아주 근사하더군. 넓은 마당에 커다란 나무가 시원스레 뻗어 있고, 유리온실도 있고. 개는 없어."

한다는 하나하나 떠올리듯 나열한 후 "꼭 납치 준비를 하는 것 같군"이라고 중얼거리고 가볍게 코웃음을 쳤다.

납치라는 말에 모노이는 막연히 '몸값인가' 생각했지만, 악귀의 마취가 여전히 효력을 발휘하는 머리는 가부 판단조차 하지 못했다. 계획이 조금씩 추진되고 있다는 희미한 실감이 느껴질 뿐이었다.

"그냥 해본 생각이야. 산노는 오모리 서 관할이고, 북쪽은 오이, 시나가와, 남쪽은 가마타야. 다 내 구역이지. 긴급수배 무선도 전부 받을 수 있고. 흠, 재밌어지겠군."

한다는 무슨 상상을 하는지 그렇게 말하고 다시 사무적인 말투로 돌아갔다.

"그리고 어제 누노카와를 만나봤어. 잘될 것 같아. 지금 백중절 휴가 중이니 내일이나 모레쯤 모노이 씨한테 전화할 거야. 아, 그리고 스기하라 요시코는 1992년 결혼해서 성이 이토이로 바뀌었어. 그쪽 근황도 한번 알아보려 해."

한다의 전화는 거기까지였다.

누노카와 준이치의 전화는 이튿날 오후에 왔다. 역시 공중전화였는데, 놀이터 근처인지 뒤로 아이들 떠드는 소리가 들렸다.

중앙 경마가 지방으로 내려가는 매년 7월과 8월경이면 레이디가 다니는 시설도 여름방학에 들어가므로 누노카와 부부는 뒤치다꺼리에 쫓기곤 했다. 전화로 누노카와의 목소리를 듣고 모노이는 제일 먼저 그 사실을 떠올렸다.

"어제 아이를 중환자용 시설로 옮겼어." 누노카와는 말했다. "거기선 주말에 데려올 필요가 없어. 집사람 몸도 안 좋고, 나 혼자서는 더이상 방법이 없어서."

그렇군. 레이디는 이제 집에 오지 않는단 말인가. 그 말을 들으니 레이디가 불쌍하다는 생각과 이제 누노카와도 좀 편해지겠구나 하는 생각이 동시에 들어 모노이는 잠시 말문이 막혔다. "그래?" 하고 겨우 짧게 대답할 뿐이었다.

누노카와 역시 한참 뜸을 두었다. 전화를 걸기는 했지만 할말이 채 정리되지 않았는지, 뒤이어 들려온 것은 "되게 덥네"라는 짤막한 한마디였다. 늘 그렇듯 특별한 감정도 억양도 없는 누노카와의 목소리는 백 가지 중 하나나 둘쯤 전하는 게 고작이다.

"그러게, 덥구먼."

"그나저나 한다 씨한테 얘기 들었어. 나도 끼워줘."

"이유가 뭔데?"

"이유가 필요해?"

"그런 건 아니지만, 자네도 여러모로 생각하는 게 있을 거 아냐."

"인생의 결단을 내리고 싶을 뿐이야."

"뭘 위해서?"

"내 인생 보면 알잖아."

"자네 인생? 실력 있는 운전사고, 다달이 60, 70만 엔쯤 벌고, 부인이 아프고, 딸이 장애아지. 그게 어때서? 그런 인생은 세상에 널렸어."

모노이는 누노카와가 기분이 상해 전화를 끊어버릴 거라고 생각했지만 그러지 않았다. 대신 온몸에서 분출하는 듯한, 거의 비명에 가까운 "아아ㅡ" 하는 한숨 소리가 들리더니 다시 침묵이 이어졌다. 땅 하고 야구공을 때리는 소리, 달려, 달려, 하고 외치는 아이들의 웃음소리가 수화기 건너편에서 들렸다.

합당한 이유를 대거나 행불행을 따질 것도 없이, 그저 나약한 인생이 하나 있을 뿐이다. 예전에 누노카와는 딸이 열여덟 살이 될 때까지는 시설에 맡기겠지만 그후 서른이 되고 마흔이 되면 어떻게 돌봐야 할지 모르겠다고 말했다. 대개 부모가 직접 장애 있는 자식을 돌보는 것이 현실이라지만, 당사자 누노카와가 못하겠다고 하면 어쩔 수 없는 것 아닐까.

한다의 말대로 누노카와는 어쩌면 제 발로 사라져버릴지 몰랐고, 이것이 그러기 위한 '결단'일지 모른다는 것은 모노이도 짐작할 수 있었다. 그렇기 때문에 더더욱 확실히 해둬야 했다. 자포자기로 굴면 전체가 피해를 본다.

"누노카와. 부인이랑 온천이라도 다녀와. 이건 오늘내일로 끝날 일이 아니니 대답이 급하진 않아."

"내가 뽑은 조커가 사라지지 않는 한 대답은 바뀌지 않을 거야."

"조커라니, 레이디 말인가?"

"아니면 누구겠어. 우리 부부는 태아 천 명에 하나나 둘쯤 섞여 있는 조커를 뽑은 거야. 달리 표현할 말이 없잖아."

장애를 안고 태어난 자식도, 시속 100킬로미터로 수도고속도로 측벽을 들이받고 죽은 자식도, 마음의 병을 앓은 오카무라 세이지도, 늙어서 악귀로 화한 자신도 적어도 제 부모에게는 하늘이 점지해준 운명이라고 본다면, 조커라는 말도 모노이가 받아들이지 못할 표현은 아니었다.

"레이디 조커군." 모노이가 말하자 누노카와는 수화기 건너편에서 고삐 풀린 것처럼 요란하게 웃어댔다. 잠시 그 웃음소리가 이어지다가 그대로 전화가 끊겼다.

그리고 긴 통화가 끝나기를 기다렸다는 듯이 가게 쪽에서 약사 아주머니가 "수박 좀 자를까요?" 하고 큰 소리로 물었다. 모노이는 "공양할 거 한 조각만!" 하고 역시 큰 소리로 대답했다. 아주머니는 곧 수박 세 조각을 담은 쟁반을 들고 거실로 들어와 끙 소리와 함께 방바닥에 주저앉아 "웬 전화가 그리 길어요?"라고 물었다.

"가는귀먹어서 일일이 되물어야 하거든."

"어마, 모노이 씨, 귀가 잘 안 들려요?"

"이녁 목소리는 워낙 크니까 다 알아들어."

모노이는 수박 한 조각을 불단에 올린 다음 종을 땡 울리고 합장했다. 하치노헤의 오카무라 상회에서는 경야 뒤로 아무 연락이 없고, 오카무라 세이지의 골단지와 위패는 계속 여기 놓여 있다. 백중절 연휴가 끝나고도 기별이 없으면 헤라이무라의 가족묘에 모실 생각이었다.

모노이는 아주머니가 세일하는 상점가에서 사온 수박 한 조각을 얼른 해치운 뒤 골목에 물을 뿌리려고 일어섰다. 먼저 약국으로 나간 아주머니는 이웃집 주부와 문 앞에서 오 분 가까이 수다를 떨며 어머어머, 오호호, 웃고 있었다. 벌써 십 년 넘은 단골이지만 늘 위장약과 종합 감기약만 사가고, 가끔 마트에서 깜빡하고 못 산 목캔디나 살충제, 모기향, 땀띠약, 세제, 화장지 따위도 사가는 이였다.

모노이 약국의 손님은 대체로 비슷했다. 장사 수완이 없는 주인 대신 약사 아주머니가 주변머리 있게 굴면서, 손님에게는 되도록 이윤이 많이 남는 제조사의 약을 권하고, 도매상 영업사원이 주는 상품권이나 맥주 시음권을 꼬박꼬박 챙겨두었다가 한번씩 상품권 가게에서 현금으로 바꿔와 "자, 오늘 수입이에요. 반반씩 나눕시다" 하며 건네줬다. 변두리 작은 약국의 벌이야 뻔하지만 약사 급료와 제반 경비를 제해도 연간 300만 엔 안팎은 남았고, 거기에 연금을 더하면 예순아홉 살 노인 혼자 살아가는 데는 부족함이 전혀 없었다.

주부는 가게로 나온 모노이에게 "어머, 요전에 보니 상중이라고 붙어 있던데요"라며 눈치껏 인사를 건넸다. 모노이는 "네, 이 나이가 되니 자꾸 그런 일이 생기는군요" 하고 겸연쩍은 웃음으로 대답하고는, 두세 번 꾸벅인 고개를 거북처럼 움츠리고 밖으로 나갔다.

차양 아래 나팔꽃의 시든 꽃대 끝에 씨방이 도톰히 부풀어 있었다. 모노이는 저도 모르게 얼굴을 가져가 오른눈 하나로 가만히 그것을 들여다보았다. 일주일쯤 뒤에는 씨앗을 받아야겠다고 머릿속 달력에 적어두면서, 문득 내년에 다시 이 파란 나팔꽃이 필 때면 나는 어디서 무슨 생각을 하고 있을까 떠올렸다. 거금을 차지해본들 일흔 살 노인이 사치나 호사를 누릴 것도 아니고, 정작 필요한 마음의 평화는 더 멀리 놓쳐버린 채, 지금보다 더한 악귀가 되어 있지 않을까.

모노이는 잠시 상념에 빠졌다가 적어도 마소 같은 인생은 이제 없으리라 생각하고, '그거면 충분하지' 하며 스스로를 타일렀다.

4

히간* 직후, 강력사건이 뜸해지는 짧은 시기를 이용해 한다 슈헤이는 "지금 아니면 치과 갈 시간이 없어"라며 주위에 변명하고는 가마타 역 근처의 단골 치과의원에 다니기 시작했다. 마침 경찰서 건물을 개축하느라 모토하네다의 임시 청사로 이전해 있는 덕에 치과 치료는 동료들의 눈길이 닿지 않는 곳으로 빠져나가는 알맞은 구실이 되어주었다. 한다는 병원에 오가는 시간을 조금씩 쪼개서 경마 패들과 접촉하기 시작했다.

이야기가 조금 구체화된 9월 말, 한다는 치과 가는 길에 잠깐 고 가쓰미를 만났다. 외근 영업을 주로 하는 고는 낮 동안은 항상 딱 봐도 은행원 같은 검은색 가방과 헬멧, 스쿠터를 세트처럼 달고 다닌다. 그게 사람들 시선을 끄는지라 스쿠터는 조금 떨어진 곳에 세워두고 오곤 했다.

가마타 역 서쪽의 번잡한 상점가 커피숍에서 만나자마자 대뜸 표적

---

*춘분, 추분 전후 사흘을 포함한 칠 일간. 성묘 관습이 있다.

기업에서 얼마를 받아낼지가 화제로 올랐다. 빨간 후쿠진즈케[*]를 얹은 카레라이스를 먹던 고가 "얼마든지 가능해"라고 입을 열었다. "히노데는 현금이 넘쳐나는 회사라고. 어떻게든 만들어서 올 거야."

"그래? 히노데에는 돈이 넘쳐난다, 어떻게든 만들어올 거다. 그걸 어떻게 알지?"

"이걸 봐." 고는 제 앞에 놓인 주간지에 끼여 있던, 시중에 판매되는 상장 기업 유가증권 보고서를 한다 쪽으로 밀어주었다. 오렌지색의 얇은 책자 표지에 '히노데 맥주 주식회사'라고 적혀 있었다.

"대차대조표 자산 항목 맨 위 '현금 및 예금'이란 항목을 봐."

"1,632억 —"

"옆에 전기 수치가 있지? 비교해보면 300억 정도가 늘었어. 돈이 백억 단위로 드나든다는 말이지. 현재 예금액은 말기인 12월 31일 기준이니까, 1월 1일에도 그 액수가 그대로 계좌에 남아 있다는 뜻은 아니야. 히노데 정도의 자산 규모면 움직이는 돈의 단위도 다르다는 것을 이 재무제표로 금방 알 수 있지."

"움직이는 돈이 크니까 비자금 만들기도 쉽다는 건가?"

"뭐 그런 셈이야. 예를 들면 같은 항목 아래쪽에 '기타 유동자산'이 있지? 이 '기타'에 온갖 항목이 몰려 있어. 단기 대부금이나 대신지급, 교통비와 출장비 가불, 부도수표, 계약금 등등. 구체적으로 어떤 돈인지는 장부를 봐야 알 수 있지만, 요컨대 외부에서 내용을 파악할 수 없는 돈이 여기 다 있다고 보면 돼. 그게 170억이나 된다니, 단위부터 다르지."

"아까 어떻게든 돈을 만들어올 거라고 했는데, 구체적으로 어디서 어

---

[*] 가지, 무, 연근 등의 채소를 절여서 만드는 부식.

떻게 빼올 수 있다는 거야?"

"그거야 히노데가 고민할 일이지."

"그럼 만약 자네가 히노데의 재무 담당자라면 어디서 어떻게 돈을 만들 건데? 범인의 요구대로 돈을 내준 것이 언론이나 경찰에 알려지면 회사의 신용이 무너질 테니, 외부에서 절대 모르게 비자금을 만들어야 겠지. 자, 어떻게 한다?"

"액수에 따라 다르겠지만 나 같으면 2억이나 3억 정도는 적당한 항목을 붙여서 가불로 처리하겠어. 사태가 일단락되고 조금씩 손실액으로 까나가며 정산하면 돼."

고는 별것 아니라는 투로 말하고 "그래, 다른 방법이라면—" 하며 유가증권 보고서 책자를 자기 앞으로 끌어당겼다. "흔히 쓰는 비자금의 소굴은 고정자산의 '건설가' 항목이야. 히노데도 이번 회기 500억이라고 되어 있군. 엄청나지? 공장이나 건물을 지을 때 업자와 짜고서, 이를 테면 한 10억을 불려 공사 착수금조로 넣어버리면 끝나는 거야. 그밖에도, 음—"

고의 손가락이 대차대조표 위를 가볍게 오가다가 "이것도 좋겠네"라는 말과 함께 부채 항목 한복판에 멈췄다. "이 '예탁금'이라는 것도 쓸 만해. 봐봐, 맥주회사는 출하를 기준으로 세금을 매기니까 거래처가 결제 전 도산할 경우를 대비해 보증금을 받는데, 그 금액을 올려두는 항목이야. 그런데 히노데는 자회사만 60개가 넘잖아. 광고 협찬금 명목으로 한 회사당 5,000만 엔씩만 받으면 총 30억이야. 1억씩이면 60억이고. 그 돈을 이 '예탁금'으로 처리할 수 있지. 장부상으로는 아무 문제 없어. 지금 말한 방법을 골고루 동원하면 100억 정도는 금세 만들 수 있지."

금융 현장에서 일하는 자의 금전감각이란 이런 것인가. 한다는 새삼 감탄하며 이야기를 들었다. 대기업의 주먹구구식 재무에는 더욱 감탄했다.

"그런데, 한다 씨는 얼마를 받아내고 싶어? 그것부터 정해야지."

"글쎄, 얼마면 좋을까. 일단 20억 어때?" 한다가 대답하자 고는 "겨우?" 하며 얼빠진 표정을 지었다.

"이봐, 고. 이건 범죄야. 돈은 현금이나 금괴로 받아야 하잖아. 꼬리 밟히지 않으려면 그게 철칙이야."

"언제 적 얘기를 하는 거야." 고는 다시 기가 막힌다는 표정을 지었다. "그냥 해외 자회사를 이용해서 달러로 결제하면 끝나. 요즘은 다들 그런 식으로 불법 송금을 한다고."

"아니, 현금이어야 해. 모노이 씨랑 누노카와, 요짱을 생각해봐. 누가 해외 계좌에 입금된 달러를 가져다 쓸 수 있겠어?"

고는 사회적 상식만 생각하고 그것까진 고려하지 못했는지, 한다의 말에 "그렇군" 하고 순순히 물러섰다.

"좋아. 현금에는 물리적인 한계가 있지. 자네들이 사용하는 두랄루민 케이스. 그거 하나에 1,000만 엔 다발이 몇 개나 들어가?"

"스물한 다발. 꽉 채우면 무게가 상당할 거야."

"일단 20억이면 어떨까?" 한다가 숫자를 내놓았다.

고는 금액엔 그다지 흥미 없는 투로 "음" 하더니, "그보다는 돈을 뜯어낼 구실이 필요해"라는 말로 화제를 진전시켰다.

"협박 구실? 당연히 기업의 숨통을 졸라야지. 맥주 매출이 인질이야."

"그럴듯하군."

고는 이날 처음으로 슬쩍 웃고는, 접시에 마구 비벼놓은 카레라이스를 눈도 들지 않고 열심히 입으로 날랐다.

"하긴 매출을 건드리면 20억 정도는 앞뒤 안 가리고 곧장 현찰로 내놓을 거야. 내기해도 좋아." 카레라이스를 입안 가득 밀어넣은 채로 고가 말했다.

"맥주 매출쯤이야 쉽게 떨어뜨릴 수 있지. 안 그래?"

"전국 어디나 있는 자판기에서 누구나 살 수 있는 맥주에 청산가리라도 타면 즉효지."

"멍청하긴. 누가 독극물 같은 걸 넣는대. 아무리 그래도 이 몸은 경찰이라고."

한다가 말하자 고는 밥알이 튈 정도로 웃음을 터뜨리더니, "물론 소금이나 설탕도 괜찮아, 결과는 마찬가지일 테니까" 하며 음식물이 지저분하게 남은 접시를 옆으로 밀어놓았다.

"더럽게스리. 좀 닦아." 한다가 냅킨을 던져주자 고는 계속 어깨를 들썩이며 웃으면서 테이블에 흩어진 밥알을 치웠다.

"그런데, 일이 벌어지면 그쪽도 대충 자네 생각대로 흘러가겠지?" 한다가 물었다. 고는 힐끗 눈길을 들었다가 이내 외면하며 "응"이라고만 대답했다. 맥주에서 이물질이 나오는 사태가 벌어지면 주가 하락은 당연한 수순이고 신용거래에서 막대한 수익이 발생하겠지만, 그건 본 계획의 곁가지 같은 부분이니 서로 못 본 척하기로 약속하지 않았느냐고, 고의 눈빛은 말하고 있었다.

한다는 "커피 둘" 하고 웨이트리스에게 외치고 다시 본론으로 돌아갔다.

"공격 개시 시점 말인데, 매출에 타격을 주려면 역시 봄에서 여름 사이가 좋겠지?"

"그렇지. 마케팅이 본격적으로 시작되는 때가 4월이야. 히노데는 올해 신상품이 없었으니 내년 봄에는 틀림없이 내놓을 거야. 막대한 광고비를 들여 광고를 내면서 출하를 시작한 직후가 적당해. 그게 3월 말이야."

"좋아, 3월 말에 시작한다. 그런데 매출이 대략 어느 정도나 떨어져야 히노데가 항복할까?"

"자산이 이쯤 되는 회사면, 가령 일 년분 매출이 날아가도 그대로 망하지는 않아. 다만 경영진의 책임 문제가 대두되니 훨씬 적은 수치로도 비명이 나오겠지."

"그럼, 자네는 우선 히노데의 손익분기점을 알아봐."

"재무제표에 나온 수치로는 정확히 계산하기 힘들어. 대략적이라면 몰라도."

"그 정도면 돼. 다음으로, 월별 평균 출하량 관련 자료 구할 수 있지? 그걸 보고 월차별 채산성이 깨지는 분기점을 계산해봐. 출하가 얼마만큼 줄면 얼마만큼 손해나고, 얼마만큼 손해 보면 히노데 경영진이 파랗게 질릴지. 그 시뮬레이션을 만들었으면 해."

"식은 죽 먹기지." 고는 간단히 대답했다.

테이블에 나온 커피는 언제나처럼 푹 고아낸 듯 형편없는 맛이었다. 한다가 이 지저분한 의자에 거의 하루걸러 앉아 매번 350엔을 내고 마셔온 커피였다. 그 커피를 홀짝거리며 한다는 또 잠시 자학적인 생각에 빠졌다.

이렇게 끔찍이 맛없는 액체를 한 방울도 남김없이 마시는 의식儀式이 어느새 한 명의 형사를 만들고, 맛없는 것을 맛없다고 느끼지도 못하는 신경을 만들어서, 오늘도 또 이렇게 마시고 있다. 즉 나는 이 맛이 싫었던 것은 아니라고 그는 생각해보았다. 하루 한 잔의 커피로 망상을 키울 수 있었던 십삼 년의 경찰생활도 실은 그리 나쁘지만은 않았다고. 그런데도 그 생활을 제 손으로 때려 부수려는 자학적 기질이 마침내 한계에 달했고, 이제는 솔직히 스스로도 억제할 수 없다고.

나아가 이런 마무리는 마치 문어가 제 다리를 뜯어먹는 것이나 다름

없다는 냉정한 생각도 해보았다. 오랫동안 망상과 쾌감의 온상이던 경찰직을 스스로 먹어치워버리면 그뒤에 나는 어디로 가게 될까. 아마 이보다 더 맛없는 커피를 찾아내는 것이 고작이겠지. 그런 생각에 한다는 문득 착잡한 심정에 빠져들었다.

요는 아직 무언가가 부족한 것이다. 문어가 제 다리를 뜯어먹으려면 이러다 죽어도 좋다고 생각할 만큼 강렬한 무언가가 필요하다. 납치도 좋고 이물질 섞인 맥주도 좋지만, 아직 무언가가 부족하다. 한다는 갑자기 화급한 과제에 쫓기는 기분으로 무작정 그 '무언가'를 찾느라 여념 없었다.

누노카와 준이치는 주로 교한신*에서 돌아오는 길에 닛포 운수 트럭 터미널이 있는 야시오 3번가의 들새 공원에서 기다리고 있던 한다와 만나곤 했다. 교한신 노선을 맡고 있는 누노카와는 매일 저녁 8시 터미널을 출발해 여섯 시간쯤 뒤 오사카에 도착하고, 상하차 작업을 하는 한 시간 동안 휴식했다가 다시 귀로에 오른다. 그렇게 아침 10시쯤 도쿄에 도착하면 잠시 후 자기 차를 타고 가쓰도키 1번가 사택으로 돌아가는데, 그때 공원 정문 앞에 한다가 서 있는 것을 확인하면 공원을 반 바퀴 돌아 남쪽 주차장에 차를 세워놓고 한다가 그쪽으로 오기를 기다렸다.

한다는 누노카와를 만날 때면 항상 해안도로를 따라 북쪽으로 달리는 그의 차 안에서 간단하게 대화를 끝내려 했다. 교한신까지 550킬로미터를 왕복한 트럭 운전사는 누가 봐도 녹초 상태였다. 실제로 누노카와는 입을 열기도 귀찮다는 표정으로, 잠들기 전 마지막 일과라도 되는 양 졸린 눈을 힘겹게 치켜뜨고서 한다의 말을 가만히 듣고만 있었다.

---

* 교토, 오사카, 고베 지역을 아우르는 말.

언젠가 "20억이야"라고 말했을 때도 무거운 눈길을 보낼 뿐 아무 대답이 없었다.

10월 중순 만났을 때, 차 안에서 누노카와는 "이거면 될까?" 하면서 한다가 부탁했던 것을 내밀었다. 한다는 건네받은 봉투에서 사진 세 장을 꺼내 확인하고 "잘 찍었네"라고 말했다.

히노데 임원 스기하라 다케오의 딸 요시코는 결혼 후 이토이로 성이 바뀌어 현재 다카와 2번가 고지대의 고급 아파트에 살고 있었다. 대학 동창회 명부에 실린 주소를 통해 남편의 이름을 알아냈고, 적당한 핑계를 대고 관할 파출소에 직업을 물어보니 의사라고 했다. 몇 번 근처를 오가며 살펴보니 요시코는 아직 기저귀를 떼지 못한 어린아이를 키우고 있었고, 오전에 유모차를 밀고 집을 나와 교란자카 언덕 아래 피코크 마트에서 장을 보았다. 아기를 데리고 다카와 공원으로 갈 때도 있었다. 누노카와는 총 세 번 렌터카를 몰고 교란자카를 오가며 소형 카메라로 그 모자의 사진을 찍어왔다. 풍경만 봐선 어디인지 짐작할 수 없는 잡다한 컷을 섞어 36매 필름 한 통을 소진하고, 미나토 구에서 멀리 떨어진 사진관에서 속성 인화한 것이다.

달리는 밴 운전석에서 찍은 세 장의 사진에는 모두 요시코와 아기의 얼굴이 선명하게 찍혀 있었다. 아침에 유모차를 밀고 장을 보러 가는 젊은 여인의 표정에는 자못 유복함과 평온이 어우러져 있고 아기는 포동포동해서 매우 건강해 보였지만, 그밖에 특별히 눈길을 끄는 것은 전혀 없는 평범한 스냅사진이었다. 누노카와는 제 눈으로 본 행복한 모자에 대해 한마디도 감상을 말하지 않았고 한다도 묻기를 삼갔다.

"한데 누노카와, 차 한 대 훔칠 수 있을까?"

"훔치는 거야 쉽지만 맘대로 몰고 다니려면 키가 필요해."

"키는 요짱이 깎을 수 있어. 해가 바뀌면 도쿄가 됐든 어디가 됐든 주차장에서 먼지 뒤집어쓰고 있는 밴을 열 대쯤 찍어놨으면 해. 색상은 진한 쪽이 좋아. 후보가 정해지면 모든 차의 모델과 제조사를 알려줘. 내가 그 모델의 마스터키를 마련해올 테니까, 구멍에 꽂고 몇 번 돌린 다음 나한테 줘. 그럼 요짱이 굴곡면을 깎아낼 거야."

"키를 꽂고 돌려서 흔적을 남기라는 거지? 알았어."

이해가 빠르고, 부탁한 일은 확실하게 해내고, 쓸데없는 말은 한마디도 하지 않는다는 점에서 누노카와는 참으로 쓸모가 많았다. 자위대에서 익힌 특수 기능과 운동 능력도 트럭 운전석에서 썩히기 아까웠다. 좀더 여러 상황에서 써먹어야 마땅했다.

"차량 다음에는 도로를 골라야 해. 자네, N시스템*이라고 아나?"

"큰 교차로 위에 매달려 있는 거? 속도감시카메라처럼 생긴."

"그래, 그거. 그게 달려 있는 교차로랑 요금소 알고 있지?"

"응."

"그것들을 전부 피해서 수도권을 빠져나갈 수 있는 경로를 몇 가지 알아봐주면 좋겠어. 목적지는 깊은 산속이 좋아. 단자와, 오쿠치치부, 후지산, 오쿠니코 등 상관없어. 은신처까지는 아니어도 이삼일 산속에서 버틸 만한 장소가 있으면 더 좋고."

"움직이는 시간이 낮이야, 밤이야?"

"한밤중."

"계절은?"

"내년 3월 말."

"얼지 않는 도로를 찾아야겠군."

누노카와는 평소 하는 일과 별다를 것 없다는 듯 억양 없는 목소리로

---

* 일본의 차량번호 판독 시스템.

짤막하게 대답했다. 한패에 끼워달라고 나서긴 했지만 머릿속으로는 여전히 이대로 사라질 생각을 하는 것도 같아서, 한다는 누노카와의 이런 무덤덤함이 편한 한편으로 불안했다.

"자네, 자위대에는 왜 입대했던 거야?"

"우체국 벽에 자위관 모집 포스터가 붙어 있길래 그냥 자원했어. 그때 자위대에 들어가지 않았으면 지금쯤 고향에서 무나 말리고 있을 텐데."

"자네 인생은 전부 '그냥'인 것 같군. 그냥 자위대에 들어가고, 그냥 결혼하고, 그냥 아이를 낳고, 그냥 키워왔고, 문득 돌아보니 돌이킬 수 없는 지경까지 와버렸고. 그래서 난생처음 제 머리로 생각한 게 사라지는 거고. 아닌가?"

무슨 얘기든 추상적으로 흘러가면 누노카와가 절반도 제대로 듣지 않는다는 것을 한다는 알고 있었다. 역시나 그는 "그럴지도 모르지"라고 중얼거릴 뿐이었다. 한다는 뒤통수를 한 대 때려 정신을 차리게 해주고 싶은 심정으로 "아무튼 앞으로는 '그냥' 살지는 마" 하고 다짐을 놓았다.

"그나저나, 부인은 좀 어때?"

"자다 깨다 하고 있지."

"일손이 필요하면 말해. 뭐든 도울 테니까."

한다의 말에 누노카와는 끄덕이는 건지 가로젓는 건지 분간하기 힘든 고갯짓을 했다.

시오지하시 교차로까지 오자 한다는 누노카와의 차에서 내렸다. 내리면서 살모사 진액이 들어갔다는 자양강장제 한 병을 운전석에 앉은 누노카와의 허벅지 사이에다 꽂아주자, 그제야 그는 한다에게 고개를 돌려 뭐라고 말하고 싶은 듯한 눈빛으로 희미하게 웃었다.

한다는 여전히 '무언가'가 부족하다는 기분을 떨치지 못했다. 그래도 계획을 세우는 정신적, 물리적 엔진은 대체로 일정한 회전수를 유지하며 순조롭게 가동되었고, 11월 중순 일요일 오후에는 동패를 만나기 위해 후추의 도쿄 경마장으로 향했다.

최종 레이스만 남겨둔 시각, 마권판매소 통로는 마권을 사서 나오는 사람과 자동 환불기로 몰려드는 사람, 마지막 마권을 사려고 어정대는 사람들로 북적였다. 한다가 여느 때처럼 기둥 밑에 앉아 있자니 곧 요짱의 운동화가 나타나 기둥을 한 번 걷어차고 옆에 털썩 주저앉았다.

"얼마나 잃었어?" 한다가 묻자 "5,000엔"이라는 대답이 돌아왔다.

"다음 것도 살 거야?"

"아니, 이제 됐어."

요짱은 박박 깎고 다니던 머리를 기르기 시작한 덕분에 경마장 군중에 섞여 있으면 더더욱 눈에 띄지 않았다. 마권판매소 앞에 털썩 주저앉아 바닥에 펼친 신문으로 시선을 떨구는 모습도 예전과 다를 게 없었다. 그러나 이 남자도 어쨌든 스스로 '하겠다'고 나선 사람 중 하나다. 동기에 대해서는 "다들 하니까"라고 할 뿐 더 캐물어도 말이 없었지만, 누노카와처럼 지금까지는 지시한 일들을 무리 없이 해내고 있어서, 한다는 특별히 걱정할 이유를 찾을 수 없었다.

한다는 티슈로 싼 무언가를 요짱의 손바닥에 얹어주었다. 요짱은 티슈를 풀고 새끼손가락 크기의 얇은 강판을 손끝으로 집어들어 눈앞에 가져갔다. 일전에 누노카와의 왜건 키를 본떠 요짱이 앞뒤 요철을 깎아낸 강판이었다. 그것을 한다가 직접 열쇠구멍에 꽂아 실린더 자국을 내서 가져온 것이다.

"자국 잘 보여?"

"보여."

"그걸로 시험 삼아 깎아봐."

"이런 건 삼십 분이면 끝나." 요짱은 그렇게 대답하고 강판을 제 주머니에 넣었다. 매일같이 오차치 1000분의 1밀리미터의 정밀도로 금속을 깎는 요짱한테 자동차 키 정도는 식은 죽 먹기일 것이다.

"그리고, 다음은 이거."

한다는 장외 자판기에서 사온 캔맥주를 거꾸로 들고 손바닥으로 가린 채 압정으로 바닥을 찔렀다. 뚫린 구멍에서 액체 줄기가 뿜어져나오자 재빨리 손가락으로 눌러서 막았다.

"자네가 모노이 씨한테 보여준 건 일반 주스였지? 탄산가스가 들어 있으면 이렇게 돼. 이 구멍을 정확히 틀어막을 수 있을까?"

요짱은 직경 1밀리미터도 채 안 되는 구멍에서 끊임없이 맥주가 새어나오는 캔을 건네받았다. 선반공의 눈빛으로 일 분쯤 바라보다가 "어렵네"라고 말했다. "알루미늄 캔 두께는 0.2밀리미터가 될까 말까 하거든. 일단 구멍을 막아도 탄산가스의 압력을 버티기 힘들 거야."

"캔은 어려운가—"

"병이라면 괜찮아. 병뚜껑에 뚫는다면." 요짱은 그렇게 말하고 들고 있던 캔을 쓰레기통에 던져넣었다.

"좋아, 그럼 병으로 하지. 마지막으로 이거."

한다는 오는 길에 서점에서 구입한, 문고판보다 조금 큰 책 한 권을 요짱의 손에 얹어주고 자리에서 일어섰다. 요짱은 책등의 제목을 살피며 "순 뻥이군"이라고 혼잣말처럼 말했지만, 얼른 들춰 내용을 읽기 시작하더니 더는 고개를 들 기미가 없었다. 『경마 신문, 읽는 방법을 바꾸면 8할은 적중한다』라는 수상쩍은 제목의 책이었다.

만추의 옅은 햇살이 기울기 시작한 패독, 최종 레이스에 출전할 말들이 고삐에 이끌려갔다. 말갈기를 훑는 바람이 냉기를 더하고 얼마 남지 않은 구경꾼들은 짙은 쥐색 덩어리가 되어 웅성거림조차 없다. 모노이 세이조는 그 광경이 내려다보이는 벤치에 한가로이 등을 구부리고 앉아, 무릎에 놓인 경마 신문을 바라보고 있었다. 한다는 패독을 반 바퀴 돌아 다가가서 옆에 앉았다.

"쌀쌀해졌네." 모노이가 먼저 말을 걸었다.

"곧 섣달이니까."

한다는 속주머니에서 수첩을 꺼내고 거기 끼워두었던 스냅사진 한 장을 모노이에게 건넸다. 모노이는 오른쪽 눈앞 50센티미터쯤에 사진을 쳐들고 한때 손자의 여자친구였던 여인과 그 아기를 바라보았다. 감상은 딱 한 마디, "젊은 시절의 미치코 비전하를 닮았군"이었다. 생김새는 다르지만 기품 있고 차분한 인상이 비슷하다면 비슷한 것도 같았다.

한다는 이어서 오려낸 잡지 한 장을 건넸다. 모노이는 다시 50센티미터 앞에 종이를 쳐들고 실눈을 떴다. 한 경제지가 경영자 탐방이라는 시리즈에서 히노데 맥주의 시로야마 교스케 사장을 다룬 기사였다. 지금껏 시로야마에 관한 기사를 있는 대로 모아봤지만 아무래도 공적으로나 사적으로나 매우 조용한 인물인 듯, 태반이 딱딱한 내용의 경제지 기사라 사생활은 거의 파악할 수 없었다. 그 가운데 이 기사는 시로야마의 사생활을 조금이나마 엿볼 수 있는 귀한 기회였다.

"허어. 격무를 감당하기 위해 무엇보다 건강 유지에 힘쓰고, 저녁식사는 간소하게 하고 술은 맥주와 위스키를 즐긴다. 술자리는 일주일에 한 번 정도, 반드시 자정 전 잠자리에 들고 일찍 일어나 독서를 한다."

"자정 전 잠자리에 든다면 밤 11시 전에는 귀가한다는 소리겠지. 지금까지 내가 총 열 번 지켜봤는데, 모두 10시 전후로 귀가했어. 운전사가 딸린 검은색 프레지던트*를 타고."

---

* 닛산의 고급 세단.

"역시 납치로 가는 건가?"

"일단은."

한다는 사진과 잡지 스크랩을 수첩에 끼워넣고 "지금까지는 순조로워"라고 덧붙였다. 모노이는 그 이상 묻지 않았다.

"다들 돈이 필요할 거야. 내 정기예금 하나가 만기인데, 자네가 보고 알아서 나눠줘." 모노이가 점퍼 주머니에서 봉투를 꺼내 한다의 손에 쥐여주었다. 한다는 그것을 재킷 안주머니에 챙겨넣었다. 손끝의 감촉으로 보아 50만 엔쯤 될 것 같았다.

"조만간 팔백 배로 갚을 테니까 기다리쇼. 일단 누노카와의 렌터카 비용부터 대줘야겠군. 연장도 슬슬 마련해야겠고."

"자네와 누노카와는 특히 부인을 조심해야 해. 여자는 감이 좋으니까."

"그건 걱정 마. 요짱이랑 고도 그렇고, 우리 중 흥분한 놈은 하나도 없어. 정말이지 희한한 패라니까."

패독의 마필이 어느새 마장으로 나가고 관중도 흩어졌다. 해가 기울어 대기는 좀더 회색빛이 되었다.

"이 늙은이는 조금 흥분했어. 생활에는 아무 변화도 없지만 기분이 점점 들뜨는 게 느껴져. 아니, 애초에 평온한 생활과 작별할 작정으로 벌인 일이니 이러는 게 맞겠지."

거의 혼잣말에 가까운 모노이의 목소리는 종종 육십구 년간 쌓인 두터운 먼지 아래서 들려오는 것처럼 아득하게 울린다고 한다는 생각했다. 패독을 바라보는 옆얼굴도 한다보다 거의 두 배가 많은 세월 동안 써온 탓에 딱딱하게 굳어버린 피혁 같았다.

"그나저나 한다, 우리 패에 이름을 붙이자고." 모노이가 말했다. "레이디 조커 어때?"

"웬 영어야?"

"누노카와가 일전에 자기 딸을 두고 조커를 뽑은 격이라더군. 그때 문득 생각했어. 아무도 원하지 않는 것을 조커라고 한다면, 우리야말로 조커라고."

"히노데 맥주도 그 조커를 뽑았다는 건가?"

"그런 셈이지. 게다가 레이디가 없었다면 우리가 이렇게 알고 지낼 일도 없었을 테고."

듣고 보니 과연 그럴듯했다. 바로 얼마 전까지도 일요일마다 스탠드에서 기분좋게 머리를 흔들던 레이디의 모습을 떠올리며 한다는 고개를 끄덕였다.

"좋은데. 마음에 드네, 레이디 조커."

모노이와 헤어진 뒤 한다는 게이오 선과 JR를 갈아타고 저녁 6시가 못 되어 가마타 역에 도착했다. 이토요카도에서 일하는 아내가 이날은 낮 근무라 오랜만에 서쪽 출구 앞 파친코 가게에서 만나기로 한 것이다. 역사를 나와 교차로 횡단보도를 건너는데 정면의 파친코 가게 옆 골목에서 자전거 한 대가 튀어나왔다.

한다의 발이 멈추고, 자전거 페달을 밟는 운동화도 멈췄다. 실제로 그의 눈에 날아든 것은 그 흰색 운동화뿐이었는지도 모른다. 한다는 운동화와 물 빠진 청바지, 검은색 스웨터를 차례로 보고 마지막으로 그 위에 얹혀 있는 상대의 얼굴을 보았다.

상대도 한다를 응시하다가, 다음 순간 얼어붙은 수면이 갈라지듯 입술을 벌리며 하얀 이를 드러냈다.

"한다 씨, 맞나요?" 남자가 먼저 입을 열었다. 목소리는 여전히 딱딱하지만 전과 달리 시원하게 퍼지는 울림이 있다. 아니, 고성능 선반으로 깎아낸 것처럼 인공적인 울림이라고 할까.

"그쪽은 고다 주임—"

"고다입니다. 그때 시나가와 서에서 신세가 많았습니다. 요즘은 어느 서에 계십니까?"

"가마타에 있습니다."

"그래요? 저는 2월에 오모리 서로 옮겼습니다. 이제 이웃이군요."

이제 이웃이군요, 라고 말하는 입술이 다시 근사한 호를 그렸다.

그래, 이름이 고다였지. 한다는 또렷하게 기억해냈다. 사 년 전 본청에서 시나가와 서 살인사건 수사본부로 내려온 제3강력범수사의 경부보였다. 그러나 서늘한 파충류 같았던 기억 속 인상과 달리, 눈앞의 남자는 매끈하고 촉촉한 얼굴 위로 딴세상처럼 밝은 웃음을 흘리며, 머리도 단정하게 올려 깎은, 꼭 로봇 같은 사람이었다. 한다는 그 얼굴을 넋놓고 바라보다가 문득 제 눈이 이상하진 않은지 의심했다.

다시 보니 고다가 타고 있는 것은 자기 것으로 보이는 일반 자전거이고, 짐바구니에 샴푸와 비눗갑 따위가 든 목욕가방과 바이올린 케이스가 들어 있었다. 한다가 바구니로 눈길을 주자 고다는 이내 겸연쩍은 웃음을 짓더니, "오늘은 비번이라 야구 연습장에서 놀다가, 목욕탕 갔다가, 동네 모임에 나가려는 길입니다"라고 말했다.

"건전하시군요. 저 같은 건 휴일에 경마장이나 파친코나 포르노 영화관이 고작이죠. 대낮부터 옆집 유부녀, 농익은 유부녀, 욕실 유부녀— 아하하!"

한다는 예정에도 없던 농을 늘어놓으며 눈앞의 번지르르한 얼굴을 주시할 생각이었지만, 상대의 수비도 철벽 같았다.

"저처럼 동네 대중탕에서 무좀 있는 아저씨들과 부대끼는 것보다야 19금 놀이가 훨씬 낫죠. 한다 씨도 오늘 비번입니까?"

무좀 있는 아저씨들과 부대낀다. 단정한 입에서 나오는 단어 하나하나가 마치 자폭하는 느낌이었다. 모든 단어가 실체도 없이 얄팍하게 울렸다가 한다의 이해력 너머로 사라져버렸다.

"바이올린도 켜시나보군요."

"동네 가마타 교회에서 크리스마스 합주 연습이 있어요. 어릴 적 잠깐 배운 게 다라 전혀 따라가질 못합니다." 자연스럽게 말하면서 고다는 제 손목시계를 들여다보고 "이런, 제가 괜히 시간을 뺏었군요. 미안합니다. 그럼 이만"하며 가볍게 목례했다. 한다도 습관대로 "저야말로"라고 답하며 자동적으로 목례를 했다.

자전거를 타고 보도를 달려가는 남자의 뒷모습을 응시하면서 한다는 몇 분이나 우두커니 서 있었다. 언젠가 시나가와 서 계단에서 마주쳤을 때 뿜어냈던 생리의 덩어리와 주위의 공기며 상황 등이 전부 순식간에 되살아나더니, 시간이 멈추고 갑자기 여기가 어딘지도 알 수 없을 정도로 당혹감이 엄습했다.

목이 졸리는 듯 다급한 심정으로 그는 '오모리 서?' 하고 자문했다. 본청에서 일선 경찰서로 옮겼다면 승진한 걸까? 아니, 오모리 서의 형사과장이나 과장대리는 바뀌지 않았다. 경부보 계급 그대로 옮겼다면 결국 좌천인 셈인가. 사 년 전 의기양양하게 본청을 휘젓고 다니던 민완 경찰이 좌천이라. 거참 고소하다고 생각하는 것도 잠시, 그렇다면 저 유리처럼 반지르르한 면상은 뭔가, 하고 한다는 다시 자문했다. 그러나 역시 그로서는 상상할 길이 없었다.

한다는 잠시 그때의 시나가와 서 계단에 서 있는 듯한 착각에 사로잡혀 막연한 자문을 거듭했다. 저자는 누구냐? 눈앞에 불쑥 나타나, 목욕가방과 바이올린을 자전거에 싣고서, 크리스마스 모임 연습을 간다며 사라져버린 저자는 대체 누구인가. 마치 콧대를 꺾어놓듯이, 다짜고짜 뺨을 때리듯이, 한순간 오만한 웃음을 날리고 내 앞을 스쳐간 저자는—거기까지 생각했을 때 한다는 아내와 만나기로 한 시간도 까맣게 잊고 남자가 사라진 간파치 거리 쪽으로 뛰기 시작했다.

가마타 교회는 가마타 육교를 건너 300미터쯤 나아가 왼쪽으로 꺾은 골목에 있다. 위치를 짐작하며 주차장이 있는 모퉁이에서 좁은 골목으로 들어가 좀더 달리자, 활짝 열린 교회 정문이 오른쪽으로 보였다.

앞뜰 정면에 소박한 목조 예배당이 서 있었다. 그 왼쪽에 집회소로 보이는 허름한 목조 단층 건물이 있고, 좀전에 보았던 자전거가 앞에 세워져 있었다. 안에서 현악기 소리가 흘러나왔다.

무슨 생각을 하기도 전에 한다는 건물로 다가가 창문 안을 들여다보았다. 전등 하나가 판자로 마감한 조잡한 실내를 밝히고, 바이올린이나 첼로를 든 성인 남녀 여덟이 악보대를 앞에 두고 반원형으로 앉아 있었다. 그중 고다의 얼굴도 있었다. 방금 전까지 대중탕에서 무좀 있는 아저씨들과 부대꼈다는 말이 거짓이었을까, 아니면 세상이 궤도를 일탈해버린 걸까. 활을 놀리는 오른손과 팔꿈치, 넥을 미끄러지는 왼손은 기이하리만큼 유연했고, 악보를 보는 옆얼굴은 종이 위 음표에 집중할 뿐 그밖의 세계는 완전히 망각한 듯 보였다. 일선 경찰서로 좌천되었다는 낙담조차 사라진 얼굴. 아니, 경찰 세계뿐 아니라 눅눅한 대중탕도, 무좀 있는 아저씨들도, 좀전에 만난 이웃 경찰서 형사도, 주위 공장의 매연도 일절 사라져버린 얼굴. 그런 얼굴이 눈앞에 있다는 사실 자체에 깊은 상처를 받은 한다는 그저 바라보기만 했고, 그동안 귀는 거의 멈춰 있었다. 경찰서 근처 커피숍에 종종 흐르던 모차르트의 곡이라는 건 알 수 있었지만, 연주가 얼마나 정교한지, 제대로 된 합주이긴 한지는 전혀 짐작되지 않았다.

한다는 고작 유리 한 장으로 격리된 두 세계가 얼마나 아득히 먼지 느끼며 까닭 없이 소름이 돋는 동시에 넋이 나갔다. 여기 있는 것은 장

대한 부조리, 혹은 설계도가 근본적으로 잘못된 세계다—그렇게 생각해보았지만 실제로는 무슨 생각이 떠오르기도 전에 무릎부터 떨려왔고, 발밑이 푹 꺼져 아래로 떨어지는 듯한 허탈감에 사로잡혀 그는 자리를 떴다.

골목을 지나 간파치 거리로 나온 뒤에야 머리가 둔하게 움직이며 조금씩 피가 돌기 시작했다. 계획이 지금대로 진행된다면 히노데 맥주 본사 쪽의 시나가와 서가 아니라 사장의 자택이 있는 산노 2번가를 관할하는 오모리 서에 특별수사본부가 설치될 것이다. 저 고다가 오모리 서에 있다면 조만간 얼굴을 마주하게 되리라고 그는 천천히 생각했다.

그래? 내가 조만간 저자에게 쓴맛을 보여줄 수 있단 말이지? 저 면상이 새파랗게 질리는 꼴을 볼 수 있단 말이지?

좋아. 마침내 '무언가'를 찾았다. 한다는 생각했다. 경찰이라는 망상보다 더욱 커다란 '무언가'가 사 년 만에 마주친 한 명의 형사라는 것은 전혀 생각지 못한 결과지만, 운명이란 이런 것일 테다. 이제 개개의 의미가 사라진 증오와 울분의 거대한 안개가 조금 전 자기 앞을 가로질러간 한 남자를 향해 빠르게 수렴되는 가운데, 한다는 전에 없이 생생한 활력을 맛보았다. 경찰이나 기업처럼 구체적인 얼굴이 없는 대상을 아무리 족쳐봐야 돌아오는 건 추상적인 자기만족뿐이었지만, 괴로워하는 인간의 얼굴이 눈앞에 보이는 것은 무엇보다 매력적인 진수성찬 같았다. 좌천된 작은 관할서의 형사과 사무실에서, 제법 말간 얼굴의 엘리트 하나가 이제 곧 좌절과 굴욕과 패배감에 빠져 흐느끼게 될 것이다.

지금까지 세워온 기업 공격 계획 하나하나에 저 고다 아무개의 피와 살이 붙으면서 피부에 감기듯 생생하게 호흡하는 것을 느끼며 한다는 황홀경에 빠졌다. 이거다. 이 몸이 범죄에 나선 것은 바로 이런 느낌을 맛보기 위해서다. 그는 생각했다.

3장
1995년 봄—사건

1

3월 20일 월요일 아침에는 통근 시간대 지하철에서 오천 명이 사상하는 독가스 테러가 일어났다. 신흥종교단체 이름이 어지럽게 오가는 그 사건 자체는 관할 외였지만, 다음날부터 도쿄 도내 전역에서 실시된 화학약품 취급업자 일제 점검은 오모리 서 관내도 예외가 아니라, 3월 24일 금요일 고다 유이치로는 뻐근해진 다리와 함께 하루의 끝을 맞았다.

오후 9시가 넘어 야시오 5번가 아파트로 돌아온 그는 곧장 바이올린을 들고 밖으로 나갔다. 매일 삼십 분이라도 시간을 내어 악기를 만지는 것은 일 년 전 일선 경찰서로 옮긴 뒤 몸에 밴 작은 생활의 리듬이었다. 조깅도 검도도 아닌 바이올린이 그 대상이 된 까닭은 스스로도 잘 알 수 없었고 딱히 생각해본 적도 없었다. 원하는 것이 생활의 리듬이 아니라 그저 아무 생각 없이 보내는 시간이라는 사실만 알고 있을 뿐이다.

집에서 가까운 야시오 공원 벤치에 앉은 고다는 마이어 뱅의 교재를 보며 어릴 적부터 수만 번은 해온 운지 훈련을 시작했다. 하나하나의 음정은 대뇌 청각중추가 아니라 아마도 소뇌 쪽 운동신경이 듣는 것인 듯, 평소처럼 아무 생각도 없는 시간이 잠시 찾아왔다. 아니, 자신이 이렇게 열중하는 대상은 필연성 없는 것, 바로 그것이라는 자각을 굳히기 위해 이날도 그저 스스로 기계가 되고자 애쓰고 있음이 느껴졌다. 하지만 몸은 정직한 터라 싸늘한 공기에 금방 손가락이 굳어버려서 고다는 바이올린을 내려놓고 양손을 마주 비볐다. 아직 이렇게 추우면 산간에는 봄눈이 크게 올 터였다.

더스터코트를 입은 남자가 인적 없는 한밤의 공원을 가로질러갔다. 고다는 오랜 지기 가노 유스케가 아닐까 해서 잠시 그 모습을 눈으로 좇았다.

도쿄 지검 검사인 가노는 제 여동생 기요코가 고다와 이혼하고 팔 년이나 지났지만, 검찰청 사무실에서 매일 서증을 정리하다보니 옛 처남이라는 미묘한 처지를 좀처럼 정리하지 못하는 듯했다. 요즘도 마음이 내키면 세타가야 관사로 퇴근하는 대신 야시오의 옛 매부 집을 훌쩍 찾아와 세상 사는 이야기를 나누며 위스키를 한두 잔 비운다. 그러다 멋대로 이불을 깔고서 잠들고, 아침에 보면 어느새 사라져 있곤 했다. 학창 시절에는 등산도 같이 다녔지만 피차 시간에 쫓기는 지금은 산과 멀어진지라 요 몇 년 동안 내내 그런 관계였다.

공원을 가로지른 남자는 다른 동 쪽으로 사라졌다. 고다는 바이올린을 케이스에 넣고 일어섰다. 그러고 보니 바로 그제 가노가 들르지 않았나, 왜 이렇게 멍청한 생각을 할까 싶었다.

고다는 오후 9시 45분 집으로 돌아와 세탁기를 돌렸다. 텔레비전을 틀고 냉장고를 열어서 시든 유채나물 한 단과 유통기한이 지난 두부를 쓰레기봉투에 버린 뒤, 천칭에 얹은 잔에 위스키를 150그램 따르고 부억 불을 껐다.

3평짜리 동향 방의 베란다 너머는 고속만안선 고가도로가 가로지르고, 다시 그 너머에는 시나가와 조차장의 광대한 어둠이 가라앉아 있다. 귀에 들리는 것은 매립지를 건너가는 바람 소리와 수도고속도로를 달리는 자동차 소리, 복도 어디선가 여닫히는 철문 소리, 산발적으로 들려오는 아이 울음소리 등이다.

작년 생일 가노가 선물한 텔레비전에는 CS방송 안테나와 튜너가 달려 있지만 어느 채널이나 유료라 결국 스포츠 채널과 BBC 두 채널만 계약했다. 딱히 뭘 공부할 생각이 없어도 최소한 영어는 까먹지 말라는 가노의 말 때문만은 아니고, 그저 지루함을 못 이겨 전원을 켜고는 별 관심 없는 해외 뉴스를 흘려듣거나 직장 내에서의 잡담에 뒤처지지 않기 위해 J리그 시합을 보거나 하기 위해서였다.

고다는 왼손에 위스키잔을 들고 바닥에 주저앉아 잠시 멍하니 화면을 바라보다가, 책상 위에 흩어진 책을 오른손으로 몇 권 집어와서 뭘 펼쳐볼지 잠시 망설였다. 『글렌 굴드 작품집』 1권의 '푸가 기법' 장은 잠들기 전 수면제로. 『상행위법 강의』는 다음 기회에. 사회생활에 필요할 것 같아서 사둔 『당신도 부를 수 있는 노래방 100곡』은 아직 한 곡도 떼지 못했다. 이어서 눈에 들어온 『니케이 사이언스』 3월호를 잡아빼자 책 더미가 와르르 무너졌다. 그냥 내버려두고 텔레비전에서 나오는 월드비즈니스 리포트를 잠시 보다가 귀에 들어온 'squabble'이라는 단어를 잡지 여백에 적어두었다. 무너진 책 더미에서 사전을 끄집어내 단어 뜻을 찾아보고, 잡지를 집어들고 '백조자리 신성 V1974의 탄생과 죽음'이라는 기사를 읽기 시작한 것이 오후 10시 20분이었다.

삼 년 전 폭발한 V1974는 천문학 사상 탄생과 소멸이 전부 관측된 유일한 신성으로, 이 관측으로 질량이 다른 두 별의 연성계 내에서 발생

하는 신성 폭발에 대한 이론이 상당 부분 뒷받침되었다고 한다. 상상을 초월하는 질량과 고온과 고속에서 일어나는 핵융합 이야기를 읽는 동안 고다의 머리는 텅 비워지고 잔의 위스키는 3분의 1쯤 줄었다.

일선 경찰서로 옮기면서 고다는 정신적으로나 물리적으로나 새로운 생활을 해보려 했지만, 미래를 위해 자격증을 따는 등의 적극적인 공부는 결국 시작하지 않았다. 대신 차를 사려고 모아둔 돈으로 바이올린을 새로 사서 이혼한 뒤로 만져본 적 없던 악기를 다시 잡긴 했으나, 어차피 그것도 하루 반시간이나 한 시간을 때우는 취미에 지나지 않았다. 그리고 하루의 끝이 다가오면 종종 아무 생각도 하지 않는 공백에 빠져들고, 그렇게 멍하니 있다가 퍼뜩 정신을 차리곤 했다.

지금도 고다는 머릿속에 아무것도 없음을 의식했다. 뭐가 없을까 찾아본 끝에 그제 만난 가노의 얼굴을 떠올렸지만, 변함없이 업무에 쫓기는 눈치고 특별히 급한 용건은 없어 보였다고 생각하니 그 기억도 금방 멀어졌다.

고다는 『니케이 사이언스』를 던져버리고 다시 한동안 텔레비전 화면을 보았다. 영국의 전력회사 민영화에 따른 원자력발전소 관리 문제. 'grid'라는 단어를 옆에 있던 잡지 뒷면에 적어두고 사전으로 손을 뻗을 때쯤 전화가 울렸다.

수화기를 들면서 습관처럼 시각을 확인했다. 오후 10시 55분.

경찰서 형사과 당직이 "오 분 전쯤, 110으로 가족 미귀가 신고가 들어왔는데요—"라고 말하는 것을 들으며 고다는 리모컨으로 텔레비전을 껐다.

"오모리 역 앞 파출소에 연락해서 한 명 출동시켰지만 상황이 아무래도 심상치 않아서요. 현장에 가주실 수 있겠습니까?"

"담당자는 뭐하고?"

"방금 오모리 남부에서 강도사건이 일어나 그쪽으로 출동했습니다. 괜찮으시면 주소를 알려드리죠. 산노 2번가 16번지. 단독주택. 미귀가인은 세대주로, 이름은 시로야마 교스케. 110 신고자는 아들 시로야마 미쓰아키."

고다는 『니케이 사이언스』 뒷면에 기계적으로 '2-16. 시로야마'라고 받아적고 눈으로 양말을 찾았다. 가까이 벗어 던져둔 양말을 집어와서 한 손으로 신었다. 2번가 16번지면 어디쯤이지? 이토요카도 옆길을 올라가다가 막다른 곳에서 오른쪽으로 꺾은 쪽이던가.

그동안 수화기 건너편에서 다른 전화의 벨소리가 울렸고, "아, 잠깐만요" 하고 수화기를 내려둔 당직자는 삼 초 뒤 "본청 지령실에서 상황을 파악해 보고하랍니다. 시로야마 교스케는 히노데 맥주 사장이라고 합니다"라고 말했다.

그러고 보니 생각이 났다. 관내에 거주하는 요인의 주소와 이름을 대강 파악해두고 있는데, 산노 2번가 주민 중 히노데 맥주 사장이 있었다.

"알았어. 십 분 뒤 도착하지. 연락은 호출기로만 넣고 무선은 쓰지 마. 일단 내가 연락할 때까지 아무한테도 말하지 말도록. 금방 가볼게."

고다는 회중전등을 하나 찾아들고 다운재킷을 걸친 뒤 세면대로 뛰어가서 리스테린으로 입안을 헹궈 위스키 냄새를 지웠다. 밖에 세워둔 자전거를 끌고 엘리베이터로 1층으로 내려가 페달을 밟기 시작한 것이 오후 10시 58분이었다.

불빛이 점점이 흩어진 아파트 단지 내 도로에는 바닷바람이 으르렁거리고 진눈깨비가 날렸다. 고다는 먼저 '춥군'이라고 생각하고, 이어서 산노 2번가까지 제1교힌으로 갈지 이케가미 거리를 지나서 갈지 고민하다가 뒤늦게 '무슨 사고라도 생겼나?'라고 생각했다. 히노데 맥주 사장쯤 되면 평소 기사 딸린 승용차를 타고 다닐 테니, 집에 들어오지 않았다고 가족이 110에 신고할 정도면 이미 적신호가 켜졌다고 봐야 한다. 무슨 일이 생긴 걸까.

산노 고지대에는 푸른 나무가 무성한 저택들이 막다른 골목들로 이루어진 미로에 보호받듯 층층이 포개어져 있다. 한밤중이라 오가는 차량도 없고 굳게 닫힌 대문과 담만 죽 늘어선 골목은 몹시 컴컴해서, 자전거를 타고 달리자니 꼭 심해를 헤엄치는 기분이었다. 2번가 16번지 근처까지 와보니 판석 담을 두른 저택의 대문 앞에 파출소 스쿠터 한 대가 서 있었다. 주위는 조용하고 인기척도 없었다.

고다는 그 앞에서 자전거를 멈추고 시각부터 확인했다. 오후 11시 7분.

이어서 저택을 살펴보았다. 담장 높이는 약 160센티미터. 200평쯤 되는 부지에는 큰 나무가 많고 온실 유리지붕도 보인다. 안쪽에 서 있는 오래된 양옥집 2층에 소등을 잊은 듯한 백열등 불빛이 보이고, 현관 등도 켜져 있었다. 나무들에 가려진 1층 창에도 불빛이 하나 보인다. 둘러보니 양쪽 이웃집과 건너편 집도 비슷하게 생긴 주택이고, 어느 집이건 무성한 나무가 시야를 가로막고 있었다.

대문은 튼튼한 철문으로, 폭과 높이 모두 180센티미터 정도에 비밀번호로만 열 수 있는 전자식 잠금장치가 달려 있었다. 격자는 가는 당초무늬라 밖에서 손을 집어넣을 만한 공간이 없다. 인터폰 아래 빨간 형광색이 눈에 확 들어오는 세콤 스티커가 붙어 있다. 대문에서 현관으로 가는 포도는 약 10미터의 직선이고 양쪽에 사람 키만한 정원수가 촘촘히 심겨 있어서 눈앞이 어두웠다.

인터폰으로 손을 뻗는데 승용차 한 대가 골목에 들어와 멈췄다. 차에서 내린 남자의 나이대와 급한 걸음걸이로 보아 이 집 아들이리라 짐작하고, 고다는 "시로야마 미쓰아키 씨십니까?" 하고 먼저 물었다. "그렇습니다"라는 대답에 "오모리 서의 고다입니다"라고 자기소개를 하고 경찰 신분증을 보여주었다.

서른이 채 안 되어 보이는 시로야마 미쓰아키는 무척 심플한 스웨터와 바지 차림에 무표정하고 딱딱한 인상이었다. "신고자 본인 되십니까? 안에 들어가 잠깐 말씀을 듣고 싶습니다." 고다가 목소리를 낮춰 말하자 미쓰아키는 숨을 몰아쉬고는 "문 열어드릴게요"라고 침착하게 대답하고서, 대문의 전자식 잠금장치 뚜껑을 열고 네 자릿수 비밀번호를 입력했다. 그사이 고다는 "사시는 곳은 어딥니까?" 하고 물었다.

"히가시유키가야에 있는 대장성 숙소입니다. 어머니 전화를 받고 신고했어요."

자물쇠가 풀린 대문을 열고 안으로 들어서자 문이 뒤에서 자동으로 닫히고 금속끼리 부딪치는 둔중한 소리가 울렸다. 그 소리를 들었는지 현관문이 열리고 낯익은 지역과 순사장이 얼굴을 내밀었다. 고다는 손짓으로 나오지 말라며 만류하고 미쓰아키와 함께 잰걸음으로 집안에 들어갔다.

어둑한 현관에 순사장이 서 있고, 중년 여자가 마루턱에 무릎을 꿇고 앉아 있었다. 가녀린 체구의 부인은 화장기 없는 얼굴에 수수한 카디건을 걸치고 있었다. 아들 미쓰아키가 먼저 "어머니, 괜찮아요?" 하고 작은 소리로 물었다. 여자는 약간 안심한 표정으로 "응, 나야 괜찮다"라고 속삭였다. 그 옆에서 순사장이 무선 마이크에 대고 "고다 계장이 도착했다"라고 보고했고, 지지직거리는 잡음 너머로 "알았다" 하는 통신실 목소리가 돌아왔다.

시로야마 부인으로 보이는 여자는 고다에게 "한밤중에 소란을 피워 죄송합니다"라고 말하며 가만히 고개를 숙였다. "아들이 경찰에 신고하는 게 좋겠다고 해서—"

"잠시만요." 부인의 말을 막은 고다가 순사장에게로 눈길을 돌렸다. 순사장은 수첩을 들고서 "방금 말씀 듣기로는" 하며 목소리를 낮췄다. "오후 10시 반쯤 회사의 구라타 부사장이란 사람이 업무와 관련해 전화를 했고, 부인은 남편이 아직 들어오지 않았다고 말했습니다. 그러자 금방 다시 구라타 부사장한테 전화가 와서, 운전사에게 확인해보니 시로야마 씨를 태우고 오후 9시 48분 회사를 출발해 오후 10시 5분 분명히 자택 앞에 도착했고, 더구나 사장님이 대문을 열고 안으로 들어가는 것까지 확인했다는데 대체 어떻게 된 일이냐고 물었다 합니다. 그래서 부인이 아드님에게 전화를 걸고, 상황을 들은 아드님이 110에 신고한 것이 오후 10시 50분. 저는 53분에 도착했습니다."

보고를 듣는 사이 손목시계 긴바늘이 한 눈금 이동했다. 11시 10분. 승용차가 도착했다는 10시 5분에서 육십오 분이 지났다고 고다는 계산했다.

"부인, 부군의 나이와 키, 체중, 오늘 옷차림을 말씀해주십시오."

"쉰여덟입니다. 키는 173, 체중은 63킬로그램쯤인가, 조금 마른 편이고요. 옷차림은 남색 상하의에 울 조끼, 검은색 구두, 코트는 걸치지 않았어요. 넥타이는 파란 바탕에 은색 무늬였던 것 같아요."

고다는 수첩에 메모했다.

"오후 10시 5분경, 대문 쪽에서 무슨 소리 못 들으셨습니까?"

"아뇨."

"차가 멈추는 소리는?"

"났을지도 모르지만, 집안에선 바깥 소리가 거의 들리지 않아서요."

"요즘 기업 임원을 노린 사건이 잇따르는 통에 아버지가 어머니에게 밤중에 외출하지 말라고 하셨습니다. 세콤에도 가입하고, 잠금장치도 전부 이중으로 바꾸고요—" 미쓰아키가 보충 설명을 했다.

"아버님은 매일 밤 손수 대문을 열고 들어오십니까?"

"그렇습니다."

"그 시간에 세콤은 해제 상태인가요?"

"그렇습니다. 아버지가 들어오면서 야간용 스위치를 켜십니다."

고다는 순사장에게 눈길을 돌렸다. "구라타라는 사람의 연락처는?"

"아직 본사에 있다는데, 야간 직통 번호는 이겁니다. 아까부터 몇 번이나 전화를 했습니다."

순사장이 내민 수첩에 휘갈겨쓰인 여덟 자리 숫자를 주시하며 고다는 미쓰아키에게 "전화 좀 쓸 수 있을까요?"라고 말했다. 그는 얼른 자기 휴대전화를 내밀었지만 고다는 마다하고 계단 옆 유선전화를 집어 들었다.

순사장 수첩에 적혀 있는 번호를 누르자 곧장 상대가 받아서 "구라타입니다. 사장님 들어오셨나요?" 하고 숨죽인 듯 낮은 목소리로 속삭였다.

"아뇨, 아직입니다. 저는 오모리 서의 고다라고 합니다. 오늘 사장님의 상태는 어땠습니까?"

"평소와 다름없었습니다. 저녁에 신상품 발표회가 있었는데, 성황리에 끝나서 무척 기뻐하셨습니다. 9시 50분에 제가 지하주차장에서 직접 배웅했고요."

냉정하게 단어를 골라 내뱉는 말 곳곳에 도사린 의심과 억제된 동요가 전해졌다. 이런 상황에서 밝은 목소리를 낼 수야 없겠지만 그렇다 해도 유난히 어둡게 느껴졌다.

"운전사는 몇 년이나 근무한 사람입니까?"

"벌써 이십 년 넘게 저희 회사 임원의 기사로 일한 사람입니다."

"운전사의 주소와 이름, 연락처를 부탁합니다."

"야마자키 다쓰오입니다. 연락처는 저도 모르니 나중에 알려드리겠습니다. 아무튼 지금 바로 수색에 착수해주셨으면 합니다. 사장님을 찾아주십시오!"

냉정하던 목소리가 마침내 노성으로 변했다. 대개 이런 식이다.

"최선을 다할 테니 지금부터 제 말을 잘 들어주십시오. 우선 경찰과 연락할 회사 사람을 하나 정해서 반드시 그 사람이 전화를 받도록 해주세요. 본사 임원과 지사장급 전원에게 자택으로 걸려오는 전화에 유의하라고 전해주시고요."

"사장님은 납치된 겁니까?"

"아직은 아무것도 모릅니다. 범죄사건일 가능성도 있으니 도청당하지 않도록 휴대전화나 차량 전화는 사용을 삼가세요. 곧 경찰에서 연락드릴 테니 창구 일원화부터 부탁합니다."

고다는 먼저 전화를 끊고 이어서 경찰서 번호를 눌렀다. "고다입니다. 형사과 부탁합니다"라고 교환 담당에게 말하는 동안 머릿속에 몇 가지 영상이 섬광을 발하며 돌아갔다. 아까 본 쥐죽은듯 조용한 골목. 판석 담장. 전자식 잠금장치가 달린 대문. 현관까지 가는 10미터의 포도와 양옆에 무성하게 자란 정원수.

"네, 형사과입니다." 당직이 받았다.

"고다다. 사장이 귀가하지 않았다. 오후 10시 5분경 회사 차량을 타고 자택에 도착해서 대문을 열고 안으로 들어가는 것까지 운전사가 확인했는데, 그후 행방불명이다. 이상 서장님께 보고하고 형사과 전원에게 비상소집령을 내릴 것. 간노와 이자와는 당장 이리로 오라고 해. 무선과 휴대전화는 사용금지. 나머지는 서에서 대기. 행동은 비밀리에. 그리고 본청 연락은—"

바로 옆에서 숨을 삼키는 시로야마 미쓰아키의 시선을 느끼며 고다는 한층 목소리를 낮추고 수화기를 입에 바짝 가져다댔다. "일단 납치가능성이 있으니 각 관련 부서의 출동을 요청한다고 1과장에게 전해. 특수반, 기동수사반, 감식반, NTT 대책반 전부. 본청에서 도착할 때까지 여긴 내가 있겠다. 그리고 이 댁 전화가 통화중이면 안 되니까 지금부터 이 번호로는 절대 전화하지 말 것. 연락은 오모리 역 앞 파출소의 사와구치 순사장에게 유선으로. 아, 사카가미 씨, 그쪽 책상 어디 기업인 명부가 있을 거야. 관내에 거주하는 히노데 임원이 또 있는지 확인해줘. 그뒤로는 본청 지시를 기다릴 것. 이상. 질문 있나?"

"아, 잠깐만요!" 사카가미의 목소리와 함께 오 초쯤 대기음이 울렸다.

"1과 당직이 묻습니다. 행방불명이 틀림없냐고요."

"틀림없다."

전화를 끊은 고다는 뭐라고 말하려는 시로야마 미쓰아키에게 등을 돌리고 순사장에게 "사와구치 씨, 잠깐 나갑시다"라고 말했다. 순사장은 현관문 전자자물쇠 스위치를 눌러서 열고 고다를 내보낸 뒤 문이 닫히지 않도록 우산꽂이를 받쳤다. 그 상태로 둘은 포도로 나갔다.

"저 대문도 안에서는 스위치를 눌러 열 수 있습니까?"

"그렇습니다. 현관문과 같습니다. 아까 부인한테 들었습니다." 순사장이 대답했다.

"사와구치 씨. 이 동네는 요인이 많이 살아서 중점 순찰 지구로 지정되어 있지 않던가요?"

순사장에게 짧게 질문하며 고다는 포도 양옆의 정원수를 회중전등으로 비춰보았다. 가지가 부드러운 침엽수가 50센티미터 간격으로 심겨 있었다. 지면에서부터 원추형으로 빽빽하게 난 잎의 장벽이 회중전등 불빛을 받아 파르스름한 은색으로 빛났다.

"그렇습니다. 히노데 사장이 매일 밤 10시 전후에 귀가하기 때문에 9시 45분부터 10시 15분 사이 이 부근을 중심으로 순찰합니다. 사장의 차량은 늘 파출소 앞 골목을 지나 여기로 들어오고요."

"오늘밤 10시 전후에는 어디 계셨습니까?"

"뭐 평소처럼 근처를 뱅뱅 돌고 있었지요. 그래도 오 분에서 십 분에
한 번쯤은 이 앞 도로를 살펴보고 갔습니다."

"순찰 경로는 그날그날 바뀝니까?"

"그렇습니다. 이리 가봐라, 저리 가봐라 하는 무선이 내내 들어오니
까요—"

하긴 그렇다. 약 5만 8000세대가 거주하는 관내에 파출소는 열한 곳.
한 파출소가 담당하는 세대수는 평균 5000이다. 절도나 폭행 건수만 보
면 산노의 밤은 조용한 편이지만, 무선은 인접 지역에서 발생한 사건까
지 끊임없이 알려준다. 오모리 북부에서 무슨 일이 생기면 산노의 오모
리 역 앞 파출소에도 경계 지시가 들어오고, 즉각 순찰 경로가 바뀐다.
고액 납세자가 많은 지구이긴 해도 수천 세대나 되고 보니 가족이 늦게
까지 들어오지 않는다는 둥, 옆집 개가 시끄럽다는 둥, 못 보던 차가 서
있다는 둥, 110 신고가 끊이지 않는다.

"오늘밤 10시 전후로는 무슨 무선이 들어왔나요?"

"마고메 2번가 육교 아래, 오토바이 자손사고 한 건입니다."

"그래서 그쪽으로 출동했나요?"

"그렇습니다. 오 분여 만에 처리했는데, 그뒤에 바로 이케가미 거리
에서 불법 주차가 한 건 있었고, 또 검문이 한 건—"

순사장의 이야기를 듣던 고다의 머릿속을 문득 뭔가가 반짝 스쳤지
만, 정원수를 살펴보던 중이라서인지 그때는 그 정체를 파고들 생각까
지 들지 않았다.

"나중에 파출소에 들를 테니 일지 좀 보여주세요. 그럼 결국 오늘 저
녁에는 사장의 차량을 보지 못한 거군요?"

"그렇습니다."

"그리고 10시 전후에는 마침 이 부근에 없었고."

"그렇습니다."

고다는 포도 중간쯤에서 걸음을 멈췄다. 발치의 돌을 비추는 회중전등 불빛 속에 작은 나뭇잎 몇 개가 흩어져 있었다. 폭 1밀리미터, 길이 1센티미터 정도의 은청색 잎과 한데 짓이겨진 흙덩이가 포석에 몇 점 붙어 있는 것을 확인했다. 대문에서 5미터쯤 떨어진 자리다.

양옆 정원수를 다시 비춰보니 대문을 보고 오른쪽에 서 있는 나무 아래 무언가가 보였다. 포석 위에 쪼그리고 앉아 나무밑동으로 손을 넣어 주워보니 직경 3센티미터 정도로 돌돌 말린 종이였다. 흰 장갑을 낀 손으로 펴서 전등빛을 비추자 볼펜으로 쓴 글자들이 눈으로 날아들었다.

순간 고다는 이유 없이 갑자기 재채기가 나왔고, 순사장은 짧게 신음을 흘렸다. 자를 대고 쓴 상하좌우 2센티미터의 글자들은 간단명료하게 '사장을 데려간다'고 알리고 있었다.

고다는 방금 종이를 발견한 정원수 아래를 들여다보고, 그 너머로 무성한 나무들을 올려다보고, 담장과 대문을 둘러본 뒤, 종이가 밖에서 날아들었을 가능성은 적다고 일차적으로 판단했다. 또 뭔가가 어렴풋이 머릿속을 스쳤지만 역시 그 이상 생각이 나아가지는 않았다.

"사와구치 씨, 파출소로 돌아가 쪽지를 발견했다고 유선으로 알려주세요. 연락사항이 있으면 이리 와서 알려주시고. 출입은 최대한 표 나지 않게요."

순사장은 대답을 하는 둥 마는 둥 대문을 열고 밖으로 뛰어나갔다. 고다는 또 대문이 요란하게 자동으로 닫힐까봐 손으로 막았지만, 그래도 묵직한 철문은 둔중한 소리를 냈다. 머리 위에서 찬바람에 흔들리는 나뭇가지 말고는 골목이나 집들이나 쥐죽은듯 고요했다.

혼자 남겨지자 고다는 쪽지를 주운 위치와 대문까지의 거리 등을 재빨리 줄자로 재서 수첩에 기록했다. 직접 검증조서를 쓰진 않더라도 범행 현장에 가장 먼저 출동한 형사가 마땅히 해야 할 일이다. 혼자서 그런 작업을 하는 사이 오랜만에 냉기의 밑바닥을 기는 감각에 휩싸였고, 중대한 사건이 일어났다는 생각을 시시각각 환기했다.

시각은 오후 11시 21분. 사건 발생 예상 시각에서 칠십육 분이 지났다. 이제 긴급 수배는 무리다.

고다는 쪽지를 들고 현관으로 돌아와 마루턱에 앉아 있는 부인과 아들에게 "정원에서 찾았습니다. 죄송하지만 만지지는 말아주세요"라고 경고한 뒤 꼬깃꼬깃한 종이를 보여주었다. 두 사람은 초점 잃은 눈을 껌뻑이며 아무 말도 못하고 있다가 이내 눈길을 돌려버렸다.

"어머니, 아직 확실한 건 없으니 걱정하지 마세요. 쇼코한테는 내가 전화할게요."

전화기로 손을 뻗은 미쓰아키에게 고다는 "가족 외의 사람에게는 알리지 말아주십시오"라고 말했다. 미쓰아키는 "알고 있습니다"라고 조금 짜증스러운 투로 대답하고 휴대전화 번호를 눌렀다.

부인은 어깨를 축 늘어뜨리고, 이런 사태에 어떤 표정을 지어야 할지 난감한 듯 희미한 미소마저 지은 채 혼잣말에 가까운 투로 말했다.

"남편은 평소부터 자기한테 무슨 일이 생기면 주위 사람들에게 피해가 간다고 안전에 각별히 신경쓰는 편이었는데…… 어찌나 신경쓰는지, 회사에서 파견해준 경호원도 동네가 소란해지는 게 싫다며 올해 들어 거절해버렸어요. 정말 이 일을 어째야 할지…… 다음주가 주주총회인데. 아마 지금도 어디선가 회사 걱정을 하고 있겠지요. 요새 신상품 수주가 순조롭다고 기분이 좋았는데. 이제 주주총회만 무사히 끝나면 한시름 놓겠다고, 오늘 아침 출근하면서도 말했는데요."

"부군에게 무슨 지병이 있나요?"

"아뇨, 그런 건 없습니다."

"건강은 좋으신 편입니까?"

"네. 특별히 건강체라고 할 정도는 아니지만."

고다는 '지병 없음. 신체 건강'이라고 수첩에 덧붙였다.

11시 30분. 인터폰이 울려서 현관 밖을 내다보니 면바지에 운동화를 신은 남자 둘이 대문 앞에 서 있었다. 고다는 밖으로 나가 대문을 열고 두 사람을 안으로 들였다.

이름은 간노와 이자와, 둘 다 이십대의 젊은 경찰이다. 지역과에서 형사과로 옮긴 지 반년도 안 된 햇병아리 형사한테는 확실히 머릿속이 새하얘지는 사태인지라 표정이 잔뜩 굳어 있었다. 고다는 처음부터 차근차근 가르칠 요량으로 두 젊은이의 눈을 보았다. "잘 들어. 어떤 경우에도 피해자의 안전이 우선이다. 그러려면 보안이 철저해야 한다. 상부 지시 없이는 누가 뭐라고 묻든 아무 일도 없습니다, 아무 말도 못 들었습니다라고 잡아뗄 것."

"예."

"기동수사대가 올 때까지 일단 통행을 막도록. 이자와는 저쪽 T자 모퉁이, 간노는 이쪽 T자 모퉁이를 맡아. 통행자 주소와 이름을 확인하고 귀가하는 사람이 아니면 통과시키지 마. 차량도 마찬가지. 특히 신문과 방송국 기자를 조심해. 자, 정신 똑바로 차리고 가봐."

각자 70미터쯤 떨어진 좌우 T자로를 향해 뛰어가는 두 사람을 확인하고 고다는 소리나지 않게 조심하며 대문을 닫았다. 오후 11시 32분.

현관으로 돌아와 아직도 같은 곳에 앉아 있는 부인과 아들에게 이상한 전화가 없었는지 확인하고, "날이 차니 거실에서 기다리시죠"라고 말했다. 그러자 아들 미쓰아키가 "벌써 한 시간 반이 지났습니다! 빨리 아버지를 찾아주세요!"라고 신음하듯 외치고는 제 머리를 감쌌다.

고다는 피해자를 데려간 범인이 수색의 손길이 미치기 쉬운 도쿄에 머물지 않고 이미 인근 지역으로 빠져나갔으리라 추측했다. 그러나 한시바삐 찾아주기를 바라는 가족의 바람과 달리, 경찰수사에서는 피해자가 무사히 돌아올 때까지 인근 지역은 물론 도내 각 경찰서에도 정식 사건 수배를 내리지 않는 것이 통례다. 또한 피해자의 신분이 신분인만큼 향후 본청 간부들이 더욱 신중하게 나올 거라는 점도 고다는 예측할 수 있었다.

고다는 현재 자신이 느끼는 무력감과 미래에 느낄 무력감을 생각하며 발치로 눈길을 떨구었다. 일선 경찰서의 일개 형사에게는 오른쪽에 있는 것을 왼쪽으로 움직일 권한이 없다. 수사 정보를 극히 일부라도 전해들으면 다행이고, 사태가 어떻게 돌아가는지 내일이면 이미 알 수 없게 될 것이다. 그렇게 생각하니 제 몸뚱이가 쓸모없는 막대기처럼 느껴졌다.

오후 11시 35분 울린 인터폰이 그제야 기동수사대의 도착을 알렸다. 인터폰이 울리기 무섭게 고다는 밖으로 뛰어나가 대문을 열어주었다.

도착한 인원은 가마타 분주소에서 네 명, 1기수 본부 반장 한 명, 기동감식반 네 명이었다. 다들 수사 정보를 전달받는 무선 이어폰을 귀에 꽂은 채 각자 두툼한 종이봉지나 장비 상자를 들고 발소리도 없이 정원으로 들어섰다. 사건 판단에 시간이 걸렸는지, 아니면 무선 차량 수배가 늦어졌는지, 도착하는 데 반시간이나 걸린 이유는 알 수 없었다.

처음 들어온 사람이 고다를 보기 무섭게 "NTT는 왔나?"라고 물어서 고다는 "아직입니다"라고 대답했다. 대답하고 나서야 상대가 낯익은 분주소 순사부장이라는 사실을 알았지만, 서슬 퍼런 표정의 그는 고다를 전혀 개의치 않았다.

두번째로 들어온 본부 반장은 분주소 대원에게 "우선 승낙서에 사인부터 받아와. 그리고 피해자 사진!" 하고 지시를 내리며 고다를 힐끔 바라보았다.

"쪽지가 발견된 곳은?"

"저쪽입니다." 고다는 회중전등으로 포도를 비추었다. 반장은 포석을 비추는 불빛의 고리를 잠시 노려보다가 뒤쪽 감식반에게 "가보시죠"라고 말했다. 감식반 두 사람이 곧장 시트를 펼치고 보전 작업에 들어갔다. "그 쪽지는?" 반장이 손을 쑥 내밀어서 고다는 종이를 건네주었다.

말없이 종이를 들여다보는 반장 뒤에서, 감식반이 바깥에서 들여다보지 못하도록 재빨리 대문에 시트를 쳤다. 반장이 고개를 들고 "범인한테서 전화는 없었죠?" 하고 확인했다.

"없었습니다."

"가족들 이야기는 들어봤습니까?"

"예." 고다는 수첩에서 다섯 장 정도 뜯어내어 건네주었다. 반장은 회중전등 불빛으로 재빨리 훑어보고 "지병 없음. 신체 건강이라. 오케이" 하고 중얼거렸다.

"나머지는 우리가 하겠습니다. 밖에서 경비 서는 두 명은 지시가 있을 때까지 남겨두세요. 관할서에는 전원 대기를 부탁합니다."

반장은 촌분을 아끼듯 그렇게 말하고 서둘러 현관으로 들어갔다. 뒤따라 들어온 대원이 "잠깐만요" 하며 고다를 불렀다.

"이 대문, 안에서는 어떻게 엽니까?"

"이렇게요." 고다는 안쪽 스위치를 눌러 보였다. 대원은 그걸 확인하고는 "안에서 쉽게 열린다면 퇴로는 여긴가? 차량이 있었겠군"이라며 혼잣말을 하더니 "오무라!" 하고 동료를 불렀다. 그러고는 그 자리에

지도를 펼치고 회중전등을 비췄다. "우선 10시 5분 전후로 차 소리 등을 들은 사람이 있는지, 그리고 수상한 차량을 본 사람이 있는지—"

"이 16번지 주위에는 막다른 골목이 많으니 주의하세요." 고다는 대원의 지도에 자기 볼펜으로 표시했다.

"알겠습니다. 좋아, 오무라, 자네는 오른쪽. 나는 왼쪽이다. 삼십 분 뒤 일단 여기로 돌아와. 연락은 100A(휴대무선)로 하고."

분주소의 두 사람이 잰걸음으로 골목으로 나가자 새로운 얼굴 둘이 대문 시트를 헤치고 들어왔다. 고다가 얼굴과 이름을 아는 본청 제1특수범 수사2계 주임과 순사부장이었지만, 역시 상대방은 알은체하지 않았다.

두 사람은 포도의 감식 작업을 둘러보고 주택 전경을 대강 살폈다. 히라세 사토루라는 이름의 주임이 "고다 씨?" 하고 불렀다.

"네, 고다입니다."

"본대는?"

"나와 있습니다."

"오늘밤은 꽤 쌀쌀하군. 피해자가 코트를 입고 있었다던가?"

"아뇨."

"그래?"

대기업 사장이 납치되었다는 보고를 받은 특수범 수사의 정예 엔진이 이제야 겨우 아이들링에 들어선 듯했다. 사건 현장인 정원을 몇 번 둘러본 뒤 두 사람도 현관 안으로 사라졌다. 포도에서는 감식반 네 사람이 여기저기 기어다니며 벌써 5개째 표식을 세우고 있었다. 그것을 확인한 고다는 시트를 헤치고 대문 밖으로 나갔다.

세워둔 자전거에 걸터앉으며 다시 한번 캄캄한 나무그늘에 가려진 저택을 올려다본 그는, 범인은 최소한 세 명이겠군, 이라고 위안처럼 상상해보았다. 두 명이 담을 넘어 침입해서 포도의 정원수에 숨어 피해자가 귀가하기를 기다렸다가 재빨리 제압하고, 대문을 통해 밖으로 끌고 나간 뒤 차를 대고 기다리던 나머지 한 명과 피해자를 태우고 사라진다. 범행과정은 쉽게 상상할 수 있었지만 실제로 그것을 저지른 범인상은 여러 겹의 안개에 가려 있었다.

면밀하게 사전 답사를 했다고 쳐도 언제 생길지 알 수 없는 경계의 틈새를 노려 범행을 한다는 것이 과연 가능할까. 우연이 아니라면 범인들은 범행을 저지르는 몇 분 사이 순찰차가 오지 않으리라 확신했다는 뜻인데, 그런 확신은 대체 어디서 나왔을까. 순사장과 대화하며 얼핏 스쳤던 한 가지 의문이 여전히 고다의 머릿속 한쪽에서 욱신거렸다.

그러나 곧 그는 현실에서 내일 나는 어디서 무엇을 하고 있을까 생각하며 페달을 밟기 시작했다. 이 근처에서 탐문을 할지도 모르고, 수상한 차량을 조사할지도 모르며, 혹은 특수본부의 부름을 받지 못하고 여느 때처럼 형사과 사무실에서 수사 서류를 작성하고 있을지도 모른다. 어쨌거나 어딘가에서 계속 흘러갈 사태나 범인과 피해자의 상황 변화 같은 것에서 멀리 떨어져 있으리라는 사실만은 틀림없었다.

오후 11시 42분. 골목은 반시간 전과 마찬가지로 침묵에 잠겨 있었다. 본청이 매스컴에 발표하기까지는 시간이 좀더 걸릴 테고, 아직은 세상에 소식이 알려지지 않은 듯했다. 경계를 서는 부하 둘에게 지시가 있을 때까지 움직이지 말라 이르고 현장을 뒤로한 고다는 엎어지면 코 닿을 거리인 오모리 역 앞 파출소로 향했다. 가는 길에 골목 곳곳의 어둠 속에 서 있는 감식반과 특수반 암행 차량 세 대가 눈에 들어왔다.

*

    도호 신문 사회부 데스크에서 당번 데스크인 다베가 개인용 일력을 찢어내는 소리가 들렸다. 이어서 그의 팔이 크게 호를 그리는가 싶더니 찢어낸 종이가 어딘가로 휙 날아갔다.

    자정이 되어 날짜가 바뀌면 다베는 늘 그런 짓을 한다. 당번 책상에는 한층 큰 데스크톱컴퓨터가 놓여 있어서, 조금 떨어진 지원팀 자리에 앉은 네고로 후미아키의 눈에는 모니터 너머로 다베의 팔과 날아가는 종이만 보였다.

    시계는 오전 0시 1분을 가리키고 있었다. 3월 25일 토요일.

    네고로도 자기 앞의 작은 일력을 한 손으로 찢어내고 작성중인 원고로 눈길을 돌렸다. 잠시 짬이 나서 6회 시리즈물 '쓰레기인가, 자원인가'의 내일 게재분을 쓰던 참이었다. 반시간 전 조간 13판 출고가 끝났고, 14판 최종 마감까지 한 시간 반이 남았다. 편집국은 만원사례까진 아니어도 자리가 거의 다 찬 극장의 로비 같은 분위기로, 출고 직전의 확인이나 첨삭 지시가 수시로 날아들고, 외부에 나간 기자들이 걸어오는 전화가 여기저기서 울려댔다. 그러나 어느 목소리든 낮고 짧막해서 조금만 거리가 떨어져 있어도 알아들을 수 없었다.

    사회부는 당번 데스크 다베 외에 당번 서브데스크 한 명, 당직 기자 네 명이 남아 있었다. 지원팀 쪽은 보스인 네고로 혼자였다. 반시간 전까지는 세 명 정도가 자료 정리 따위를 하고 있었지만, 네고로가 최종 판에 들어갈 추가 취재를 지시하자 모두 재떨이에 담배꽁초 더미를 남기고 어딘가로 사라졌다.

    1월 한신 대지진 때는 총 열여덟 명의 지원팀 기자 거의 전원이 지진 취재반에 편성되었는데, 대지진 직후의 혼란이 조금 가라앉고 3월에 접어들자 나흘 전에는 사상 유례없는 신흥종교집단의 독가스 테러와 무차별 살인사건이 터지고, 이어서 도내 신용조합 두 곳의 부도 등 굵직한 사건이 잇따랐다. 그밖에도 왕따 문제로 자살한 아이들, 빈발하는 총기 범죄, 도시 박람회, 쓰레기 문제, 도시 방재, 종전 50주년 결의 등이 이어져 기자들 모두 의자를 데우고 있을 틈이 없었다. 이렇게 정신없는 해도 드물지만 덕분에 네고로는 올해 역시 봄을 맞기도 전에 '나홀로 지원팀'이 되어, 엉덩이에 뿌리가 돋았나 싶을 정도로 지원팀 자리에 죽치고 앉아 원고, 원고, 하는 독촉에 내몰리고 있었다.

일 년 내내 시계를 노려보면서, 지원팀 기자들이 질서 없이 건네는 원고를 한 꼭지로 정리하고 첨삭하고 고쳐 써서 사회면을 채울 말랑말랑한 기사로 바꾼 뒤 당번 데스크 컴퓨터로 전송한다. 그러는 틈틈이 연재물 원고를 손질하고, 때로는 예정원고*를 쓰고, 출고 전 헤드라인을 점검하고, 특종이 끼어들면 당번 데스크의 지시를 받아 즉석에서 기사를 교체하거나 가필 수정 등을 한다. 태반은 기계적인 작업이고 입사 이십삼 년차의 관록도 있는 터라 몸이 먼저 자연스럽게 받아들이지만, 자정을 지날 즈음이면 사 년 전 교통사고로 다친 요추가 뭉근히 아파온다. 게다가 어제 아침은 좀 자둬야 한다 생각하면서도 그만 독서에 빠져버린 탓에 지금도 컴퓨터 화면을 들여다보는 눈이 조금 따가웠다.

"요시다, 이 PL법안, 소비자 코멘트가 너무 많아!" 데스크톱 너머에서 다베의 목소리가 날아왔다. "기업 쪽 의견을 넣든가, 소비자단체 의견을 빼든가. 어쩔래?"

한 손에 수화기를 든 통산성 담당 당직자가 "빼주세요!"라고 대답한다. 다베 옆자리에서는 역시 데스크톱을 앞에 둔 서브데스크 다카노가

---

* 신문 제작 시간의 제약 따위로 사건의 경위와 결과를 미리 상정해서 기사화한 원고.

어깨에 낀 수화기를 손으로 막고서 "이타바시 화재가 방화였대요. 어떡할까요?" 하고 다베에게 소리쳤다. 다베는 "됐어, 그냥 단신으로 가!"라며 일축했다. 총 여섯 명인 사회부 데스크 중 다베의 말투가 가장 거칠다. 음색을 듣자하니 오늘밤은 현재까지 최종판에 넣을 1급 특종은 없는 듯했다. 그런 생각을 머릿속 한구석에 넣은 채 네고로는 자기 원고를 톡톡 쳐내려갔다.

통일지방선거를 앞둔 정치부는 조금 부산스러워서, 관저며 히라카와* 기자실에서 전화가 끊이지 않았다. 좀전에 정치부 당번 데스크가 복도 너머 정리부로 뛰어갔는데, 지금은 그쪽에서 "그러잖아도 흥이 안 오르는 선거판인데, 헤드라인이라도 아오시마 씨 우위!라고 좀 때려줘요!" "1면이니까 절도 있게 나가야지" 하고 주고받는 목소리가 들려온다.

정치부 너머 외신부에는 대여섯 명이 앉아 있는 듯한데, 방금 "뉴욕에 전화 좀 해줘!"라는 당번 데스크의 새된 목소리가 날아오른 뒤로는 이렇다 할 소리가 들리지 않았다. 그 너머 경제부는 잇따르는 금융 사고와 엔고 현상, 주가 하락 덕분에 요즘 들어 이 시간대에도 기자들 출입이 이어지고, 인터넷에 상시 접속해 있는 컴퓨터는 현재 시각 해외시장 지수를 끊임없이 내보내고 있었다.

그 너머 지방부, 문화부, 체육부 데스크 쪽에도 아직 몇 명 남아 있는 듯한데, 오늘밤은 데스크톱컴퓨터나 파일 더미 너머에서 특별한 목소리가 넘어오지 않는다. 또 그 너머에는 칸막이로 나뉜 사진부 사무실이 있고 당직 사진기자 몇 명이 있을 테지만, 어디로 뛰어나가는 모습이 보이지 않았으니 필시 졸고 있거나 커피나 마시고 있을 것이다.

약 1300평방미터 되는 편집국 층은 대낮처럼 환하지만 얼핏 보면 조

---

* 도쿄에서 특히 정당, 단체, 행정부서 관청 등이 많은 지역.

금 어둡게 느껴진다. 백 명 가까운 사람이 여기저기 남아 있는 와중에 분주한 것도 한적한 것도 아닌, 심야 시간대 특유의 다소 나른한 안개가 끼어 있다. 둘러보니 각 부서에 한두 대씩 설치된 텔레비전에서 알록달록한 영상이 소리 없이 춤추고 있는 것이 꼭 바닷속 용궁의 환영 같았다.

눈이 피곤한 탓인가 싶어 비비고 있는데 다베의 목소리가 이쪽으로 날아왔다. "네고로, 그 연재분, 도표 자르고 본문을 다섯 행 늘려서 조정해줄래? 신용조합 조합원의 코멘트가 들어와서 그걸 집어넣어야겠어!"

네고로는 한 손을 쳐들어 "오케이!"라고 대답하고, 쓰는 중이던 내일자 원고를 저장한 뒤 대신 오늘자 원고를 불러냈다. 재활용과정을 설명하는 도표를 잘라내면 다섯 행 열일곱 자 이내의 설명을 써넣어야 한다.

'산업폐기물의 생산 및 배출에서 최종 처분에 이르는 과정에 드는 처리 기술과 비용은 자가 처리 → 재이용 → 재자원화 순'이라고 보충하고 행을 다시 조정하는데, 당직 후생성 담당이 "네고로 씨, 전화예요"라고 일러주었다. 네고로는 외선 전화로 손을 뻗으며 습관처럼 시계를 보았다. 오전 0시 5분.

전화한 사람은 십오 년간 알고 지낸 세타가야 서의 형사과장이었다. 서른 살 시절 네고로는 경시청 출입기자였는데, 정보원을 만드는 데 서툴고 인간관계도 서툴러 고생이 많았다. 경찰이라는 조직에 도저히 적응되지 않아 나름의 노력에도 불구하고 그저 그런 성과밖에 내지 못했지만, 오랜 시간 어울리다 마음을 터놓게 된 몇몇 형사와는 지금도 업무와 상관없이 친구로 지내고 있는데, 그도 그중 한 명이었다.

"네고로 씨? 내일 장미 전시회에 못 갈지도 몰라서." 그는 그렇게 말했다.

유도 5단인 이 남자는 십 년 전부터 고마에 자택 마당에 장미를 심더니, 지금은 교배를 통해 신품종을 만들어 해외 품평회에 출품까지 하고 있다. 네고로는 아파트에 살아서 마당이 없지만 문득 꽃 한 송이 가꾸는 마음의 여유를 가져볼까 하는 충동이 일어, 내일 오후 그와 진다이 식물공원에서 열리는 장미 전시회를 보러 가기로 약속해둔 터였다.

"왜?" 그렇게 물으면서 네고로는 상대방 말투로 미루어 집에서 거는 전화가 아님을 눈치채고, 이 시간에 경찰서에 있다니 무슨 사건이라도 터진 건가 언뜻 생각했다.

"산노 쪽에 무슨 일이 생긴 모양인데, 한번 가서 살펴봐."

"오타 구 산노?"

"관내 무선 내용이 심상치 않아."

짤막한 말과 함께 전화가 끊겼다. 오랜만에 정보원에게서 정보를 받은 순간의 긴장이 이 초쯤 지나 소름으로 바뀌었다. 예전 같았으면 곧장 온몸에 소름이 돋았을 것이다. 네고로는 얼른 경시청 박스로 연결되는 직통회선 수화기에 손을 뻗었다.

"네고로입니다. 오타 구 산노에 무슨 일 있어요?"

"아니." 곧바로 대답한 목소리는 캡* 스가노 데쓰오였다. "이쪽은 조용한데."

"방금 지인한테 전화를 받았는데, 관내 무선 내용이 심상치 않다는데요?"

"무선이? 다른 건?"

"그 말뿐이었어요."

"산노라고 했지? 야간 순찰 나간 놈한테 물어봐야겠군."

그 전화도 금방 끊겼다. 오랫동안 공안기자로 일한 수완가 스가노는

---

* 신문사에서 특정 주제를 취재하는 기자들을 지휘하는 역할. 관리직인 데스크와는 구별된다.

말수가 적은데다 남들이 하나를 생각할 때 셋 정도를 생각해버리기 때문에 신참이건 동기건 남들과의 대화가 그리 원활하지 않다. 네고로는 신기하게도 오랫동안 어울리고 있지만, 여전히 그의 목소리를 들을 때마다 풀이과정 없이 해답만 실려 있는 문제집 같다는 느낌이 들곤 한다. 알고 보면 총 백 명이 넘는 도호 신문 사회부에서 둘째가라면 서러워할 술고래지만 본인 스스로는 그런 얘기를 하지 않고 아는 사람도 드물다. 그런 남자였다.

수화기를 내려놓은 순간 귀 밝은 다베 데스크가 "왜, 뭐 있어?" 하고 물었다. 네고로는 "아뇨, 아직은"이라고만 대답하고, 제대로 집중이 안 되겠다고 생각하며 작업중이던 원고로 돌아갔다. 다섯 행을 덧붙인 연재 원고를 프린트하고 가필한 부분을 빨간 펜으로 표시해서 "이거, 데스크로"라는 말과 함께 당직 기자에게 건네주었다. 스가노에게 일임했으니 만사 빈틈없이 진행될 거라 안심했지만, 정작 제 손이 비자 방금 돋았던 소름도 맥을 잃고 약간 무료해졌다.

작성중인 원고로 돌아가 '도시 쓰레기의 열 이용'이라고 쓰면서 다시 시계를 보았다. 오전 0시 10분. 지금쯤 스가노 캡의 호출을 받은 1과 담당 기자가 전세택시를 타고 오모리 경찰서와 산노로 달려가고 있으리라. 네고로는 제 발로 그렇게 뛰어다니던 십오륙 년 전을 잠깐 떠올려보려고 했지만 얼른 생각나는 것이 없었다. 이게 삼류 기자 뇌세포의 말로인가. 그런 생각이 드는 바람에 손가락이 '열 이용의 말로는'이라고 입력하고 말았다. 바로 지우고 '열 이용의 현황은'이라고 고쳐 입력했다.

시곗바늘이 오전 0시 13분을 가리켰다. 데스크 쪽에서 직통전화가 따릉 하고 울리기 무섭게 서브데스크 다카노가 수화기를 들었다. 몇 초

만에 통화를 끝낸 다카노가 옆자리 다베에게 뭐라고 말했다. 그 순간 이마가 5센티미터쯤 벗어진 다베의 머리가 드디어 모니터 너머로 불쑥 솟아오르는가 싶더니, 복도 너머 정리부를 향해 "1면이랑 사회면 기사가 바뀔지도 몰라!" 하고 소리쳤다.

이어서 다베는 "산노 2번가에 암행 PC*. 오모리 서 뒷마당에 수사 차량이 들어와 있대" 하고 사회부 전체에 들리도록 큰 소리로 말했다. 곧 "뭐가 터졌나?" 하면서 당직 기자들이 고개를 들었다.

"아직은 몰라. 아무튼 1과장도 감식과장도 아직 경시청 복귀 전인 모양이야. 제2방면** 서들이 모두 입을 닫았다는군. 박스는 방송 대기해. 도이, 산노 주택가 지도 좀 가져와. 사진부 당직도 대기!"

그렇게 말하는 다베의 눈이 벽에 걸린 대형 시계로 돌아갔다. 네고로도 시계를 보았다. 0시 16분. 마감까지 최대한 버텨도 한 시간 반. 설령 사건이 터졌다 한들 쓸 수 있는 기사는 많지 않다.

"네고로, 혹시 모르니 산노 2번가랑 오모리 서 두 곳에 전선을 치고 상황을 알아봐."

다베의 지시에 네고로는 한 손을 들어 대답했다. 쓰던 원고를 놔두고 기계적인 동작으로 서랍을 열고 파일에서 도내 전역 500개 신문판매소 목록을 꺼냈다. 사건 때마다 써오는 바람에 너덜너덜해진 그것을 펼치면서 일단 산노 교차로 우체국 옆의 판매소 하나를 떠올렸지만, 오모리 서와 가까운 판매소를 떠올리는 데는 시간이 조금 걸렸다.

위치는 교힌 급행 오모리마치 역 동쪽. 제1교힌이 산업도로로 갈라지는 Y자로 앞에 패밀리레스토랑 데니스가 있고, 그 컬러풀한 지붕에

---

* 경찰차를 뜻한다.
** 방면본부의 줄임말. 일본의 경찰 체계에서 경시청 본부와 각 관할서의 중간 위치를 담당하는 조직.

딱 붙다시피 작은 4층짜리 청사가 서 있다. 일부러 살펴보지 않으면 그 냥 지나쳐버릴 법한 청사 옆으로는 다세대주택과 창고, 잡다한 사무실 건물들. 경찰서 현관은 제1교힌 도로를, 후문은 산업도로를 보고 있어 서 양쪽 다 앞에 가로놓인 육교가 시야를 막고 있다. 그래, 꼭 계곡 밑바 닥 같은 위치라 한낮에도 볕이 들지 않았더랬지. 네고로는 그제야 선명 한 기억을 떠올리며 목록에서 가게 하나를 찾아 전화번호를 메모했다. 경찰서에서 300미터쯤 떨어진 제1교힌 도로변이지만, 쌍안경을 이용 하면 수사관들의 출입을 지켜볼 수 있는 거리다.

목록을 서랍에 넣은 네고로는 산만한 정신으로 원고 쓰기를 단념하 고 파일을 저장한 뒤 닫았다. 그리고 요즘은 잘 쓰지 않는 연필 한 자루 를 서랍에서 꺼내 접이식 칼로 심을 다듬기 시작했다. 뭔가를 기다릴 때 늘 하는 행동이었다. 데스크 쪽에서는 다베가 직통전화를 걸고 있었 다. "방송은 아직 없나? 타사의 움직임은?"

두 자루째 연필을 깎기 시작했을 때 벨소리가 몇 번 울렸다. 네고로 는 칼질하던 손을 멈추고 벽시계를 확인했다. 오전 0시 18분.

직통전화 수화기를 든 다베가 엉거주춤 일어서자 모니터 너머로 그 의 머리가 반짝였다. "아, 그래? ……알았어. 바로 자세한 내용 알려줘. 부장님 부를게." 혼자 고개를 끄덕이고 수화기를 내려놓기 무섭게 허리 를 폈지만, 말이 나온 것은 호흡을 한 번 고르고 난 뒤였다.

"납치야. 히노데 맥주 사장이 당했어."

그 일성은 그다지 크지 않았지만 1300평방미터 구석구석까지 한순간 에 다다랐고, 여기저기서 일 초나 이 초 시간이 멈춘 듯했다.

이어서 "히노데 맥주 사장이 납치됐다! 히노데 사장! 납치!" 하는 다 카노 서브데스크의 절규가 울려퍼졌다. 그 외침의 꼬리는 일제히 터져 나온 웅성거림과, 기자들이 일어서면서 내는 의자 소리, 사회부로 뛰어들어오는 구두 소리 등으로 지워졌다.

"선거가 밀려나겠네―" 이웃 정치부의 당직 데스크가 천장을 올려다보았고, "히노데 맥주라고? 맥주가 분명해?"라고 소리치며 경제부 당직 데스크가 뛰어왔다. "지면은 어떻게 잡지? 일단 몇 단 비워둘게!" 정리부에서도 당직이 뛰어왔다. "납치가 맞다면 어차피 협정을 맺을 텐데" 하는 목소리는 '파출소'* 편집국 차장이었다.

이내 몰려든 인파 속에서 다베가 빠른 말투로 당장의 상황을 간략히 설명했다. 경시청 홍보 담당자가 각사의 캡을 불러들여서 스가노 캡도 지금 그쪽으로 가고 있다, 분위기로 보아 임시협정 신청이 나온 것 같다는 설명이었다. 다들 일제히 시계를 보았다. 보도협정이 성립되면 일체의 취재 활동이 불가능해진다. 각사 부장들이 모인 본협정 체결 협상으로 시간을 번다 해도 한계가 있다. 협정이 정식으로 발효될 때까지 길어야 한두 시간이다. 여하튼 이런 취재는 시간과의 싸움이었다.

모였던 인파가 100미터 경주를 시작한 양 흩어졌다. "본사에 올릴 수 있는 인력은 다 올려!" 다베의 일성이 울렸다. "도이랑 하라다는 일가친척이 히노데에 다니는 사람부터 찾아내. 네고로, 배치표 부탁해. 요시다는 사진부 당직을 몽땅 불러와. 그리고 자료실에서 히노데 관련 자료를 전부 쓸어와! 맥주 노조 자료도. 아라이 씨, 재계와 주류 판매업계 쪽을 부탁해요!"

경제부 아라이 데스크가 "아!" 하고 엉뚱하게 요란한 목소리를 냈다. "거기, 3월 말이 주총이야."

"그럼 주주 쪽도 취재해줘요! 일단 사건 얘기는 덮어두고 경기나 업계 동향 같은 것만!"

---

* 신문사 편집국의 핵심을 이르는 은어.

네고로는 외부에 나가 있는 지원팀 기자 중 이쪽으로 돌릴 수 있는 사람들 하나하나에게 호출기로 연락하면서, 배치표를 그리기 위해 지원팀 책상 위에 창간 100주년 기념 포스터 한 장을 뒤집어서 펼쳤다.

뒤에서 서브데스크 다카노가 직통전화로 기자실과 통화하며 메모지 위로 볼펜을 굴렸고, 곧 그 내용을 읽어주는 목소리가 온 편집국에 울려퍼졌다.

"피해자 이름은 시로야마 교스케, 58세. 히노데 맥주 사장. 23일 오후 10시 5분경, 회사 차량을 타고 산노 2번가 16번지 자택에 귀가했는데, 대문에 들어선 순간 담 안에 숨어 있던 자들에게 납치되었다. 정원수 아래서 범인이 남긴 것으로 보이는 쪽지 한 장이 둥글게 말린 채 발견되었는데 '사장을 데려간다'는 내용인바 본건을 납치로 판단했다. 오전 0시 20분 현재 범인측의 연락은 없음. 사장 전속 운전기사의 이름은 야마자키 다쓰오, 60세. 근속 이십 년. 다음 발표는 오전 2시. ―매스컴 발표는 이게 전부다!"

네고로는 직통전화를 집어들었다. 수화기 너머에서 반시간 전과는 딴판인 노성이 "어, 스가노다!"라고 대답했다.

"지원팀에서 가볼 데는 없습니까?"

"히노데 임원 쪽을 부탁해. 어느 전화나 묵묵부답이야. 직접 집으로 찾아가서 문을 두드려봐."

네고로는 전화를 끊고, 자료실에서 뛰어온 요시다에게 "임원들 이름과 주소를 알아봐"라고 말했다.

시곗바늘은 오전 0시 반을 지났다. 네고로는 호출기를 보고 지원팀에 전화한 기자들에게 스가노의 지시를 전하는 한편 다베와 함께 배치표 작성에 매달렸다. 포스터 뒷면에 가로세로 10센티미터 정도의 큰 글자로 항목을 적고 기자들의 이름을 채워나갔다. 경시청 출입기자, 지검 및 재판소 출입기자, 방면 담당 기자 등을 제외하면 동원 가능한 인원은 일단 오십 명 정도.

제일 먼저 ①총괄, ②부총괄을 잡고, 이어서 ③경파, ④연파,* ⑤피해자 주위, ⑥히노데 본사, ⑦히노데 임원, ⑧히노데 사원, ⑨히노데 관련 기업, ⑩특약점, ⑪동업 타사 및 노조, ⑫주류판매점, ⑬국세청, ⑭오모리 전선본부, ⑮산노 전선본부, ⑯대기반 등으로 나누었다.

사회부장을 총괄로 두고 부총괄에는 부부장, 경파와 연파 원고 교체 팀에 각각 데스크 한 명과 정리 캡, 기자 세 명을 배치한다. 각 취재반과 두 곳의 전선본부에는 캡과 기자 몇 명씩. 작년 히노데와 라임라이트의 합병 문제를 취재한 당직 기자 요시다 쓰토무는 ⑩과 ⑬에 적어넣고, 다베 게이치는 경파 데스크, 네고로는 연파 정리 캡을 자처했다.

당직 사진기자들은 이미 피해자 자택과 시나가와에 위치한 히노데 본사로 나가 있었다. 편집국 층은 통화하는 목소리, 전화벨 소리, 드나드는 발소리 등으로 어지러이 끓어올랐다. 배치표에 매직펜을 휘갈기던 다베가 자못 흥분을 감추지 못한 목소리로 "당분간 집에 가긴 글렀네"라고 중얼거렸다.

한두 시간 후 부장과 데스크 들이 모두 모이면 그뒤로는 미팅, 미팅, 미팅의 연속이다. 그사이 쏟아져들어오는 원고를 틈틈이 정리하고 시계와 눈싸움을 하며 완성 원고를 내면 마감 직전까지 또 교체와 재작성에 쫓긴다. 그렇게 자신을 비롯한 본사 인력 전원이 원고 처리 기계로 화하는 한편, 바깥을 뛰어다니는 일선 기자들은 도그 레이스를 시작한다. 네고로는 영 둔하게 돌아가는 자신의 엔진에 불안을 느끼며 수면

---

* 정치, 경제, 사회문제 등에 대한 딱딱한 기사를 흔히 경파라 하고, 비교적 부담없이 읽기 쉬운 기사를 연파라 한다.

부족이 역력한 눈을 끔뻑이다가 문득 다시 장미 전시회를 떠올렸다. 어쩌면 인생에 작은 변화를 주지 않을까 남몰래 기대하던 계기를 또 잠시 놓치고 마는구나, 그는 생각했다.

*

지난밤에는 한조몬 회관에서 본청 간부 직원의 환송회가 열린 까닭에 1과장 관사 야습*을 밤 11시부터로 정했다. 경시청 출입기자 이 년차인 구보 하루히사는 그날 밤 11시 10분쯤 메구로 구 히몬야의 관사 앞에 도착해 민방 각사, NHK, 아사히, 교도에 이어 아홉번째 차례를 받았다. 그뒤로도 타사에서 삼삼오오 찾아와 골목은 휴대용 라디오 이어폰을 귀에 꽂고 몸을 웅크린 채 묵묵히 서 있는 기자들로 장사진을 이루었다.

그날 밤 각 언론사의 관심사는 대체로 독가스 제조 및 살인미수 혐의로 체포영장이 발부된 신흥종교집단 지도자의 행방과, 이미 체포된 교단 간부의 조사 진전 상황 등이었다. 공식 발표가 적었던지라 어느 언론사나 1과장의 속내를 캐보는 데 매달릴 수밖에 없었고, 구보도 타사가 확보한 정보에 신경을 곤두세우며 여느 날처럼 위장약과 자양강장제를 챙겨먹고 그날 밤도 야습에 나섰다. 학창 시절부터 거구인 편이었으나 그런 생활에도 체중이 줄지 않고, 사회부에 들어온 뒤로는 불규칙한 생활 탓에 되레 10킬로그램이나 더 느는 바람에, 사내 건강검진에서 지방간 직전이라는 진단을 받았다.

가랑비가 오락가락해 초봄치고는 꽤 쌀쌀했다. 11시 25분이 되자 민

---

* 기자가 밤중에 경찰 관계자의 자택을 방문해 취재하는 것을 이르는 업계 용어.

방 기자들 사이에서 "되게 늦네" 하는 작은 소리가 나왔다. 1과장의 관용차 도착이 예상보다 늦어서였다. 종종 반시간쯤 늦기도 해서 구보는 그다지 개의치 않았다. 타사 기자들도 같은 생각인 듯 그 자리에서는 더이상 볼멘소리가 나오지 않았다.

그뒤 또다시 "되게 늦네"라는 누군가의 혼잣말이 나왔을 때는 금방 전염되어 "왜 이렇게 늦지?" "너무 늦잖아" 하는 소리가 뒤이었다. 시각은 오전 0시 3분. "무슨 일이 생겼나?" "이상하네" 같은 혼잣말에 섞여서 어디선가 "옆집도 아직 안 들어왔어"라는 소리가 나왔다. 1과장의 이웃 관사에는 감식과장이 사는데, 술을 못하는 그가 2차에 어울리느라 늦게 귀가하는 일은 없을 터였다. 그런 사람이 1과장과 함께 자정이 지나도록 귀가하지 않으니, 골목에 우글대는 십수 명의 기자 머릿속에서 '뭔가 터졌나?' 하는 경계 신호가 깜빡이는 데는 몇 초도 걸리지 않았다.

지명수배중인 신흥종교 신자가 발견되었나? 아니면 새로운 사건인가? 저마다 의심에 물든 눈빛을 주고받는 가운데 성미 급한 몇몇은 발소리도 없이 골목에서 모습을 감추었다. 구보는 뭔가 터졌다면 기자실에서 호출기로 연락했을 거라며 스스로를 타이르고 자리를 지켰지만, 그러는 일이 분 사이에도 이러다 타사에 뒤지는 건 아닌가 하는 불안과 초조의 바늘이 내내 살갗을 찔러댔다. 그 바늘이 갑자기 대못처럼 쿡 박히며 호출기가 울린 것이 0시 6분.

액정 화면의 번호는 본청 기자실이었다. "뭐가 있대?" "무슨 발표라도?" 이내 타사 기자들의 질문이 날아들었다. 구보는 "글쎄, 모르겠군" 하며 적어도 거짓말은 피하고서 잔달음으로 골목을 빠져나갔다. 메구로 거리 뒷골목에 세워둔 전세택시까지 50미터쯤 달리는 동안 뱃살이 와이셔츠 단추가 떨어져나갈 기세로 출렁였다.

차량 전화로 걸자 스가노 캡이 받았다. 일 년 내내 날이 서 있는 목소리가 "산노로 갈 수 있나?"라고 물었다. 산노에 무슨 일이 있다는 막연한 소문이 돌긴 했지만 정말로 뭔가 있다고 생각하니 머리보다 심장이 먼저 반응했다. 벌렁거리는 심장에서 내보낸 피가 온몸을 채웠다. "산노로 갑시다"라고 운전사에게 말한 그는 얼른 지도를 펼치며 아직은 짐작도 할 수 없는 무언가를 기대했다. 새로운 사건이 일어나고 눈앞의 풍경이 변할 때마다 가슴이 부푸는 것은 제 앞에 새로운 지평이 열리진 않을까, 적어도 지금 기어다니는 이곳이 아닌 어딘가로 탈출할 수 있지 않을까 하는 환상 때문이었다.

가키노키자카 교차로에서 간조 7호 도로를 타면 산노까지 십이삼 분이지만, 도큐 이케가미 선 선로를 건너는 참에 이번에는 "오모리 서 뒷마당에 암행 차량이 들어왔대. 산노를 한 바퀴 돌아봐"라는 서브캡의 지시가 들어왔다. 1과 담당인 동료 구리야마 유이치가 한발 먼저 관할서를 돌아보고 알려준 정보인데, 사건 현장이 어디인지는 모르겠다고 했다.

암행 차량이라는 한마디에 새로운 지평에 대한 기대가 갑자기 특종을 향한 야심으로 뒤바뀌며 불이 붙었다. 0시 17분을 가리키는 손목시계 바늘과 전세택시 앞에 줄지은 빨간 미등의 행렬을 노려보면서 산노의 어느 골목부터 돌아볼지 생각하는데, 마고메 교차로 바로 앞까지 왔을 때 두번째 연락이 들어왔다.

"기타시나가와의 히노데 맥주 본사로 가봐! 히노데 사장이 납치됐어!" 수화기 속 목소리가 악을 썼다.

갑자기 귀에 들어온 히노데 맥주의 이름과 사장 납치라는 소식에 구보의 머리는 곧바로 반응하지 못하고 당장의 구체적인 지시 내용만 기계적으로 받아들였다. 이대로 히노데 본사로 직행해서 사원들의 출입을 확인할 것. 가능하면 사원이나 간부의 코멘트를 따낼 것. 협정 체결까지 시간이 얼마 없다는 것.

납치사건이라면 취재해도 바로 보도하기는 힘들지만, 그만큼 경쟁사에 뒤처질 일도 없다는 엉뚱한 안도감이 내처 머리를 스쳤다. 특종 야심도 어느새 보도협정 해제 뒤 원고를 쓸 때 타사와 어떻게 차별을 둘지에 대한 고민으로 바뀌었지만, 그것도 잠깐이었다. 구보는 운전사에게 새로운 행선지를 알리다 말고 불현듯 좌석 등받이에서 몸을 일으켰다. 산노 고지대의 거무스레한 나무그림자가 차창 밖을 흘러갔다. 그 광경을 바라보며, 납치라는 현실감 없는 단어에 물음표가 서너 개 이어졌다.

오전 0시 35분. 세번째 전화로 히노데 사장이 자택에서 납치되었다는 간략하고도 믿기 힘든 소식을 전해듣고 기타시나가와 4번가의 히노데 본사 건물 앞에 전세택시를 댔을 때, 야쓰야마 거리는 텅 비어 있었다. 구보는 우선 타 신문사나 방송국 기자들이 보이지 않는다는 데 놀랐고, 자신이 제일 먼저 도착했음을 깨닫자 다시 심장이 쿵쾅거렸다. 이어서 화려한 40층짜리 빌딩을 올려다보며 이곳 주인이 납치되었다는 사실을 머릿속에 새기려 했지만 여전히 잘되지 않았다.

빌딩은 아래서 4분의 3 정도 되는 층 몇 군데만 빼고 불이 꺼져 캄캄했다. 위쪽 4분의 1은 낮게 드리운 안개에 싸여 있고, 옥상 네 구석에 켜진 빨간 조명이 그 속에서 뿌옇게 깜빡였다. 지상으로 눈을 돌리니 보도에서 20미터쯤 들어가 있는 건물 입구에도 불빛이나 인기척이 없었다.

보도 쪽에 세워진 표지판에서 '히노데 오페라홀' '히노데 현대미술관' '히노데 스카이 비어레스토랑'이라는 금색 글자와 화살표가 빛났지만, 뒤로 보이는 입구에는 셔터가 내려져 있고 진입로에도 통행을 막는 울타리가 쳐져 있었다. 서쪽 지하주차장 입구도 경사로 조금 안쪽으로 셔터가 내려져 있었다.

구보는 야쓰야마 거리에 세워둔 전세택시로 달려가 우선 기자실에 전화해서 히노데 야간 연락처로 접촉해보라고 부탁했다. 당직인 2과 담당이 곧 다시 전화해서, 히노데 본사는 물론 도쿄 지사와 요코하마 지사에서도 "오늘 업무는 종료되었습니다"라는 녹음 음성만 내보내고 있다고 말했다. 안 그래도 전국 지사와 지점, 영업소에 일일이 전화하고 있는데 어디나 마찬가지다. 임원들의 집전화도 모두 자동응답기가 돌아가고, 임원과 담당자 들이 어딘가에 모여 있는 것은 분명한데 장소는 모른다는 것이었다. 게다가 각사 캡이 히노데 홍보과장의 호출을 받았다고 하니 곧 임시협정 이야기가 나올 것이 분명했다.

시간이 없다는 초조한 마음으로 수화기를 내려놓으니 이미 앞뒤로 타사 전세택시들이 삼삼오오 모여 있었다. 시각은 0시 41분. 비디오카메라를 들고 온 방송국팀도 있었다. 좀전에 구보가 그랬듯이 불빛 없는 빌딩 주변을 뛰어다니다가 하나둘 체념하고 보도에 모였고, 이어서 면식이 있는 요미우리 기자가 달려와 구보의 전세택시 차창을 두드렸다.

구보가 창문을 내리자 그는 "당신이 제일 먼저 왔지? 어디서 들은 것 없어?"라고 물으며 머리를 쑥 디밀었다.

"들었으면 내가 왜 이러고 있겠어. 뭐 좋은 생각 없나?" 구보가 그렇게 응수하자 뒤에 모여 있던 타사 기자들이 일제히 한숨을 지었다.

어느 회사에서도 히노데측과 연락이 닿지 않은 것이 분명했다. 노상에 모인 이들은 모두 히노데 간부들이 어딘가에 모여 있을 거라 생각하고, 그 장소가 어디일지 여우 같은 눈빛으로 열심히 머리를 굴렸다.

"이거야 원, 통 모르겠네―"

누군가가 그렇게 말했을 때 15미터쯤 떨어진 길가에 서 있던 민방 왜건 차량 옆에서 스태프 한 명이 이쪽을 향해 두 팔로 X자 표시를 해 보였다. 시각은 오전 0시 45분. 임시협정이 성립한 것이다.

구보를 비롯한 이들은 서로 마주보고서 민방 스태프에게 OK 사인을 보냈다. 어디가 먼저랄 것 없이 "젠장!" "빌어먹을!" 하는 말이 터져나오고, "그만 가자고" 하며 맥빠진 인사를 나누고 각자의 차량으로 흩어졌다. 차창으로 바라본 히노데 본사 빌딩은 십 분 전보다 한층 견고하게 우뚝 서 있는 모습이 앞으로의 취재가 쉽지 않을 것을 예고하는 것 같았지만, 30층쯤에 켜져 있던 희미한 불빛은 안개에 가려 불의의 사태에 겁먹은 듯 위태로워 보였다. 그것을 올려다보며 구보는 다시금 저성의 주인이 납치되었단 말이지, 라고 스스로 되뇌어보았다.

구보가 사쿠라다몬의 경시청으로 돌아온 것은 오전 1시 18분이었다. 임시협정 발효에 따라 여기저기서 일제히 철수한 타사 기자 몇 명과 함께 엘리베이터를 타서, 서로 마주보며 상대의 표정을 살피고는 "어땠어?" "뭐 건졌어?" "댁은?" 하는 짤막한 인사를 나누었다. 대답을 들을 것도 없이 어느 얼굴이나 히노데와의 접촉에 실패했다고 말하고 있었다.
9층에는 기자실이 세 곳 있는데, 도호 신문 박스는 그중 6개 전국지가 입주한 '칠사회七社會'에 있었다. 벌써 문가까지 만원이라 구보는 몸을 모로 틀어 우왕좌왕하는 사람들 사이를 헤치고 들어가야 했다. 각사가 기자실 담당 외에 방면기자들까지 모두 불러들인 것이다. 박스 입구에 쳐둔 커튼을 젖히자 낯선 뒷모습이 보여서, 구보는 "실례, 지나갑니다" 하며 안으로 비집고 들어갔다. 제 책상까지 몇 발짝 걸어가는 동안 다른 때보다 몇 배는 짙어진 포마드와 담배 냄새에 속이 메스꺼워졌다. 평소에는 낮에도 책상에 앉아 있는 건 많아봐야 너덧 명이고 나머지는 취재차 외부에 나가 있거나 2층침대에서 자고 있거나 하는 좁고 길쭉한 박스에 방면기자까지 총 열일고여덟 명의 멤버 전원이 들어와 있으니 발 디딜 자리도 부족했다. 그 와중에 직통전화 벨소리가 연방 따릉따릉

울리고, 팩스가 토해낸 종이가 쟁탈전을 벌이듯 이 손 저 손으로 옮겨다녔다.

무리 너머 안쪽 자리에서는 스가노 캡이 무슨 일이 있어도 눈 하나 깜짝하지 않는 특유의 무표정을 지키며 한 손에 외선 전화 수화기를 들고 다른 손으로 반백 머리에 빗질을 하고 있었다. 긴급 상황이면 장소 불문 빗질을 하는 것이 그의 버릇이었다. 그 옆에서 서브캡 가가와가 "히노데 임원들은 기오이초의 히노데 클럽에 모여 있대"라고 말했다. 듣고 보니 그럴듯한 정보라 구보는 얼른 기오이초 뉴오타니 근처의 멋들어진 석조 건물을 떠올렸다. 회사가 접대에 이용하는 게스트하우스로, 대로에서 제법 물러나 있는 현관 포치에 종종 송영을 위한 고급 차량이 서 있곤 했다.

"누가 보고 왔습니까?" 구보가 주위를 둘러보자 "방금 옆에서 주워들었어" 하며 같은 1과 담당 구리야마 유이치가 옆 박스 칸막이를 주먹으로 통통 두드려 보였다. 옆에서는 또다른 1과 담당 곤도와 2, 4과 담당 마키, 가네이가 쉴새없이 울려대는 전화를 받고 있었다. 배치표에 따라 움직이기 시작한 사회부 지원팀에서 "자료실에 있는 자료를 전부 복사해서 보냈어요" "데이터베이스에서 히노데 관련 기사를 찾아서 보냈습니다"라고 연락해오거나, "뭐 좀 건졌어?" "무슨 움직임 없나?" 하며 재촉해오는 전화들이었다.

어느새 통화를 끝낸 스가노 캡이 "자, 모두 주목!" 하고 외치자 기자들의 귀가 일제히 긴장했다.

"예정원고는 사장의 신병을 무사히 구출한 경우와 최악의 사태가 일어난 경우 모두 준비한다. 신병이 확보되었어도 범인이나 동기가 밝혀지지 않은 경우, 첫 원고는 납치에서 구출까지의 경위를 시간순으로 작성하고, 그 과정의 의문점을 부각하는 형식으로 간다. 흉악사범이라는 측면부터 확실히 하도록. 이건 구보 쪽에서 해."

"예."

"마키, 가네이, 모모이는 총회꾼과 우익의 동향을 맡아. 다자와와 오가와는 검문 쪽을 살펴보고 렌터카 회사에 차량 수배가 들어갔는지 알아봐. 방면은 협정이 해제될 때까지 히노데 본사, 도쿄 지사, 히노데 클럽 근처를 삼교대로 지켜. 간부나 암행 차량의 출입을 감시하는 거다. 히노데는 기업 보안에 철저한 편이니 무리하진 말고. 가가와는 방면 배치표를 작성해."

"예."

"방면은 배치표가 나오면 순서대로 나간다. 다들 히노데 관련 자료를 훑어보고. 마지막으로, 이 건은 오래갈지도 모르니까 다들 그렇게 각오하도록. 이상."

스가노의 이야기는 거기까지였다. 늘 구체적인 지시뿐이지만 구보가 알기로 스가노가 판단을 그르친 적은 지금껏 한 번도 없었다.

다시 빗을 집어든 스가노는, 또한 구보가 엄두도 못 낼 정보망을 가지고 있었다. 누구나 그 앞에서는 입을 다물 수밖에 없는 그 가공할 재산을 대체 어떤 농간과 시간과 노력을 들여 쌓아왔을지 감탄스러워질 때마다 부러움과 의혹이 복잡하게 고개를 쳐들어서, 구보는 신문기자의 능력이라는 것을 생각해보지 않을 수 없었다.

지금도 구보는 스가노의 말을 반추하면서, 결국 지하 금융과 얽힌 우익의 동향을 예의 주시하던 공안이 움직이기 시작했고, 그 공안의 정보를 스가노가 쥐고 있는 것이 아닐까 상상해보았다. 우익이라면 위로 정치인이 있고 아래로는 폭력단과 총회꾼이 있을 것이다. 자신의 정보원들 면면을 떠올려보았지만 그런 쪽의 정보를 알려줌직한 사람은 하나도 없었다.

생각에 빠져 있는데 옆에서 "여기, 히노데 우롱차요"라는 구리야마의 목소리가 들리더니 눈앞에 음료수 캔이 나타났다. 구보는 이 초쯤 뒤에야 왼손에 월병이 쥐어 있는 것을 깨닫고 흠칫 놀랐다. 저도 모르는 새 먹고 있던 월병은 이미 초승달 모양이었다. 아마 책상 위에 있었을 테지만 손을 뻗어 집어든 기억이 없었다. 위장이 배고픔을 호소한 기억도 없는데, 이래서야 점심때 생선구이 정식으로 참아낸 것이 헛수고로 돌아갔다고 생각하면서, 하릴없이 나머지를 우롱차와 함께 삼키고 얼른 컴퓨터 전원을 켰다.

구리야마가 내처 "첫번째 발표의 요지입니다. 캡이 불러준 대로 적었어요"라고 말하며 기자회견 내용의 메모를 내밀었다. 눈치가 빠르다고 할지 여유롭다고 할지, 이제 겨우 1과 담당 일 년차인 서른 살의 구리야마는 피부가 좋고 환하게 잘 웃는데다가, '징역'이라는 평을 듣는 경시청 출입기자 자리도 본인의 마음가짐이나 재능에 따라 이렇게 표표히 헤쳐갈 수 있음을 보여주는 새로운 유형의 사건기자였다. 나름대로 정보원도 있고 기사도 제법 잘 쓰며, 구보가 보기에는 추진력이 조금 약한 것이 흠이지만 그것도 눈감아줄 수 있는 정도였다. 구보는 새삼 그와 자신의 차이는 어디서 나오는 것일까 생각하며 "고마워"라고 인사하고 메모를 건네받았다.

오전 0시 15분에 있었다는 첫번째 기자회견 발표 내용은 '시로야마 교스케(58) 산노 2-16. / 22:05 회사 차량으로 귀가. 운전사 야마자키 다쓰오(60) 조시가야 2-13. / 야마자키, 시로야마가 대문을 열고 들어가는 것을 확인하고 출발. / 22:50 110 미귀가 신고 접수. / 23:16 사건으로 인지. 대문과 현관 사이에서 제압해 납치한 듯. / 포도 옆 정원수 아래서 쪽지 발견. 둥글게 말린 종이 한 장. 흰색. 손글씨, 가타카나. '사장을 데려간다.' / 납치 및 감금으로 판단. / 상세 불명. / '다음 발표는 2시'였다.

"형사부장 손이 바들바들 떨렸다네요." 구리야마가 말했다.

"흠."

"그전에는 형사총무 히로타 씨가 막 고함을 질러댔고요."

"흐음."

일전의 독가스 테러 발표 때도 침착함을 지킬 만큼 온후한 성정의 히로타 과장이 오늘밤 어떤 얼굴로 고함을 질렀을지 구보는 상상하기 힘들었다. 다시 한번 메모를 노려보고 오전 1시 25분이라는 시각을 확인한 다음, 삼십오 분 뒤로 다가온 두번째 기자회견에 대비해 일단 생각나는 의문점을 써내려갔다.

귀가 경로는 평소와 같았나? 운전사가 확인한 모습은 정확히 어디까지인가? 가족은 아무 소리도 듣지 못했는가? 110 신고까지 사십오 분이나 걸린 이유는? 가족의 반응. 사장의 당일 행적. 복장. 발견된 쪽지의 글씨체. 범인측의 연락 유무. 수상한 인물 및 차량에 대한 목격 증언의 유무. 감식 작업 진행 상황. 족적. 유류품.

'대담한 범행. 솜씨가 좋다. 전문가일까?'

컴퓨터 앞으로 몸을 숙인 구보 뒤로 동료들의 손이 자료를 주고받았고, 방면기자들은 가가와 서브캡이 작성한 배치표에 따라 하나둘 박스를 떠났다. 전화벨이 계속 울려대고, "아무것도 없어" "아직" "그쪽은?" 하는 짧은 말들이 들려온다. 스가노 캡은 협정 해제 후 누구를 어디로 보낼지에 대해 통화하고 있었다. 구보는 다시 한 줄, '히노데에 대한 공갈, 협박, 공격 등이 이전에도 있었는지 여부'라고 덧붙이면서 책상에 놓인 히노데 우롱차 캔을 바라보았다.

평소 눈길을 준 적도 없던 금색 봉황 상표를 새삼 찬찬히 살펴보자니, 그제야 심각한 사건이 일어났다는 실감이 스멀스멀 피어올랐다.

오전 0시 반이 지나자 현장을 지키는 두 명과 지원을 나간 감식반 세 명, 형사과장과 과장대리를 제외한 스물세 명이 오모리 서 3층 형사과 사무실로 모였다. 그러나 본청의 지시대로 전지 크기의 현장 부근 견취도와 피해자 자택 부지가 포함된 현황도를 작성하고 나자 더는 할일이 없었다. 경찰서 뒷마당에 두 명 정도가 탄 103(다중무선차)이 들어와 있었지만 현장에서 어떤 움직임이 있는지, 어디서 누가 무엇을 하고 있는지 등의 정보는 수사 무선에 영 올라오지 않아서 3층에서는 현장 상황을 거의 파악할 수 없었다. 서장과 부서장이라고 다르진 않아서, 하카마다 형사과장과 도히 과장대리는 내내 당혹스러운 얼굴로 서장실과 형사과실, 통신실을 들락날락거리기만 했다.

오전 0시 40분 현재 목격자 없음, 수상한 차량 없음, 유류품 없음, 범인의 움직임 없음, 연락 없음.

제일 먼저 현장에 도착했던 고다가 모두에게 상황을 설명했지만 그래봐야 오 분도 걸리지 않았다. 이어서 지능범죄 담당인 안자이 계장이 책장 구석에서 전년도 『히노데 맥주 유가증권 보고서 총람』을 가져와 회사 개황이 실린 첫 장부터 훑어보았는데, 12개 공장과 15개 지사와 연구소 등을 열거한 사업소별 설비 개황에 이르자 "요컨대 자산이든 매출이든 경상이익이든 자기자본이든, 일반 중소기업과는 세 자릿수쯤 차이 난다는 소리군"이라고 결론을 내리고는 책자를 던져버렸다.

책자는 누군가가 주워서 들춰보고 다시 몇 사람의 손으로 옮겨다녔지만, 어느새 그것도 자취를 감추고 잡담 한마디 없는 침묵의 시간이 찾아왔다. 다들 내일 할 일을 생각하며 잠시나마 눈을 붙이고 싶은 생각이 절반, 하필 관할구역에서 요인이 납치되었다는 불운에 낙담하는 기분이 절반 섞인 우울한 표정이었다.

애당초 형사과 사무실은 전원 집합하는 자리를 고려해 설계된 곳이 아니었다. 의자도 인원수대로 없고, 정해놓은 자리도 없다. 창가에 과장석과 과장대리석이 있긴 하지만, 그밖에는 주인도 없는 철제 책상을 다섯 개씩 네 줄로 늘어놓은 것이 전부고, 벽에는 철제 캐비닛과 책장, 칠판을 놓고 잡다한 종이 등이 붙어 있다. 그런 곳에 스물세 명의 장정이 들어서자 흡사 마권판매소처럼 옹색하고 음울해 보였다. 고다는 매일 산더미 같은 수사 서류를 작성해야 하는 직장의 환경이 이래서야 곤란하다고 생각했지만, 찾아낸 해결책은 예나 지금이나 되도록 외근을 나가는 것, 서류 작성은 빈 조사실에서 하는 것뿐이었다.

철제 책상에는 경전* 여덟 회선과 일반전화 네 회선, 조회센터와 연결된 단말기 네 대, 오래되어 색이 바랜 워드프로세서 두 대가 놓여 있다. 끈을 꿴 경시청 전화번호부 몇 권. 너덜너덜한 일반용 전화번호부. 볼펜과 연필. 통달 서류나 신문 전단지를 재활용한 메모지. 재떨이. 찻잎이 들러붙은 컵 몇 개.

고다는 입구 가까이 벽을 등지고 쭈그려 앉아 있었다. 복귀 전 오모리 역 앞 파출소에서 빌려온, 사건 발생 시각 전의 순찰 기록이 품안에 있었지만, 분 단위로 기록된 110 신고 내역이나 지령 등이 뭔가를 일러주리라는 직감은 아직 명확히 떠오르지 않았다. 현장에 막 출동했을 때 느꼈던 둔한 흥분이 그 직감 주위를 천천히 맴돌았다. 범인이 노린 것은 개인인가, 기업인가. 왜 히노데 맥주인가. 범행을 불러올 만한 갈등이 히노데 내부에 존재했는가. 총회꾼이나 폭력단과는 관계가 있는가. 전화로 들었던 부사장의 완고한 말투와 신중한 태도의 부조화가 마음

---

* 경찰 전화의 줄임말. 경찰 업무를 위해 전용 통신회선에 연결한 전화기.

에 조금 걸렸는데, 과연 히노데측에서는 오늘밤 사태에 대해 짐작 가는 바가 있는가.

그리고, 동기는 무엇인가. 가령 궁극적인 목적이 돈이라면, 왜 위험 부담이 큰 납치라는 방법을 택했는가. 단순히 돈을 노렸다면 다른 임원을 대상으로 해도 결과는 큰 차이가 없을 텐데, 왜 굳이 사장을 골랐는가.

고다는 지정 수사관 신분이긴 했지만 본청에서 좌천이나 다름없이 일선 경찰서로 옮겨온 터라, 지난 한 해 동안 수사본부에 소집된 적은 한 번도 없었다. 혹시 이번에는 인력이 부족해서 불려간다 해도 맡을 일이라고 해봐야 고작 탐문 수사나 유류품 조사 정도일 것이다. 생각은 그렇게 하면서도 히노데가 어떤 기업인지 기계적으로나마 숙지하려고 『유가증권 보고서 총람』을 한 장 두 장 들춰보기 시작한 것은 그저 개인적인 기질의 소산이었다.

우선 주요 경영지표. 1993년도 매출 1조 3,500억. 연결회계로는 1조 6,000억에 달한다. 경영이익이 770억. 순이익은 그 절반. 총자산 1조 2천억. 자기자본 비율 47퍼센트. 주당 배당금 10엔. 직원 팔천이백 명. 어느 숫자나 '거대' '초우량'임을 말하고 있었지만, 한 캔의 정가가 200엔 전후에 부과되는 주세도 높은 맥주를 팔아서 1조 3,500억의 매출을 낸다는 것이 얼른 실감되지 않았다. 더구나 이건 재작년 수치이니 현재는 더 불어났을 것이다.

이어서 창업 105년을 맞는 기업의 연혁. 2차대전 이전에 이미 4개 공장을 거느렸고, 종전 후 공장과 지점 및 영업소를 착실하게 확장하며 의약사업, 바이오테크놀로지와 첨단 의료, 정보 시스템 분야 등의 기술 개발사업을 적극 추진하고 있어, 다각화를 지향하는 기업의 윤곽을 엿볼 수 있다.

이어서 주식 상황을 훑어보니 도에이를 비롯한 대형 시중은행과 생명보험회사가 대주주로 나란히 이름을 올려두었는데, 그 합계가 발행 주식의 27퍼센트. 주가 자체는 거품경제 붕괴 후에도 안정적이고 배당 성향도 25퍼센트라는 높은 비율을 유지하고 있다.

임원 현황. 사장 이하 서른다섯 명의 임원 이름과 맥주사업본부장이니 개발사업본부장이니 하는 겸직 직함을 대강 머릿속에 새겼다. 수석 이사 시로야마 교스케는 도쿄대 법학부 졸업 후 1959년 입사. 센다이 지점장, 오사카 지사장을 거쳐 맥주사업본부장에 오른 경력으로 보아 내내 영업 일선을 걸어온 인물 같았다. 물건을 파는 일이란 형사와 가장 먼 세계였으므로, 고다는 시로야마 교스케라는 글자를 바라보며 그 이름의 주인이 어떤 사람일지 잠시 상상에 잠겼다. 자택 풍경이나 부인과 아들의 인상으로 추측건대 상당히 조용한 사람이 아닐까 싶었다.

한편 전화 통화를 한 구라타 세이고 부사장은 맥주사업본부장을 겸직하고 있으니 시로야마와 이사회에서 가장 가까운 관계일 것으로 추측되었다. 후임자를 꼽는다면 이 사람일까 생각하며, 수화기 너머로 녹록지 않은 인상을 풍기던 목소리를 언뜻 떠올렸다.

이어서 사업 내용으로 넘어가자 먼저 경영 조직도가 나왔다. 주주총회 아래 이사회와 감사회가 있고, 그 아래로 사장, 경영회의. 총무, 인사, 경리, 홍보, 시스템개발 등의 각 부서와 기획실, 비서실, 소비자 상담실 등이 이어지는 매우 일반적인 구성이었고, 사업 본체는 맥주사업본부, 의약사업본부, 사업개발본부, 연구개발본부 등으로 나뉜 사업본부제였다. 다각화를 추진한다고는 하지만 주요 사업 부문별 비율을 보면 여전히 맥주 매출이 96퍼센트를 차지하고 있다.

몇 장을 넘겨 영업 내용을 읽어보는데 옆에서 "재밌나?" 하는 목소리가 들렸다. 고개를 들자 절도수사 담당 오사나이 계장이 우울한 눈으로 그를 보고 있었다. 오늘밤 당직인 오사나이는 산노에서 처음 신고가 들어왔을 때 마침 오모리 남부에서 발생한 강도사건 현장에 출동해 있었기에 일착할 기회를 놓쳤다. 백년이 지난들 이 한이 잊힐까보냐는 표정이었다.

고다는 "매일 마시는 맥주 이름이 나오니 신기해서"라고 대답했다. "히노데 라거 맥주, 히노데 슈프림, 슈프림 드래프트, 라임라이트 다이너."

오사나이는 "자네는 맥주 안 마시잖아" 하고 냉담하게 일축했고, 고다도 더는 대꾸하지 않았다.

당기 영업 상황을 보고하는 페이지에는 실제로 매일같이 접하는 상품명들이 나열되고, 각 제품의 판매 성적이 기록되어 있었다. 작년의 주류 증세로 각사가 일제히 가격 인상을 단행한데다 양판점의 가격 인하 경쟁, 라임라이트의 본격 진출 등이 겹쳐 주류업계의 현황은 그리 좋지 않은 듯했다. 그래도 히노데는 라거와 슈프림의 탄탄한 인기와 원재료 가격 안정, 유통 합리화 노력 등으로 1993년도 경영이익이 전년 대비 소폭 증가를 유지했다. 참고로 일 년간 판매한 맥주 총량은 345만 킬로리터. 숫자만으로는 양이 잘 가늠되지 않아서 뒤쪽 칠판으로 손을 뻗어 병으로 환산하면 몇 병이나 되는지 계산해보았는데, 54억 5000만 병이라는 결과를 보자 더더욱 가늠하기 힘들어졌다.

고다는 지우개로 칠판을 지우고 끈기 있게 책장을 넘겼다. 판매 실적 항목에는 1차 도매에서 2차 도매 특약점으로, 다시 소매점으로, 거기서 다시 특음점*과 소비자로 이어지는 유통 경로가 그려져 있었다. '특음점'이라는 단어가 눈에 들어와 총판매량 중 업소용이 차지하는 비율은 어느 정도인가 보려고 앞뒤 책장을 뒤적이는데 마침 형사과실 문이 열렸다.

---

* 특수음식점의 줄임말. 접대부를 두고 술을 파는 가게를 말한다.

문밖에서 과장대리 도히 가쓰히코가 고개만 들이밀고 두리번거리더니 가까이 있던 고다에게 눈길을 멈췄다. 고다는 오전 0시 50분이라는 시각을 확인하고, 모두가 주시하는 가운데 『유가증권 보고서 총람』을 내려놓고 복도로 나갔다.

도히는 고다와 마주서기 무섭게 "지금 특수반인가 하는 데서 두 명이 밑에 와 있어. 자네는 전에 본청에 있었으니 놈들 얼굴을 알 테지. 간부가 언제 여기로 오는지 좀 물어보고 와"라고 말했다.

도히는 내년 정년을 앞두고 올봄 경부로 승진해 절도수사 계장에서 과장대리가 되었다. 성실하기 그지없지만 전반적으로 별 볼일 없었던 경찰 인생의 고락을 전부 쓸어담은 듯 복잡하고도 밋밋한 인상으로, 아무 일 없을 때는 어차피 일 년 남은 마당에 무서울 게 뭐냐고 웃어 보이지만 일이 터지면 오랜 습성대로 상사의 안색을 살피기 바쁘다. 지금도 정보 부족에 골머리를 앓는 서장과 형사과장에게 뭐라도 하나 전해주고 싶어서 눈치껏 처신한다는 것이 이 모양이다.

고다는 "예" 하고 대답하고 내려가서는, 아무도 없는 뒷문을 통해 밖으로 나가 심호흡을 몇 번 하고, 다시 3층으로 올라와서 도히에게 "아직 모른다는군요"라고 말했다.

과장대리까지 한 명 더 늘어나자 실내는 더욱 답답해졌다. 대부분 팔짱을 낀 채 눈을 감고 있고, 몇몇은 수령기 이어폰을 귀에 꽂은 채 신문이나 잡지를 보고 있었다. 고다는 다시 의자에 앉아 『유가증권 보고서 총람』을 들춰보았다. 오늘따라 경전도 한 번 울리지 않고, 종종 제1교힌과 산업도로를 달려가는 순찰차나 구급차 사이렌이 머나먼 세계의 소리처럼 들려왔다.

고다는 손익계산서 매상 원가 운운하는 항목으로 눈길을 옮겨 당기 제조원가 3,500억, 주세 7,000억이라는 숫자를 일일이 눈으로 좇았다.

그사이 시계를 보거나 바깥의 콘크리트를 두드리는 빗소리를 듣고는 지금쯤 교외나 산간에는 눈이 오겠구나 생각하고, 어딘가에서 추위에 떨고 있을 피해자와 범인을 상상해보기도 했지만, 처음 사건을 접하고 피부로 느꼈던 감각은 시간의 흐름과 함께 조금씩 흐려져갔다.

오전 1시 반이 되자 수사 무선을 듣던 이들이 "차량 목격자가 나온 것 같은데"라고 중얼거리며 고개를 들었다. 고다와 과장대리, 선잠을 자던 이들까지 일제히 귀를 세우고 "어디래?"라고 묻고 누군가가 지도를 펼쳤다.

"21번지 골목. 사사키 가쓰이치, 76세."

"여기야, 여기." 지도를 펼친 사람이 말하자 도히가 "빨간색으로 표시해서 칠판에 붙여!"라고 혼자 소리쳤고, 곧 칠판에 주택가 지도가 투명테이프로 붙었다.

"목격 시각은 오후 10시쯤. 집 2층 창문에서. 차량 색깔은 남색이나 검정. 왜건 혹은 RV. 차종 불명, 넘버 불명."

무선으로 들어온 정보는 그게 전부라서, 잠깐 생기가 돌던 스물네 명은 다시 의자 깊숙이 몸을 묻었다. 상세한 목격 상황은 알 수 없었지만 당장 수배로 연결될 만한 내용이 아니라는 건 확실했다. 하지만 21번지는 16번지 북쪽과 붙어 있으니, 사건 발생 시각 직전 골목에 서 있었다면 사건과 관련있을 확률이 조금은 있지 않을까? 고다는 그렇게 생각했으나 부푼 기대는 반쯤 오그라들어 공중에 떠버렸다.

그 순간 품안의 파출소 출동 기록을 다시 떠올렸다. 순찰 오토바이가 10시 전후 통과한 경로를 순찰대원의 기억이 흐려지기 전에 분 단위로 정확히 기록해둬야겠다고 마음먹었지만, 그런 생각 역시 금세 공중에 붕 떠버렸다.

시곗바늘은 오전 2시 직전을 가리키고 있었다. 고다는 손익계산서 항목에 이어지는 '판매비 및 일반관리비' 명세를 다시 들여다보았다. 광고비 250억이라는 숫자를 보고 문득 떠올린 것은, 달밤에 기괴하게 생긴 괴수가 가믈란 연주에 맞춰 춤추는 히노데 레몬사와 광고였다.

*

오전 2시 2분. 본청 9층 기자회견장에 나타난 데라오카 쓰요시 형사부장은 17개 언론사에서 모인 기자 육십여 명에게 가볍게 목례하고 손에 든 노트 위로 고개를 숙였다.

"유감스럽게도 오전 2시 현재 범인측의 연락은 없습니다. 상황 변화도 없습니다."

그 첫마디와 함께 기자들의 불신에 찬 침묵이 회견장에 묵직하게 드리워졌다.

이어서 "이번 보도협정에 협조해주셔서 참으로 감사합니다"라는 상투적인 인사가 이어졌다.

"현황으로 미루어 납치감금사건으로 추측되며, 피해자는 지극히 위험한 상황일 것으로 보입니다. 경찰은 총력을 기울여 예의 수사에 임하는 것은 물론, 협정 정신에 비추어 향후 언론에 성의 있게 대응해나갈 것이니, 부디 잘 부탁드립니다."

데라오카 형사부장의 목소리는 평소처럼 견고하고 단조롭게 들렸다. 그는 기자들의 눈을 보지 않고 노트만 담담히 읽어나갔다.

"피해자 자택의 견취도는 각사에 배부한 자료와 같습니다. 피해자는 ×표 부근에서 납치되어 대문을 통해 밖으로 끌려나간 것으로 보입니다. 현재 파악한 부분은 여기까지입니다. 대문에는 세콤 사의 오토록이 장착되어 있는데, 밖에서는 비밀번호를 입력하고 안에서는 스위치를 눌러 여는 방식입니다. 피해자는 매일 밤 귀가해서 직접 야간 경보시스템을 작동했고, 따라서 사건 발생 시각으로 짐작되는 24일 오후 10시 5분경에는 시스템이 해제되어 있었습니다. 현재 정원수 근처와 담장 안쪽에서 몇 개의 발자국을 채취해 분석중입니다. ○표 지점에서 회수한 쪽지도, 지문과 잉크 등을 서둘러 감정할 예정입니다. 오전 2시 현재 목격자는 나타나지 않았습니다. 이상."

형사부장의 목소리가 끊긴 순간 민방 기자들이 기세등등하게 "담장을 넘어 들어가 대문으로 나왔다는 겁니까?" "범인상은 어떻게 보십니까?" 하는 질문을 던졌다. 데라오카 옆에 대기중이던 홍보과장이 얼른 나서서 "질문은 한 분씩 부탁합니다"라고 말하며 시선에 힘을 주자 목소리가 잠시 끊겼다. 침묵이 돌아온 가운데, 맨 앞줄에 앉은 구보 하루히사는 덥지도 않은데 데라오카 형사부장의 이마에서 땀방울이 흘러내리는 것을 똑똑히 보았다.

잠시 후 앞쪽에 진을 친 칠사회 주요 인물들에게서 질문이 쏟아졌다. 전부 짧은 질문이었고 대답도 간결했다. 그것들을 메모하면서 머릿속을 정리하고 필요한 정보를 바로 가려내야 했다. 볼펜을 쥔 손에 이내 땀이 뱄다.

"우선 사건 발생 당시 피해자 자택에 있던 가족이 누구인지 말씀해주십시오."

"부인입니다. 시로야마 레이코, 58세."

"부인은 지난밤 10시 전후 자택 어디서 무엇을 하고 있었습니까?"

"1층 거실에서 책을 읽고 있었다고 합니다."

"부인은 평소 대문이 여닫히는 소리를 들었나요?"

"들릴 때도 있고 안 들릴 때도 있었다고 합니다."

"운전사의 귀가 경로는 평소와 같았습니까?"

"그렇습니다."

"평소 귀가시간은 일정합니까?"

"날마다 다르지만, 주로 오후 10시 전후로 귀가했다고 합니다."

"10시 50분에 110 신고가 들어왔다는데, 가족이 그때 110에 신고해야겠다고 판단한 까닭은?"

"오후 10시 28분경 회사에서 집으로 전화가 왔는데, 아직 귀가하지 않았다는 대답을 듣고 회사측에서 운전사에게 확인한 결과 이상 사태를 알아차린 것 같습니다."

"회사에서 전화한 사람의 이름은?"

"말씀드릴 수 없습니다."

"현장에서 채취된 발자국은 몇 종입니까?"

"분석중이라 말씀드릴 수 없습니다."

"여러 종이겠지요?"

"현시점에서는 말씀드릴 수 없습니다."

"성인 남자를 제압해서 소리 없이 밖으로 끌고 나가려면 한 명으로는 힘들 텐데요. 복수범이라고 보는데, 어떻게 생각하십니까?"

"현시점에서는 그런 부분을 알 수 없습니다."

"용의자가 사전에 담을 넘어 들어가서 정원수에 숨어 있었다는 겁니까?"

"현시점에서는 뭐라고 말씀드릴 수 없습니다."

"피해자의 복장은?"

"남색 양복. 검은색 울 조끼. 파란 바탕에 은색 무늬 넥타이. 구두는 검은색."

"코트는?"

"입지 않았습니다."

"가방은?"

"버버리사 서류가방. 색깔은 갈색."

"납치 범행에는 차량이 필수적인데요. 관련 정보는 있습니까?"

"현재 분명한 목격 정보는 얻지 못했습니다."

"정보가 있기는 한 겁니까?"

"그런 보고는 들어오지 않았습니다."

"'사장을 데려간다'라는 쪽지 말인데, 그 일곱 글자 외에 또 뭐라고 적혀 있었나요?"

"일곱 글자가 전부입니다."

"쪽지는 공개할 겁니까?"

"아직 검토 단계가 아닙니다."

"납치 및 감금 사건이라고 말씀하셨는데, 몸값 목적의 범죄로 발전할 가능성은?"

"현시점에서는 뭐라고 말할 수 없습니다."

"기업에 대한 공갈일 가능성은?"

"현시점에서는 범인의 목적을 전혀 알 수 없습니다."

"지금까지 히노데가 공격이나 협박을 당한 사례가 있었습니까? 경찰에서 파악한 사안이 있습니까?"

"현시점에서는 파악된 바 없습니다."

"일련의 기업 테러 가운데 하나라고 보지는 않습니까?"

"현시점에서는 뭐라고 말씀드릴 수 없습니다."

"피해자 개인을 노린 범행일 가능성은?"

"현시점에서는 판단할 수 없습니다."

"범인상은 어떻게 보고 있습니까?"

"현재로서는 뭐라고 말씀드릴 수 없습니다."

"아마추어로서는 불가능한 범행 같은데, 폭력단 등의 전문가일 가능성은?"

"현시점에서는 그런 판단을 내리지 않았습니다."

"아마추어라면 현관에서 코앞인 정원에 숨어 있지는 않았을 텐데요."

"범인을 취조하기 전에는 알 수 없습니다."

"향후 수사 전망은?"

"최대한 노력하고 있습니다. 그 이상은 말씀드릴 수 없습니다."

거기까지 대답하고 데라오카 형사부장은 푸른 힘줄이 돋은 이마에 땀을 번들거리며 노트를 덮어버렸다. "이것으로 마치겠습니다. 다음 발표는 4시입니다"라는 홍보과장의 말이 끝나기도 전에, 데라오카는 회견장에 들어설 때보다 한층 딱딱해진 표정으로 정면을 노려보며 서둘러 나갔다. 이어서 기자들도 하나둘 말없이 일어섰지만 이렇다 할 소식은 전혀 없는 터라 다들 동작이 느릿했다. 큰 사건에 대한 기자회견 답변은 예외 없이 '말할 수 없다' '모르겠다' '파악하지 못했다'의 연발이 되기 마련이지만, 같은 부정형이라도 매번 뉘앙스가 미묘하게 다르다. 좀전의 데라오카는 시종 초조하고 괴로워 보인데다 왠지 형식적으로 '모르겠습니다'라는 말만 거듭하는 것 같았다는 게 구보의 느낌이었다. 히노데 맥주 사장이 납치된 지 벌써 네 시간 반. 이쯤에서 아무런 실마리가 없다면 스가노 캡의 예상대로 해결까지는 꽤 오랜 시간이 걸릴지도 몰랐다.

*

오전 3시가 되자 1과장은 수사본부로 차출될 형사과 열 명과 방범과 두 명을 지목하고 나머지는 돌아가도 좋다고 지시했다. 많은 인원을 동원할 만큼 충분한 정보가 나오지 않았고 범인측도 동트기 전에는 움직이지 않으리라는 판단에서 나온 지시라고 이해했지만, 사건 발생 직후부터 대기하다가 싱겁게 해산하는 이들에게 남은 것이라곤 허탈감과 수면 부족으로 인한 피로뿐이었다. 어차피 전철도 다니지 않는 시간이라 본부에서 나온 몇몇은 아침까지 4층 도장에서 눈을 붙이려고 나가고, 몇몇은 어딘가로 모습을 감췄다.

형사과실에 남은 것은 강력계의 고다, 지능계의 안자이 노리아키, 조직폭력단 담당 사이토 다카후미, 절도계의 오사나이 다쿠야 등 경부보 네 명과, 각계 순사부장 여섯 명, 자칭 연락 조정 역할을 맡은 과장대리 도히 경부까지 총 열한 명이었고, 도히와 안자이를 제외하고는 언제 소집될지 모를 수사회의를 기다리며 각자 쪽잠의 연속으로 돌아갔다.

안자이 계장은 수사본부 차출 얘기를 들은 순간 잠이 확 깼는지, 막 책상에 엎드린 고다의 어깨를 쿡 찌르고는 "히노데의 재무 내용을 보게 되려나?" 하고 속삭였다. 당장은 그럴 일이 없을 거라 생각했지만 안자이의 말투에서 은근히 기대하는 기미가 느껴져 고다는 "글쎄요"라고 모호하게만 대답했다.

안자이는 삼십삼 년 근속 기간의 태반을 지능범죄 전문으로 일하며 오륙 년마다 돌아오는 이동에 따라 일선 경찰서를 전전해왔지만, 대규모 뇌물수수사건이나 상법위반사건 등은 한 번도 맡지 못했다고 들었다. 공인회계사 자격증이 있는데 왜 한 번도 본청에 근무하지 못했는지는 알 수 없지만, 여하튼 지금껏 안자이가 다뤄온 것은 부동산 거래상 등기나 매매 계약 부정, 어음 사기, 사취, 민사와 구별도 잘되지 않는 잡다한 고소고발사건, 불법 홍보물을 붙였느니 안 붙였느니 따지는 소소한 선거법위반사건 정도에 불과하다는 것은 고다도 짐작할 수 있었다. 지난 일 년간 고다가 눈으로 확인한 바로도 그는 보통 방문판매로 인한

다툼이나 전화카드 위조, 카드 부정 사용, 사채업자와 채무자의 다툼, 채무자가 야반도주했다는 고소 등을 맡아왔다. 더구나 대부분 입건까지 가지 않고 징벌 처분이나 당사자 간의 합의로 해결되기 때문에 안자이의 역할은 거의 만능 상담원이나 다름없었다.

안자이는 고다 옆에서 그가 던져둔 『유가증권 보고서 총람』을 읽고 있었다. "자두는 게 좋을 텐데요." 고다의 말에 안자이는 "자네는 내 맘 몰라"라고 중얼거리며 일그러진 미소를 보였다. "환장하겠군. 지금까지 맡아본 건들은 억 단위가 고작이었는데, 이건 뭐 갑자기 1,000억 단위 떡밥이 눈앞에 대롱거리니. 원숭이 앞에 바나나가 떨어진 격이야."

안자이는 그렇게 중얼거리고『유가증권 보고서 총람』을 펼쳐둔 책상 위로 고개를 숙였다. 나이로 보나 경험으로 보나 슬슬 경부 승진을 앞둔 위치고, 공을 세워 본청에 입성하기를 노린다면 이번 사건이 마지막 기회일 테니 꽤 절박한 심정일 것이다. 그건 고다도 모르는 바가 아니었다.

사실 고다도 진심을 말하자면 수사본부에 이름을 올린 것만으로 안도한 참이었다. 유치한 말다툼 끝에 벌어진 칼부림이나 취한들의 난투극, 부랑자의 객사 등은 이제 질색이었다. 뭐든 좋으니 큰 사건을 맡고 싶었다. 그렇게 생각하면서 고다는 제 팔을 베고 눈을 감았다. 사건을 원했다는 생각의 반동처럼, 피해자의 부인과 아들 얼굴이 뇌리를 스쳤다. 과장대리 자리에서 도히가 "도시락 서른 개. 영수증은 오모리 서 경무과로 끊어줘" 하며 근처 세븐일레븐에 주문 전화를 걸고 있었다.

수사 무선에서는 아무 소리도 나오지 않았다. 오전 4시쯤 되자 청사와 간선도로 아스팔트를 때리는 빗소리도 끊기고, 미명의 적요와 손발이 저릴 정도의 한기가 형사과실을 채웠다. 고다는 다운재킷 목깃을 여민 채 잠깐 깊은 잠에 빠져들었다가, 어떤 꿈의 끄트머리에 손이 닿은 순간 짧은 경전 벨소리에 현실로 이끌려나와 조건반사처럼 손목시계를 들여다보았다.

오전 4시 반. 곧 도히가 수화기를 내려놓고 "오전 7시에 수사회의다. 본부 명칭은 히노데 맥주 사장 납치감금사건 특별수사본부"라고 알렸다. 그 말이 끝나자 고다를 비롯한 이들은 다시 잠으로 돌아갔고, 도히 혼자 묵묵히 B4 복사지 네 장을 세로로 나란히 셀로판테이프로 붙여놓고 얼마 전 받은 법명을 붓글씨로 쓰기 시작했다. 도히는 외모와 딴판으로 달필이어서, 이곳 벽에 붙은 '정리정돈' '통화는 친절하게' '손가락으로 짚어가며 점검하자' 등의 표어는 모두 그의 작품이었다.

이어서 뒷마당으로 들어오는 차 소리에 잠이 깬 것이 오전 6시쯤이었다. 경무 당직이 들어와 의자 옮기는 걸 도와달라고 했다. 2층 대회의실로 내려가보니 수사지휘본부 준비를 위해 본청 통신부에서 나온 이들이 통신기기 설치며 경전 증설 작업을 하고 있었다. 본청에서 백 명 안팎이 내려온다는 보고를 받고 서원들이 죄 나서서 접이식 테이블과 의자를 긁어모아 회의실에 들여놓자 마치 채권자 집회장 같은 분위기가 되었다. 문밖에는 벌써 도히가 쓴 본부 안내지가 붙어 있었다.

그뒤 고다와 동료들은 3층으로 올라와 세수와 면도를 하고 세븐일레븐에서 사온 도시락을 먹었다. 배가 부르면 졸음이 오는 체질인 고다는 절반만 먹고서 나무용기를 치우고, 본부로 차출되지 않은 강력계 부하에게 줄 인계부를 썼다. 서에 남는 사람은 허리가 좋지 않은 히라이 순사부장과, 아직 수사 서류 쓰는 법도 잘 모르는 간노와 이자와 콤비였다.

도시락을 싹 비운 조직폭력단 담당 사이토 다카후미가 이쑤시개를 물고 "머리가 너무 춥네"라고 중얼거렸다. 그는 본청 4과에 있을 때 이나가와회 조직원과 격투를 벌이다 다쳐서 열 바늘을 꿰맸다는 까까머리를 손으로 쓸면서 블라인드를 올리러 창가로 갔다가 "우와!" 하는 탄성을 질렀다. 바깥에 연회색 봄눈이 내리고 있었다.

오전 7시, 대회의실 정면 칠판에 피해자 사진과 전지 크기의 자택 견취도가 붙었다. 본청 1과 제1특수에서 1계, 2계, 제2특수에서 4계가 미명에 호출되어 새벽 전철로 달려왔다. 피해자 자택과 중계 차량에 대기하는 인원을 제외한 특수반 서른다섯 명이 전부 모인 대대적인 규모였다. 그중에는 체포 전문 암행 수사원도 포함되어 있었다.

히노데 맥주라는 대기업 관련 사안이니 본청 2과에서도 몇 명쯤 나오겠지 예상했지만, 뇌물 증여와 부정 전문인 제4지능 3계 열 명이 모두 나와서 고다도 조금 놀랐다. 나아가 수사 4과에서도 상법 위반, 총회꾼 전문인 특수폭력수사 1계의 여덟 명 전원이 나왔다. 그밖에 1과 제3강력범수사 9계에서 열 명이 나왔다. 면식이 있는 몇몇이 눈길을 주어서 고다도 가볍게 목례로 응했다. 이어서 제1기동수사대 8개 분주소에서 열일곱 명과 대본부 반장. 관할서 형사과에서는 고다를 비롯한 열 명. 방범과에서 경부보와 순사부장. 현장감식반과 관할서 형사과 감식반 여섯 명. 그렇게 아흔아홉 명으로 본부가 구성되었다.

간부로는 간자키 히데쓰구 수사1과장을 필두로 감식과장, 제1, 제2 특수, 제3강력, 제4지능, 특수폭력의 각 관리관과 1기수 부대장, 오모리서 도비타 서장이 나란히 앉고, 그 옆에 각 계장과 대본부 반장이, 맨 구석에 형사과장이 구부정하니 앉아 있었다.

"기립!" 호령에 맞춰 전원이 차려 자세를 취한 가운데 성큼성큼 회의실로 들어온 간자키 히데쓰구는 그날 아침 역시 자신의 존재가 경시청 모든 형사에게 절대적인 권위와 외경의 대상임을 부정도 긍정도 하지 않는 무심한 표정이었다. 키도 중간, 체구도 중간 정도에 외모 자체는 통근 전철 안에서 볼 법한 중년 회사원과 별다를 것 없었지만, 그 입에서 "새벽부터 수고가 많다"라는 한마디가 나오는 순간 자리에 늘어선 수사원 전원의 등이 막대기가 들어간 듯 뻣뻣해졌다. 다들 바지 재봉선에 맞춰 양손 손가락을 쭉 뻗었고, 회의실에는 일제히 긴장감이 흘렀다.

고다가 본청에 있던 당시 감식과장이었던 간자키는 그때부터 '걸어다니는 효율'이라는 평을 들었다. 인사와 말투부터 인간관계, 수사 지휘 방식까지 모든 것이 정확, 신속, 예리함으로 이뤄진 듯했다. 내부 소식지 『제1선』 봄호에 실린 1과장 취임사에는 '날이 갈수록 흉악해지는 범죄의 위협에 노출된 시민의 불안과 피해자의 고통, 형사경찰에게 지워진 책무를 생각하면, 범죄 수사에서 조직 내 온정주의, 타협, 변명 등은 일고의 가치도 있을 수 없다'고 쓰여 있었다.

고다는 조직에서 강고한 의지란 무엇일까 자문하며 그 글을 읽었는데, 결국 간자키의 강고한 의지는 관료 조직에서 출세하는 데 불가결한 복잡기괴한 면진免震 용수철을 겸비하고 있음이 틀림없었다. 문득 그런 생각을 떠올린 까닭에 평상복인 면바지 양쪽에 댄 손가락에 힘이 들어가진 않았다.

간자키 1과장은 칠판 정면에 앉자마자 노트를 펼치고 미동도 없는 눈길로 수사관들을 보았다.

"어제 24일 오후 10시 5분경, 히노데 맥주 사장 58세 시로야마 교스케가 산노 2번가의 자택 정원에서 괴한에게 납치된 건에 대하여, 우선 범인의 동기 여하에 관계없이, 본건이 이 나라의 시민생활과 경제활동을 결정적으로 위협하는 지극히 중대한 범죄라는 인식을 가져주었으면 한다"라는 말로 간자키의 훈시가 시작되었다. 본래 목소리가 작은 편이라 마이크를 써도 중얼거림이나 혼잣말처럼 들렸지만, 어휘 하나하나는 단단하고 날카로웠다.

"범인은 납치 현장에 '사장을 데려간다'는 쪽지만 남기고 현재까지 일절 연락이 없다. 따라서 현시점에서는 납치 및 감금 사건으로 판단하지만, 범인측에서 모종의 구체적인 요구를 해올지 여부에 따라 사안은 달라질 것이다. 양쪽 경우에 대비해 최대한 즉각대응체제를 갖추는 한편, 한시라도 빨리 범인과 범행 목적을 알아내는 데 전력을 기울여야 한다. 또한 쪽지 한 장만 남기고 연락을 끊은 계획적이고 주도면밀한 수법으로 보나, 브로커 집단의 행태와 유사한 납치 방법으로 보나, 본건은 폭력사범과 지능사범의 양면을 갖추고 있으므로, 어떤 식으로든 수사상 예단은 금물이다. 당면 수사 방침에서는 피해자의 빠른 구출과 범인 색출을 최우선에 둔다. 지역 조사와 탐문을 통한 행적 수사, 범행에 사용된 차량의 색출, 범인과의 접점 확보 등 연고감 수사*에 관련해서는 히노데 맥주 쪽에 충분한 자료 제공을 요구하고 관계자들의 상세한 이야기를 들어 정밀한 정보 수집과 분석에 주력할 것. 마지막으로 피해자 신변 안전이 우려되는 상황이므로 보안을 위해 모든 보고와 연락은 해당 담당자를 통해 이뤄지도록 한다. 이상."

사건에 대한 간자키의 태도는 상당히 신중해 보였다. 뒤집어 생각하면 현시점에서 특정한 수사 방향이 보이지 않는다는 뜻이기도 했지만, 수사2과와 4과의 특수폭력 담당이 일찌감치 모습을 드러낸 만큼, 고다 같은 말단들은 알 수 없는 이유로 간부진의 관심이 총회꾼과의 갈등 쪽으로 향하고 있다는 것은 분명했다.

이어서 제1특수의 관리관이 칠판에 붙은 견취도를 짚어가며 사건 발생 이후의 상황을 설명했다. 현장에 제일 먼저 도착했던 고다가 본 것 이상의 정보는 나오지 않았고, 노트를 읽어내려가는 관리관의 목소리

---

* 범인과 피해자, 혹은 그 가족 및 피해 가옥과의 관계에 대한 수사.

는 "현재 피해자 대책용과 협박 전화 전용 두 가지로 통신선을 확보해 두고, 피해자 자택에는 여경을 포함한 특수반 두 명이 삼교대로 잠복하며, 중계 거점에도 마찬가지로 두 명이ㅡ" 하는 실무적인 내용으로 이어졌다. 그 말을 들으며 고다는 칠판 옆 탁자에 설치된 통신기기를 바라보다가 문득 품에 넣어둔 순찰 기록을 다시 떠올렸다.

어떻게 범인들은 언제 나타날지 모르는 순찰의 눈을 피해 납치를 감행할 수 있었을까? 현장에서 제일 먼저 마음에 걸렸던 부분, 윤곽도 없이 계속 어스름한 안개에 묻혀 있던 것의 정체가 비로소 뇌리에 번득였다.

'무선'인가?

그러나 고다 자신도 손에 잡을 수 없을 정도의 순간적인 직감만 스쳤을 뿐, 탁자에 나란히 놓인 수사1계와 피해자 대책용 DG(발신기), 각계 연락을 위한 세 종의 무선기기를 바라보는 사이 그것은 이내 형체 없이 사그라졌다.

다음으로 감식과장의 발표가 이어졌다. 피해자 자택 포도의 정원수 및 담장 안쪽에서 총 열 개의 불완전한 발자국을 채취. 왼발 네 개, 오른발 여섯 개로 총 두 종류. 사이즈는 모두 260밀리미터. 바닥 무늬는 명확하지 않지만 조회는 전부 가능하다고 했다. 빠르면 오늘 안에 제조사를 알아내서 상품명과 제품번호를 통해 제조 시기를 파악할 수 있겠으나, 그래도 전국 수천수만 개 판매점에 배송된 수만, 수십만 켤레 중 한 짝인 셈이다. 담장 판석에서 채취된 섬유 조각은 흰색 면이고, 대문의 오토록 스위치에서 나온 손자국은 섬유조직으로 보아 목장갑으로 판명. 이것도 운동화와 마찬가지로 생산량이 수십만 켤레는 될 것이다.

현장에서 회수된 메모지는 고쿠요사에서 제조된 편지지로, 상품번호는 '히-51'. 누런 표지에 100매가 철해진 것으로 가격은 250엔. 전국의 집집마다 한 권쯤은 있는 일명 '서한전'이다. 지문 없음. 기타 미세

물질 없음. 볼펜 잉크는 감정중.

　이어서 1기수 대본부 반장이 현장 출동 후 이루어진 탐문 수사에 대해 보고했다. 피해자 자택에 인접한 세 세대 주민 중 범행 시각 전후로 차량 발진음을 들은 사람이 두 명, 슬라이드식 문이 여닫히는 소리를 들은 사람이 한 명 있다며 이름과 주소를 공개했다. 문소리를 들은 사람은 마침 그때 전화를 걸려고 시계를 본 터라 '10시 7분'이라고 정확한 시간을 증언했다.

　이어서 피해자 자택 북쪽인 21번지에 사는 주민이 '10시쯤' 2층 창문으로 골목에 서 있는 차량을 목격했다는 증언도 자세히 보고되었다. 목격자는 76세 남성으로, 2층 화장실 창을 닫으려던 참에 건물에서 1미터쯤 떨어진 담과 정원수 너머로 골목에 주차된 차량의 지붕을 보았다고 한다. 라이트가 꺼진데다 위에서 내려다본 탓에 안에 사람이 있는지는 알 수 없었다.

　차량 색깔은 남색이나 검정. 골목에 가로등이 없으므로 진녹색일 가능성도 있다. 차종은 왜건 혹은 롱바디 RV 차량. 골목의 다른 네 건물에서는 그 차량을 본 사람이 없었다. 목격자 이웃에 사는 직장인 여성이 오후 10시 15분 귀가했는데, 그때는 골목에 주차된 차량이 없었다고 했다. 또 목격자 남자는 골목에서 차가 발진하는 소리는 듣지 못했다.

　차량을 보았다는 남자는 부부 단둘이 살며 매일 밤 9시 집안의 불을 전부 끄고 취침한다. 이웃 네 가구 가운데 세 가구도 고령자 세대로 야간 출입이 없다. 한 집은 부부와 28세 직장인 딸이 함께 사는데, 딸은 대개 오후 8시 전에 귀가하지만 그날 밤은 마침 야근이 있어 늦게 들어왔다고 했다. 골목에서 발견된 왜건 차량이 사건과 관계있다면 범인이 여러 번 사전 답사를 했다는 뜻이다.

　마지막으로 제1특수의 관리관이 이 자리에 없는 특수반을 포함한 총

백오 명의 배치표를 발표했다. 먼저 피해자 대책반은 자택에 상주하는 제1반이 맡고, 특수반 여섯 명이 삼교대로 근무한다. 연고감 제2반은 기업 조사를 담당하며, 특수반과 2과 제4지능, 4과 특수폭력의 4개조 여덟 명과 반장 한 명으로 구성. 연고감 제3반은 히노데 맥주 지사, 지점, 자회사, 관련 회사, 특약점을 담당하며, 역시 특수반과 2과 제4지능과 4과 특수폭력, 관할서의 안자이 노리아키까지 12개조 스물네 명과 반장 한 명으로 구성. 연고감 제4반은 피해자의 가족, 친족, 지인, 친구를 담당하며 특수반 4개조 여덟 명으로 구성. 연고감 제5반은 총회꾼 담당으로 4과 특수폭력과 강력 9계, 특수반 출신 여덟 명에 관할서 형사과의 사이토 다카후미와 방범과 경부보 한 명까지 5개조 열 명으로 구성. 사이토와 경부보는 둘 다 4과 출신이다.

이어서 통신 중계 거점반은 제1반이 피해자 집, 제2반이 103에 상주하고, 특수반 여섯 명이 삼교대로 근무한다. 지역 조사 및 탐문반은 기수 세 명, 강력 9계 다섯 명, 관할서에서 차출된 두 명까지 5개조 열 명과 반장 한 명으로 구성. 유류품 및 차량 수사반은 기수 열네 명과 관할서에서 오사나이, 고다를 비롯해 일곱 명이 지명되었다. 반장은 강력 9계 주임이다. 현재 유류품이 없으므로 모두 차량 수색부터 시작한다.

제 이름이 불렸을 때 고다는 조금 흠칫했지만, 말이 없는 차량을 조사하는 것이니 나쁘지 않다는 기분도 들었다. 우선 도난 차량, 다음으로 렌터카. 기계적으로 머릿속에 나열하고는 '인내, 인내, 인내'라고 속으로 세 번을 외고 잡념을 떨쳐버렸다. 그사이 제1특수범수사 관리관이 연락 보고 책임자를 지명했고, 유류품과 차량 수사 보고처로 제3강력범의 미요시 관리관이 지정되었다. 고다는 오 년 전쯤 미요시가 시나가와 서 형사과장으로 있을 때, 노인이 골프채에 맞아 살해된 사건의 수사본부에서 그를 만난 적이 있었다. 똑같이 밑바닥부터 올라온 사람이어도 도히 같은 타입과 달리 자긍심이 강하고, 손톱의 때마저 경찰색으로 물든 인물이라는 인상이었다.

오전 7시 반, 첫 수사회의가 그렇게 끝나고 각 반별로 모여 짧은 미팅을 가졌다. 특수반은 대부분 금방 사라졌고 이어서 지역 조사 및 탐문반, 연고감 중 기업 조사반도 이내 자취를 감췄지만, 나머지 세 반은 산더미 같은 자료 다발을 앞에 두고 모여 있는 가운데 2과 제4지능 관리관과 4과 특수폭력 관리관의 지시가 낮은 목소리로 이어졌다.

고다네 반은 그 무리에서 떨어진 한구석에 모였는데, 강력 9계 주임인 아베가 미요시 관리관에게 "우선 도난 차량과 렌터카 쪽을 뒤져보겠습니다"라고 짧게 말하자, 미요시가 "그러게" 하며 고개를 끄덕이는 것으로 오 초 만에 미팅이 끝나버렸다.

이어서 C호(장물 수배)로 조회한 왜건과 RV 차량 목록이 팩스로 들어오기를 기다리면서, 각 렌터카 회사 영업소에 전화를 걸어 어제 날짜 대출 장부를 제출해줄 것을 부탁하고, 오모리 서 서장 이름으로 각 영업소에 보낼 수사 관련사항 조회서를 작성하고, 서장 도장을 찍어 팩스를 보내는 일련의 작업이 행해졌다. 사건 차량의 차종도 번호도 모르는 상황이니 76세 남자가 보았다는 색과 형태를 바탕으로 도난 신고된 차량이나 도쿄 도내의 렌터카를 일일이 뒤져나가는 수밖에 없다. 아무것도 나오지 않으면 인근 지역으로, 간토 지방으로, 전국으로 그물을 넓혀간다. 그래도 나오지 않으면 도쿄 도내의 모든 주차장을 찾아다니고, 그래도 나오지 않으면 육운국*에 등록된 수십만 대 내지 수백만 대의 왜건 차량을 전부 점검해야 할 것이다.

오전 7시 40분. 피해자의 집과 중계 거점으로 연결되는 무선은 침묵

---

* 육상 운송 행정 전반을 담당하는 정부 부서.

만 지켰고, 간자키 1과장을 비롯한 관리관들이 단상의 장식품처럼 앉아 있는 가운데, 쉴새없이 서류를 작성하는 고다의 머리 위 창가에 얇게 눈이 쌓이기 시작했다.

*

오전 8시, 경시청의 다섯번째 기자회견 발표 내용은 여전히 '범인측의 연락 없음. 상황 변동 없음'이었다.

그 시간 도호 신문 사회부에서는 무라이 데스크가 석간 담당자 자리에서 "슬슬 가볼까"라고 말을 꺼낸 참이었다. 최종 마감시간인 오후 1시 반까지 히노데 맥주 사장 구출 같은 빅뉴스가 없는 한, 3월 25일 토요일 석간 지면은 평소처럼 구성될 것이다. 사건 1보를 받고 오전 3시경 회사에 도착한 무라이는 배달 직전인 각사 조간을 훑어보고 빠뜨린 뉴스가 없음을 확인한 후, 어수선한 실내 분위기도 개의치 않고 소파에서 눈을 붙였다. 그리고 8시쯤 일어나 다 함께 경시청의 기자회견 발표를 전해듣고, "하는 수 없군"이라고 말하면서 컴퓨터 앞에 털썩 앉아 인계부를 펼쳤다. 당번 서브데스크도 "하는 수 없군" 하고 앵무새처럼 따라 말하며 옆자리에 앉았다.

무라이는 지원팀 자리에서 졸고 있던 네고로에게 "이대로 가면 지면이 남아도니 제2신용조합이나 도지사 후보 관련 기사를 늘려. 전체 후보자 자천의 변을 넣어도 좋고" 하며 원고 지시를 내렸다. 네고로는 "예"라고 대답했지만, 바로 컴퓨터 전원을 켜지는 않고 세면실로 가서 세수와 면도에 십 분 정도 할애했다.

편집국 창밖은 구름 속에 박힌 것처럼 온통 연회색이었고, 아래쪽 지도리가후치 거리에는 쉴새없이 함박눈이 내리고 있었다. 창가에 나란히 놓인 소파에는 사건 1보를 받고 미명에 불려나온 기자 몇 명이 누워 있었다. 나머지는 오모리와 산노의 전선본부에 있거나, 협정 위반을 염려하면서도 '새벽 습격'을 나갔다.

오전 7시 반이 지나면서 편집국장, 국차장, 사회·정치·경제·정리부의 각 부장은 미팅에 들어갔다. 히노데 맥주 사장 납치 상황에는 당분간 변동이 없을 듯하다. 경찰도 범인상을 좁히지 못하고 있다는 경시청 스가노 캡의 판단을 듣고, 이대로 장기화될 경우 사회면을 어떻게 구성할지 의논하기 위해서였다.

정치, 경제 쪽은 이 주 후로 다가온 통일지방선거 직전에 협정 해제가 이뤄질 경우, 언론이 히노데 맥주 사장 납치 보도에만 열을 올려 투표율에 큰 영향을 줄 것을 진지하게 걱정하고 있었다. 경우에 따라서는 선거 당락의 지도가 상당히 바뀔 테고, 결과를 기다리는 외환시장이나 주가에도 영향이 적지 않을 터였다.

한편 속보 기사를 빠뜨릴 수 없는 중대사건이 쌓인 사회부에는, 이 상황이 오래가면 취재반을 어떻게 꾸려야 하는가 하는 문제가 있었다. 더구나 친형이 히노데 맥주 본사 인사부 과장이라는 하치오지 지국장이, 히노데가 작년 말부터 위기관리 시스템의 구체적인 매뉴얼을 각 지사 및 지점 간부에게 극비문서로 배부했다는 정보를 전해주며 향후 취재가 상당히 어려울 거라고 암시한 터였다.

내용인즉슨 히노데가 작년 가을 온라인 시스템을 변경해 접속 관리와 피드백 시스템을 도입했고, 시스템 감시도 강화하고 있다는 것이었다. 또한 부장급 이상의 자택 주소와 전화번호가 가을 이후 사내 명부와 컴퓨터 파일에서 삭제되었다고 한다. 아직 국내에 일반적이지 않은 위기관리 시스템을 외자계 보험회사 계열 전문 회사와 계약해 도입한 듯한데, 그 같은 계약의 유무와 내용은 완전히 기업 비밀이라 외부에 새어나오는 일이 결코 없다. 네고로가 경시청 기자실의 스가노에게 그렇게 전하자, "라임라이트와의 합병 교섭이 CIA에 고스란히 흘러들어갔다는 이야기도 있으니, 그때 상당히 데었나보지"라는 감상이 돌아왔다.

간부 미팅에 들어가기 전 사회부장 마에다 도오루는 툭 튀어나온 배를 쓰다듬으며 "골치 아프네"라는 한마디를 남겼지만, 지원팀 네고로 눈에 비친 그의 얼굴에는 골치가 아프지만 감은 나쁘지 않다는 흥분의 기미가 넘쳐났다.

마에다는 오전 2시가 지나 본사 문을 열고 들어오기 무섭게 "총회꾼 쪽일 거야"라고 말했다. 그 직후 재판소 기자실의 지검 담당 야근 기자에게서 지검 특수부 일부에 오늘 오전 7시 소집령이 떨어졌다는 정보가 들어왔고, 나아가 오전 6시쯤에는 경시청 기자실로 '새벽 습격'을 나간 담당 기자가 오모리 서에 설치된 특수본부에 총회꾼 담당 4과가 소집되었다는 소식을 전했다. 마에다의 예측에 따라 사회부에서는 새벽녘에 배치표를 일부 수정해, 총회꾼과 기업형 조폭을 담당해온 기자를 긁어모아 막 내보낸 참이었다.

총회꾼이라면 곧 폭력단. 경우에 따라 우익 집단이나 정계로도 연결될 수 있었다. 주세로 얽힌 히노데 맥주와 정계의 끈은 2차대전 전까지 거슬러올라가고, 굳이 부각하지 않아도 히노데 맥주가 종전 후 1955년 체제*와 함께 형성된 정관재政官財 삼각체제에 속한 기업 가운데 하나임은 부정할 수 없다. 파티 참가 실적으로 보아 현 정계와의 파이프가 자민당 간사장 사카다 다이치 의원과 그 파벌이라는 사실도 명백했다. 그와 히노데의 관계에는 아직 별다른 문제가 없어 보이지만, 예의 고쿠라 운수와 주니치 상은 의혹에서 부각된 'S메모'가 사카다 메모이고, 주니치

---

* 여당은 자민당, 제1야당은 사회당으로 고정된 정치체제.

상은을 무너뜨리는 데 암약한 우익 다마루 겐조 밑에 오카다 경우회라는 총회꾼·투기꾼·사채업 그룹이 있으며, 오카다 뒤에는 광역폭력단 세이와회가 있었다. 기업의 최고경영자가 납치된 이 상황에서 수사 당국은 어디서 어떻게 연결되어 있는지 모를 그 인연의 끈에 지대한 관심을 기울이지 않을 수 없었다.

그런 상상을 하면서 자리로 돌아온 네고로는 지원팀 책상에서 하품을 연발하는 기자에게 "커피나 마시고 와"라고 말을 건넸다. "그전에, 도지사 후보 선거사무소 탐방기 말이야, 어제 삭제된 거. 코멘트라도 따올까 하니 좀 보여줘."

"괜찮으시면 오프더레코드 폭언집이란 것도 있는데요." 지난밤까지 선거 취재반이었던 기자는 리포트 몇 매를 네고로 쪽으로 밀어주고 자리에서 일어나 나갔다.

네고로는 컴퓨터 전원을 켜고 리포트 첫 행에 눈길을 주었다. 그러나 이내 시선이 벗어나고 작업 시작까지 다시 몇 분간 딴생각에 빠졌다. 해가 갈수록 사건과의 거리감이 커지고 피해자의 아픔에 대한 공감도 둔해지고 있지만, 아직은 그도 눈앞의 사건이 풍기는 냄새에서 벗어나기 힘들었다. 네고로는 컴퓨터를 그대로 둔 채 외선 전화로 손을 뻗어 여덟 자리 번호를 누르고 신호음을 들으며 창밖의 허공으로 눈길을 돌렸다.

전화를 건 곳은 도호 신문 본사에서 그리 멀지 않은 법무검찰 합동청사 8층에 있는 특수부 검사석 중 한 자리였다. 책상의 주인은 최근 제2신용조합 부정융자사건 담당 검사로, 네고로의 상상이 틀리지 않다면 동료 사무관과 함께 압수 자료에 파묻혀 오전 8시부터 한밤중까지 전표를 넘기고 있을 것이다. 삼 년 전 네고로가 재판소 기자실 캡이었던 시절 친해진 인물인데, 처음 알게 된 곳은 간다 고서점 거리였다. 실로 청렴한 인상의 애독가에 특수부 내에 종횡으로 얽힌 파벌과도 거리가 멀고, 스스로 엘리트라고 생각하지 않는다는 점에서도 보기 드문 젊은 검사였다.

신호음 세 번 만에 전화가 연결되었다. 상대가 지금 책상에서 서류 작업중이라는 것은 히노데 맥주 건으로 임시 소집령을 받은 특수검사에 포함되지 않았다는 뜻이지만, 원래도 업무적인 목적은 거의 없이 어울리는 사이이므로 네고로가 실망할 이유는 없었다.

"간다의 산세이도 서점입니다." 네고로는 여느 때처럼 암호로 얘기했다. "지난달 입금했는데요"라는 대답 후, 검사는 내처 "그 동네 야단났죠? 철야입니까?" 하고 가볍게 물었다.

"음, 뭐 그렇죠. 그쪽은?"

"나하고는 상관없을 것 같네요."

"슬슬 제철이 돌아오는데, 그럼 벚꽃놀이 술자리에 초대해도 괜찮다는 말인가요?"

"눈이 그치면 꼭 불러주시죠." 상대는 흔쾌히 응했다.

"그건 그렇고, 실은 용건이 아주 없진 않은데, 검사님 매부가 지금 오모리 서에 근무하죠?"

네고로가 그렇게 운을 떼자 수화기 건너편에서 쓴웃음을 짓는 기미가 느껴졌다.

"사실 주변머리 없기로는 그 친구가 나보다 더해요. 별 도움이 안 될 겁니다. 요즘 들어 사람이 조금 변하기는 했지만, 나이로 봐도 꽤 어려운 시기인 것 같아요."

옛 매부 이야기를 할 때 검사는 직무의 갑옷 밑으로 어떤 감정의 편린들을 내비치며 말투도 얼마간 모호해진다. 네고로가 아는 한 고다 유이치로는 이 독신 검사의 소소한 사생활을 들여다볼 수 있는 유일한 인물이자, 남의 얘기를 하지 않는 검사가 유일하게 입에 올리는 상대이기도 했다.

작년에 그 고다라는 형사가 본청 수사1과에서 일선 경찰서로 전근했을 때는 무슨 수사에서 실수를 저질러 좌천당한 거라는 소문이 들렸는데, 당시 네고로에게 검사는 "남자 나이 삼십대 중반은 쉽지 않죠"라고 말했다. 그렇게 말하는 본인도 고다와 동갑일 테니, 어쩌면 자신을 두고 한 말인지도 몰랐다.

여하튼 네고로는 삼 년 전 어쩌다가 고다와 만난 적이 있었고, 한창 사건을 수사중인 수사1과 민완형사의, 남의 사정 따위는 안중에도 없다는 듯한 매서운 눈빛을 또렷이 기억했다. 지금은 어떻게 변했는지 알 수 없지만 당시에도 오만한 눈빛 한쪽에 엿보이던 의외의 연약함과 젊은 생기가 인상적이었다는 기억을 떠올리자, 꼭 일 때문이 아니어도 한번 만나보고 싶다는 생각이 부풀어올랐다.

"일 얘기가 아니라도 좋으니, 같이 만나서 한잔합시다. 오랜만에 고다 씨를 만나보고 싶네요. 뭐랄까, 눈에 흡인력이 있더라고요, 그 사람."

네고로가 말하자 검사는 다시 일반인처럼 가벼운 웃음을 흘리고 흔쾌하게 응했다.

"때를 봐서 전화 주세요. 응할지는 모르지만, 그 친구도 가끔 바깥 공기를 쐬고 싶을 테니까. 만나거든 이런저런 세상 사는 얘기도 들려주시고."

"저야말로. 꼭 전화할게요."

"그럼 이만."

수화기를 내려놓은 네고로는 모자라지도 넘치지도 않는 예의를 겸비한 수사 검사의 단정한 얼굴을 뇌리에서 털어냈다. 곧이어 삼 년 전 마주쳤던 고다 형사의 오만하고도 섬세해 보이던 갸름한 얼굴도 옆으로 치워두고, 리포트 둘째 행으로 돌아가 도지사 후보의 발언을 정리하기 시작했다.

2

시로야마 교스케는 난데없이 암흑의 허공으로 내던져진 뒤 진흙으로 꽉 채워진 듯한 중력에 짓눌려 실신했다. 숨막히는 무게감이 되살아났을 때는 진흙이 위아래로 흔들리고 있었고, 뭔가가 으르렁거리는 소리에 아주 짧게 각성했다가 다시 어딘가로 깊이 가라앉았다.

시간이 얼마나 흘렀을까. 다시 진흙 밑바닥에서 조금 떠올랐을 때, 이번에는 불현듯 불그스레한 얼룩이 보였다. 그 붉은색이 진흙을 물들이고 타올라 이상한 냄새와 열을 동반한 불길이 되는가 싶더니, 이윽고 귀청을 찢는 괴성이 솟구쳤다. 허공을 가르며 으르렁거리는 소이탄 낙하음과 사이렌, 종소리, 경방단*의 고함소리에 뒤섞여 몇 마디 말소리가 들렸다.

얘, 너희 집이 어디니? 부모님은 어딨어? 뭐해, 빨리 대피하지 않고!

저랑 동생 집은 시나가와에 있는 시로야마 의원이에요. 부모님은 병원을 하세요.

시나가와는 불바다야! 빨리 대피해, 누구 이애들 좀 데려가줘!

너희, 부모님은 없니? 아줌마들이랑 같이 가자, 어서, 애야!

아저씨, 시나가와 역 서쪽 출구에 있는 시로야마 의원 모르세요? 빨간 벽돌로 된 내과의원인데요. 아주머니, 시로야마 의원 모르세요? 저

---

* 2차대전 당시 효과적인 전시동원체제 구축과 대중 통제를 위해 조직한 소방 단체.

랑 동생은 시로야마 의원에 살아요. 누구 시나가와의 시로야마 의원 모르세요?

이 아이들 부모님 여기 있습니까? 없어요?

너희 몇 살이니? 여덟 살이랑 네 살? 의사 선생님 애들이라면 배고프지는 않겠구나. 너희한테 줄 더운물이 없어, 미안하다.

동생은 괜찮아요. 고맙습니다.

시로야마는 꿈속에서 목이 바싹 타는 느낌이었다. 여덟 살 소년은 낯선 아주머니에게 안긴 젖먹이의 우유병을 한스럽게 노려보며 등을 웅크리고 앉아 울음을 그치지 않는 여동생의 입을 막았다. 그러나 여덟 살 시로야마 교스케는 그다지 겁에 질린 얼굴이 아니었고, 고급 모직 재킷을 단정하게 입어 추울 리도 없었으며, 배를 주리지도 않았다. 여동생 하루코는 아직 어려서 울기만 했지만, 교스케는 의사인 부모가 밤낮없이 환자를 진료하는 상황을 이해했다. 종종 산노의 집으로 돌아오는 어머니가 "이웃에 말하면 절대 안 된다" 하며 부엌 선반에 넣어두고 가는 군수용 통조림이나 건빵을 배고플 때마다 꺼내서 동생과 나눠먹고, 빈 캔은 납작하게 찌그러뜨려 정원 구석에 몰래 묻어놓을 줄도 알았다. 이웃 친구들한테도 나눠주고 싶지만 한 번이라도 그랬다가는 끝장이니 안 되는 거라고 나름대로 지혜롭게 생각할 줄도 알았다. 그리고 부모님의 병원이 있는 시나가와 역 주위로 조차장을 노린 적기가 밀려온다는 것, 그곳이 조만간 불타버리고 말리라는 것, 어쩌면 부모가 죽을 수도 있다는 것까지 알았다. 시로야마가 지금 비몽사몽간에 바라보는 아이는 그런 이치를 너무나 잘 터득한 어른 같은 얼굴이었다.

방공호 구석에서 소이탄이 지축을 흔드는 소리를 들으며 여덟 살 소년은 계속 머리를 굴렸다. 부모가 죽으면 자신과 여동생은 고아원에 수용될 것이다. 무서운 감시인의 눈길 아래 일거수일투족을 감시당하고,

지저분한 침상에서 잠을 자고, 울면 얻어맞고, 대답이 시원치 않으면 따귀를 맞겠지. 책이나 장난감이 없는 것은 괜찮아도 맞는 것은 참을 수 없는데, 차라리 도망가서 부랑아가 되는 게 낫지 않을까. 집에 있는 부모님 책이나 옷을 내다팔면 된다.

시로야마는 여덟 살 소년의 자세한 술회에 귀기울이며 기묘할 정도로 맑고 경직된 얼굴을 들여다보았다. 그리고 씁쓸한 당혹의 덩어리에 떠밀려, 네번째로 깊은 수렁에 빠져들었다.

의식이 돌아온 시로야마는 우선 온몸을 덮치는 둔통에 몸서리쳤고, 손발을 움직일 수 없음을 깨닫자 심장이 쿵쾅거리며 머리의 온 혈관에 피가 휘몰아쳤다. 전후 판단이 불가능하고 아무 감각도 없는 공황 상태에서 그는 몇 초 혹은 몇십 초를 격한 심장박동과 두통에 시달리며 비명을 질렀다. 실제로 목소리가 나오진 않았지만 근육과 세포가 내지르는 절규의 진동으로 온몸이 덜덜 떨렸다.

그뒤 갑자기 정적이 찾아오는가 싶더니 한순간 경악이 치달았고, '죽는구나!' 하는 생각이 들었다. 이승의 것이 아닌 듯한 냉기가 온몸을 휩쌌다. 옛날 공습과 함께 자신을 덮쳐오던 그것 같았다. 혼란과 당혹 속에서 다시금 '죽는구나!' 생각하니 신기할 정도로 싸늘한 공포와 슬픔에 새삼 온몸이 옥죄였다. 죽음은 경악과 함께 불시에 찾아오고, 아주 조금이나마 여분의 대기 시간이 생기면 공포가 뒤따르며, 거기에 다시 시간이 주어지면 깊은 슬픔이 따르는 모양이었다. 그래, 죽는다는 게 이런 것인가.

시로야마는 일일이 형태를 분간할 수도 없는 거대한 비탄의 덩어리 속에서 무엇 하나라도 집어내려고 다급하게 허둥대다가 소리내어 울었다. 미쓰아키와 쇼코는 어릴 적 얼굴과 장성한 얼굴이 뒤죽박죽이었고,

아침에 출근하면서 본 아내의 얼굴도 떠오르지 않고, 어느 시절의 레이코인지, 레이코가 맞기는 한지도 확실치 않은 희뿌연 얼굴 하나만 겨우 끄집어낼 수 있을 따름이었다. 아내에게 미안하다고 용서를 빌면서 생명보험금과 저금, 산노에 있는 부동산으로 어찌어찌 살아가주면 좋겠다고 생각했다. 그러는 사이로 4월 1일 발매된 신상품 '히노데 마이스터'의 청보라색 라벨이 팔랑거리고, 삼 년여에 걸쳐 완성한 새로운 히노데 라거의 호박색 거품이 부글부글 끓어올랐다.

그러는가 싶더니 한순간 신상품 발표회의 활기찬 소란이 가로질러 와 시로야마는 넋을 놓았다. 본사 회의실에 나란히 앉은 임원들이 주주총회에서 발표할 반기 배당액을 6엔으로 할지 7엔으로 할지 의논하는 소리가 들려서, 나 여기 있어, 이봐, 나, 여기 있다고, 하고 헛되이 소리쳐보다가 다시 눈물을 흘렸다.

그런 착란 뒤 새로운 동통이 온몸으로 퍼지고, 덕분에 시로야마의 머릿속은 한층 또렷해졌다. 서서히 판단력이 작동하기 시작하자 뒤늦게 지금 자신이 대체 어떤 상황에 처했는지 생각해볼 수 있었다. 꼼짝도 하지 않는 입에는 박스테이프 같은 것이 붙어 있고, 눈도 가려져 있으며, 머리 위로 무언가를 씌웠는지 까칠까칠한 천의 감촉이 귀와 뺨에 느껴졌다. 얼굴은 아래를 향한 채 부스럭거리는 비닐 시트 같은 것 위에 짓눌려 있고, 가솔린 냄새를 풍기는 딱딱한 바닥은 달달거리는 소리를 내며 위아래로 흔들리고 있었다. 그제야 시로야마는 이곳이 달리는 차 안이라는 결론을 얻었다.

양손은 뒤로 묶여 있고 다리도 무릎을 조금 구부린 채 발목에서 묶여 있다. 등과 무릎, 머리 위쪽이 계속 어딘가에 짓눌리는 것으로 보아 매우 좁은 장소, 아마도 뒷좌석 바닥이리라고 짐작할 수 있었다. 엎드린 상반신 위에 제법 묵직한 것이 놓여 있었는데, 시로야마는 잠시 머리를 굴려 아마도 종이상자나 이불 보따리일 거라 판단했다.

한편 발목과 무릎 쪽도 뭔가가 짓누르고 있었는데, 그것은 상자나 돌 같은 무기물이 아니라 신발을 신은 사람의 발이었다. 시로야마가 움직이려 하자 그것은 더욱 강하게 짓눌러왔다. 누군가 좌석에 앉아 있고, 밑에 쓰러져 있는 제 다리 위에 발을 올려놓은 듯했다. 그러나 엔진음뿐 사람 목소리는 들리지 않았다.

온몸의 마디마디가 쑤시는 상태에서 조금이라도 벗어나려고 몇 센티미터씩 꿈틀거리다가 결국 기진맥진해서 포기했다. 안개가 낀 듯이 흐릿해지는 머릿속에 '납치'라는 한 단어가 떠올랐다가 사라지고, 그 위로 다시 '죽음'이라는 단어가 맥없이 떠올랐다. 자신의 신변에 실제로 일어난 사태에 대해 이렇게까지 아무 생각도 할 수 없다는 사실이 놀라웠고, 인간이란 고작 이 정도 존재인가 납득하면서 이제 어찌되든 모르겠다는 체념으로 거듭 내몰렸다.

아직 살아 있는 몸뚱이는 내내 통증을 감당해야 했다. 몽롱해진 의식이 맑아진 것은 차가 갑자기 튕겨올랐을 때였다. 차체와 함께 펄떡이는 몸뚱이를 힘겹게 가누며 시로야마는 대체 어디로 가는 걸까, 몇시쯤 되었을까, 헛되이 생각했다. 그러나 그것도 오래가지 않았고, 문득 진동이 멎더니 쉴새없이 울려대던 엔진음이 멎고 여정이 끝났다.

곧 앞뒤 좌석에서 사람이 움직이는 기척과 함께 문 열리는 소리가 났다. 몸 위를 누르고 있던 묵직한 것이 치워지자마자 옆구리를 붙들려 질질 끌려가다가 한순간 몸이 허공에 붕 뜨더니 곧 반으로 꺾여서 누군가의 어깨에 걸쳐졌다.

목깃과 소매로 스며든 냉기가 살갗을 아프게 찔렀다. 바깥은 매우 조용했고, 몇 쌍의 발이 내딛는 땅에서도 희미하게 뻑뻑대는 소리만 들렸다. 사락사락 나뭇가지나 잎이 스치는 소리가 나고, 누군가의 어깨에 실려가는 시로야마의 목깃에 차가운 것이 떨어졌다. 눈인가? 눈이 쌓인 산속? 시로야마는 거꾸로 매달린 머리로 생각했다.

이동 거리는 길지 않았고, 눈이 뽀드득거리는 소리가 돌인지 뭔지 밟는 소리로 바뀌더니 경첩 움직이는 소리가 희미하게 났다. 신발이 벗겨지고 다시 몇 발짝 옮겨지고 나서야 시로야마는 바닥에 내려졌다. 냄새가 나진 않지만 몸에 닿는 감촉으로 미루어 다다미 바닥 같았다.

주위에서 둘 혹은 세 사람이 움직이는 기척이 느껴지더니, 잠시 후 옆구리와 다리가 붙들려 이불 비슷한 것 위에 놓였다. 누우라는 듯이 떠밀고는 담요인지 이불인지 모를 것을 몸에 덮어씌웠다.

그 직후, 시로야마는 비로소 머리 위에서 울리는 남자의 목소리를 들었다.

"해치진 않는다. 대소변 볼 때만 일어나 앉아. 그때 말고는 이 자세로 있어."

특별히 높지도 낮지도 않은 무기질적인 목소리였다. 회전수를 일부러 떨어뜨린 듯 부자연스럽게 느린 템포였고, 사투리나 특별한 억양도 없다. 해치지 않겠다는 게 정말일까? 목숨은 살려준다는 건가? 시로야마는 숨죽이고 다음 말을 기다렸지만 목소리는 그것으로 그치고, 아슬아슬한 마음으로 기다리던 제 몸만 한층 경직되어 저려올 뿐이었다. 마침내 멀리서 차에 시동 거는 소리가 희미하게 들렸고, 그것까지 멀어지자 아무 소리도 들리지 않았다. 옆에서 감시하는 자가 있다는 것은 기척으로 알 수 있었지만 소리는 물론 담배 냄새조차 나지 않았다.

이불은 조금 눅눅했고 곰팡내와 장뇌 냄새를 풍겼다. 그러나 역겨움을 느낄 여유는 없었다. 시로야마는 뒤로 묶인 손목과 정신을 잃기 직전 얻어맞은 명치의 통증에 신경의 태반을 빼앗긴 채, 생각하기를 거부하는 두뇌와 점점 둔해지는 감각과 한동안 싸웠다.

시로야마의 머리는 이 사태에 대한 생각 일체를 거부하고 있었다. 지금 이 순간도 걱정에 잠 못 이룰 가족. 사장의 납치에 우왕좌왕하고 있을 회사. 몸값 요구와 그에 따른 협박. 어느 정도일지 상상도 할 수 없는 피해. 사태 수습을 위해 회사가 치를 희생. 그 모든 것이 어지럽게 뒤섞였다.

지금은 아무 생각 못하겠다, 오늘밤은 이미 지쳤다고 속으로 중얼거리며, 시로야마는 따뜻해지는 이불 속에서 눈을 감았다.

맑고 날카로운 새소리를 듣고 동이 튼 것을 알았다. 밖이 몹시 추운지 이불 밖으로 나온 귀가 찌르듯이 아팠다. 여전히 아무 소리도 나지 않아, 막 잠에서 깬 무방비한 마음에 문득 '감시하는 자가 있을까?' 생각하며 몸을 일으키려고 버르적거리는 순간, 어딘가에서 손이 뻗어와 번쩍 일으켰다.

"용변 보는 동안 풀어줄 테니 손들지 말고 있어."

그것이 두번째로 들은 목소리였다. 지난밤과 달리 이번에는 명백히 젊은 남자의 목소리다. 그러나 둘 다 아무렇게나 내뱉은 것 같지는 않았고, 능청스럽게 느껴질 만큼 차분한 말투는 비슷했다.

시로야마는 팔을 붙들린 채 몇 발짝 걸었다. 문 열리는 소리가 나고 이끄는 대로 손목을 맡기자 변기 가장자리가 만져져서 장소를 확인할 수 있었다. 감시자는 한마디도 없이 바로 뒤에 서 있었다. 추위와 굴욕감에 잔뜩 오그라든 손으로 용변을 보았다. 변기 주위에서 피어오르는 냉기와 오물의 지린내 아래로 제 물줄기가 쫄쫄 떨어지는 소리가 들렸다.

다시 방안으로 돌아오자 남자의 목소리가 "마실 거 줄까?"라고 물었다. 시로야마가 고개를 끄덕이자 이내 "허튼짓하면 죽인다"라고 말하는 어젯밤의 목소리가 조금 떨어진 곳에서 들렸다. 곧 목장갑 낀 손이 볼에 닿는가 싶더니 단숨에 박스테이프가 떨어지고 입 주위가 해방되었다. 그러나 억눌린 채 마비되어 있던 얼굴 근육을 냉기가 쓰다듬는 것도 겨우 느꼈을 만큼 감각이 무뎌진 터라, 당장은 목소리를 낼 상태가 못 되었다. 목이 타는 듯이 말랐고, 밤새 다물려 있던 입안이 끈적거렸다.

곧 종이팩이 손아귀에 쥐어졌다. 시로야마는 빨대가 꽂힌 팩을 입가로 가져가 빨았다. 우롱차였다. 차가운 수분 한 모금이 목구멍을 타고 넘어가자 밤새 이상 상태에 있던 온몸의 신경이 후들거리며 이완되고 가리개에 눌린 눈꺼풀 안쪽으로 눈물이 고였다. 두번째 모금부터 힘이 붙어서 시로야마는 금세 200밀리리터 팩을 비웠다. 그리고 겨우 목소리가 나오겠다고 느낀 순간, 그는 자제할 겨를도 없이 "목적은 돈인가?"라고 중얼거렸다. 잔뜩 쉬고 갈라진 작은 목소리였다.

"곧 알게 된다." 조금 떨어진 곳에서 대답이 들려왔지만 그 이상은 말이 없었다. 대신 옆에 있는 남자가 얇은 필름인지 셀로판 같은 것을 가볍게 찢는 소리가 들리고 이내 시로야마의 손에 뭔가가 올려졌다.

"아침밥." 남자가 말했다.

입가에 가져가보니 김 냄새가 나서 시판 주먹밥이리라고 짐작했다. 배가 고프진 않았고 여전히 제대로 돌아가지 않는 머리가 무엇을 어떻게 판단했는지도 알 수 없었지만, 시로야마는 손의 감촉만으로 주먹밥이라고 짐작한 덩어리를 얌전히 입안에 넣었다. 밥알이 연신 목에 걸렸지만 가까스로 삼켜서 뱃속에 집어넣었다. 용케 다 먹었구나 싶어 스스로 놀라는 것도 잠깐, 이내 양손이 다시 뒤로 묶이고 입에 박스테이프가 붙여지고 바닥에 떠밀려 이불이 씌워졌다.

자다 깨기를 반복하는 시간이 시작되었다. 고뇌하다 선잠에 빠지고, 눈을 뜨면 다시 고뇌가 이어졌다. 이윽고 가벼운 모터 소리에 지잉지잉

하는 잡음이 섞여 들렸다. 무슨 소리인지 생각하다가 곧 남자들 중 하나가 면도기를 쓰고 있음을 깨달았다. 면도기 소리가 그치고 조금 지나자 이불 근처에서 희미하게 차르륵대는 소리가 들렸는데, 아마 워크맨에서 새어나오는 것 같았다. 그러나 남자들은 그밖의 소리는 전혀 내지 않았고, 저희끼리 잡담을 나누지도 않았다.

아침에 잠깐 들렸던 새소리가 사라지자 바깥도 조용해졌다. 차가 오가는 도로의 저주파나 건물의 공조 설비 등이 내는 소음에 익숙한 귀에 들리는 것이라곤 고막을 짓누르는 고요뿐이었다. 나뭇가지든 바람이든 무언가가 움직이는 기척도 없었다. 몇 번 자다 깨다를 반복하는 가운데, 처음 새소리를 들으며 눈을 뜨고 아침이라고 판단했던 것도 긴가민가해졌고, 갈수록 시간감각이 사라졌다.

시로야마는 몇 시간에 한 번씩 생리적 욕구에 떠밀려 용변을 보고, 그때마다 손목이 풀렸다가 다시 묶이고, 종이팩에 담긴 과일맛 우유나 오렌지주스, 우롱차를 받아 마셨다. 주먹밥 외의 음식은 단팥빵, 크림빵, 포크빈스 통조림, 성냥갑만한 프로세스치즈, 바나나, 귤 등이었다.

먹고 마시기 위해 박스테이프를 떼낼 때마다 잠깐이나마 입을 열 기회가 주어졌다. "목적은 돈인가?"라고 두 번 묻고 "얼마를 원하나?"라고도 물었지만 매번 대답이 없었다. "여기는 어디지?" "언제 끝나는 거지?"라고 물어도 대답은 없었다. 그러나 "오늘은 며칠이고 지금은 몇시지?"라고 물었을 때는 "3월 25일. 오후 10시 24분"이라는 기계적인 대답이 돌아왔다. 남자의 그 목소리를 들었을 때 시로야마는 오랜만에 통한 무기질적인 언어에 몸서리치게 기뻐하는 동시에 벌써 만 하루가 지났나 생각하며, 어제 아침 현관에 서 있던 아내의 작은 어깨를, 그때 아내가 입고 있던 카디건 색을 문득 또렷하게 떠올리고 아연해졌다.

나를 납치하고 감금한 것은 대체 어떤 사람일까. 몇 번이고 생각해보려 했지만 짚이는 데가 전혀 없었다. 회사에 원한이 있나? 아니면 나한테? 그것도 아니면 뭔가 다른 뜻이 있나? 이리저리 가지를 뻗어보려 했지만 마음속에 자동으로 차단되는 회로가 있는지 생각은 아무데로도 빠져나가지 못하고 그를 지치게만 했다.

일단 먹을 것이 주어지니 배고픔은 없고 몸을 위협하는 폭행도 가해지지 않는 상태가 계속되는 가운데, 시로야마의 심신은 굴욕에 익숙해지고, 처음 느꼈던 압도적인 공포의 덩어리는 보다 구체적인 고민이나 의혹, 당혹감 따위로 분화되었다. 그리고 한없는 반성과 망상의 시간으로 바뀌어 견디기 힘든 고요와 함께 엄습해왔다.

시로야마는 이불 속에서 하릴없는 질식감을 맛보며 자나깨나 스스로의 내면을 집요하게 파헤쳤다. 그중에서도 수십 년 만에 되살아난 전쟁의 기억이 그를 괴롭혔다. 복잡하게 얽힌 조건이, 선명했던 공포의 기억을 흐릿하게 만들어 이제는 무엇이 핵심이었는지도 파악할 수 없었다. 다른 이들과 달리 시로야마는 굶주림에 시달리지 않았고, 너무 어려 소개疏開하지 못한 아이들이 맛보았을 비참함도 느끼지 않았으며, 어린 여동생을 끌어안고 방공호에 숨어 지극히 담담하게 부모의 생사를 걱정하다가, 마침내 온 가족이 무사히 종전을 맞이했다. 그날 가슴에 남은 것은 표현할 길 없는 당혹과 통한의 덩어리였다. 그건 끝내 누구한테도 말해본 적 없었다, 라고 시로야마는 생각했다.

왜 의대에 가지 않느냐고 아버지가 캐물었을 때, 열여덟 살의 시로야마는 차마 본심을 말하지 못하고 그쪽에 관심이 없다고만 대답했다. 법학부 동기들은 재학중 모두 사법고시를 보았지만 시로야마는 법조인의 길도 걷지 않겠다고 일찌감치 결심한 터였다. 졸업하고 기업에 취직했을 때 스물두 살 젊은이는 무슨 생각을 했을까. 인간에 대한 깊은 자애가 필요한 의사나 변호사가 될 자격은 나에게 없지만, 물건을 팔아 대가를 얻는 자본주의경제의 한구석 정도는 감당할 수 있고 누구에게 거리낄 것도 없다. 그런 오만한 생각으로 사회인으로서 첫발을 내디뎠다는 진실은 그 말고 아무도 몰랐다.

매출지상주의로 영리를 추구하는 기업 사회는 시로야마의 기질에 잘 맞았다. 가만둬도 매출이 쑥쑥 늘던 고도성장기의 행운과, 맥주 하면 곧 히노데 라거였던 당시의 압도적 점유율과 상품력 덕분에, 그의 영업사원 생활은 순풍에 돛을 단 배와도 같았다. 단골 거래처에 열심히 얼굴을 내밀고, 특약점 사원과 함께 소매점이나 음식점을 돌아다니며 잡일부터 사업 상담까지 꼼꼼하게 챙겨주고, 매일 숫자를 주시하고 태만을 경계하면 충분히 뛰어난 실적을 올릴 수 있는 시절이었다. 진정한 영업력이나 창의력, 아이디어 따위를 발휘한 적도 없고, 독보적인 실력이나 재능, 강렬한 개성도 없었으며, 비즈니스 세계를 제대로 알지도 못하는 영업맨이었지만, 에스컬레이터처럼 승진을 이어가고 인사와 관리의 현실에 당혹해하며 이리저리 휘둘리다보니 어느새 영업부장, 지사장, 맥주사업본부장, 이사 자리까지 올랐다.

물건을 만들어 파는 기업 행위란 무엇인가, 상품력, 영업력이란 무엇인가를 진지하게 생각하기 시작한 것은 마흔이 넘은 뒤였다. 두 번의 석유파동과 플라자 합의*가 영향을 발휘하면서, 일본 경제의 향방과 사회의 자연스러운 변화 속에서 맥주사업의 미래상을 그리기 힘들어져 은근히 자신감을 잃어가던 것도 그즈음이었다. 그러나 그것도 1970년대 중반 이후 호경기와 생활수준 향상에 힘입어 맥주 판매량이 꾸준하게 늘어나던 상황이었기에 할 수 있었던 한가로운 고민이었다.

---

* 1985년 미국, 프랑스, 일본, 영국, 독일 재무장관이 뉴욕 플라자 호텔에서 외환시장 개입에 따른 달러화 강세 시점에 합의한 것.

시로야마는 기업에는 반푼의 값어치도 못 될 개인적 반성에 빠져 있었다. 소비 동향에 신속히 대응하지 못하고 신상품 개발 경쟁에 뒤처지고 조직 개편도 늦어진 탓에 점유율이 떨어지기 시작했을 당시, 맥주사업본부의 수장이던 나는 대체 무엇을 하고 있었던가. 손대야 할 과제들을 다 알고 있었으면서도 눈앞의 숫자를 좇기 급급해 조직을 움직이는 행동력과 위기의식이 결여되어 있었던 것은 아닐까? 그런 그가 맥주사업 부양을 위한 인사 쇄신으로 사장이 되었을 때 가슴에 새긴 것은 현재와 미래의 주주 이익, 그리고 사원의 생활을 보장한다는, 경영자로서 가져야 할 단순명료한 의무와 책임이었다. 자신에게 결여된 독창성과 행동력을 의무라는 발상으로 보완하지 않고는 감히 사장의 소임을 맡을 수 없었을 것이다.

현재와 미래의 이익을 확보한다는 의무를 다하려면 무엇부터 해야 하는지 궁리하자 해답은 절로 나왔다. 하나는 대기업의 경직된 조직과 생산, 유통의 근본적 개혁이고, 또하나는 뼈대 강화를 위한 기간 상품의 개발이었다. 전반적인 맥주사업의 미래는 답보적 안정일 것이며, 더구나 국내 제조업이 점점 도태될 것이 분명한 다음 세기에 히노데의 자산을 지키는 유일한 길은 다각화였다. 그 다각화 실현을 위한 자본을 된장이나 간장처럼 안정되게 벌어다줄 기간 상품을 만드는 것, 제2의 히노데 라거를 출시하는 것, 그것이 사장 취임과 함께 시로야마가 품은 꿈이었다.

'맥주맛에 한계가 있다고 생각하는 사람은 제품 개발에서 손떼라.'

시로야마가 그렇게 엄포를 놓은 것은 삼 년 전 새해를 맞아 맥주사업본부의 모든 기술자, 연구자, 상품기획부 간부들이 모인 신상품 개발부 회의석상에서였다. 그는 제2의 히노데 라거 개발을 위해 이제껏 쌓아온 방대한 양의 마케팅 리서치 결과를 분석하고 콘셉트 잡기에 들어갔다. 당시 경쟁사들은 하나같이 홉의 쓴맛을 억제하고 보리 껍질의 떫은 맛을 제거한 깔끔한 맛과, 탄산가스 농도를 높여 싸한 맛을 강조한 맥주를 내놓고 있었다. 담백하고 '드라이'한 맥주가 작금의 유행이라면, 마케팅 결과가 단적으로 보여주듯이 제2의 히노데 라거를 만들려는 취지에서 유행에 흔들리지 않고 오래도록 음용될 맥주를 개발해야 했다.

결국 '맥주 중의 맥주'라는 히노데 백년의 정통성에 시대의 기호 변화를 가미해 완성한 신상품 콘셉트는, 즐겁게 마시는 행복감을 뜻하는 '기쁨', 기분이 확 밝아지는 '상쾌함', 무겁지 않고 너무 싸하거나 투명하지 않은 목넘김을 뜻하는 '청량함' 이 세 가지로 정해졌다.

이어서 '기쁨' '상쾌함' '청량함'을 가벼움과 쏩쓸함이라는 구체적인 향과 맛으로 차트화하는 작업이 시작되었고, 차트를 보다 구체화하기 위한 관능 검사와 미각 검사를 거듭하며 목표로 하는 풍미의 이미지를 기술화하는 데 반년이라는 세월을 들었다. 이어서 시험 제작이 시작되자 시로야마는 원료용 보리의 선택과 구매법, 맥즙 처리, 효모 선택, 발효 조건 등을 전부 처음부터 재검토하라고 지시했다. 수백 종류에 달하는 효모 중 신상품에 가장 어울리는 하나를 골라내고, 잇따라 조건을 바꿔가며 발효시켜 결과를 확인하는 작업은, 광대한 아프리카 대륙에서 아무도 본 적 없는 일각수 한 마리를 찾아내라는 이야기나 다름없었다. 시로야마는 일 년 반 동안 매주 한 번은 시제품용 플랜트에 들러 개발팀 한 사람 한 사람의 이야기에 귀기울이고, 시제품이 완성될 때마다 상품기획부와 영업부 간부들과 함께 시음하고 의견을 들었다.

시로야마가 할 일은 전속 기술자 서른 명, 상품기획부 전속 부원 열다섯 명의 끈질긴 도전을 계속 지켜봐주고, 믿고, 전적으로 맡기고, 오로지 기다리는 것이었다. 지금의 주류에서 벗어난 상품인데다 장기적 전망이 밝지 않은 맥주사업의 앞날, 향후 일본 사회의 구조 전환을 예상한 장기 전략 상품이었기 때문에, 시장에 어떻게 받아들여질지 불안한 마음은 있었다. 더구나 이런 신제품 노선이 임원회의 총의로 결정된 것도 아니었다. 반세기에 걸쳐 오래도록 음용될 맥주를 다음 세기에 남기고 싶다는 강한 의지만이 시로야마의 버팀목이었다.

작년 2월, 마침내 일각수에 가까운 맥주가 완성된 것 같다며 개발팀이 시제품을 내놓았을 때, 시로야마는 임원은 물론 기획부와 영업부 전원을 불러 함께 시음했다. "무겁지도 가볍지도 않고 부드러운 감칠맛이 있고 목 넘김이 상쾌하다"라는 데 의견이 일치했지만, '상쾌함'이라는 콘셉트에 맞는 향에 대해서는 아직 개선이 필요해 보인다는 의견이 많았다. 그때 시로야마는 '9월까지 완성하자'고 기한을 정해 개발팀을 독려하고, 사업본부장 구라타 세이고에게 초년도 5000만 상자를 판매할 전략을 수립하라고 지시한 뒤 네이밍 개발과 판촉 계획, 판매 계획 입안에 착수했다.

9월에 접어들자 약속대로 완성된 맥주가 라벨 없는 갈색 병에 담겨 임원 회의실에 놓였다. 다 함께 시음한 뒤 시로야마는 임원들에게 "어떻습니까?"라고 물었다. 몇 명이 먼저 고개를 끄덕이고, 시라이 세이치가 "맛있네요"라고 말문을 열자 이어서 "온화하고 부드럽네요" "향이 훌륭합니다"라는 의견이 잇따랐다. 모든 이의 표정과 말투를 신중하게 지켜본 시로야마는 그 자리에서 시제품용 플랜트가 있는 가나가와 공장에 전화를 걸어, 개발팀 기술자들에게 몇 번이고 "그동안 고생했습니다" 하며 치사를 전했다.

뒤이어 지난 반년간 맥주사업본부 전원이 판매 준비를 서둘렀다. 신상품 발표는 기업의 극비사항이니만큼 이미 11월에 결정된 상품명도 숨기고, 연말까지 영업사원들이 전국 600개 특약점으로 시음용 병을 껴안고 뛰어다녔다. 반응은 나쁘지 않았다. 해가 바뀌자 전국 각지의 특약점 정기 신년회에서도 시음과 사전 마케팅 행사를 열고, 4월 1일 전국 동시 발매를 향해 대대적인 판촉 태세를 갖추고 있음을 홍보했다. 여느 때 같으면 특약점 모임에서 신상품을 발표하고 바로 판매에 들어 갔겠지만 이번에는 신비화 전략으로 안팎의 관심을 부채질하려 의도한 것이다. 그렇게 4월 1일을 향해 분위기를 띄워가는 사이, 시로야마는 곧 눈앞에 나올 숫자를 묵묵히 기다렸다.

사업본부는 매일 새로운 수주 계획을 세웠고, 1월 말 일제히 시작된 수주의 결과는 예상을 훨씬 뛰어넘어 4월까지의 목표량인 600만 상자의 20퍼센트 이상을 기록했다. 그때 시로야마는 집무실에서 혼자 만세를 불렀다.

2월 중순에는 여름철 성수기를 대비해 각 공장의 신상품 생산라인 증설을 결정했다. 라인 설비를 교체함과 동시에, 토속 맥주에 대항하는 지역 한정 상품을 폐지하고, 대안으로 위탁 생산을 추진해 합리화와 다품종화의 양립을 꾀한다는 중기 계획에 나섰다. 말하자면 시로야마가 사장으로 취임하기 전 결정되어 있던 다품종 전략을 폐기하기 위한 준비과정이었다. 히노데는 장기적으로 라거·슈프림·신상품이라는 세 개의 큰 기둥만 남기고 다른 잔가지는 깨끗이 쳐내야 했다. 지난 며칠간은 드디어 그런 그림을 향해 작은 한 발짝을 내디뎠다고 희미하게나마 실감할 수 있었다.

사장 취임 때부터 꿈꾸었던 제2의 라거, '히노데 마이스터'를 생각하고 있자니 번뇌가 잠시 가시고 따뜻한 온기가 가슴을 채웠다.

'21세기 일본의 맥주, 히노데 마이스터 탄생.'

내일, 26일 일요일 주요 일간지의 지면을 일제히 장식할 전면 광고 헤드카피였다. 지금까지 금빛 일색이던 봉황 상표는 은근하게 화려한 청보라색으로 바뀌고, '히노데 마이스터'라는 글자는 당당하지만 부드러운 곡선을 살린 붓글씨체에 남색을 택했다. 바탕은 전통 종이처럼 약간의 질감이 드러나게 디자인했다. 캔맥주 디자인도 마찬가지다.

이제 직접 볼 수 없을지 모르지만, 자신이 없어도 총액 50억 엔을 들인 홍보 캠페인은 문제없이 굴러갈 것이다. 사장의 부재는 예측 불가능한 내부 사정일 뿐, 가동을 시작한 상품을 가로막을 정도는 되지 못한다. 할 일은 다 했다. 기업의 내일을 위해 내가 할 수 있는 일은 다 했다. 거듭 스스로를 타일러봐도 이내 다시 '하지만' 하는 생각이 들었다.

사장 납치라는 불의의 사태가 업무에 어떤 영향을 줄지 시로야마는 가늠하기 힘들었다. 세간에 이 사태가 알려졌을 때 회사가 받을 유무형의 피해는 얼마나 될까. 막 발매된 '히노데 마이스터'의 매출에는 어떤 영향을 줄까.

아, 며칠 후면 주주총회 아닌가. 그 생각이 떠오른 순간 시로야마는 잠시 패닉에 빠졌다. 자기 대신 두 명의 부사장 중 누구를 대표로 세울지, 임원들은 지금쯤 그런 이야기도 하고 있으리라. 사업개발본부장 시라이 세이치가 나설지, 맥주사업본부장 구라타 세이고가 나설지는 내부적으로 중대한 문제지만, 기업의 미래라는 대국에서 보면 누가 되든 괜찮다는 것이 시로야마의 생각이었다. 히노데의 장기적 노선은 이미 정해졌고, 누가 톱에 오르든 극적으로 바뀌지는 않으리라는 생각이 절반. 한편 자신과 달리 독창적이고 개성 강한 사람이 취임하면 히노데라는 거구를 뒤흔들 수 있을지도 모른다는, 기대인지 의구심인지 모를 심정이 절반.

결과적으로 나는 의무를 다했을까, 다하지 못했을까. 시로야마는 자문했다. 실적이 보여주듯 연도별 목표는 무사히 달성해온 것이 사실이지만, 장기적 경영 기반의 안정 강화라는 책임은 과연 어땠을까.

시로야마는 자신할 수 없었다. '히노데 마이스터'가 당면한 목표를 완수하리라는 자신감은 있어도 그것이 정말 다음 세기 기업의 기둥이 될지는 누가 알 수 있으랴. 실패라면 늦어도 반년 안에 드러날 테지만 성공인지는 반세기가 흐르기 전에는 알 수 없는 것이다.

그렇게 생각하고 보니 이제 나라는 개인에게는 대단한 것이 남아 있지 않다는 생각이 들고, 지금 와서 후회할 일도 아니지만, 만족과는 한참 거리가 먼 회사원의 인생이었다는 결론이 나왔다. 게다가 인간으로서의 성장을 따지면 스물두 살 때의 오만한 가치관에서 조금도 빠져나오지 못했고, 여덟 살 때 체득해버린 자기 불신이라는 원죄도 여전히 씻어내지 못한 상태다.

아무튼 이래저래 옛 생각에 빠져 있는 것도 좋다만, 이 나이가 되어서 호락호락 납치나 당한 나는 앞으로 어떻게 해야 하는가. 아마도 목숨은 부지하겠지만 몸값을 내고 풀려날 때는 과연 무슨 낯으로 세상에 돌아간단 말인가. 무사히 풀려나도 이 사회에 더이상 자신의 자리는 없으리라는 생각에 이르자, 시로야마는 모처럼 쌓아올린 반성을 허물어버리고 다시 혼란에 빠졌다.

시로야마는 갑자기 들깨워졌다. 이불이 걷히고 바닥에 똑바로 앉혀지자 주위에서 누군가 움직이는 기척이 났다. 담요나 이불 따위를 툭툭 터는 소리. 청소기로 짐작되는 모터 소리. 바닥을 오가는 발소리. 쓰레기봉투에 종잇조각 따위를 담는 소리. 청소를 하는구나 싶었다.

청소기 소리가 계속되는 가운데 남자 하나가 시로야마 앞에 앉았다.

"지금은 3월 27일 월요일 오전 2시 16분이다. 곧 풀어주겠다." 남자는 느릿느릿 낭독하는 투로 말했다.

"순서대로 요점을 말하겠다. 잘 듣고 머릿속에 새겨둬라. 우선, 우리의 요구는 20억이다. 들었나? 구권 만 엔 지폐로 20억. 현금이다."

20억이라는 숫자가 무슨 뜻인지 머릿속에 잘 들어오지 않았다. 20억이라고 속으로 몇 번 반복한 뒤에야 몸값 얘기구나, 하고 되뇌었다.

"한 달 안에 비자금을 만들어놓고 우리 연락을 기다려라." 남자 목소리가 이어졌다. "풀어줄 테니 알아서 비자금을 만들라는 거다. 이사회의 동의를 얻어내는 유예기간은 한 달이다."

풀어준다는 한마디는 무거운 의혹을 이끌며 시로야마의 심신을 살짝 뛰어오르게 할 뿐이었다. 인질을 풀어준 뒤 돈을 요구하는 상대의 속셈도 얼른 납득이 가지 않았다.

"잘 들어. 우리 요구는 20억이지만, 경찰한테는 다르게 설명해야 한다. 범인이 6억을 요구했고 전달 방법은 차후에 다시 알려주기로 했다고 말이야. 알겠나? 왜 20억이 아니고 6억인지는 좀 있으면 알게 된다. 아무튼 경찰한테는 6억을 요구받았다고 말해. 다음으로, 풀려난 경위에 대해서는 범인들이 6억을 요구하고 갑자기 나를 남겨두고 사라졌다고 진술해라. 그게 신상에 이로울 거야."

남자는 시로야마에게 되새기는 시간을 주려는지 잠시 가만히 있었다. 20억이라는 둥 6억이라는 둥 경찰에 거짓말을 하라는 둥 혼란스러운 말뿐이었지만, 지금 여기서 벌어지는 일이 안이하게 계획한 범행이 아니라는 사실만은 의심의 여지가 없었다. 그래서 더욱 불길했다.

고개를 조금 숙이고 뭔가 읽어내려가는 듯한 남자의 목소리가 천천히 이어졌다.

"당신은 사장이니 경찰수사에 협조해서 기업을 망하게 할지, 비자금 몇 푼 내주고 기업을 지킬지 천천히 생각해봐라. 20억만 받으면 다른 요구는 일절 하지 않겠다고 약속한다. 인질은 350만 킬로리터의 맥주다. 돈을 내놓지 않으면 인질이 죽는다. 머리에 잘 새겼나? 5월 황금연휴 전에 연락하겠다. 할말은 이게 전부다."

시로야마는 그제야 왜 자신이 납치됐는지 어렴풋이 이해했다. 이것은 개인이 감당할 수 없는 액수의 돈을 기업에서 뜯어내려는 납치극이며, 납치 대상은 사장인 시로야마 개인이 아니라 히노데 맥주 자체라는 것을. 시로야마를 납치하고 감금한 것은 요구를 확실히 전달하기 위해서였으니 이제는 풀어준다는 것을. 이 범인들은 언제 어디서든 누구나 구입할 수 있는 맥주를 인질로 잡고, 요구를 들어주지 않을 경우에는 상품을 공격할 심산이다. 그렇게 생각한 순간 발매를 앞둔 '히노데 마이스터'의 청보라색 봉황 마크에 거뭇한 막이 끼었다. 눈과 입이 막힌 시로야마는 저도 모르는 사이 이가 딱딱 마주치는 소리를 낼 정도로 부들부들 떨면서 거의 혼절할 지경에 빠졌다.

한동안 시로야마는 발목이 풀린 것도 깨닫지 못했다. 이어서 손목의 끈이 풀렸다가 박스테이프로 다시 묶였다. 조끼 위로 남자의 손이 가슴과 등에 닿았지만 무엇을 했는지는 알 수 없었다. 몸을 일으켜도 바로 걸을 수가 없어서 범인이 끌어안다시피 옮겨 발에 구두를 신겼다. 그 직후 일제히 삐걱거리는 소리가 나며 바깥의 냉기가 닥쳐왔다.

실려올 때와 마찬가지로 나뭇가지에서 눈이 떨어지고 얼음인지 흙인지 모를 것을 밟는 소리가 났다. 걷는 시간은 지난번보다 길었다. 발밑이 고르지 않아 비틀거릴 때마다 양쪽에서 팔을 잡아주었다. 사방에서 눈 떨어지는 묵직한 소리가 들려오고, 얼어붙은 흙이나 눈, 풀을 밟는 소리가 겹쳐졌다. 얼마나 걸었을까, 마침내 미명의 행군이 끝났을 때 시로야마의 구두 바닥은 평평한 노면에 놓여 있었다. 팔을 붙들려 어느 방향으로인가 몸이 돌려지자 나이든 남자 목소리가 들렸다.

"여기서 풀어주겠다. 가방은 발 뒤에 있다. 손목의 박스테이프와 눈가리개는 직접 벗겨라. 천을 벗기면 갑자기 눈이 부실 테지만 당황하지 말고 잠시 기다리면 보일 거다. 그때까지 지금 서 있는 자리에서 절대로 움직이지 마라. 당신이 서 있는 곳은 도로 위다. 발끝이 향한 방향으로 걸어가면 오른쪽에 소방서가 보일 거다. 반대쪽으로 걸으면 인가가 없다. 발끝이 향한 방향으로 걸어야 한다. 알아들었나?"

마지막으로 시로야마는 이런 말을 들었다.

"윗옷 안주머니에 사진 한 장이 들어 있다. 출발 전 잊지 말고 꺼내보도록. 소방서에 들어가기 전에 생각해둬야 할 것이 많을 거다."

잠깐 틈을 두고 나서 남자 두 명이 뛰어가는 소리가 났다. 소리는 시로야마의 발끝과 반대 방향으로 멀어졌고, 이내 차문이 여닫히는 소리, 시동 거는 소리가 귀에 희미하게 와닿았다.

그 소리도 이내 사라지고 무음에 가까운 정적의 압박이 엄습해온 순간, 시로야마는 무릎에 힘이 풀려 제자리에 주저앉았다. 뒤로 돌려진 손목을 힘껏 비틀어 박스테이프를 풀고, 자유로워진 손으로 눈가리개를 머리 위로 벗겨내 테이프와 함께 무심코 주머니에 찔러넣었다. 처음 만져본 그 천이 어떤 종류인지 확인할 여유도 없었다.

이틀 넘게 묶여 있던 눈 주위의 근육이 몹시 저렸고, 강한 압력을 받아온 안구는 한동안 공기의 자극을 버거워했다. 눈을 떴다 감았다를 거듭하고 고통을 누그러뜨리려는 눈물과 콧물을 연신 흘려대면서 시로야마는 입을 막은 박스테이프도 떼어냈다. 언 손이 닿은 턱이며 볼은 그새 수염이 자라 까슬까슬했다. 이어서 손끝은 제 얼굴로 느껴지지 않을 만큼 움푹 팬 자리를 스쳤다가, 마구 헝클어지고 곤두선 머리카락에 닿아 부르르 떨었다.

이윽고 망막에 끼어 있던 물컹한 막이 엷어졌을 때 제일 먼저 시로야마가 본 것은 눈앞에 가득한 어둠이었다. 마침내 그 어둠은 반점이 되고, 점차 지면과 나무그림자와 하늘로 갈라졌다. 잔설이 쌓인 갓길 표시선이 남색으로 빛나고, 눈이 없는 노면은 젖어서 검은 윤기를 발하고, 도로 양쪽에는 칠흑 같은 나무들이 드리워 있고, 그 위에 펼쳐진 하늘은 약간 밝은 남색이었다. 도로에는 가드레일도 표지판도 없고, 숲은 한없이 울창했다.

발 뒤에 서류가방이 놓여 있었다. 그것을 들고 후들거리는 다리로 일어서자 어느 정도 이성을 되찾을 수 있었다. 문득 생각나서 윗옷 안주머니를 뒤져 사진 한 장을 꺼내 눈 빛에 비추어보았다. D3 크기쯤 되었고, 처음에는 무슨 사진인지 잘 보이지 않았지만 조금 지나고 어둠이 눈에 익자 사람 얼굴 둘이 들어왔다. 시로야마는 사진을 눈앞에 바짝 들이대고 살펴보다가 눈을 부릅뜨고는 더욱 가까이 댔다.

조카 요시코와, 막 두 살이 된 데쓰시.

그 사실을 확인하고 시로야마는 사진을 얼른 안주머니에 넣고 걷기 시작했다. 다시 막막해진 머리에 '아아, 그 일인가?'라는 생각과 함께 사 년 전 일이 한 자락 돌풍처럼 밀려왔다 물러갔다.

주위에서 벌어지고 있는 사태에 아랑곳없이 몸에 차차 피가 돌고 추위도 느껴졌다. 심장은 파열하지 않고 묵묵히 박동을 계속하고, 다리도 쉬지 않고 앞으로 움직였다. 잠시 걷다가 발을 멈추고 안주머니의 사진을 꺼내 양손으로 갈가리 찢었다. 조각을 흘리지 않도록 조심하며 몇 번이고 잘게 찢은 다음, 꼭 쥐고 숲속으로 들어가 돌아다니면서 풀이 무성한 땅바닥을 구두 끝으로 파내고 조금씩 묻었다.

그러는 동안 그는 자신이 납치당한 이유에 대해 생각했던 것을 신중하게 바로잡았다. 범인들이 사장인 자신을 택한 것은 요구를 효과적으로 전달하기 위해서만은 아니었다. 요구가 확실하게 실행되도록, 약점 있는 인간을 주도면밀하게 골라낸 것이다. 시로야마는 새삼 정신을 가다듬고 자신의 처지를 생각해보았다. 친척의 추문으로 범인 그룹에게 약점을 잡히고, 회사의 생명인 350만 킬로리터의 맥주를 인질로 잡혀

20억 엔을 요구받은 나는, 이제 어떤 얼굴을 하고 어디로 돌아가야 한단 말인가. 이 몸뚱이가 무사히 귀환한다면 내게는 엉뚱한 지출로 회사에 손해를 입히거나, 조카 모자를 죽음의 위험에 노출시키거나, 둘 중 하나밖에 남아 있지 않은 것 아닌가.

아니다. 만약, 나만 돌아가지 않는다면—

시로야마는 머리 위로 뻗은 나목의 가지를 올려다보고 갑자기 심장이 견디기 힘들 정도로 쿵쾅거리는 것을 느끼며 너는 이제 죽을 테냐, 라고 자문했다. 앞으로 감당해야 할 고통의 크기나 다방면에 걸친 재앙을 생각한다면 그 수밖에 없다고 대답하는 한편으로, 스스로 목을 맨다는 생생한 공포에 심장이 미친듯이 벌떡였다. 그렇게 몇 분 동안 격렬한 긴장과 싸운 끝에 자신에게는 도저히 그럴 용기가 없다는 결론을 내렸지만, 동시에 변명처럼 '너는 회사를 위해 죽을 테냐'라는 새로운 물음이 떠올랐다.

이번 일로 회사가 망해서 팔천 명의 사원이 거리를 헤매게 된다면 몰라도, 현실적으로 비자금 20억 정도는 별것도 아닌 회사를 위해 정말 죽을 테냐. 그 정도로 회사와 일심동체였나. 아니, 애당초 네가 자살해 20억의 손실을 막아준들, 회사가 그 은혜를 알아줄 것 같은가.

대답은 전부 '아니다'였다. 시로야마는 재빨리 자살의 필연성을 물리친 다음, 회사에서 20억을 빼오는 수밖에 없다는 막연한 결론에 이르렀다. 그 무엇도 요시코 모자의 목숨과 맞바꿀 것은 못 되거니와, 아무리 삼십육 년을 근속했다 해도 회사는 회사일 뿐이다. 회사를 위해 내 인생까지 끝장낼 이유는 없지 않은가. 그렇게 계속 스스로를 회유했다.

시로야마는 갓길로 돌아와 다시 걷기 시작했다. 풀려나긴 했지만 이제 시작일 뿐이다. 제 귀에 대고 그렇게 말하는 사람은 납치되기 전의 시로야마 교스케가 아니라, 무슨 수를 써서든 회사에서 비자금 20억을 빼돌리려는 누군가였다. 또 한편으로는 사원들의 불안과 동요를 하루빨리 해소해서 회사 업무를 원상태로 되돌리고, '히노데 마이스터'를 성공시켜 각종 개혁의 기초를 다지는 것이 자신의 의무라고 생각하는 누군가이기도 했다. 또 그 뒤에서 회사 따위를 위해 죽을 인간이 있을 쏘냐고 냉소하는 누군가이기도 했다. 어느 것이 자신인지 더는 판단할 수 없는 상태에서, 마침내 시로야마의 머릿속을 점령한 것은 '5월 황금연휴 전까지'라는 기한 안에 해야 할 일이 산적해 있다는 현실적인 문제였다. 첫번째로 경찰에 어떻게 대응할 것인가. 이사회에는 뭐라고 설명할 것인가. 20억이라는 부당 지출에 대한 합의를 어떻게 끌어낼 것인가.

이런저런 생각에 빠져 있던 탓에 손목시계 보는 것도 잊어서 시로야마는 자신이 얼마나 걸었는지 전혀 인식하지 못했다. 문득 정신을 차리니 도로 양옆에 터널처럼 드리운 나무그림자가 어느새 엷어지고 앞쪽에 쓸쓸한 불빛이 하나 보였다. 그쪽으로 다가가니 걸어온 길과 T자로 교차하는 도로가 나오고, 오른쪽 모퉁이에 작은 콘크리트 건물이 서 있었다. 차고에 선 소형 펌프차 한 대가 희미하게 터오는 여명 속에 수줍은 듯이 붉은빛을 발하고 있었다.

*

경시청 9층 복도에 "여러분, 모여주세요!"라고 외치는 홍보과 직원의 목소리가 내달렸다. 그 외침은 이윽고 구둣발 소리와 함께 칠사회 박스로 달려와 각사 박스 앞 복도를 왕복했다. "형사부장 회견입니다! 곧 회견을 합니다!"

박스 너머 장의자에서 벌떡 일어난 구보 하루히사의 머리 위로 "모든 언론사 기자는 지금 즉시 회견장으로 모여주십시오! 7시 5분 형사부장 회견을 시작합니다!"라는 소리가 스피커를 통해 쩌렁쩌렁 울렸다. 2층침대에서 자고 있던 사람, 책상에 엎드려 있던 사람들도 벌떡 일어났다. 박스 구석에서 스가노 캡이 "형사부장이 나온다면, 사장이 발견된 건가?"라고 중얼거렸고, 벽 너머와 복도에서도 "사장이 발견됐나?" "범인이 잡혔나?" 하는 짤막한 말들이 오갔다.

"구보, 구리야마, 빨리 가봐! 나머지는 본사에 연락해! 곤도는 방면에 나가 있는 사람들에게 호출기로 연락하고!" 스가노의 지시가 떨어졌다. 구보가 노트를 들고 뛰어나가자 여태 어디서 자고 있었던 듯한 후배 구리야마 유이치가 먼저 나와서 "협정이 해제됐나?" 하며 눈알을 번뜩이고 있었다.

정보도 없고 진전도 없이 기자실에 틀어박혀 있느라 피곤에 전 몸뚱이를 무겁게 움직이자 조건반사처럼 위가 따끔거렸다. 사건 발생 이후 두 시간마다 열어온 기자회견이 이것으로 스물아홉번째. 취재 경쟁의 시작이었다. 결국 몸값 요구 없이 사장이 발견된 것인가? 사장은 무사한가? 발견 장소는 어디인가? 범인은 어떻게 되었나?

기자회견장에 신문사, 방송국의 경시청 출입기자와 사진기자가 앞다투어 쏟아져들어왔다. 영상 촬영을 허락한 걸 보면 사장이 구출되었거나 최악의 상황이거나 둘 중 하나이리라. 기자들과 카메라로 꽉 찬 회견장에 홍보과장이 잰걸음으로 들어섰다. 한 시간 전에는 눈 밑이 시커멓고 목소리도 갈라졌던 그가 새로 태어난 듯 낭랑한 목소리로 "여러분, 준비되셨습니까?"라고 묻더니, 이어서 두번째 기자회견부터 쭉 모습을 보이던 형사총무과장 대신 데라오카 형사부장이 등장했다. 변함없이 무표정하지만 어깨에 힘이 들어가 있음을 바로 알 수 있었다.

"그럼 시작하겠습니다!" 홍보과장이 말했다.

중대 발표 때면 꼭 그렇듯 "에에" 하는 말로 데라오카 부장의 발표가 시작되었다. 일제히 터지기 시작한 카메라 셔터 소리가 그의 목소리에 겹쳐졌다. 필기구를 꼭 쥔 기자들의 끈끈한 열기가 투명한 파도처럼 부장 쪽으로 밀려들었다.

"에에, 조금 전 오전 6시 28분, 야마나시 현 경찰본부에서 본건의 피해자 58세 시로야마 교스케 씨를 보호하고 있다는 보고가 경시청으로 들어와 현재 자세한 상황을 확인중입니다. 보고된 내용은 다음과 같습니다. 오늘 3월 27일 오전 5시 50분, 야마나시 현 미나미쓰루 군 나루사와무라의 소방서, 정식 명칭 가와구치코 소방서 서부출장소에 혼자 찾아와 보호를 요청한 남성에 대하여—"

거기까지 발표했을 때 먼저 각사 방송기자들이 방금 나온 지명을 필기한 메모를 들고 급하게 회견장을 뛰쳐나갔다. 현재 시각 오전 7시 7분. 방송중인 뉴스에 바로 속보를 내보내기 위해서였다.

볼펜을 쥔 구보의 손은 벌써부터 땀으로 축축했다. 미나미쓰루 군 나루사와무라라는 지명을 듣자 맨 처음 깊은 눈이 쌓인 후지산 자락의 풍경이 떠올랐지만, 이어서 '혼자 찾아와 보호를 요청'했다는 뜻밖의 말에 놀라며 이어지는 내용에 귀기울였다.

"소방서의 신고를 받은 현경 후지요시다 서 경찰이 현장에 출동해 남성의 주소와 성명 등을 확인한바, 58세 시로야마 교스케 씨, 히노데 맥주 사장 본인이라는 사실이 판명되어, 오전 6시 20분 보호조치를 취했습니다. 시로야마 씨는 몹시 지쳐 보였지만 비교적 차분한 모습이었고, 말도 조리 있게 하며 눈에 띄는 외상은 없었다고 합니다. 이어서 6시 55분 시로야마 씨는 후지요시다 서에 도착했습니다. 수사본부에서 여러 명이 현지로 향하는 중이며 8시경에는 도착할 예정입니다. 이상입니다."

1보는 여기까지였다. 데라오카 부장의 말이 채 끝나기도 전에 다시

각사에서 한 명씩 일어나 회견장을 뛰쳐나간다. 도호 신문에서는 구리야마가 그 역할을 맡았다. 일단 현장 위치를 파악했으니 타사보다 일분이라도 빨리 기자를 파견해야 했다.

황급히 자리를 뜨는 기자들을 곁눈질하며 나머지 기자들은 지체 없이 질의응답을 시작했다. 홍보과장이 아직 남아 있는 카메라를 향해 "촬영은 여기까지만입니다!"라며 제지했고, 그 소리를 지우듯이 기자들의 목소리가 튀어올랐다.

"시로야마 씨가 혼자 찾아와 보호를 요청했다면, 범인이 풀어준 겁니까, 아니면 도망쳐나온 겁니까?"

"그건 아직 모릅니다."

"그 정도는 소방서로 찾아왔을 때 직접 말했을 것 같은데요!"

"현시점에서는 자세한 경위를 알 수 없습니다."

"자세한 경위가 아니라, 가장 핵심적인 내용 아닙니까!" 기자의 항의가 무시되자 다른 기자가 "시로야마 씨는 지난 오십육 시간 동안 어디 있었다고 합니까?" 하고 질문을 바꾸었다.

"현시점에서는 아직 파악하지 못했습니다."

"보호를 요청했을 당시 시로야마 씨의 복장은?"

"짙은 남색 양복. 가죽구두. 넥타이는 없었습니다. 갈색 버버리 서류가방을 들고 있다고 합니다."

"서류가방 안의 내용물이나 지갑 등의 소지품 중에서 빼앗긴 것은 없습니까?"

"확인하지 못했습니다."

"소방서에 들어왔을 때 시로야마 씨의 첫마디는?"

"정확하게는 모릅니다. 현경의 첫 보고에 따르면, 시로야마 씨는 당직 대원에게 자기 이름을 밝히고 경찰에 연락해달라고 부탁했답니다."

"그때도 침착해 보였다는 건가요?"

"현경의 상세한 판단에 대해서는 현시점에서 아직 파악하지 못했습니다."

"시로야마 씨가 범인에게 어떤 요구를 받았다거나 하는 이야기는 없었습니까?"

"현시점에서는 그런 상세한 부분을 알 수 없습니다."

"가와구치코 호수 주변이 수사 범위에 포함되어 있었습니까?"

"수사 내용에 관해서는 답변드릴 수 없습니다."

"범인의 인상이나 연령대 등에 대해 시로야마 씨가 정보를 주지는 않았습니까?"

"현시점에서는 파악하지 못했습니다."

그런 문답이 오가는 내내 데라오카 부장은 고개를 숙이고 있었다. 사건 발생 이래 수사가 거의 제자리걸음이었다가 갑자기 지역 외에서 피해자 보호 신고가 들어왔으니 그럴 만도 하다고 구보는 동정심이 들었지만, 아무리 그래도 핵심적인 정보를 전혀 주지 않아서야 기사를 쓸 수 없었다.

"몸값 요구가 없었다면 향후 수사 방향이 달라질 수 있습니까? 확실히 말해주세요!" 구보가 질문을 던졌다.

"현시점에서는 그런 판단에 이르지 않았습니다." 역시나 냉정한 대답만 돌아왔다.

"금품을 노리지 않은 납치 감금이라니, 이상하지 않습니까! 뭔가 있는 거 아닙니까?"

"없는 것을 있다고 말씀드릴 수는 없습니다."

"시로야마 씨의 진술은 몇시 어디서 이뤄집니까?" 민방의 누군가가 노성을 질렀다.

"결정된 바 없습니다. 일단 후지요시다 서에서 의사의 진찰을 받고 도쿄까지 이동할 만한 상태인지 판단할 것이고, 조사 장소 등은 그뒤에 결정하게 됩니다."

"그 내용은 몇시에 발표합니까!"

*

특별수사본부의 경전이 울리고, 피해자를 발견해 보호중이라는 야마나시 현경의 보고가 교환대를 거쳐 들어온 것은 반시간 전인 오전 6시 28분이었다. 경찰서 여기저기서 선잠을 자던 일흔 명 남짓한 수사관은 회의실에 모여 현경의 보고 내용을 구두로 전달받았다. 바로 특수반 네 명이 급파되었고, 현장검증을 맡은 감식반과 탐문반 여섯 명도 현장으로 향했다. 한편 피해자 대책반은 히노데 본사나 현장 대기반과 연락을 주고받느라 바빴지만 유류품 수사반에는 특별한 지시가 없었다. 보호중인 피해자에게 본격적인 공술을 듣기까지는 아직 몇 시간 더 걸릴 테니 무슨 물증이 나온다 해도 그뒤의 이야기다.

고다 유이치로는 순식간에 소란해진 회의실을 빠져나와 3층 세면실로 갔다. 피해자가 나타났다는 소식을 들었을 때는 생각하기에 앞서 다리가 먼저 뛰어나갈 뻔했지만, 지금은 재빨리 그것을 억제한 또다른 자신이 우세했다. 고다는 일회용 면도기로 꼼꼼하게 수염을 밀면서 잡념을 떨쳐내고 두 번이나 비누칠을 하며 세수한 뒤 걷어두었던 셔츠 소매를 내렸다. 금요일 밤부터 갈아입지 못한 진갈색 셔츠 소매에 때가 조금 껴 있었다.

세면실을 나오던 고다는 사흘 만에 동료 안자이 계장과 마주쳐서 앞을 비켜주며 "뭐라도 나왔어요?" 하고 물었다. 수사회의에서는 기업이나 총회꾼 이야기가 일절 나오지 않았기에, 말단인 고다는 히노데의 주변 상황이 어떤지 전혀 알 길이 없었다. 그쪽 수사와 관련된 사람이 보이면 누가 됐든 발목을 쥐고 거꾸로 쳐들어 정보를 토해내도록 다그치고 싶은 것이 솔직한 심정이었다.

안자이는 쓴웃음을 지으며 "국세청 감사 자료를 보고 있는데"라고 속삭였다. "역시 본청에는 정보가 어마어마하더군. 아직은 도움될 게 없지만."

"문제 있는 지출 내역은 안 보이던가요?"

"직접적인 연관이 없는 자회사나 관련사, 아니면 해외 법인을 이용해 처리하겠지. 그러면 알아낼 도리가 없어."

"고쿠라 운수와 주니치 상은 사건이나, 마이니치 맥주가 적발되었을 때도 히노데와 오카다 경우회의 관계를 놓고 제법 소문이 돌았잖아요."

"그래도 히노데 장부에서 캐낼 정보는 없어. 그 회사는 총무부를 통하지 않고 한 간부가 개인적으로 오카다와 접촉하나봐. 물론 임원들도 다 알고 있겠지만. 장부 처리에 그토록 철저하니 내부고발자라도 생기지 않는 한 앞으로도 나올 게 전혀 없을걸."

"히노데와 오카다 사이에 불화가 있었다는 얘기는 없나요?"

"있더라도 회사측에서는 발설하지 않겠지. 게다가 이번 납치는 그쪽 소행이 아니라는 이야기도 있고."

"총회꾼 쪽이 아니라는 겁니까?"

"적어도 간토 25개 단체, 간사이 7개 단체와는 무관해. 4과에서 들었는데, 세이와회 회장이 어제 간토 하쓰카회 이사회 앞으로 이번 사건에 관여한 조직이 있는지 묻는 질문장을 돌렸대. 그것은 그것대로 무슨 노림수가 있었겠지만."

"그래요?"

"아무튼 현재로서는 단서가 없어. 아무한테도 말하지 마." 그렇게 말하고 안자이는 서둘러 세면실로 들어가버렸다. 먼저 물어보기는 했지만 너무 대답이 술술 나오는 통에 고다는 의아한 느낌이었다. 오랫동안 항간의 지능범만 상대해오면서 사건감각이 둔해진 걸까? 보안을 최우선으로 해야 하는 특별수사본부에서 저렇게 입이 가벼워서는 위험하다. 저 사람에게 정보를 캐는 것은 곤란하겠다고 고다는 일단 침착한 결론을 내렸다. 어쨌거나 이번 사건에 그쪽 세력이 얽혀 있지 않다는 것은 관심 가는 이야기였다.

회의실로 돌아오자 NHK 7시 뉴스가 시작된 참이라 텔레비전 앞에 사람들이 모여 있었다. 고다도 그 무리 뒤에서 목을 길게 뺐다. 빠르게 원고를 읽어내려가는 아나운서 뒤로 피해자의 사진이 비쳤다. 제법 품위 있어 보이는 초로의 얼굴인데, 한두 번 봐서는 됨됨이를 파악하기 힘들 법한 견고한 껍데기도 느껴졌다.

"—다시 말씀드립니다. 3월 24일 금요일 오후 10시 5분경 히노데 맥주 사장 58세 시로야마 교스케 씨가 오타 구 산노의 자택 앞에서 괴한에 납치되는 사건이 일어났으며, 조금 전 오전 6시 28분, 야마나시 현 미나미쓰루 군 나루사와무라 가와구치코 우회도로변에 있는 소방서로 본인이 혼자 찾아와 도움을 요청했고 현재 야마나시 현경 후지요시다 서에서 무사히 보호중입니다. —오늘 뉴스는 순서를 일부 변경해 히노데 맥주 사장 납치사건부터 전해드리겠습니다."

텔레비전 앞에 진을 친 무리에서는 잡담 한마디 나오지 않았다. 수사진 규모가 커질수록 각 수사관에게 일일이 내용이 전달되지 않기 때문에, 사건의 전모를 알고 싶으면 텔레비전이나 신문 보도에 의지하는 수밖에 없었다. 고다도 현재의 피해자 얼굴이나 표정을 눈으로 확인하고픈 마음에, 아직 시간적으로 힘들지 않을까라는 판단이 들 때까지 멍하니 화면을 바라보았다.

"—다시 말씀드립니다. 3월 24일 금요일 오후 10시 5분경 히노데 맥주 사장 58세 시로야마 교스케 씨가 오타 구 산노의 자택 앞에서 괴한에게 납치되는 사건이 일어났으며, 오십육 시간 후 야마나시 현 미나미쓰루 군 나루사와무라에서 무사히 발견되어 보호되었습니다. NHK는 지금까지 시로야마 씨의 안전을 위해 사건 보도를 자제해왔습니다. 그럼 시나가와 구 기타시나가와의 히노데 맥주 본사와, 오타 구 산노의 시로야마 씨 자택 앞의 상황을 중계해드리겠습니다."

화면이 바뀌고 40층짜리 히노데 맥주 사옥이 등장했다. 평소 별생각 없이 지나치던 그 건물에 고다는 새삼 눈길을 빼앗겼다. 벌써 한 무리를 이룬 보도진을 배경으로 열띤 표정의 취재기자가 "아직 시간이 이른 탓인지 출근하는 사원은 보이지 않습니다. 오십육 시간 전인 금요일 오후 9시 48분, 시로야마 사장은 회사 차량을 타고 저기 보이는 지하주차장 출입구를 나와 십칠 분 뒤인 10시 5분 오타 구 산노의 자택 앞에 도착했다가 괴한에게 납치되었습니다—"라고 빠른 말투로 전했다. 바람이 차가운 듯하지만 하늘은 쾌청했다.

이어서 화면은 산노의 골목 풍경으로 바뀌었다. 그곳에도 벌써 취재진이 모여 있었다. 기자회견을 한 지 일 분도 지나지 않아 근처에 숨어 있던 각 언론사 기자들이 포위해버린 대문 앞을 제복 경찰이 가로막고 서 있었다. 아침 햇살을 받은 나무들이 고다가 금요일 한밤중에 본 풍경과는 전혀 다른 것인 양 빛났다.

"보시다시피 한적한 주택가입니다. 금요일 밤 10시 5분, 시로야마 사장이 탄 차량은 저 대문 앞에 도착해—" 기자의 목소리를 들으면서 고다는 그날 밤 저 근처를 돌던 순찰대의 움직임을 다시 한번 머릿속에 그려보았다.

그제 토요일 밤 수사회의가 끝난 후 고다는 적당히 둘러대고 경찰서를 빠져나와, 시로야마의 자택에서 제법 떨어진 산노 1번가 골목을 자전거로 두 시간 정도 돌아다니면서 순찰 스쿠터가 어느 정도 속도로 달리는지 확인했다. 그리고 어젯밤에는 오모리 역 앞 파출소의 사와구치 순사장을 퇴근 후 슬쩍 불러내 초밥을 사면서, 금요일 밤 10시 전후 그가 지령센터의 출동 요청을 받고 현장으로 달려갔던 루트와 통과 시각을 자세하게 알아냈다.

그렇게 분 단위로 파악한 순찰 스쿠터의 위치를 지도에 기록해보자 범인이 순찰의 눈길을 피해 납치를 실행했다는 것이 드러났고, 아울러 매번 불규칙한 순찰 루트를 범인이 어떻게 계산할 수 있었는가라는 당초의 의문이 더욱 굳어졌다.

역시 무선이다. 순찰대에 전달되는 관내 무선을 범인도 듣고 있었던 거라고 고다는 거의 확신했다. 더구나 디지털 신호에 스크램블까지 걸어두는 경찰 무선을 일반인이 수신하는 것은 불가능하다고 생각하면, 당일 밤 범행을 위해 무선을 훔쳐 들은 자는 한 종류밖에 있을 수 없었다. 바로 현직 경찰이다.

경찰.

그 한 단어는 사건 발생 직후 현장에 출동했을 때 자욱한 안개에 가려져 있던 머릿속의 무언가가 논리의 필터를 거쳐 제 모습을 드러낸 것에 불과했다. 그것은 모습을 드러내는 순간 고다의 머리를 정지시켜버렸고, 심정적으로는 차라리 모르는 편이 나았을걸 싶기까지 했다. 실제로 고다는 지금도 그 생각을 끊어버리고 자기에게 주어진 업무 쪽으로 신중하게 사고회로를 옮긴 참이었다. 원치 않은 현장에서 원치 않은 실수를 저질러 또다시 조직 내에서 비웃음을 사는 것은 자존심이 허락지 않았다. 다가오는 4월이면 서른여섯 살이 되는 남자가 형사 노릇을 그만두면 어디 가서 무슨 일을 할 수 있겠는가.

고다는 텔레비전 앞을 떠나 회의실 구석의 유류품 수사반 자리로 이동했다. 탁자에는 도내와 인근 지역 렌터카회사 영업소에서 제출한 대출장부 복사본과 C호 조회*로 파악된 도난 차량 목록이 쌓여 있었다. 렌터카는 어제 점검을 마쳤지만, 도난 차량은 신고 서류를 일일이 대조하고 도난 당시의 상황 등이 제대로 적혀 있지 않은 경우는 소유주에게 직접 연락해 알아봐야 했다. 3월 24일 현재 도난 신고가 접수된 차량은 1월부터 삼 개월분만 집계해도 약 350대다.

고다가 그 목록 중 자기 조에 할당된 분량을 집어들자 반장인 강력9계 주임이 "차종이나 색상이 밝혀질지 모르니까 일단 참고인 조사를 기다려보지"라고 말했다.

그 말이 타당하다고 생각한 고다는 집어들었던 종이를 다시 탁자에 내려놓았다. 피해자가 무사히 돌아왔으니 차량 추적은 더이상 일각을 다투는 일이 아니다.

"금요일 밤 납치해서 월요일 아침 몸값 요구도 없이 풀어줬다? 대체 뭐하는 놈들이야?" 누군가의 나른한 목소리가 들렸다.

"주말에는 일 안 하는 놈들인가보지." 다른 누군가가 말했고, "주말에 납치를 저지를 여력이 있다면 꽤 널널한 직장이네" 하며 웃는 소리가 들렸다.

고다는 동료들의 잡담을 피해 의자에 앉으면서 '그게 아냐. 범인 그룹에는 주 5일제로 일하지 않는 놈이 끼어 있었을 거다'라고 속으로 중얼거리고, 다시 무선 생각을 잠깐 떠올렸다. 사건 당일 밤 관내 무선을 수신하며 산노 2번가의 순찰 동향을 납치범들에게 일러준 누군가는 그

---

* 도난 조회. 참고로 A호 조회는 전과 조회, B호 조회는 지명수배 조회를 말한다.

때 야근중이었을 가능성이 높다. 3월 24일 밤 오모리 서를 포함한 2방면 9개 서의 야근자는 어림잡아 사백 명. 그중 관내 무선용 에스타보(SW-101형 무선기)를 휴대한 순찰대, 통신실 당직, 경찰차에 타고 있었거나 잠복이나 행적 확인을 위해 외근중이던 형사 중 공범이 있다고 본다면 용의자 범위를 좁히는 것은 어렵지 않다. 아니, 이 정도 사안이면 연고감 수사도 벌써 움직이고 있을 것이다.

그렇게 생각하자 고다는 활약할 기회도 없이 끝날 운명인 자신의 추리를 실의가 밀려오기 전에 가슴속에서 몰아내버리고, 맥없이 조간신문을 펼쳐들었다.

그러고 보니 어제 일요일 주요 일간지에 히노데 맥주의 전면 광고가 실렸다. '21세기 일본의 맥주, 히노데 마이스터 탄생'이라는 내용이었다. 사장은 무사히 돌아왔지만 사건이 모종의 형태로 장기화된다면 이미 시작된 성수기 마케팅에 악영향을 미칠 것이다. 고다는 토요일 미명에 형사과실에서 소집령을 기다리면서 훑어본 『유가증권 보고서 총람』에 실려 있던, 연간 판매량 350만 킬로리터라는 숫자를 기억해냈다. 그렇다, 사장을 풀어줘도 맥주라는 인질이 남아 있지. 퍼뜩 그런 생각이 스쳤다.

고다의 머리는 그대로 몇 시간쯤 거슬러올라가, 당직 호출을 받고 산노 현장으로 향하기 전 자신이 뭘 하고 있었는지 떠올려보려고 했지만, 공연한 노력으로 끝났다. 대신 금요일 밤부터 비워둔 집에 가노가 들렀을지도 모르겠다는 생각이 들어 휴대전화를 꺼내 집전화 자동응답기를 확인했다. 아나나 다를까 가노의 메시지가 남아 있었다. "지금은 26일 밤 10시야. 당분간 자네가 집에 못 들어올 것 같아서 한번 들러봤어. 공과금 청구서는 내가 처리해둘게. 한가해지면 전화해."

별일 없으면 오늘은 귀가할 수 있으리라 생각하면서 휴대전화를 집어넣고 창밖을 바라보니, 바깥은 7시를 지나면서 쏟아져나온 보도진의 발소리와 목소리로 가득했다.

*

시로야마는 후지요시다 서의 어느 방에 앉아 있었다.

소방서에 보호를 요청했을 때부터 연신 사람들이 번갈아 들락거리며, "어디서부터 걸어왔습니까? 누가 같이 있었습니까? 두 명이었나요? 남자였습니까? 인상이나 체구를 보았습니까? 두 남자와 같이 있던 장소가 어디입니까? 언제 혼자 남았습니까?" 하는 비슷비슷한 질문을 거듭했다. 시로야마가 계속 모르겠다고 대답하자 이어서 지도를 펼쳐놓고, "이 도로를 따라 걸어온 것이 맞습니까? 이 도로 어디쯤입니까? 어느 정도나 걸었습니까?"라고 묻기 시작했다.

그러다가 "뭐 먹고 싶은 것은 없습니까?"라고 묻기에 시로야마는 뜨거운 차를 한 잔 부탁했다. 배가 고프지도 않고, 아픈 어깨와 팔꿈치도 제 몸 같지 않았다. 경찰서로 옮겨가 간단한 신체검사를 받을 때 조끼 안쪽 앞뒤, 면바지의 허리춤에 핫팩이 대여섯 매 붙어 있는 것을 알고 깜짝 놀랐지만, 감출 필요는 없었으므로 풀려나기 직전 범인들이 붙여주었다고 말해두었다. 윗옷 주머니에서 나온 넥타이, 박스테이프 조각, 눈가리개 용도로 사용해 꾸깃꾸깃해진 자신의 손수건 등은 그 자리에서 곧바로 서원들의 흰 장갑 낀 손에 회수되었다.

시로야마는 우선 세수를 하고 싶다고 말하고 세면실에서 몇십 시간 만에 얼굴을 씻고는 거울에 비친 제 모습에 잠시 할말을 잃었다. 나이치고는 풍성했던 회색 머리칼이 확 줄었고 그나마도 거의 흰색으로 세어 있었다. 안구와 볼은 물이 고일 것처럼 움푹 패고 눈가와 입가의 주름살도 배로 늘어서, 어디서 나타난 노인네인가 싶어 저도 모르게 거울을 뚫어져라 들여다보았다. 그러나 무엇보다 충격이었던 것은 눈에 어린 음울함이었다. 납치범에게서 풀려났다는 안도감이나 기쁨이 조금도 비치지 않는 그 눈을 바라보며, 내면 깊은 곳에서 스스로에 대한 희미한 공포가 일었다.

시로야마는 담요를 덮어쓰고 발치에 전기난로를 두고 있었다. 방에는 파이프의자 세 개와 책상 두 개가 있고, 창살이 끼워진 유리창은 간유리라 바깥이 보이지 않았다.

범죄자는 아니지만 시로야마의 지금 심정은 차라리 그것에 가까웠다. 소방서 앞에 섰을 때부터 경찰에 무엇을 어떻게 진술해야 할지 망설이다가 결국 "괜찮습니다. 아무데도 다치지 않았습니다. 혼자 걸을 수 있어요. 다친 데는 없습니다"라고 고집스레 주장했고, 지난 오십육 시간의 상황에 대해서도 "모르겠습니다" "기억이 나지 않습니다"라고 얼버무리며 답을 피하기만 했다. 범인들이 회사에 뭔가를 요구했는지, 만약 그런 연락이 왔다면 회사는 어떻게 대응하고 있는지, 회사는 경찰에 무슨 얘기를 어떻게 했는지, 그런 것을 모르는 채로 섣불리 입을 열 수도 없거니와, 풀려나면서 범인이 건네준 사진은 범인 그룹이 오카다 경우회와 연관되어 있을 가능성을 암시했다. 가능하다면 조개처럼 입을 꾹 다물고 싶었지만 이렇게 버틸 수 있는 것도 몇 시간 남지 않았다. 본격적인 조사가 시작되면 뭐라도 말하지 않고는 넘어갈 수 없을 것이다.

시로야마가 계속 되새긴 것은 어차피 자신은 경찰에나 회사에나 거짓말을 하게 되리라는 사실이었다. 양쪽 모두에 집안의 추문을 숨기면서 범인의 요구를 들어주는 방향으로 어떻게든 사태를 수습해보자고 거듭 다짐했다. 이렇게 풀려나서 따뜻한 난로 앞에 앉아 있자니 문득 경찰에 모든 것을 밝히는 것이 편하지 않을까 하는 생각이 고개를 들었지만, 그럴 때마다 시로야마는 오카다 경우회가 얽혀 있다면 경찰에 기대할 것은 아무것도 없다고 스스로를 타일렀고, 침착하자, 마음 단단히 먹자고 질책했다. 곧 도착할 경시청 수사관을 기다리는 잠시의 유예 시간을 시로야마는 그렇게 보내고 있었다.

오전 8시 반, 남자 네 명이 나타나 "경시청에서 나왔습니다"라고 자기소개를 했다. 시로야마는 "정말 신세가 많습니다"라고 인사했지만, 그 순간 수사관들에게 표정이나 말투를 날카롭게 관찰당하고 있음을 알아채고 흠칫 놀라 저도 모르게 눈길을 돌리고 말았다.

다시 신원 확인 절차가 시작되어 시로야마는 본적, 주소, 이름, 나이, 직업을 밝혔다. 시로야마 쪽에서는 가족의 안부를 묻는 것이 고작이었다. 가족한테는 피해가 없느냐고.

이어서 도쿄로 이동하기 전 의사의 진찰을 받자는 권유에 "괜찮습니다"라고 사양하자, 수사관들은 "혹시 모르니까요" 하며 완곡하게 그의 사양을 무시했다. 그때도 수사관들의 날카로운 눈길이 느껴졌다. 직업상 몸에 익은 건가 싶기도 했지만 자신이 경찰에게 무슨 의심을 사고 있는 것은 아닐까 하는 생각이 엄습해서, 한동안 그 이유를 탐색하며 필요 이상으로 움츠러들고 말았다.

의사는 시로야마의 동공과 구강을 살피고 청진기를 대고 혈압을 측정했다. 특별한 문제는 없다는 말과 함께 의사가 나가자 한 수사관이 그제야 "정말이지 힘든 일을 겪으셨습니다"라는 말로 사건을 언급했다. 너무나 틀에 박히고 사무적인 목소리라 도저히 위로로 느껴지지 않았다.

"성급한 질문이지만, 혹시 범인으로 짐작되는 자는 없습니까?" 수사관이 물었다.

"없습니다." 시로야마는 대답했다.

"계속 눈이 가려져 있었다고 하셨는데, 범인의 모습은 전혀 보지 못했습니까?"

"못 봤습니다."

"수사본부에서 다시 자세히 말씀드리겠지만, 현재 가족분들께도 범인측의 연락은 일절 없습니다. 그러나 계획적인 범행임은 분명하므로, 금전을 노렸건 원한 관계이건 회사와 모종의 접점이 있는 자의 범행일 가능성을 놓고 신중하게 수사중입니다."

회사와의 접점이라는 말에 시로야마는 자신이 자리를 비운 동안 경찰이 얼마나 회사를 뒤지고 다녔을지 상상했다. 히노데는 작년 가을 위기관리 시스템을 도입하며 어느 기업보다도 보안을 강화했고, 그 때문에라도 경찰은 초조해하고 있을 것이 틀림없었다.

"범인에게 이끌려 산속에서 도로로 걸어나왔다고 하셨는데, 사장님을 남겨놓고 도망칠 때 놈들이 분명히 '풀어주겠다'고 말했습니까?"

"그렇습니다."

"풀어주는 이유를 말하던가요?"

"아니요."

"눈이 가려져 보지는 못했지만, 남자 두 명이 뛰어간 직후 도로에서 차가 출발하는 소리를 들으셨다죠? 그렇다면 오늘 새벽 사장님을 풀어주는 것도 계획의 일부였을 것 같습니다만."

계획의 일부면 뭐가 어떻다는 것인지 시로야마는 억측조차 하기 힘들었지만, 풀려난 경위에 대해 경찰이 의심하고 있음은 분명히 느껴졌다. 하지만 곧 떠들썩하게 납치된 사람이 이틀 만에 다친 데 하나 없이 돌아왔으니 이 정도 반응은 상식의 범위일 거라고 생각을 고쳤다. 무엇보다 범인의 요구를 들어주기로 작심한 이상 자신에게는 범인의 지시를 따르는 것 말고 선택지가 없었다. 스스로 세뇌하듯이 '범인은 이유도 밝히지 않고 풀어주고서 도망친 거다'라고 되뇌었다. 피해자인 자신이 그렇게 진술하는데 경찰에서 부인할 이유는 없을 터였다.

수사관은 한참 뜸을 들인 뒤 "범인이 사장님을 납치한 이유를 말했습니까?"라고 물었다.

"아니요." 시로야마가 대답하자, "구체적으로 말해, 돈을 요구하지는 않았습니까?"라는 날카로운 질문이 내처 돌아왔다.

대답은 네 혹은 아니요뿐이다. 시로야마는 대답까지 너무 시간을 끌면 부자연스러울 거라고 순간적으로 판단하고 "했습니다"라고 대답했다.

"얼마를 요구하던가요?"

"6억입니다."

"전달 방법 등도 지시했습니까?"

"나중에 알려주겠다고 했습니다. —죄송하지만 회사 상황이 어떨지 걱정스럽습니다. 먼저 회사 사람을 만나 업무에 지장이 없다는 사실만이라도 확인하게 해주십시오. 다른 이야기는 그뒤에 하면 좋겠습니다."

시로야마는 이어지는 질문을 애써 막으면서 방금 자신이 말한 내용을 빠르게 되짚어보았다. 범인의 지시대로 '요구 금액은 6억' '전달 방법은 나중에 알려주기로 했다'고 경찰에 말한 것은 과연 옳은 판단이었을까. 범인이 6억을 요구했다는 사실은 곧 언론에 보도되어, 그가 요구대로 움직이고 있는지 범인들이 판단할 근거가 되어줄 것이다. 그러나 그런다고 사태가 확실히 수습되리라는 보장이 있는가? 그렇지 않다.

아니, 나에게는 다른 선택지가 없다. 막 풀려난 지금 경찰과 매스컴에 공연히 나쁜 인상을 주지 않기 위해서라도, 범인의 향후 태도를 지켜보기 위해서라도, 회사 차원의 대책을 마련할 시간을 확보하기 위해서라도 일단은 범인의 요구에 따르는 수밖에 없다는 결론에 다시 한번 도달하고, 시로야마는 그제야 조심스레 스스로를 위로해보았다.

오전 9시쯤, 눈이 잔뜩 충혈되고 쑥 들어간 구라타 세이고가 수사관의 안내를 받아 들어왔다. 양복과 넥타이는 금요일 밤에 본 것과 같았고 양손에 꾸러미 두 개와 슈트케이스를 들고 있었다.

"수고가 많으십니다. 사모님께 급히 부탁드려 갈아입을 옷을 챙겨왔습니다."

구라타는 먼저 수사관에게 정중하게 인사하고 시로야마를 바라보며 "정말 고생하셨습니다. 무사히 돌아오셔서 천만다행입니다"라고 말하며 머리를 깊이 조아렸다.

시로야마도 기계적으로 일어나 "보다시피 무사합니다. 심려를 끼쳐서 면목없군요" 하면서 고개를 숙였다.

수사관들이 주시하는 가운데 고개를 든 구라타는 한순간 안도와 쏩쏠함이 뒤섞인 눈길로 시로야마의 얼굴을 보았다. 시로야마는 '알겠다'는 눈빛으로 응하며 간절한 생각을 전했다.

시로야마가 납치되었을 때 구라타가 어떤 심정으로 사태를 받아들이고, 무엇을 궁리하고 무엇을 걱정했는지는 굳이 물어볼 것도 없었다. 재작년 화해의 형식으로 관계를 끊은 오카다 경우회의 고문 다마루 젠조가 올해 들어 갑자기 군마 현의 산림 별장지를 사라고 끈질기게 요구했는데, 그 교섭을 맡아 단호하게 거절한 것이 구라타였다. 시로야마는 감금된 동안 몇 번 그 일을 떠올리며 오카다 경우회를 의심하는 한편으로, 이미 정재계에 든든한 뿌리를 내린 그들이 설마 이렇게 조잡한 협박을 하진 않을 거라고 부정했었다. 그러나 범인이 준 조카딸의 사진을 확인하고 이렇게 구라타의 얼굴을 눈앞에 두니 역시 군마 현의 별장지 건인가 싶은 생각이 다시금 들어서 평정을 가장하느라 애써야 했다. 구라타도 수사관들 앞에서 자연스럽게 행동할 만한 이성은 있었기에 감격에 겨운 목소리를 꾸며내며 시로야마의 두 손을 감싸쥐기까지 했다.

"얼마나 고생하셨습니까! 가족분들은 모두 무사하십니다. 회사도 평소와 다름없고, 오늘 아침 주문도 순조롭게 들어왔으니 안심하십시오."

"그래요? 정말 고맙습니다." 역시나 자연스럽게 대답하는 시로야마의 눈에 저도 모르게 눈물이 고일 뻔했다.

"자, 옷부터 갈아입으시죠." 수사관의 재촉에 구라타는 꾸러미를 풀기 시작했다. 수사관들은 자리를 비켜주기는커녕 꾸러미의 내용물을 빤히 들여다보았다. 구라타는 먼저 칫솔과 면도기, 비누, 수건, 빗 등의 세면도구를 건네주고 "우선 세수부터 하시죠"라고 말했다. 수사관 한 명이 냉큼 일어나며 "세면실은 이쪽입니다"라고 말해서 시로야마는 결국 수사관의 감시 아래 세면실에 들어가게 되었다. 그는 그제야 경찰이 자신과 회사 사람 단둘이 두려 하지 않는다는 것을 깨달았다.

하지만 세면실에 들어서기 무섭게 그도 그럴 만하다고 납득할 수밖에 없었다. 여행용 칫솔 케이스 안에 크기에 맞춰 접은 쪽지가 들어 있었던 것이다. 시로야마는 그것을 왼손에 살짝 쥐고서 양치질과 면도를 했다. 그뒤 화장실 칸에 들어가 쪽지를 펴보니 B5 크기의 얇은 전통 종이에 볼펜으로 흘려 쓴 글씨가 나타났다.

'경찰 조사에 응할 때는 다음 사항에 유의하십시오.

수사에 전적으로 협력하겠다는 의지를 표명할 것.

대신 언론에 정보가 새지 않도록 해달라고 강력히 부탁할 것.

범인의 금품 요구에 응해야 할 경우, 범인의 진의와 관계없이 협박 대상은 어디까지나 기업임을 주지시킬 것. 개인에 대한 협박으로 기업이 돈을 지출하면 배임에 해당될 수 있습니다.

현재는 향후 전개를 예상할 수 없으니, 첫번째 조사에서 언급하셨던 내용은 피하는 것이 현명합니다.

이 쪽지는 읽고 나면 없애주십시오.'

여백에는 구라타의 필적으로 'O의 개입은 확인되지 않았음. 그러나 그들이 사건에 편승할 가능성은 큼. 참고하시압'이라고 적혀 있었다. 가령 실행범이 오카다 쪽이 아니라 해도 결과는 마찬가지다. 시로야마는 그렇게 판단했다.

쪽지를 휴지와 함께 변기에 흘려보내고 화장실을 나섰다. 세수를 하고 헝클어진 백발을 빗질하자, 이틀 반 전과는 여전히 딴사람 같지만 그래도 제법 멀끔한 모습이 되었다.

시로야마는 다시 방으로 돌아와 수사관들이 보는 앞에서 옷을 갈아입었다. 굴욕감이 인내의 한계에 다다랐지만 오히려 그렇게 긴장한 덕분에 새 와이셔츠를 입을 즈음에는 사무적인 현안 몇 가지를 질서정연하게 떠올릴 만한 여유를 되찾았다. 셔츠 단추를 채우며 시로야마는 구라타에게 줄줄이 지시를 늘어놓았다.

"먼저 전국 지사, 지점, 공장, 관련사 책임자에게 사장 명의로 팩스를 보내서, 심려를 끼쳤지만 사장이 무사히 돌아왔다고 인사를 전해주세요. 주주와 거래처에도 오늘 안에 사장 명의로 인사장을 보내주세요. 대기업 본사 지점에는 임원과 지사장, 지점장이 분담해서 직접 인사를 다녀와주세요. 회사 차원의 기자회견은 어쩌기로 했습니까?"

"제가 사장님 상태를 확인한 뒤 하자고 해서, 일단 오전 10시로 정해두었습니다."

"나는 내일 중에 따로 기자회견을 한다고 전해주세요. 월요일 정례회의는 모든 부서가 평소처럼 해주시고 보고를 올리세요. 이사회는 조금 늦어지더라도 본사에 있는 전무, 상무들은 오늘 안에 모였으면 하니 연락을 부탁합니다. 비서실 노자키 씨에게는 내가 늦어질 것 같으면 기다리지 않아도 된다고 전해주세요."

"알겠습니다."

"그리고, 우리 가족한테는 귀가가 조금 늦어질지도 모른다고—"

"그렇게 전하겠습니다. 안심하십시오."

시로야마는 새 넥타이를 매고 윗옷을 걸쳤다. 단장을 마치자 살 것 같은 기분까지는 아니어도 지난 세 시간 사이 우여곡절을 거친 온갖 생각은 간신히 정리할 수 있을 듯한 기분이 들었다. 시로야마가 벗어놓은 옷가지는 부착물 검사를 이유로 압수되어 수사관이 서류에 '흰 와이셔츠 1점, 울 조끼 1점'이라고 기록했다. 서류가방도 지문 채취를 이유로 수사관이 가져가고, 마지막으로 주소와 성명을 자필로 적고 지장을 찍었다. 읽어보니 '제출품 처분 의견'란에 저도 모르는 새 '반납 희망'이라고 적혀 있었다.

"그럼 가실까요." 수사관의 한마디에 시로야마는 수사관들과 함께 방을 나섰다. 뒤에서 구라타가 "카메라가 있습니다!"라고 소리친 의미를 현관 유리문 앞까지 와서야 깨달았다. 포치 주위가 방송국 카메라와 신문기자들로 포위되어 있고, 시로야마가 한 발짝 옮길 때 열 발짝을 종종거리는 기세로 보도진이 따라붙었다. 경찰이 제지하긴 했지만 시로야마의 눈에는 무방비나 다름없었다. 거칠게 밀치고 들어오는 사람들 앞에서 시로야마는 몇 초간 망연하게 그 무기질적인 얼굴 하나하나를 바라보았다. 남자도 있고 여자도 있다. 그 얼굴들이 무엇을 요구하는지 이해하지 못하는 가운데, 뒤에서 "텔레비전입니다, 잠깐 인사를—"하는 구라타의 속삭임이 들려와 겨우 정신을 차렸다.

시로야마는 일단 보도진을 향해 고개를 꾸벅 숙이고 수사관의 재촉을 따라 차에 탔지만, 문이 닫히기 직전 몇몇 외침이 귀에 들어왔다. "지금 심정이 어떠세요?" "납치되어 있을 때 무슨 생각을 했습니까?" "히노데 맥주가 표적이 된 것을 어떻게 생각하십니까!"

현재의 심정? 납치되어 있을 때 했던 생각? 히노데가 표적이 된 소감?

또다시 아무것도 알 수 없는 심정이 되어 시로야마는 차 뒷좌석에 몸을 묻고 고개를 떨구었다. 지금 알 수 있는 것은 자신의 상태가 범죄자와 다를 바 없다는 것, 감금된 동안에는 상상도 못했던, 눈앞의 보도진을 비롯한 실제 사회라는 놈 앞에 내동댕이쳐졌다는 막막한 실감뿐이었다.

*

각지 석간 1판 1면은 큰 글씨로 빈틈없이 꽉 채운 헤드라인이 장식했다. 도호 신문은 '히노데 맥주 사장 56시간 만에 풀려나'라는 헤드라인 아래 '심야의 납치'라는 소제목을 세로로 붙이고 4단 크기의 자택 전경 사진을 실었다. 어느 신문이나 1판 단계에서는 기자회견 내용을 그대로 실었지만, 그뒤로 경쟁이 붙어 2판과 3판은 1면과 사회면 태반이, 최종 4판에서는 전체 지면 태반이 히노데 사건 관련 기사와 사진으로 채워졌다.

시각은 오전 10시가 가까웠다. 편집국 텔레비전에서는 민방 채널의 중계 화면이 춤추고 있었다. 헬기 폭음 사이로 "시로야마 사장이 탄 차량이 방금 사가미코 호수 나들목을 통과했습니다. 수사본부가 설치된 오모리 서까지 사십 분쯤 남았습니다!"라고 악을 쓰는 여성 리포터의 새된 목소리가 내려왔다.

경시청 기자실로 연결되는 직통전화 수화기를 내려놓은 사건 담당 데스크 다베가 "다음 기자회견은 정오다!"라고 큰 소리로 알렸다. "정리! 1면에 2단을 비워둬. 텍스트가 들어갈 테니까. 오카무라, 지식인 담화는 끝냈나? 네고로! 사회면에 관련 원고가 하나 더 필요해. 지금 거기 뭐가 있지?"

"기업 테러 연표, 사장 프로필, 사장에 대한 각계의 인물평, 납치사건의 검거 사례, 히노데 맥주 관련 소송 목록, 맥주업계의 마케팅 환경, 사건 당일 열린 신상품 발표회, 취업 선호도로 보는 히노데의 기업 이미지." 네고로가 책상에 쌓인 원고를 왼손으로 들춰가며 무작위로 나열했다. 오른손으로는 하치오지 지국의 기자한테서 온 전화를 대기로 돌려놓고, 시선의 절반은 통화 내용을 메모하던 컴퓨터 모니터를 향했다.

"그 사장 프로필과 인물평 원고 좀 보자." 다베가 말하자 네고로는 왼손으로 원고를 집어들어 "이거 데스크로" 하며 가까운 기자에게 건네주고 전화 통화로 돌아갔다. "미안, 계속해요."

수화기 너머의 기자는 "그래서, 1940년 초 그 용지 매입 얘기가 나와서 지주랑 각서를 교환했다고 하는데, 1943년 그게 취소되자 지주 쪽에서 소송을 건 겁니다. 그뒤 합의가 이뤄졌다니까 아마 히노데측에서 얼마쯤 내놓았나보죠. 뭐, 대충 그렇습니다"라고 말했다.

사회부 벽시계는 오전 9시 55분을 가리키고 있다. 2판 마감까지 남은 시간 삼십 분.

네고로는 통화를 계속하면서 키보드를 두드려 '소송 관련⑩—사이타마 현. 1940년 공장 용지 매입 건으로 각서. 1943년 백지화. 지주가 소송, 합의. (*)피차별부락. 응어리가 남았나?'라고 간단히 메모했다. 이 기자는 예전 우라와 지국 사람인데, 오늘 아침 텔레비전 뉴스를 보고 사건을 알게 된 사이타마 출신의 해동 관계자 지인이 마침 반세기쯤 전 고향에서 있었던 일을 알려주었다며 전화한 것이었다. "지금 와서 언급할 거리는 못 되겠지만, 일단 다른 얘기 나오면 연락할게요"라는 말과 함께 짧은 통화는 끝이 났다.

공장 용지 매입에 얽힌 지주와의 소송. 소작지를 잃은 피차별부락 주민의 저항. 규탄.

네고로는 방금 들은 이야기의 요점을 몇 초쯤 되새겨보았다. 아닌 게 아니라 한 기업의 활동 연혁에서 파생된 문제를 하나하나 파헤치기 시작하면 온갖 것이 튀어나오는 법이지만, 요즘 얘기면 또 모를까 전쟁 전의 소송 건과 지금의 히노데를 이을 필연성은 크지 않다. 그러나 의미가 있든 없든 정보는 정보다. 네고로는 손을 기계적으로 움직여 메모 파일을 소송 관련 폴더에 넣었다. 방금 데스크에 전했던 원고가 되돌아오더니 "사장 프로필로 가자"라는 다베 목소리가 날아왔다. "그거, 오십 행으로 줄여줘."

"예." 네고로는 한 손을 들어 대답하고 그 원고를 쓴 지원팀 기자를 눈으로 찾았지만 보이지 않았다. 하는 수 없이 직접 교정을 시작하려는데 머리 위 텔레비전에서 "히노데 맥주 회사의 기자회견이 시작될 것 같습니다. 이어서 본사 앞에서 중계해드리겠습니다!"라는 우렁찬 소리가 들렸다.

네고로는 손을 멈추고 고개를 들었다. 무수한 마이크 앞에서 이마가 책상에 닿을 만큼 깊숙이 머리를 조아린 히노데 맥주 임원 둘이 화면에 비쳤다. 여윈 체구에 정수리의 백발이 딱따구리처럼 쭈뼛 선 남자가 "부사장 시라이입니다. 이 자리에 와주신 언론 관계자분들께 진심으로 감사드립니다"라고 말문을 열더니 시선을 깔고 원고를 읽기 시작했다.

"지난 24일 밤, 저희 회사 대표이사인 사장 시로야마 교스케 씨가 자택 앞에서 괴한에게 납치되어 감금당하는 불의의 사태가 발생했으나, 오늘 새벽 야마나시 현에서 무사히 발견되었다는 경찰의 연락을 받았습니다. 이번 일로 주주 여러분과 거래처 여러분, 그리고 시민 여러분께 깊은 심려를 끼쳐드려 참으로 송구스럽습니다. 이번 사건에 대해 폐사는 전혀 짐작되는 바가 없으며 그저 당혹스러울 따름입니다만, 하루

빨리 수사가 진전되어 범인이 체포되기를 바라고 있습니다."

제일 먼저 사죄하는 대상이 주주라는 것이 좀 인상적이었지만, 이런 유의 회견에서는 특별할 것 없었다. 네고로는 교정중인 원고로 돌아와 각계의 코멘트를 보태거나 빼면서 히노데 맥주 사장 시로야마 교스케의 프로필을 오십 행으로 정리하는 작업을 서둘렀다. 그사이에도 주위를 어지러이 오가는 목소리는 그칠 줄 몰랐고, 잡담을 섞어가며 통화하는 목소리가 파도처럼 밀려들고, 기자실 직통전화도 연신 울려댔다. 보도협정 해제 직후부터 기자실은 물론 각자 관련 정보를 취재하러 뛰어나간 기자들에게서 쉴새없이 전화가 걸려오고 있었다. 게다가 게재를 앞두고 손질을 기다리는 칼럼, 교정을 위해 돌아오는 원고, 지면을 얻을지 불확실한 채로 쌓여가는 원고 따위를 처리하느라 네고로의 손은 쉴 틈이 없었다. 그래도 머리는 오랜 습성에 따라 하나하나의 정보에 최대한 주의를 기울여 정리하고 요점을 집어내려 했지만 좀처럼 쉽지 않았다. 어딘가에 존재할 사건의 핵심을 확실하게 집어낼 방법이 있기는 한 걸까. 네고로는 자신하지 못했다.

"총회꾼 쪽으로는 짚이는 데가 없는 모양이네요." 그런 말을 흘리며 지원팀의 젊은 기자가 근처 자리에 앉았다. 한 손에는 담배, 한 손에는 커피가 든 종이컵을 들고 있다. 앞 책상에 담뱃재가 톡 떨어져서 네고로는 손을 휘저었다. "뭐 들은 거 있어?"

"데스크가 기자실이랑 통화하면서 그러더라고요."

끊이지 않고 울리는 전화벨 사이로 "장소를 알아냈어! 주카이, 현도 나루사와 후지노미야 선!"이라고 누군가가 소리쳤다. 곧바로 다베가 큰 소리로 "지도! 우회도로에서 거리가 얼마나 되지? 현장검증이 들어간 위치는?" 하고 물었다. 거기에 겹쳐지는 "기자실에서 온 연락입니다! 검증 위치는 별장지. 주카이에 두 군데 있는 별장지 중 하나—"

라는 보고, "통신부 정정사항! 소방대원 이름의 한자가 틀렸어. 고노의 '고'는 갑을 할 때의 '갑' 자야"라고 외치는 목소리, "정리! 사회면은 잠깐 기다려!"라는 다베의 외침.

"앞으로 오 분!" 정리부에서 대답한다. "다베 씨, 사회면 헤드라인은 가로 활판 '발톱을 드러내는 기업 테러'로 간다. 1면 제목은 그대로!"

야단법석 와중에 서브데스크가 갑자기 "아!" 하면서 텔레비전 쪽으로 뛰어가는가 싶었는데, 어느새 화면에는 산노 2번가의 사장 자택 현관 앞에 선 가족의 모습이 나오고 있었다. "메모, 메모!" 몇 명이 달려와 종이와 볼펜을 낚아챘다.

주위를 에워싼 카메라와 마이크에 떠밀리면서 애써 버티고 선 젊은 남자는 긴장감과 당혹감에 약간의 분노가 섞인 표정이었다. "저는 피해자의 아들입니다. 이번 일로 대단히 큰 심려를 끼쳐드렸습니다. 아버지가 무사하다는 연락에 저희 가족은 안도하고 있으며—"

"오카무라! 담화 두 꼭지 빼고 이 아들 발언을 넣어. 정리! 사회면 오 분만 더 기다려줘. 네고로, 프로필!"

머리 위 텔레비전에서 떠들썩한 목소리가 쏟아져나왔다. "지난 오십육 시간 동안 가족분들의 심경을 한마디로 표현한다면?" "기업 간부를 노리는 테러가 빈발하고 있는데, 사장님이 가족에게 그런 이야기를 하신 적 있나요?" "발견 소식을 들었을 때는 뭘 하고 계셨습니까?" "부인분 상태에 대해서 한 말씀!"

네고로는 빨간 색연필을 들고 프로필 원고를 기계적으로 훑어본 뒤 삭제와 교체, 교정사항 등으로 새빨개진 원고 몇 행을 서둘러 교정했다. "이거 데스크로!" 뒤에 있는 기자에게 건네주고 텔레비전 속 시로야마의 아들 얼굴로 눈길을 돌렸다. "아, 저어—" 하면서 무거운 입을 연 아들이 한순간 관자놀이를 떨며 보도진을 노려보는 것을 네고로는 유심히 지켜보았다.

"이웃에 폐가 되니 이만 물러나주시면—" 아들은 그렇게 말하고 입술을 일그러뜨리기 무섭게 제 표정을 감추려는 듯 허리를 45도 꺾어 절을 했다.

*

전철 창문으로 비쳐든 아침 햇살이 등으로 내리쬐었다. 막상 수사본부를 나서니 사건의 냄새는 빠르게 멀어지고 불쾌한 졸음기만 남았다.

"사장이 오모리에 도착하는 게 10시 반 지나서라고 했지? 텔레비전에 나오겠군, 분명히."

고다의 말에 옆에 있던 방범과 계장이 "뭐?" 하고 물었다.

"히노데 맥주 사장 얼굴 말이야." 고다가 덧붙였다.

"얼굴이 왜?"

"한 번쯤 맨얼굴을 봐둬야 할 것 같아서."

"왜?"

왜냐고 물으니 대답할 말이 궁했다. 시간이 지날수록 피해자는 대외적인 방어 태세를 굳히고 지혜를 짜내 표정을 꾸미게 된다. 앞으로도 기자회견 같은 자리에서 시로야마 교스케의 얼굴을 볼 기회가 있겠지만 그때는 이미 딴사람의 얼굴이 되어 있을 가능성이 크다. 사건에 말려든 피해자의 머릿속을 가득 채운 생각들이 변형되기 전에 맨얼굴을 볼 수 있는 기회는 후지요시다에서 도쿄로 돌아올 때 정도가 마지막일 것이다. 오모리 서로 들어서는 순간을 놓치면 더는 기회가 없다. 물증수사와는 아무 관계 없고, 의욕을 다질 의도도 아니고, 그저 보고 싶을 뿐이었다.

"1조 엔대 기업의 사장 얼굴을 볼 기회가 어디 흔한가." 고다는 적당히 대꾸하고 대화를 끊었다.

오전 10시 32분. 계장과 함께 세이부 신주쿠 선 다나시 역에 내린 고다는 버스정류장과 반대 방향인 남쪽 출구 쪽으로 냅다 뛰었다. 역 안이나 카페 등의 텔레비전이 모두 사건 관련 보도를 내보내고 있었지만 도난 차량을 탐문하기 위해 내내 이동해야 하는 처지로는 좀처럼 원하는 내용을 챙겨 볼 수 없었다. 고다는 역에서 50미터쯤 떨어진 개인병원에 뛰어들어가 대합실 텔레비전 앞에 섰다.

기대했던 대로 민방 채널에서 오모리 서 현관 앞에 무리지은 보도진의 모습이 나오고 있었다. 사장은 아직 도착 전이었다. 현관으로 들어간다면 확실히 얼굴이 찍힐 것이다 싶어 안심하고 빈 의자에 앉아 텔레비전 쪽으로 목을 뺐다. 조금 늦게 들어와 옆에 앉은 동행이 입술을 일그러뜨리며 웃었다. "이봐, 좀 비참하지 않아? 이런 데서 텔레비전에나 매달리고 말이야."

"텔레비전이 없었으면 더 비참했겠지."

"하여간 특이해."

동행이 입을 다물고 고다는 화면에 집중했다.

눈에 익은 고가도로와 그 사이로 흐르는 제1교힌, 빌딩 무리가 만들어내는 풍경. 고다에게 그것들은 단적으로 '질식'을 뜻하는 기호였다. 그때 고다가 보고 있던 것은 삼각대를 세워놓고 길을 가득 메운 보도진도, 모든 카메라가 주시하는 제1교힌의 차량 흐름도 아니었다. 그는 그저 질식감 곁에서 얌전히 운동하는 제 심장을 의아하게 여기며, 나라는 개체는 무얼 위해 태어났는가 하는 괜한 자문에 빠져 있을 뿐이었다.

그러나 '질식'의 바닥에는 또한 열띤 울분의 용암이 고여 있어 어디서인지 모르게 간헐적으로 뿜어져나왔다. 생각하지 말라고 스스로를 타일렀다가 또 생각을 하고, 기대하지 말자고 다짐하면서 또 기대를 하고, 멋대로 걸음을 옮기고, 멋대로 안달하고, 피해자 얼굴을 보지 않고선 도저히 못 배길 심정이 되곤 했다. 그 충동은 본청 시절에는 상상도 못했던 격렬함을 동반했기에 스스로도 두려워지곤 했다.

몇 분 기다리자 현관 앞을 에워싼 보도진이 갑자기 웅성거리기 시작하더니, 중계 카메라가 청사 앞 교차로에 나타난 경찰차와 뒤따르는 검은색 크라운을 포착했다. 일제히 플래시가 터진다. 화면이 흔들린다. 제지에 나선 경찰이 화면의 절반을 가려버려서, 현관 앞에 멈춘 차량은 거의 지붕밖에 보이지 않는다.

차문이 열린다. 사복 차림의 사람 머리 서너 개가 이리저리 움직이고, 그것에 둘러싸여 백발 머리가 나타난다. 생각보다 말끔한 양복 차림이고 머리는 작다. 가볍게 인사하듯 고갯짓을 하며 보도를 몇 미터 이동하는 사이, 옆얼굴과 상반신이 무리 사이로 몇 번 드러났다. 시로야마 교스케는 고급스러워 보이는 진회색 상의에 밝은 갈색 계열 넥타이를 매고 목깃이 눈부시게 흰 새 와이셔츠를 입었다. 7대3으로 가른 짧은 머리칼도 잘 빗질되어 있다. 사건의 냄새를 일찌감치 씻어낸 그 차림새처럼, 몇 번 카메라에 잡힌 얼굴도 오십육 시간 감금되었다가 풀려난 피해자의 표정을 제법 씻어낸 듯 보였다. 사진보다 살이 내려 볼이 들어가고 턱이 뾰족해졌지만, 범죄 피해자 대부분이 직면하는 공포나 초조 같은 심신의 상처와는 조금 다른 느낌이었다. 어떤 구체적인 생각에 머릿속이 점령당해서 나오는 방심의 표정인가? 아니면 감금중 신체적인 공포는 크지 않았던 걸까?

전부 합쳐 십 초가 채 되지 않는 시간이었지만, 고다는 시로야마 교스케의 얼굴에 집중하며 도저히 흉악범죄 피해자로 보이지 않는 말끔한 외모와 성실하고도 강인한 표정을 머릿속에 새겨넣었다. 그중에서도 자신을 에워싼 보도진과 경찰에 던지는 표정의 견고함이 눈길을 끌었고, 문득 간혹 금융 스캔들로 체포되는 기업인의 얼굴이 바로 저랬다는 생각이 들었다. 체포되는 기업인들은 기업의 논리와 시민의 감각, 그리고 개인이라는 세 겹의 갑옷으로 단단히 방어벽을 치고 사법 조직과 대치한다. 현재는 피해자 처지지만 장차 어쩔 수 없이 수사와 기업의 이해가 충돌할 것으로 예상하는지, 시로야마는 경찰수사에 전적으로 의지하는 것처럼 보이지는 않았다.

보도진의 카메라들이 앞다투어 쫓아가는 가운데 시로야마는 형사들의 보호 속에 금세 현관 안쪽으로 사라졌고, 고다는 자리에서 일어섰다. "사장 얼굴을 본 소감이 어때?"라고 동행이 물었다.

"방어가 단단하군." 고다가 대답했다.

"뒷거래가 있었던 게 분명해." 동행이 말했지만 그런 판단을 하기 전에 이미 머리가 멈춰버린 고다는 뭐라고 대답할 수가 없었다. 일본인 대다수가 속한 기업 사회에 대해 거의 아는 것이 없는 자신의 눈이 히노데 맥주라는 대기업의 사장 표정을 얼마나 정확하게 읽어낼 수 있었을까 생각해보니 새삼 자신이 없어졌다. 굳이 이런 데까지 뛰어들어와 납치 피해자의 얼굴을 확인해봤자 제 인생의 협소함에 새로운 질식감을 느꼈을 뿐이라는 것이 솔직한 감상이었다.

고다는 동행과 함께 북쪽 출구 버스정류장으로 돌아가 버스를 기다렸다. 오늘 오전의 탐문 대상은 전화로 연락이 닿지 않는 히바리가오카 단지의 주민 한 명이다. 한 달 전 그 사람이 도난 신고를 낸 왜건의 번호판이, 이 주 전 기타 구에서 방치 차량으로 기록된 다른 회사 왜건에 붙어 있었던 것이다. 관할서에서는 번호판이 바뀐 방치 차량의 주인을 쉽사리 찾아내지 못했고, 그사이 차량은 다시 종적을 감춰 지금은 어디 있는지도 알 수 없다. 그러나 두 대 모두 흰색이라 산노의 사건 현장 근처에서 목격되었다는 짙은색 차량과는 거리가 멀었다.

"그런데 고다 씨, 3층 화장실 앞에서 안자이 아저씨랑 밀회하던데?"

동행이 불쑥 묻는 바람에 고다는 억눌린 초조감을 느끼며 "왜, 부럽나?"라고 대꾸했다.

동행은 내처 "본청 2과 놈들이 계단 입구에서 보고 있더라고. 안자이씨 형님이 후쿠시마에 사는 변호사인데, 공산당원이라더군"이라고 속삭였다.

듣고 보니 경찰이라는 반공 조직 내부에서 영 빛을 보지 못한 안자이계장의 경력이 조금 이해되었지만, 고다가 새삼 경계심을 느낀 대상은 안자이가 아니라 일본 공산당이니 뭐니 하는 이야기를 어디서 주워들었는지 알 수 없는 동행이었다.

고다는 동행의 얼굴을 바라보고 "대체 무슨 입방아들인지" 하면서 쓴웃음을 지었다. "뭐, 그건 그래." 동행은 목을 움츠리며 역시 웃음으로 대꾸하고 하품을 했다.

고다는 눈길을 돌리고 얼마 남지 않은 인내심을 쥐어짜 생각해보았다. 수사의 중심인 특수반과 2과의 몇 명은 사건의 전모를 파악하기 위해 온 신경을 날카롭게 세우고 있고, 동향을 알 수 없는 자기 같은 말단들은 여기서 하품이나 하고 있고, 또다른 곳에서는 누군가가 사건과 관계없는 입방아나 찧고 있는 것이 대체 누구의 잘못인지를.

*

삐삐삐, 허리춤에서 울리는 호출기를 왼손으로 눌러 끈 구보 하루히사는 오전 11시 51분이라는 시각을 손목시계로 확인하고, 이어서 호출기 액정 화면에 뜬 번호를 보았다. 개인 휴대전화 번호다. 양옆의 얼굴들이 힐끔 이쪽을 살폈다.

구보는 작성중이던 3판용 원고를 밀어놓고, 늦어도 일 분 안에 통화를 끝내고 싶다는 생각을 하면서 외선 전화 수화기를 들었다. "다케우치 씨? 구보입니다"라고 말하자 마루노우치 서에 있는 상대는 "거기도 야단났지?" 하고 조금 한가로운 목소리로 대답했다.

경찰기자와 정보원이 밟고 선 지평의 차이는 언제나 약간의 파장 차이로 이어지고 그것이 메워진 예는 없지만, 그래도 정보원의 전화에는 무조건적으로 반응하고 마는 것이 경찰기자의 속성이다.

시계를 노려보며 마음을 졸이던 구보는 조금 안달이 나서 "예, 뭐"라고 답하고, "연락 주셔서 고맙습니다. 지금 어디예요?"라고 애써 태연한 목소리로 물었다.

"외근." 상대방이 말했다. "아침에 텔레비전 봤어. 구보 씨, 토요일 밤 통화하면서 기업 관련으로 무슨 건수 없느냐고 물었지? 내 후배 중에 이 년 전까지 시나가와 서 형사과에서 기록 담당을 하던 놈이 있는데—"

"아, 그럼 꼭 좀 부탁합니다. 그분 시간에 제가 맞출 테니 꼭요."

"이름은 기타가와, 지금은 후카가와 서 경부보로 있어. 몇 년 전쯤 히노데 관련으로 무슨 일이 있었다더군."

히노데 관련이라는 말을 듣자 "그렇다면 더욱 부탁합니다!" 하는 들 뜬 목소리가 튀어나오고 말았다.

"뭐, 도움이 될지는 모르겠지만. 그쪽에선 빠를수록 좋겠지? 내가 기타가와한테 연락해보고 오후에 다시 전화하지. 2시 이후가 좋다고 했던 가?"

"거듭거듭 고맙습니다. 전화 기다리겠습니다."

"그럼 나중에 다시 얘기하세."

이 단계까지 오면 기자는 정보원이 갖고 있는 내용이 뭔지 물어볼 여유도 권리도 없다. 지평의 차이는 왕왕 초점의 차이로도 이어지지만, 내용이야 일단 손에 움켜쥔 다음 판단하면 될 일이다. 그전에는 전화 한 통, 눈짓 한 번, 한숨 한 번에도 붙들고 늘어져서 일단 손에 쥐고 봐야 한다.

"아, 야마다네. 저기 봐, 우리 야마다가—" 뒤쪽 책상에서 가가와 서브캡이 말했다. 민방 채널 화면은 어느새 경찰이 수색중인 주카이 도로변에 모인 보도진의 영상으로 바뀌어 있었다. 구보도 텔레비전으로 힐끔 눈길을 던졌다. 지원팀 기자 야마다가 출입금지 로프 앞에서 등을 움츠리고 동동거리는 모습이 비쳤다. 발치에서는 녹은 눈이 곤죽처럼 질척거렸다.

"마감 전에 끝나려나." 곁눈으로 텔레비전을 보던 스가노 캡의 목소리가 들린다.

현장에서 가까운 후지요시다 서와 경시청의 수사관 사십여 명이 감금 장소로 짐작되는 별장지 수색에 나선 지 두 시간. 주카이 도로에서 진입할 수 있는 별장지는 두 군데인데, 둘 다 100만 평 넘는 부지에 크고 작은 별장이 좁은 도로를 따라 흩어져 있다고 한다. 계절이 계절인지라 인적은 거의 없지만, 현지로 출동한 기자가 전하기를 사흘 전 내린 눈은 이미 녹았고 지난밤 사이 내린 눈이 얼어붙은 상황이라 발자국이나 타이어 자국을 수색하기란 쉽지 않은 듯했다. 장소를 찾아내긴 하겠지만 석간 최종판 마감에 댈 수 있을지가 문제였다. 구보는 예정원고에 '감금 장소를 ○○별장지 ○번지의 건물로 보고 현장검증에 들어갔다'라고 쓰고, '현장은—'으로 이어질 상황 설명을 위해 네 행을 비워놓았다.

오전 11시 53분. 구보는 작성하다 만 원고로 돌아가 마지막 몇 행을 교정했다.

'—범인의 목적이나 동기를 파악하지 못한 상태에서 피해자가 무사 귀환하자, 수사본부는 수사관을 삼백 명으로 늘려 철저한 탐문과 목격 정보 수집에 나섰다. 한편 히노데 맥주가 오전 10시 본사 건물에서 연 기자회견에서는 안도한 표정의 시라이 세이치 부사장이 직접 사건 경과를 보고했으며, 예기치 못한 흉악사건의 피해자가 된 당혹스러움과, 범인에 대한 깊은 분노를 표했다.'

이로써 2판에 열세 행 추가. 구보는 '범인의 목적이나 동기를 파악하지 못한 상태에서'라는 부분을 놓고 고민했다. 지나친 표현일까? 풀려난 과정을 납득하기 어렵다는 개인적인 감정이 드러난 건 아닐까? 에 잇, 하며 삭제해버리고, 대신 '시로야마 사장이 무사히 풀려났다는 소식을 접한 수사본부는'이라고 고쳐 썼다.

'범인에 대한 깊은 분노.' 기자회견장에 나왔던 부사장의 말투가 과연 그렇게 표현할 정도였는지 기억을 되짚어보고, 아무려면 어떠랴 생각하며 '깊은'이라는 단어도 삭제했다.

한 시간 반 전 출고한 2판은 급한 대로 사실관계만 모아서 기사 형식을 갖추었는데, 이대로라면 3판에서도 별다른 내용을 추가하지 못할 기세라 구보는 글을 쓰면서도 초조했다. 지난 이틀 반 동안 열 명쯤 되는 정보원에게 전화를 걸어보았지만 이번 수사본부에 들어간 이들은 여느 때보다 입이 훨씬 무거웠다. 게다가 보안이 철저한 까닭에 본부와 관계없는 정보원에게는 수사 정보가 전혀 들어오지 않았고, 그 결과 구보한테도 돌아오는 게 없는 상황이 이어지고 있었다.

삼 분 뒤 시작될 정오 기자회견에서는 쓸 만한 게 나올까? 풀려나기까지의 경위. 감금 당시의 상황. 범인 그룹의 언동. 현금 요구의 유무. 범인을 추정할 만한 한마디. 그것만 있으면 3판과 최종판은 어찌어찌 채워넣을 수 있겠지만, 문제는 내일 조간부터다. 뭐가 됐든 새로운 정보를 확보해야 한다. 구보는 초조한 마음으로 시계를 보고는 빈 곳을 채우지 못한 원고를 일단 접고 자리에서 일어섰다. 옆에서는 구리야마가 시각만 적어넣고 여기저기 백지로 비워둔 문서 파일을 열어놓은 채 외선 전화로 누군가와 통화중이었고, 또 그 옆에서는 생각보다 행동이 앞서야 하는 취재 경쟁이 영 성미에 맞지 않는 후배 곤도가 울 것 같은 얼굴로 묵묵히 전화기 버튼을 누르고 있었다. 그 두 사람과 스가노 캡에게 "회견장에 다녀올게요"라고 소리치고 구보는 박스를 나섰다.

후배를 챙겨주면 좋겠지만 마음과 달리 구보는 늘 여유가 없었다. 센다이 지국에서 경시청 출입기자로 옮겨온 지 이 년, 구보는 타사에 한참 뒤처지는 게 아닐까 하는 강박관념에 365일 내내 쫓기고 있었다. 아니, 말하자면 스스로 감당할 수 없는 만년 흥분 상태였다. 기자회견장으로 향하는 십여 초 동안에도 새삼 흥분해서 붕 떠 있음을 느끼고 마음이 조금 불편해졌다. 기삿거리가 없으면 없는 대로 안달하며 흥분하고, 이리저리 뛰어다니는 제 모습에 또 흥분하고, 급기야 지금 뭘 하고 있는지도 알 수 없게 된다. 그런 상태로 밤이나 낮이나 기삿거리를 생각하는 것이 그의 현실이었다.

피해자의 무사 귀환 소식은 원래라면 지금껏 공표되지 않았던 각종 수사 정보의 방출로 이어져야 할 테지만 이번에는 그럴 것 같지 않았다. 오십육 시간 감금된 인질이 갑자기 풀려났다면 은밀히 몸값을 넘겼거나 뒷거래가 있었다고 봐야 하는데, 그런 내막이 쉽게 밝혀질 리 없었다. 더구나 수사가 장기화될 모양이니 기업과 경찰의 입은 점점 무거워질 것이 뻔했다.

이런 상황이니만큼 사소한 기삿거리라도 모아놓지 않으면 결국 타사에 뒤처질 거라는 생각에 구보는 한층 초조해져서, 오늘 최종판 출고 이후의 취재 일정을 머릿속으로 정리해보았다. 우선 곧 시작될 기자회견 내용에 따라 취재처를 정하고, 정보원 몇 명에게 전화할 것. 오후 2시쯤 마루노우치 서 정보원의 전화를 받을 것. 시간이 나면 경시청에서 도보 오 분 거리인 도호 신문 본사 사회부에 들러 잡담을 나누면서 정보를 주워듣고, 밤에는 정보원 접대 겸 취재. 그리고 야습.

　거기까지 생각한 구보는 복도 구석에 비켜서서 슬며시 지갑을 꺼내 10만 엔 정도가 들어 있음을 확인했다. 누굴 만나느냐에 따라 신용카드를 쓸 수 없는 업소에서 술을 마실 수도 있었다. 지갑을 다시 주머니에 넣고 구보는 기자회견장으로 뛰어들어갔다.

(2권에서 계속)

옮긴이 **이규원**

한국외국어대학교에서 일본어를 전공하고 현재 전문 번역가로 활동중이다. 옮긴 책으로 『이유』 『천황과 도쿄대』 『가족 사냥』 『마쓰모토 세이초 걸작 단편 컬렉션』 『나, 건축가 안도 다다오』 『인더풀』 등이 있다.

문학동네 블랙펜 클럽
레이디 조커 1

1판 1쇄 2018년 3월 15일 | 1판 2쇄 2018년 4월 13일

지은이 다카무라 가오루 | 옮긴이 이규원 | 펴낸이 염현숙
책임편집 양수현 | 편집 황문정 | 독자모니터 양은희
디자인 최윤미 이원경 | 저작권 한문숙 김지영
마케팅 정민호 정진아 함유지 김혜연 강하린 | 홍보 김희숙 김상만 이천희
제작 강신은 김동욱 임현식 | 제작처 영신사

펴낸곳 (주)문학동네
출판등록 1993년 10월 22일 제406-2003-000045호
주소 10881 경기도 파주시 회동길 210
전자우편 editor@munhak.com | 대표전화 031) 955-8888 | 팩스 031) 955-8855
문의전화 031) 955-8896(마케팅) 031) 955-2684(편집)
문학동네카페 http://cafe.naver.com/mhdn | 트위터 @munhakdongne

ISBN 978-89-546-5055-7 04830
      978-89-546-5054-0 (세트)

www.munhak.com